कृष्ण बलदेव वैद

एक नौकरानी की डायरी

पहला पुस्तकालय संस्करण
राजपाल एण्ड सन्स द्वारा
2001 में प्रकाशित

राजकमल पेपरबैक्स में
पहला संस्करण : 2007
पाँचवाँ संस्करण : 2026

राजकमल पेपरबैक्स : उत्कृष्ट साहित्य के जनसुलभ संस्करण

राजकमल प्रकाशन प्रा.लि.
1-बी, नेताजी सुभाष मार्ग, दरियागंज
नई दिल्ली-110 002
द्वारा प्रकाशित

शाखाएँ : अशोक राजपथ, साइंस कॉलेज के सामने, पटना-800 006
पहली मंजिल, दरबारी बिल्डिंग, महात्मा गांधी मार्ग, प्रयागराज-211 001
1, अनमोल सोराबजी सन्तुक लेन, धोबी तलाव, मरीन लाइंस, मुम्बई-400 002

वेबसाइट : www.rajkamalprakashan.com
ई-मेल : info@rajkamalprakashan.com

बी.के. ऑफसेट
शाहदरा, दिल्ली-110 032
द्वारा मुद्रित

मूल्य : ₹350

EK NAUKRANI KI DIARY
Novel by Krishna Baldev Vaid

ISBN : 978-81-267-1415-5

एक नौकरानी की डायरी

कृष्ण बलदेव वैद

जन्म : 27 जुलाई, 1927, डिंगा (पंजाब)।

शिक्षा : एम.ए. (अंग्रेजी), पंजाब विश्वविद्यालय (1949), पी-एच.डी., हार्वर्ड विश्वविद्यालय (1961)।

अध्यापन : हंसराज कॉलिज, दिल्ली विश्वविद्यालय (1950-62); अंग्रेजी विभाग, पंजाब विश्वविद्यालय, चंडीगढ़ (1962-66); अंग्रेजी विभाग, न्यूयॉर्क स्टेट विश्वविद्यालय (1966-85); अंग्रेजी विभाग, ब्रेंडाइज़ विश्वविद्यालय (1968-69)।

अन्य अनुभव : अध्यक्ष, निराला सृजन पीठ, भारत भवन, भोपाल (1985-88)।

प्रकाशित कृतियाँ :

उपन्यास : उसका बचपन, बिमल उर्फ़ जाएँ तो जाएँ कहाँ, नसरीन, दूसरा न कोई, दर्द ला दवा, गुज़रा हुआ ज़माना, काला कोलाज, नर-नारी, मायालोक, एक नौकरानी की डायरी।

कहानी-संग्रह : बीच का दरवाज़ा, मेरा दुश्मन, दूसरे किनारे से, लापता, उसके बयान, मेरी प्रिय कहानियाँ, वह और मैं, खामोशी, आलाप, प्रतिनिधि कहानियाँ, लीला, चर्चित कहानियाँ, पिता की परछाइयाँ, दस प्रतिनिधि कहानियाँ, सम्पूर्ण कहानियाँ (दो जिल्दों में) : मेरा दुश्मन, रात की सैर, बोधिसत्त्व की बीवी।

नाटक : भूख आग है, हमारी बुढ़िया, सवाल और स्वप्न, परिवार अखाड़ा।

समीक्षा : टेकनीक इन दि टेल्ज़ ऑफ़ हेनरी जेम्ज़।

अनुवाद : *अंग्रेज़ी में*—स्टेप्स इन डार्कनेस (उसका बचपन), बिमल इन बाग (बिमल उर्फ़ जाएँ तो जाएँ कहाँ), डाइंग अलोन (दूसरा न कोई और दस कहानियाँ), द ब्रोकन मिरर (गुज़रा हुआ ज़माना), सायलेंस (चुनी हुई कहानियाँ), इन द डार्क (मुक्तिबोध : अँधेरे में), फ़ायर इन दि बैली / आवर ओल्ड वोमन (भूख आग है, हमारी बुढ़िया)।

हिन्दी में—गॉडो के इन्तज़ार में (बेकिट), आख़िरी खेल (बेकिट), फ़ेड्रा (रासीन), एलिस अजूबों की दुनिया में (लुईस केरल)।

अनेक रचनाओं के अनुवाद बंगला, उर्दू, गुजराती, तमिल, मलयाली, मराठी आदि अन्य भारतीय भाषाओं और अंग्रेज़ी के अलावा जर्मन, इतालवी, हिस्पानवी, फ़्रांसीसी, नार्विजियन, स्वीडिश और पोलिश में प्रकाशित हो चुके हैं।

आवरण : चम्पा

उन कामकाजी औरतों के नाम
जिनमें मुझे शानो की
शक्ल दिखायी दी

एक नौकरानी की डायरी

मां कहती है मालक लोग बहुत कमीने होते हैं, उनका कोई भरोसा नहीं, उन्हें हम लोगों से कोई हमदर्दी नहीं, उनकी बातों में कभी मत आना। मां लोगों के बरतन मलते-मलते बूढ़ी हो गयी है। मुझे उस पर तरस आता है। गुस्सा भी। गुस्सा मुझे बापू पर ज़्यादा आता है। मां न होती तो हम मर गये होते। बापू समेत। .... बापू बरसों से बीमार और बेकार है। मां कहती है बीमार तो अब हुआ, वह हरामख़ोर है, उसे बस पीने के लिए दारू मिलता रहे, उसे और किसी की क्या चिंता। अब तो बापू खा-पी भी कुछ नहीं सकता। कोई चीज़ टिकती ही नहीं उसके अन्दर। जिगर जल गया है उसका। मां कहती है कल का मरता आज मरे। और फिर रोने बैठ जाती है। मुझे बापू पर तरस आता है। गुस्सा भी। मुझे मां से डर लगता है। जब वह बापू को गालियां देने लगती है, तब मुझे उस पर गुस्सा भी बहुत आता है। गुस्सा मुझे अपने आप पर भी बहुत आता है। कभी-कभी जी करता है टुकड़े कर दूं अपने। मां कहती है लड़कियों को इतना गुस्सा नहीं आना चाहिए। कहती है, मुझे देखो, मैंने कम दुख झेले हैं, तेरे बापू की बकवास सुनते-सुनते और लोगों के बरतन मलते-मलते बूढ़ी हो गई हूं।

मैं भी चाकरी करते-करते बूढ़ी हो जाऊंगी। मां की तरह। मेरे बच्चे भी। मुझे भी कोई मिल जाएगा बापू जैसा बीमार और बेकार। यह मैं क्या सोच रही हूं। मैं बच्चे नहीं जनूंगी, शादी नहीं करूंगी। मां कहती है, जनोगी कैसे नहीं, बच्चे जनना तो औरत का धरम है। मुझे नहीं चाहिए यह धरम-करम। मां कहती है, तेरा दिमाग़ ख़राब हो गया है। हुआ नहीं तो हो जाएगा। मुझे यह काम छोड़ देना चाहिए। मुझे स्कूल नहीं छोड़ना चाहिए था। अब तक दसवीं पास कर ली होती। तो क्या होता। तो मैं दसवीं पास नौकरानी होती। अब आठवीं फ़ेल हूं। मैं भी बूढ़ी हो जाऊंगी, मां की तरह, बरतन मलते-मलते। लेकिन मैं शादी नहीं करूंगी। बच्चे नहीं जनूंगी। मैं नये ज़माने की। नौकरानी। हंसी भी आती है, रुलायी भी।

आज डस्टिंग कर रही थी कि मोटी मेम ने फिर टोकना शुरू कर दिया। बोली, इतना ज़ोर कहां से आ जाता है तुम लोगों में, क्या खाती हो, सब तोड़-फोड़ डालोगी ? कितनी बार समझाया है, आराम से किया करो सब काम। पटाख़-पटाख़ करती रहती है। इतना क़ीमती सामान। पता नहीं दिमाग़ है कि भूसा।

मोटी बहुत बकती है। मन करता है मनमन की गालियां दूं। मन-ही-मन देती रहती हूं। मन करता है किसी दिन झाड़न उसके मुंह पर दे मारूं। मां कहती है, बकती है तो बकने दे, तू चुपचाप काम करती रह, जिस दिन कोई और घर मिल जाएगा तो छोड़ देना। मां कहती है, सब मालकिनें बकती हैं। कोई कम, कोई ज़्यादा। कोई मन ही मन, कोई मुंह से। मां ठीक ही कहती है। उन्नीस-बीस का फ़रक़ हो तो हो। सब परले दरजे की शक्की और कंजूस। मालक सब बदमाश, हबसी। लेकिन यह मोटी तो बहुत ही ज़्यादा बकती है। जब कभी बीमार पड़ जाती है, मैं बहुत ख़ुश होती हूँ। लेकिन वह पलंग पर पड़ी-पड़ी भी बकती रहती है। मुझे उसके आदमी पर तरस आता है। वह बेचारा बहुत दब्बू है। पतला पतंग। मैंने देखा है मोटियों के घरवाले अक्सर पतले होते हैं, पतलियों के अक्सर मोटे। पता नहीं क्यों। मां कहती है यह क़ुदरत का खेल है। मुझे तो यह कुदरत का मज़ाक़ ही लगता है। पतले अक्सर दब्बू होते हैं, मोटे अक्सर दबंग। मोटियां भी।

मोटी मुझसे जलती है। जानती है, मैं उससे ज़्यादा सुन्दर हूँ। उसका घरवाला भी जानता होगा। बेचारा। सब मालकिनें नौजवान नौकरानियों से जलती हैं। उन्हें अपनी सौत समझती हैं। उन्हें डर लगा रहता है, वह उनके घरवालों को पटा लेंगी। मां कहती है, कुछ नौकरानियां पटा भी लेती होंगी। वह कहती है, मालकों से बच कर रहना चाहिए। मालकों के बेटों से भी। मां ने पता नहीं क्या-क्या देखा है, क्या-क्या भोगा है। उसकी बातों से लगता है, बहुत कुछ। शायद सब कुछ। मुझे पता नहीं क्या-क्या भोगना पड़ेगा। एक दिन मोटी का ग़ुसलख़ाना साफ़ कर रही थी कि उसका घरवाला दरवाज़ा धकेल कर अन्दर आ गया। उस बेचारे को पता नहीं होगा। मैं अन्दर थी। मुझे देखते ही वह पीछे हट गया। मैंने दरवाज़ा फिर उड़का दिया क्योंकि मोटी कहती है ग़ुसलख़ाने के छींटे बाहर न उड़ें। मोटी ने उस बेचारे को रगड़ना

शुरू कर दिया था। ऊंची-ऊंची आवाज़ में। शर्म तो नहीं आती ! क्या देखने गये थे अन्दर ! वह मुश्टन्डी भी बेहया, तुम भी। बस-बस, मुझे सब मालूम है। मैं उस रंडी को निकाल दूंगी।

वह बाहर बके जा रही थी, मैं गुसलखाने में खड़ी साफ़ सुन रही थी। मुझे सुनाने के लिए ही तो वह बक रही थी। मुझे गुस्सा भी आ रहा था, मज़ा भी। मज़ा पता नहीं क्यों। मेरे बाहर आ जाने के बाद भी उसका मुंह बन्द नहीं हुआ। मुझे साब बेचारे पर तरस आ रहा था। और गुस्सा भी। उसने मोटी के मुंह पर थप्पड़ क्यों नहीं मारा, उसे गाली क्यों नहीं दी। उस दिन जब गुसलख़ाने के अन्दर आया तो शायद वह नहाने के लिए ही था लेकिन एक पल के लिए तो मैं भी यही समझी कि वह बुरी नियत से ही आया था। लेकिन नहीं। वह बेचारा तो मोटी से इतना डरता है कि आंख उठा कर देखता तक भी नहीं मुझे। जब वह बिदक कर पीछे हट बाहर निकल गया तो मुझे हंसी आ गई थी। अगर मोटी ने मुझे हंसते सुन लिया होता तो न जाने वह क्या करती। मुझे निकाल देने की धमकियां वह अक्सर देती रहती है। निकालती नहीं। निकालेगी नहीं, आजकल नौकरानियां आसानी से नहीं मिलतीं। और फिर मोटी का लड़का मेरी तरफ़दारी करता है। कहता है मैं साफ़ सुथरी हूं। काम अच्छा करती हूं। मोटी का लड़का भी मोटा है। मोटियों के बच्चे अक्सर मोटे होते हैं। बच्चे जन लेने के बाद अक्सर औरतें मोटी हो जाती हैं। मैं भी हो जाऊंगी—मोटी। मैं बच्चे जनूंगी ही नहीं, क्या फ़ायदा ? ज़िंदगी भर मोटियों के ग़सलख़ाने साफ़ करने पड़ेंगे। मोटी का गुसलख़ाना बहुत गन्दा होता है। जब वह नहा कर निकलती है तब तो और भी। पता नहीं कहां-कहां से इतनी मैल निकाल कर छोड़ जाती हैं। मोटियों की मैल भी मोटी। हर तीसरे-चौथे रोज़ तो शायद बालसफ़ा पाउडर लगाती है। उस से इतना भी नहीं होता कि बाल तो खुद बाहर फेंक दे। कभी-कभी तो मैं उन्हें नाली में ही घुसेड़ देती हूँ। फिर जब नाली बन्द हो जाती है तो चिल्लाने लगती है। चिल्लाती रहे, मुझे क्या।

बंगालियों के घर में आज बहुत घमासान हुआ। बंगाली पूरे बंगाली नहीं, यहां रहते-रहते आधे हिन्दुस्तानी हो गये हैं। खिचड़ी भाषा बोलते हैं। झगड़े की वजह उनकी बड़ी लड़की झरना थी जो किसी मुसलमान के साथ फंसी हुई है। आज झरना की मां लक्ष्मी को पता नहीं कैसे इस बात का पता चल गया और उसने चीख़ना-चिल्लाना

शुरू कर दिया। साब ने बहुत समझाया कि शान्ती के सामने तमाशा मत करो लेकिन बंगालन पर तो जैसे दौरा ही पड़ गया। उस वक़्त झरना घर में नहीं थी, पिछली रात भर उसने कहीं बाहर ही बितायी थी। हो सकता है अपने मुसलमान के साथ ही। बंगालन बार-बार बंगाली भाषा में एक ही फ़िक़रा दुहराए जा रही थी जो मैं साफ समझ तो नहीं सकी लेकिन मेरा अन्दाज़ा है कि वह यही दुहाई दे रही होगी कि झरना ने ख़ानदान का नाम मिट्टी में मिला दिया। ऐसा ही कुछ होगा। झरना की छोटी बहन देवी ने भी मां को शान्त रहने के लिए बार-बार कहा। शान्ती को तो जा लेने दो मां। लेकिन मां शान्त नहीं हुई। देवी और झरना को बंगाली कम आती है, हिन्दी ज़्यादा, इसलिए उनकी बातें मैं समझ लेती हूं। बंगालन चिल्ला ही रही थी कि झरना आ गई। उसे देखते ही बंगालन ने माथा पीटना शुरू कर दिया। मैं तो हैरान। मैं समझती थी कि बंगाली बहुत भले और भोले होते हैं। और यह सच है कि उनके घर में कोई भी कभी मुझे झिड़कता नहीं—आज मुझे पता चला कि बंगाली भीतर से बम के गोले होते हैं। बंगालन ऐसे माथा पीट रही थी जैसे मां पीटती है, कभी-कभी। ख़ैर, मैं सब देख-सुन ही रही थी और मज़ा ले ही रही थी कि बंगालन ने मुझे देख लिया। देखा तो पहले ही होगा, ध्यान नहीं दिया होगा। वैसे साब और देवी बार-बार उसे समझा तो रहे थे कि शान्ती के सामने तमाशा न करो लेकिन उसने सुना ही नहीं होगा। या जो हो, मुझे देखते ही उसे जैसे होश आ गयी और उसने चीखना-चिल्लाना बन्द कर मुझसे पूछना शुरू कर दिया कि मैं वहां खड़ी क्या कर रही थी, जल्दी-जल्दी अपना काम ख़त्म करके चली क्यों नहीं गयी। मैं मन ही मन सोच रही थी यह बंगालन भी अन्दर से उस मोटी की बहन निकली। मुझे गुस्सा तो बहुत आया लेकिन मैं चुप रही और कुछ देर बाद घर चली आयी। उस अख़बार वाले के घर जाने का मन ही नहीं हुआ। अब कल कोई झूठ बोलना पड़ेगा, बोल दूंगी। अख़बार वाला साब बहुत भोला है। उस पर कोई भी बहाना चल जाता है। मैंने देखा है कि बूढ़े अक्सर भोले होते हैं। कभी-कभी बुद्धू भी। लेकिन सब नहीं। कुछ बूढ़े बदमाश भी होते हैं। जैसे हमारा हकीम। अखबार वाला पढ़ा-लिखा तो बहुत है लेकिन है एकदम सीधा। उसने कभी मेरे किसी बहाने पर शक नहीं किया। जो कहती हूँ मान् लेता है, मां कहती है, उसकी बीवी उसे छोड़ गयी है। कहती है, उसे भोला मत समझो, अख़बार वाले भोले नहीं होते। नहीं होते होंगे, वह तो है। मैं उसे अंकल कह कर बुलाती हूँ। मन ही मन। मां कहती है, आजकल के बूढ़े भी बहुत बदमाश होते हैं, और फिर अखबार वाले, वह तो असल में बूढ़े भी नहीं होते, उनके बाल तो दिमाग़ी काम की वजह से सफ़ेद हो जाते हैं। कभी-कभी मुझे भी महसूस होता है जैसे वह सचमुच का बूढ़ा नहीं। कभी-कभी मुझे डर महसूस होता है कि किसी दिन कोई उसे अमीर बूढ़ा समझ कर मार जाएगा। अकेले दुकेले बूढ़ों के क़तल की ख़बरें आजकल बहुत छपती हैं अख़बारों में। वह

अमीर नहीं, सिर्फ़ लापरवाह है। उसके घर में उसकी घड़ी, पैसे वग़ैरह इधर-उधर गिरे पड़े रहते हैं। मैं उठा-संभाल कर उसे देती रहती हूँ। वह मुझ पर शक नहीं करता। इसीलिए वह मुझे अच्छा लगता है। है भी अच्छा। घर के हर कमरे में अख़बारों और किताबों के ढेर लगे रहते हैं।

मन करता है मोटी का घर छोड़ दूं लेकिन उसका लड़का मुझे अच्छा लगता है। उसे देखना मुझे अच्छा लगता है, और मुझे देखना उसे। कोई ऐसी-वैसी बात बेशक अभी नहीं हुई। शायद होगी भी नहीं। वह मुझसे काफ़ी छोटा है लेकिन इतना छोटा भी नहीं कि मैं खुल कर उससे बात कर सकूं या उस से लाड़-प्यार कर सकूं। है तो वह मोटा लेकिन इतना मोटा भी नहीं कि उस पर हंसी आए या उसके बारे में मन में कोई ऐसा-वैसा ख़याल ही न आए। ऐसा-वैसा ख़याल तो मेरे मन में कभी-कभी उसके बाप के बारे में भी आ जाता है। जैसा कि उस दिन जब वह गुसलख़ाने में घुस आया था और मैं अन्दर थी। वैसे शायद अगर मोटी ने इतना शोर न मचाया होता तो मैं इस वक्त उसके घरवाले या लड़के के बारे में ऐसी वैसी बातें न सोच रही होती। अजीब बात है मोटी को अपने बेटे के बिगड़ने का कोई ख़तरा नहीं। आज वह उसके सामने मुझे बिटर-बिटर देख रहा था, जब मैं सफाई कर रही थी। मुझे नहीं, मेरी छातियों को। वह मुझे देख नहीं, घूर रहा था, बल्कि टटोल रहा था, अपनी आंखों से, और मैं यूं सफ़ाई कर रही थी जैसे मेरे सिवा वहां कोई हो ही न। मेरी कमीज़ खुली और पतली थी और उसके नीचे मैंने अंगिया नहीं पहनी हुई थी। अंगिया पहनना मुझे पसंद नहीं। झरना और देवी भी अक्सर अंगिया नहीं पहनती। बंगालिन कभी-कभी उन्हें समझाती है कि उन्हें अंगिया पहननी चाहिए, कि उसके बग़ैर छातियां छलकती रहती हैं, कि अगर अंगिया न पहनो तो वह वक़्त से पहले ही लटक जाती हैं। नारियल की तरह। बंगालन शायद किसी दिन मुझे भी हिदायत करे। मोटी ने देखा तो होगा कि उसका मोटू क्या देख रहा था। मेरा ख़याल है कि उसे अपने पति की ही चिन्ता है, बेटे की नहीं। मेरा ख़याल है कि अगर उनके बेटे नौकरानी को घूर-घार या छू-छा लें तो मालकिनों को तकलीफ नहीं होती, ख़ुशी ही होती है क्योंकि उन्हें भरोसा होता है कि उनके बेटे नौकरानी से छेड़छाड़ भले ही कर लें, उससे फंसेंगे नहीं। लेकिन अपने पतियों पर उन्हें कोई भरोसा नहीं होता, रत्ती भर भी नहीं, इसीलिए उन पर उनकी निगरानी बहुत कड़ी रहती है। पहरे के बावजूद उनके पति छेड़ाखानी से बाज़

नहीं आते। अब उस बंगाली की ही बात करूं जो ऊपर से तो इतना शरीफ और गऊ नज़र आता है लेकिन मौक़ा मिलते ही वह आंख या कन्धा मारने से बाज़ नहीं आता, हालांकि वह अगर बूढ़ा नहीं तो अधेड़ तो है ही। दो तीन दिन पहले बंगालन थोड़ी देर के लिए किसी काम से बाहर गयी हुई थी, देवी सो रही थी और झरना हमेशा की तरह ग़ायब थी, और मैं रसोई में बरतन साफ कर रही थी तो बंगाली साब चुपके से आए और सिंक में हाथ धोने के बहाने मेरी पीठ से अपना कन्धा दबा कर दो मिनिट हाथ धोते रहे। मैंने भी सोचा कि साब को अगर इस से सुख मिलता है तो मेरा क्या जाता है। मैं चुपचाप बरतन मलती रही।

मां कहती है, आजकल सगे बाप और भाई का भी कोई भरोसा नहीं, किसी मुर्दा मर्द का भी नहीं। मां ने पता नहीं क्या-क्या देखा और सहा है। उसकी बातों में न जाने क्या-क्या बोलता रहता है ! किसी दिन उसके पास बैठ कहूँगी, मां मुझे अपनी आपबीती सुनाओ शुरू से। वह सुनाएगी नहीं। उसे टुकड़ों में बात करने की आदत है। आते-जाते। मैंने कभी उसे आराम से बैठ बात करते या खाते-पीते नहीं देखा। उसे वक्त ही कहां मिलता है। मुंह-अन्धेरे घर से निकलती है, रात गये लौटती है। कहती है बरसों से यही हाल है। मेरा भी यही होगा। मैं नहीं होने दूंगी। तो करूंगी क्या ? कुछ तो करूंगी ही। और जो करूं, शादी नहीं करूंगी। की तो बरबाद हो जाऊंगी। मां की तरह। मां ने न की होती तो उसे इतनी मेहनत न करनी पड़ती। मैं मेहनत से नहीं घबराती लेकिन उसका कुछ फ़ायदा भी तो हो, कुछ फल भी तो मिले। मेरा दिमाग़ खराब हो रहा है। ख़राब नहीं, ठीक। मैं शादी नहीं करूंगी, बच्चे नहीं जनूंगी, सारी उमर लोगों के बरतन नहीं मलूंगी, उनकी बकवास नहीं सुनूंगी। तो फिर करूंगी क्या ? अपनस सिर ?

दो दिनों से 'आन्टी' आयी हुई है। बुरा हाल है। इतना दर्द ! मां को मालूम है। वह कहती है कोई नुक्स होगा। आज अगर वह डाक्टरनी होती तो उसे दिखाती। बेचारी। अच्छी थी। उसने भी तो यही सोच कर शादी नहीं की होगी कि शादी का कोई फ़ायदा नहीं। सारी उमर एक कुत्ते के सहारे गुज़ार दी। अब उसका वह कुत्ता कहां होगा ? उसके मकान पर तो उसकी बहन का क़ब्ज़ा है। उसे मारा किसने ? अगर मैं उन दिनों उसके घर में काम कर रही होती तो मुझ पर भी शक करते सब लोग और पुलिस वाले। जब उसने मुझे निकाला था तो मुझे कितना बुरा लगा

था। असल में उसने निकाला नहीं था मुझे, यही कहा था कि मुझ से काम करवाना उसे अच्छा नहीं लगता, कि मेरी उमर काम करने की नहीं, कि मुझे फिर स्कूल में भरती हो जाना चाहिए। उसने बहुत कुछ कहा था, बहुत समझाया था। लेकिन मैं अड़ी रही थी। मां भी। अब कभी-कभी सोचती हूँ, अगर मैंने उसकी बात मान ली होती तो अच्छा ही होता। लेकिन क्या अच्छा होता ! दसवीं तक पढ़ भी लेती तो क्या हो जाता ? उस डाक्टरनी ने तो यह भी कहा था कि दसवीं कर लूंगी तो वह मुझे अपने ही अस्पताल में काम दिलवा देगी। लेकिन क्या काम दिलवा देती वह ? वहां भी गन्दगी ही उठानी पड़ती। बीमारों की। उससे घरों का काम अच्छा।

वैसे वह डाक्टरनी थी बहुत अच्छी। कमाती भी बहुत थी। काम भी बहुत करती थी। अकेली न रहती होती तो शायद बच जाती। पता नहीं उसे मारा किसने ? बुरी तरह मारा था जिसने भी मारा था। कुछ मारने वाले भी बहुत ही ज़ालम होते हैं। बेचारी के साथ बुरा काम भी किया था मारने वालों ने। मारने से पहले। पांच साल से भी ऊपर हो गये। तब मेरी उमर पता नहीं कितनी थी। आठवीं का इम्तहान देने से पहले ही मैंने स्कूल छोड़ दिया था। आन्टी होनी शुरू हो गयी थी। डाक्टरनी ने मुझे आन्टी के बारे में बहुत कुछ बताया था। दवा भी दी थी। मां कहती है उस बेचारी को मारने वाले उसी के साथी वाथी थे। उस वक़्त बड़ी दहशत फैली थी। ललिता कहती है उसे सब याद है।

आज मैंने एक छोटी-सी चोरी की। बंगालिन का गुसलख़ाना साफ़ करते-करते मेरी नज़र विस्पर पैड के बड़े से डिब्बे पर जा पड़ी। और मैंने झट उसमें से एक पैड निकाल कर जल्दी-जल्दी वहां रख लिया। ग़लत-सलत। जो कपड़ा वहां फंसाया हुआ था, उसे निकाल दिया। वह खून से लथपथ था। उसे मैंने गुसलख़ाने की खिड़की से नीचे फेंक दिया। डरते-डरते। फिर सारा वक़्त मुझे यही डर लगा रहा कि अगर काम करते-करते पैड गिर पड़ा तो क्या करूंगी। वह गिरा तो नहीं लेकिन उसने तंग बहुत किया। आख़िर उस अख़बार वाले साब के घर ज कर मैंने गुसलख़ाने का दरवाज़ा अन्दर से बन्द कर लिया और फिर आराम से उसे फ़िट कर लिया। उसके बाद दर्द भी कम हो गया, काम करने में भी तकलीफ़ नहीं हुई।

अख़बार वाले साब के गुसलख़ाने में मैं सब कुछ आराम से कर लेती हूँ। यह भी नहीं लगता कि कोई चोरी कर रही हूं। अख़बार वाला साब नीचे उतरता

ही नहीं। अपने काम में ही डूबा रहता है। पता नहीं करता क्या रहता है। मैं उसका काम मन लगा कर करती हूँ। काम ज़्यादा होता भी नहीं। सब से बड़ी बात तो यह कि कोई चिख़-चिख़ नहीं होती। मां बताती है अख़बार वाले की बीवी भी बुरी नहीं थी। पता नहीं वह उसे छोड़ क्यों गयी। मां कहती है, कोई झगड़ा हुआ होगा। कोई ख़ास झगड़ा।

अगर बंगालिन को पता चल गया कि मैंने पैड चुराया है तो वह पता नहीं क्या करेगी। उसे पता नहीं चलेगा। डिब्बा तो झरना और देवी का ही होगा, बंगालन का नहीं। उसे तो अब आन्टी आती ही नहीं होगी। लेकिन मां को तो अब भी आ जाती है कभी-कभी। हर महीने नहीं। हर महीने किसी को नहीं आनी चाहिए। मां कहती है, क़ुदरत का खेल। मैं कहती हूं, क़ुदरत का मज़ाक़।

यह मेरी पहली चोरी नहीं। बंगालिन और मोटी के गुसलख़ाने में मैने कई बार चोरी-चोरी पेशाब किया है। डरते-डरते, जल्दी-जल्दी। सोचती रहती हूं पकड़ी गयी तो क्या कहूंगी ? कह दूंगी, ज़ोर से आ गया था, क्या करती, सलवार में तो कर नहीं सकती। वैसे मुझे ज़ोर से आता कम ही है। वैसे ही इस चोरी में मुझे ख़ास मज़ा आता है। गन्दा सा। गुसलख़ानों में मुंह हाथ धोना भी मुझे अच्छा लगता है। अख़बार वाले साब के गुसलख़ाने में मैं सब कुछ कर लेती हूं। वहां डर नहीं लगता।

पैड पिचपिच कर रहा है लेकिन अब इसे कल ही निकालूंगी।

एक डिब्बा ख़रीद लेना चाहिए। बहुत महंगा होगा। मां नाराज़ होगी। ख़रीदते हुए शर्म भी आएगी। दुकानदार सोचेगा, लड़की का नख़रा तो देखो ! लेकिन वह समझेगा मैं अपनी मालकिन के लिए ही ख़रीद रही हूँ।

कभी-कभी काफ़ी साफ़ सुथरे पैड इधर-उधर पड़े दिखायी दे जाते हैं। मन करता है उठा लूं। फिर सोचती हूं पराए गन्दे पैडों से अपने गन्दे कपड़े बेहतर। जैसे परायी जूठन से अपनी रूखी-सूखी। कभी-कभी जब वह मोटी कोई काला केला या बची-खुची सब्ज़ी मुझे थमा देती है तो मन करता है उसके मुंह पर दे मारूं। लेकिन गुस्सा पी जाती हूं और उसका दिया हुआ पुड़ा फेंक देती हूँ।

अख़बार वाले साब के घर आज काम करते-करते मेरी निगाह एक पुराने अख़बार की सुर्ख़ी पर जा पड़ी और मैंने वहीं बैठ कर उस ख़बर को पढ़ना शुरू कर दिया।

किसी बच्ची के साथ बलात्कार की ख़बर थी। बच्ची की उमर यही कोई सात आठ साल लिखी हुई थी। मैं ख़बर पढ़ती जा रही थी और कांपती जा रही थी। तभी अख़बार वाले साब की आवाज आयी और मैं उछल कर खड़ी हो गयी। साब ने पूछा, क्या पढ़ रही थी। मैंने उस ख़बर की तरफ़ इशारा किया तो साब ने अख़बार लेकर एक तरफ़ रख दी। फिर उसने पूछा, तुम पढ़ना जानती हो ? मैंने सिर हाँ में हिला दिया। उसने एक किताब उठा कर मेरे हाथ में दी और कहा, पढ़ कर सुनाओ तो। मैंने किताब खोल कर एक जगह से पढ़ना शुरू कर दिया—फ़र्राटे से। साब हैरान। बोला, अरी तुम तो मुझ से भी तेज़ पढ़ती हो। मैंने किताब उसके हाथ में दे दी और झाड़ू उठा लिया तो वह बोला, आज तुम सफ़ाई नहीं करोगी। अब मैं हैरान। साब हंस रहा था और मैं लालोलाल हुई जा रही थी। मेरा ख़याल था कि वह कोई बुरी हरकत करेगा लेकिन उसने मुझे छुआ तक नहीं। उसने वह किताब उठा कर मुझे दे दी और कहा, इसे घर ले जाओ और पढ़ो। मैंने कहा, नहीं साब, मां नाराज़ होगी। इस पर वह हंसा और बोला, मां को कल साथ लाना, मैं उससे बात करूंगा। अब मैं उसे क्या बताती कि मां उसके बारे में क्या-क्या कहती रहती है। मैंने कहा, मां नहीं आएगी, और मैंने कमरे में झाड़ू लगाना शुरू कर दिया। साब कुछ देर तक मुझे देखता रहा, फिर बोला, शान्ती तुम्हें पढ़ना-लिखना चाहिए, यह काम तुम्हारे लायक़ नहीं। मुझे वह डाक्टरनी याद आ गयी। कहीं उसकी तरह यह साब भी किसी दिन मार न दिया जाए ! मेरे कान जलने लगे और वह दूसरे कमरे में चला गया। मैंने वह किताब मेज़ पर रख दी। मां को मेरा लिखना बुरा लगता है, पढ़ना तो और बुरा लगेगा।

आज मैं सब घर निबटा कर थकी-मांदी घर जा रही थी कि मार्किट में किताबों की दुकान के सामने मिसिज़ वर्मा ने पकड़ लिया। बोली, तुम्हें भगवान ने भेज दिया, मैं तुम्हें ही ढूँढ़ रही थी। मिसिज़ वर्मा मुझे अच्छी लगती है, उसकी बातें भी। मुझे वह सब लोग अच्छे लगते हैं जो मेरे साथ ठीक तरह से बात करें, मुझे यह पता न चलने दें कि मैं नौकरानी हूं। मिसिज़ वर्मा में बस एक ही ख़राबी है—उसे सफ़ाई का वहम है। दस बार हाथ-पैर धोने पड़ते थे, हर तीसरे दिन नाखून दिखाने पड़ते थे, हर रोज कपड़े बदलने पड़ते थे। इसीलिए मैंने उसका घर छोड़ दिया था। बूढ़ियों को सफ़ाई का वहम कुछ ज़्यादा ही होता है। पढ़ी लिखी बूढ़ियों को भी। मिसिज़

वर्मा बहुत पढ़ी-लिखी हैं। हर वक़्त पढ़ती-लिखती रहती हैं। उस अख़बार वाले साब की तरह। उसे तो उसी की बीवी होना चाहिए था। मां कहती है, मिसिज़ वर्मा का घरवाला तो उससे भी ज़्यादा पढ़ा लिखा था, उसे चल बसे चार बरस हो गये हैं। उसके जाने के बाद ही मां ने उनका घर छोड़ दिया था और मुझे वहां लगवा दिया था। मिसिज़ वर्मा हमेशा मां की सफ़ाई का मुक़ाबला मेरी से किया करती थी। मुझे अच्छा भी लगता था, बुरा भी। लिखने की आदत मुझे मिसिज़ वर्मा ने ही डाली। उसके घर में भी किताबें बहुत हैं। चुन-चुन कर देती रहती थी। मां नाराज़ हुआ करती थी। बाद में मुझे भी लगने लगा था, पढ़ने से मेरा दिमाग़ ख़राब हुआ जा रहा था। मां और बापू की बातों पर मैं झुंझला उठती थी। अपना घर अच्छा नहीं लगता था। अपना मुहल्ला भी। वह तो अब भी नहीं लगता, उसमें है ही क्या लेकिन अपने घर की बात और है। अपना घर अपना घर। लेकिन शुरू-शुरू में जब मैंने बीजी की दी हुई किताबों को पढ़ना शुरू किया तो मुझे अजीब-अजीब सपने दिखायी देने लगे थे। जी डांवाडोल रहने लगा था। मन में उल्टे सीधे ख़याल आते रहते थे। और जब मैंने मिसिज़ वर्मा को यह सब बताया तो वह बोली, अरी पगली, किताबों का क़सूर नहीं, उन्हें क्यों दोष देती है, तू बड़ी हो रही है, इसलिए तेरे तनमन में हलचल हो रही है। उसकी बात आधी समझ आयी थी, आधी नहीं। मां को बताया तो वह हंसते हुए बोली, मिसिज़ वर्मा को चाहिए तुम्हें बेटी बना ले। मैं सुन कर चौंक उठी थी। मिसिज़ वर्मा की दी हुई किताबों का एक असर यह हुआ था कि मैंने दिन में भी सपने देखने शुरू कर दिये थे। और उन सपनों में एक यह भी था कि मिसिज़ वर्मा मुझे अपनी बेटी बना ले। मैंने इसके बारे में मां से कोई बात नहीं की थी। मां मेरा मन अक्सर बूझ लेती है। लेकिन मां भी जानती है और मैं भी कि कोई किसी नौकर-नौकरानी को बेटा-बेटी नहीं बनाता। काम करवाने के लिए बेटी-बेटा कह देने की बात और है। उसमें क्या लगता है। ज़बानी जमाख़र्च। वह तो आजकल रिवाज सा हो गया है। बूढ़े तो बूढ़े, जवान भी हर किसी को बेटा-बेटी कहते रहते हैं। कभी-कभी मोटी मेम भी मुझे बेटी कह देती है। शानो बेटी यह कूड़ा तो उठा कर बाहर फेंक दो ! यह भी एक तरह की ख़ुशामद। झूठी सरासर झूठी। वैसे अख़बार वाला साब और मिसिज़ वर्मा मुझे बेटी कह कर नहीं बुलाते। जान गये होंगे कि मुझे झूठी ख़ुशामद अच्छी नहीं लगती।

मिसिज़ वर्मा ने मेरी ऊटपटांग बातें सुन मुझे सलाह दी थी कि मैं हर रोज रात सोने से पहले अपने दिल का हाल एक कापी में लिख दिया करूं। मैंने पूछा इसका फ़ायदा क्या होगा तो वह बोली, फ़ायदा भी होगा, तू लिखना तो शुरू कर, तुझे लिखना आ जाएगा। मैंने कहा वह तो मुझे आता ही है, तो वह बोली, और आ जाएगा। फिर उसने बताया था कि लिखने से लिखना ही नहीं मुझे जीना भी आ जाएगा। बात मुझे भायी तो थी, समझ में नहीं आयी थी, अब कुछ कुछ आने

लगी है। और अभी मुझे शुरू किये दिन ही कितने हुए हैं, अभी तो हाथ भी नहीं खुला। लगता रहता है जैसे यूं ही कोई बेकार-सी नयी आदत डाल ली हो। मिसिज़ वर्मा के कहने पर। फिर सोचती हूं उसने कुछ तो देखा ही होगा मुझ में, नहीं तो उसने क्यों अपने पैसों से मुझे इतनी बड़ी कापी ला दी होती। और क़लम दवात भी। वह खुद भी क़लम दवात से लिखती है, कहती है इस तरह हाथ नहीं दुखता, पिन्सिल या बाल पाइंट से लिखो तो हाथ भी दुखता है, कन्धा भी। अब मुझे क्या पता इन बातों का। मिसिज़ वर्मा ने यह भी कहा था कि मैं किसी को अपना लिखा हुआ दिखाऊं नहीं। मैंने पूछा था, अगर किसी को दिखाना नहीं तो लिखने की क्या ज़रूरत है ? वह बोली थी, तू बेवकूफ़ है, बहस बहुत करती है, कभी-कभी किसी बड़े की बात बग़ैर बहस के भी मान लेनी चाहिए। और मैंने उसकी बात मान ली थी। हर रोज़ तो नहीं, जब मूड होता है, कुछ लिख देती हूँ। और अब तो मुझे रस भी आने लगा है। हिन्दी भी साफ़ होती जा रही है। लगता है जैसे अपने से दिल की बात हो रही हो। और कभी-कभी यह भी लगता है कि काग़ज़ बरबाद कर रही हूँ। और वक़्त भी। बेकार में। फिर सोचती हूँ फ़ायदा हो न हो, नुक़सान नहीं होगा। काग़ज़ क़लम दवात मुफ़्त की। बाक़ी रहा वक़्त। वह तो वैसे भी बरबाद ही हो रहा है। अगर मिसिज़ वर्मा को इस बात से कुछ तसल्ली मिलती है तो मेरा क्या जाता है। और सच कहूं तो तसल्ली मुझे भी मिल रही है। उसी तरह की जैसी रोज नहाने से। या कुछ अच्छा खा लेने से। या कभी-कभी किसी अच्छे सपने से। अब इसी बात को लूं—एक बात को कहने के लिए मैंने तीन बातों का सहारा लिया है। यह पहले नहीं होता था। यह लिखे बग़ैर हो ही नहीं सकता। मैं सचमुच सिरफिरी होती जा रही हूँ, मुझे क्या पता, क्या किसके बग़ैर हो या नहीं हो सकता।

मार्किट में किताबों की दुकान के सामने जब मिसिज़ वर्मा ने मुझे पकड़ लिया तो पहले तो मुझे यही ख़याल आया कि वह पूछेगी, वह कापी अभी भरी कि नहीं। उसने कहा था कि जब कापी भर जाए तो मैं उस से एक और कापी ले जाऊं। लेकिन जब उसकी सफ़ाई के वहम से तंग आकर मैंने उसका घर छोड़ दिया तो मैं उसके घर गयी ही नहीं। हालांकि मैंने दूसरी कापी भी शुरू कर दी है। अब मुझे समझ आने लगा है कि उसने क्यों कहा था कि मैं किसी को अपना लिखा दिखाऊं नहीं। मुझे लगता है कि अगर मैंने किसी को दिखा दिया होता तो मेरा लिखना बन्द हो जाता। बन्द हो जाता तो कौन-सी आफ़त आ जाती। बेकार की डायरी ही लिख रही हूँ, महाभारत तो लिख नहीं रही।

मैं भी वहमी होती जा रही हूँ। मां और मिसिज़ वर्मा की तरह। मिसिज़ वर्मा वहमी नहीं, ख़ब्ती भले ही हो। पढ़े-लिखे अमीर लोग असल में वहमी नहीं होते, दूसरों के वहमों का फ़ायदा उठाते हैं।

मैंने खुद तो अभी तक किसी को अपनी इस नयी बीमारी के बारे में नहीं

बताया लेकिन यह ख़तरा लगा रहता है कि कोई किसी दिन इस डायरी को पढ़ लेगा। मां को पढ़ना नहीं आता। बापू को आता तो है लेकिन बहुत कम। कुन्दन को भी कम ही आता है। सिर्फ़ पारो से ख़तरा हो सकता है लेकिन वह अपने दुख में ही डूबी रहती है, मिलने भी बहुत कम आती है। वैसे भी मैं इन कापियों को अपनी सन्दूकची में रखा करूंगी। ताला लगा कर। मां कभी-कभी पूछ लेती है, क्या लिखती रहती हो। मैं कह देती हूँ, ऐसे ही ऊटपटांग कुछ। एक दिन वह पीछे ही पड़ गयी थी तो मैंने कह दिया था, एक कहानी लिख रही हूँ, फ़िलम बनवाऊंगी। उसने ऐसे देखा था जैसे मेरा दिमाग़ ख़राब हो गया हो। हुआ तो नहीं, हो जाएगा। हो गया तो क्या करूंगी। सड़क किनारे बैठ कर लिखती रहा करूंगी। कोई पूछेगा, क्या लिख रही हो, तो कह दूंगी, कहानी लिख रही हूँ, फिल्म बनवाऊंगी। वह ऐसे देखेगा जैसे पागल हो गयी हूँ।

हां तो मिसिज़ वर्मा ने आज मुझे एक और काम दे दिया। उसकी बहू दुबेयी से आयी हुई है। दो महीनों के लिए। पांच महीने के बेटे बिल्लू के साथ। पांच से शाम आठ बजे तक मैं बिल्लू की आया। उसे पारक में ले जाया करूंगी। परैम में बिठा कर। अब मैं भी आयाओं जैसे नख़रे किया करूँगी। अब मुझे पारक में सैर करने वाले बूढ़े और मस्ती मारने वाले लड़के घूरा करेंगे। चोरी-चोरी, मैं मटक-मटक कर चला करूंगी। भूल जाया करूंगी मैं बिल्लू की आया ही हूं, मां नहीं।

बंगालियों के घर आजकल सन्नाटा छाया रहता है। झरना शायद अलग रहने लगी है। शायद अपने उस मुसलमान के साथ। उसका नाम उनके घर में कोई नहीं लेता। बंगालन दिन भर बिस्तरे में पड़ी रहती है। पूछूं तो कह देती है, पेट ख़राब है। झरना जब से गयी है मैंने गुसलख़ाने में विस्पर पैड का डिब्बा नहीं देखा। साथ ले गई होगी। लेकिन आन्टी तो देवी को भी आती ही होगी। इस मुसीबत का नाम आन्टी किसने रखा। और भी कई नाम होंगे। मोटी के गुसलख़ाने में विस्पर का डिब्बा कभी नहीं देखा। वह भी मेरी तरह फटे-पुराने कपड़ों से ही काम चलाती होगी। या शायद वह अपना डिब्बा आल्मारी में बन्द रखती होगी। सब मालकिनों की अलमारि़यों को ताले लगे रहते हैं। चीनी और अचार तक अलमारियों में रखती हैं। सब नौकर नौकरानियों को चोर समझती हैं। मुझे बहुत गुस्सा आता है। मिसिज़ वर्मा इस मुआमले में दूसरों जैसी नहीं। डाक्टरनी को भी यह वहम था। अख़बार वाले साब को यह

वहम नहीं। उसकी आलमारियां भी खुली रहती हैं, पैसे वग़ैरह भी इधर-उधर पड़े रहते हैं, खाने पीने का सामान तो खुला रहता ही है। इसीलिए उसकी किसी चीज़ को चुराने का ख़याल मेरे मन में कभी नहीं आया। विश्वास करने वाले के साथ विश्वासघात मुश्किल हो जाता है। वैसे भी मैंने देखा है औरतें ज़्यादा शक्की होती हैं, आदमी ज़्यादा लापरवाह। माँ कहती है मालको और मालिकिन में उन्नीस-बीस का फ़र्क़ हो तो हो, ज्यादा नहीं होता। मां बोलती कम है लेकिन जब बोलती है तो मालकिनों के बारे में ही। कहती है मैं उनकी ईचीबीची जानती हूं। पता नहीं मां ने क्या क्या देखा है, क्या-क्या भोगा है। मैं भी बूढ़ी हो जाऊंगी तो मालकिनों की बुराई किया करूंगी। मां ने जम कर कभी अपना कोई दुखड़ा मुझे नहीं सुनाया। बापू के दुखड़े भी मैंने देखे ही हैं, सुने नहीं। अगर मैं बच्चे नहीं जनूंगी तो अपने दुखड़े किसे सुनाऊंगी। लेकिन कुछ लोग तो ऐसे भी होते होंगे जिन्हें दुखड़े होते ही नहीं होंगे। ज़रूर होते होंगे। मां कहती है, नानक दुखिया सब संसार। मैं कहती तो हूँ कि शादी नहीं करूंगी, बच्चे नहीं जनूंगी, लेकिन क्या पता मेरे नसीब में क्या लिखा है। मां जब कहती है कि औरत का धरम है बच्चे जनना तो उसके चेहरे पर दुख का साया ही होता है, सुख की चमक नहीं। ऐसे अजीब-अजीब ख़याल मेरे मन में आ कहां से जाते हैं। चोरों की तरह।

मैंने देवी से आज झरना के बारे में पूछा तो वह बोली, दीदी किसी काम से बाहर गयी हुई हैं। उसकी सूरत और आवाज़ से साफ़ पता चल रहा था वह झूठ बोल रही थी। झरना मुझे अच्छी लगती है। उसका काम मैं मन से किया करती हूँ, इसलिए नहीं कि वह कभी-कभी अपनी मां से छिपा कर मुझे कुछ फल मिठाई वग़ैरह खिला-पिला दिया करती है बल्कि इसलिए कि उसका लहजा मुझे नर्म लगता है और वह भी मेरी तरह जवान है। बंगालिन और देवी का बरताव मेरे साथ बुरा तो नहीं लेकिन यह मैं कभी भी भूल नहीं पाती कि उनकी नज़र में मैं नौकरानी हूँ—आशा माई की बेटी शान्ती। मैं सब की नज़रों पर नज़र रखती हूँ, उन्हें टटोलती रहती हूँ। मैं जानती हूँ मैं नौकरानी हूँ लेकिन चाहती यही हूँ कि लोग मुझे नौकरानी न समझें। मैं जानती हूँ सब मुझे नौकरानी ही समझते हैं लेकिन मैं चाहती हूँ कि उनकी नज़रों में इस समझ की झलक मुझे नज़र न आए। इसीलिए मैं अपने कपड़ों और बालों और चप्पलों वग़ैरह का ख़ास ख़याल रखती हूँ। छोटी थी तो दूसरों के दिये लत्थड़ कपड़े पहन लेती थी, पहन कर खुश होती थी। जब से बड़ी हुई हूँ, मैंने जूठा खाना और पहनना छोड़ दिया है। अव्वल तो मैं लेती ही नहीं, इनकार कर देती हूँ, भले ही देनेवालियों को बुरा लगे। लेकिन अगर कोई पीछे ही पड़ जाए तो लेना पड़ता है लेकिन उन कपड़ों को मैं नहीं पहनती, मां ही पहनती है। मां को भी यह अच्छा तो नहीं लगता लेकिन वह कहती है, मैं भी तेरी और तेरी बहन की तरह नख़रे करने लगूं तो गुज़ारा कैसे हो। मैं नख़रे नहीं करती। बस मुझे अब दूसरों

के लत्थड़ पहनने में शर्म आने लगी है। अच्छा नहीं लगता। लगता है जैसे किसी के उतारे हुए नाखूनों को चबाना पड़ रहा हो और यह कहना कि उनका स्वाद बहुत अच्छा है। नखरे तो ललिता करती है हालांकि उसके सारे कपड़े दूसरों के दिये हुए होते हैं। वह कहती है, मैं फटे-पुराने गन्दे कपड़े लेती ही नहीं, वही लेती हूँ जो पहन सकूं, कुछ अदला-बदली के बाद। वह कहती है, किसी की क्या मजाल कि मुझे फटे पुराने कपड़े दे। मैं कोई भिखारिन तो नहीं, मेहनत की कमाई खाती हूँ, हराम की नहीं। वह कहती है अगर यह लोग हम लोगों को ठीक पगार दें तो इन्हें और कुछ देना ही न पड़े, लेकिन ठीक पगार देते हुए तो इनकी जान जाती है। वह कहती है सब लोग तो ख़ैर दे ही नहीं सकते ठीक पगार लेकिन जो दे सकते हैं वह भी नहीं देते। ललिता को जब ऐसी बातें करते-करते तैश आ जाता है तो उसकी आंखें देखने लायक़ होती हैं और उसके मुंह से गालियां फूट निकलती हैं। जब वह ऐसी हालत में होती है तो उसपर हँसी नहीं आती, आ जाए तो वह नाराज़ हो जाती है, एकदम।

देवी ने तो बता के नहीं दिया कि झरना कहां है लेकिन मेरा ख़याल है, उसने उस मुसलमान के साथ रहना शुरू कर दिया है, शादी अभी शायद नहीं की। इसी दुख के कारण बिस्तरे में पड़ी रहती है। औरतें अपनी बात मनवाने के लिए अक्सर बीमार पड़ जाती हैं, मर्द शोर मचाने लगते हैं। मां भी पहले यही किया करती थी, अब नहीं। अब कहती है, क्या फ़ायदा, क्यों अपने आप को दुख दूं, पीता है तो पिये, मैं तो कहूंगी और पिये ताकि जल्दी-जल्दी मेरी जान छूटे। जब मां इस तरह की बात करती है तो मुझे उस पर गुस्सा आता है और बापू पर तरस और मेरी आंखों में आंसू आ जाते हैं। अब तो बापू ख़ैर चाहे तो भी पी नहीं सकता, अब तो उसके पेट में कुछ टिकता ही नहीं। फिर भी वह कभी-कभी चढ़ा लेता है और फिर खून की उल्टियां करता रहता है। मां कहती है उसे उससे कोई हमदर्दी नहीं। अगर है भी तो वह दिखाती नहीं। मुझे है, गुस्से के बावजूद। जब बापू को कोठरी के कोने में पड़ा हांफते देखती हूँ तो जी करता है वह मर जाए और फिर मुझे रोना आ जाता है लेकिन मैं उसके या मां के सामने रोती नहीं, रोने के लिए मुझे मौक़े का इन्तज़ार करना पड़ता है। कभी-कभी जब मोटी या बंगालिन का गुसलख़ाना साफ कर रही होती हूँ तो अचानक गला भर आता है। एक दिन जब गुसलख़ाने से बाहर निकली तो झरना पीछे पड़ गयी। अरी, तेरी आंखें इतनी लाल क्यों, तू अन्दर बैठी रो रही थी क्या ? उसकी आवाज़ में मुझे हमदर्दी सुनायी दी थी। इसीलिए वह मुझे याद आती रहती है। कभी-कभी लगता है जैसे वह मेरी सहेली या बहन हो। मैं जानती हूँ वह है नहीं, हो ही नहीं सकती, लेकिन फिर भी लगता है जैसे हो।

मां कहती है, , तुम पता नहीं रहती किस दुनिया में हो।

मैं रहती तो इसी दुनिया में हूं लेकिन मन करता रहता है कि किसी और

दुनिया में जा रहूं। किसी ऐसी और दुनिया में जहां नौकरानिया न हों। लेकिन यह काम किसी न किसी को तो करना ही होगा। बस यही मुसीबत है। हर काम किसी न किसी को तो करना ही होगा। लेकिन मैं न नौकरानी का काम करना चाहती हूँ, न नौकरानी कहलवाना चाहती हूँ। पूरी बराबरी न सही, कुछ तो हो। इतनी ऊंच-नीच तो न हो कि कुछ लोग ऐश करें, कुछ लोग भूखों मरें, कुछ लोग हुक्म चलाएं, कुछ लोग जी-जी करते रहें, कुछ लोग कारों में घूमें, कुछ को जूते भी नसीब न हों। मैं मां को कैसे बताऊं मैं किस दुनिया में रहना चाहती हूँ। अपने आपको बताते हुए भी अजीब लग रहा है। अन्दर से आवाज़ आ रही है, तू अपने आपको समझती क्या है, ख़ैर मना कि काम मिला हुआ है, अच्छे मालक मिले हुए हैं, रहने के लिए घर मिला हुआ है, खाने के लिए दोनों जून रोटी मिल जाती है, तन पर कपड़े हैं, पांवों में चप्पलें हैं, कानों में चांदी के बुंदे हैं, और तुझे क्या चाहिए। उनका ख़याल कर जो बेचारे सड़कों पर सोते हैं और घूरों से कचरा बीन कर पेट भरते हैं।

जब से यह नासपीटी डायरी लिखनी शुरू की है अन्दर से अजीब-अजीब आवाज़ें आनी शुरू हो गई हैं।

इस वक़्त एक और आवाज़ आ रही है—मेरी कोई सहेली नहीं। असली। ऐसी जिसे मैं इन अजीब-अजीब आवाज़ों के बारे में बता सकूं। जो इन पर हंसे नहीं। जिसे उसके अपने अन्दर से ऐसी ही आवाज़ें आती हों। यह आवाज़ें असल में आवाज़ें नहीं। ऐसा नहीं कि सचमुच अन्दर बैठा कोई बोल रहा हो। क्या पता बोल भी रहा हो। अब यही बात मैं किसी को बताना चाहूं तो बता सकती हूं क्या ? मां को बताऊंगी तो वह कहेगी तू पता नहीं किस दुनिया में रहती है। पारो बेचारी तो हर वक्त अपने ही दुख में डूबी रहती है, ललिता अपनी जासूसियों में।

सारी बातें किसी को भी नहीं बता सकती। यहां भी नहीं लिख सकती।

सारी बातें कोई किसी को नहीं बताता होगा। सारी बातें किसी को बताने का मतलब उसके सामने सारे कपड़े उतार देने के बराबर। क्या मैं किसी के सामने सारे कपड़े उतार सकती हूँ ? अभी तक तो अपने सामने भी नहीं उतारे। मन करता रहता है। कभी-कभी जब मोटी का गन्दा गुसलख़ाना साफ़ कर रही होती हूँ तो जी करता है सब कुछ उतार कर नहाना शुरू कर दूँ। और गाना—मेरे जुबना का देखो उभार सखी ! मोटी बाहर से सुने तो पागल हो जाए। मैं दरवाज़ा खोल बाहर निकलूं तो उसका दब्बू घरवाला मुझे देखता रह जाए।

मेरे अन्दर से आवाज़ें ही नहीं आतीं। वहां तो ऐसी ऊटपटांग ख़्वाहिशों के बाग लहलहाते रहते हैं, बाग़ नहीं जंगल। लहलहाते नहीं कुछ और ही करते रहते हैं। और उन जंगलों में जानवर। ख़तरनाक, वैसे ही जैसे कभी-कभी मेरे सपनों में। ख़तरनाक भी और ख़ूबसूरत भी। जानवर ही नहीं, इन्सान भी। और मैं उनके साथ खेलती रहती हूँ। आंखें मूंद कर नाचती रहती हूँ। कभी-कभी कपड़े उतार कर भी।

वह मुझसे झेंपते हैं, मैं उनसे नहीं। मुझे उनकी झेंप पर हंसी आ जाती है। मैं उन से कहती हूं, यह सब असल में तो हो नहीं रहा, तुम झेंप क्यों रहे हो। उन्हें कुछ समझ नहीं आता।

यह सब मैंने पता नहीं कैसे लिख लिया।

सपनों को याद करने से डरती हूं, इसीलिए शायद वह याद नहीं रहते। दिन के सपनों से भी अक्सर उतना ही घबराती हूँ जितना रात के सपनों से। कभी-कभी, हमेशा नहीं। अब अपनी हर बात की बारीकी में जाने लगी हूं।

अख़बार वाले साब के लिए आज चाय बनाती-बनाती पता नहीं कहां खो गई थी कि उसकी आवाज़ आई—सपने देख रही हो ? मैं चौंक गई। वह रसोई के दरवाजे पर खड़ा था, खोया सा, और मुसकरा रहा था। उसकी मुसकराहट में मुझे कोई मैल दिखायी नहीं दिया। मेरा मुंह लाल हो गया था। बात बेबात मेरा मुंह लाल हो जाता है और आंखें भर आती हैं। मैंने चाय का प्याला वहीं साब के हाथ में दे दिया तो वह फिर बोला, अपने लिए बनायी कि नहीं ? मैंने अपने लिए नहीं बनायी थी। साब फिर बोला, अपने लिए भी बना लो। यह कह कर वह तो ऊपर अपने कमरे में चला गया, मैं काफ़ी देर खड़ी सोचती रही, अपने लिए बनाऊं या नहीं। मन तो नहीं था लेकिन मैंने अपने लिए बना ही ली। फिर यह सोचती रही कि स्टील के गिलास में डालूं या दूसरे में या प्याले में। आख़िर प्याले में ही डाली—अच्छे प्याले में।

इस साब के घर मुझे अच्छा तो बहुत लगता है लेकिन यह खटका भी लगा रहता है कि किसी दिन कुछ ऐसी वैसी बात न हो जाए। यह ख़याल भी आता रहता है कि ऊपर नीचे वाले ऐसी-वैसी बातें सोचते तो जरूर होंगे। दूसरी नौकरानियां भी। मा तो ख़ैर कहती ही रहती है कि मुझे ख़बरदार रहना चाहिए, अख़बार वाले ख़राब होते हैं, अकेले आदमी की नियत किसी भी वक्त ख़राब हो सकती है। दूसरों की क्या बात, खुद मेरे मन में ऐसे वैसे ख़याल उठते रहते हैं—साब के बारे में भी, अपने बारे में भी—और मेरा मुंह लाल होता रहता है। हालांकि साब मुझे बापू से भी बड़ा नज़र आता है। एक दिन मैंने मां से कहा भी था। वह बोली, मर्द बूढ़ा हो या जवान, उसका भरोसा नहीं। साब के बारे में मेरे मन में जो ऐसे वैसे ख़्याल उठते हैं यही सोच सोचकर उठते हैं कि साब के मन में मेरे बारे में उठ रहे होंगे। मतलब मेरा मन साफ़ है, साब के मन का मुझे पता नहीं। वैसे मुझे लगता है उनके मन में शायद ही मेरे बारे में कोई ऐसी वैसी बात आती हो। मां की बातें सुन-सुनकर मेरा दिमाग़ भी ख़राब हो जाता है।

चाय के साथ मैंने दो बिस्कुट भी ले लिये थे। साब से कहे-पूछे बग़ैर। और मुझे ऐसा नहीं लगा था कि मैं चोरी कर रही थी बल्कि लगा था जैसे मैंने साब के सामने ही किसी झिझक या डर के बग़ैर वह बिस्कुट ले लिये हों और साब ने कह

दिया हो, दो और ले लो ना, दो से क्या बनता है।

अख़बार वाला साब बिस्कुट और डबलरोटी पर ही जीता है। दाल-चावल, सब्जी-रोटी तो कभी कभी ही बनती है। मुझे उस पर बहुत तरस आता है।

उसकी बीवी उसे क्यों छोड़ गयी। मां कहती है, इसी शहर में रह रही है कहीं। इसी के किसी दोस्त के साथ। मां को सारे क़िस्से मालूम हैं।

बीवियां अपने घरवाले को क्यों छोड़ देती हैं ? अब यह भी कोई सवाल है। मैं बुद्धू हूँ।

मां ज़ब बहुत दुखी होती है तो माथा पीट कर कहती है, मैंने तो इस निखट्टू को कब का छोड़ दिया होता, मुझे तो इन नामुराद बच्चों की ममता ने मारा।

मैं शादी नहीं करूंगी, बच्चे नहीं जनूंगी। मां कहती है, नारी बच्चे जनने की मशीन है।

मां के अन्दर क्या-क्या भरा पड़ा है। जब मैं उसकी उमर तक पहुंचूंगी तो मेरे अंदर वही सब कुछ-भरा पड़ा होगा और मैं उसे बाहर नहीं निकाल पाऊंगी क्योंकि मैं शादी नहीं करूंगी, बच्चे नहीं जनूंगी और भीतर की भड़ास निकालने के लिए मेरे पास न मेरा मर्द होगा, न मेरे बच्चे।

तो क्या मैं सारी उमर मरद के बग़ैर ही निकाल दूंगी। उस डाक्टरनी ने भी तो निकाल ही दी। आजकल कई औरतें शादी नहीं करतीं। पढ़ी-लिखी और काम करने वाली ख़ास तौर पर। मैं भी तो पढ़ी-लिखी और काम करने वाली हूं। आठवीं फेल नौकरानी। आठवीं तो कर ली होती। आठवीं कर ली होती तो अरमान रहता दसवीं क्यों नहीं की। दसवीं कर ली होती तो कहती बारहवीं क्यों नहीं की। बारहवीं के बाद की बात मैं सोच ही नहीं सकती। लेकिन क्यों नहीं, दिमाग़ मेरा बहुत तेज़ है। मिसिज़ वर्मा कहती है, शानो, कोई काम सीख ले, तेरा दिमाग़ तेज़ है। डाक्टरनी तो कहती ही थी। अख़बार वाला साब कहता नहीं लेकिन मन ही मन सोचता ज़रूर होगा, इस छोरी का दिमाग़ बहुत तेज़ है।

मैं अब छोकरी नहीं रही। मेरी छातियां औरतों जितनी ! छलछल करती हैं। जब चलती हूँ तो। अब अंगिया पहननी पड़ेगी। किसी दिन सनीचरवारी मेले से ख़रीद लाऊंगी। मां को साथ ले जाऊंगी। एक दिन अकेली गयी थी तो अंगिया वाले भाई से लड़ कर लौट आयी थी, उसे खरी-खरी सुना कर। हरामी हक्का-बक्का रह गया था। उसके गंदे मजाक और गंदा मुंह। मरद अपने आपको समझते क्या हैं। मुझे मरदों पर आजकल बहुत गुस्सा आता है। लगभग सभी मरदों पर। मां ठीक कहती है सब साले जानवर। सूअर। सूअर के बच्चे। कोई यह पढ़े तो क्या सोचे !

कल रात मिसिज़ वर्मा के घर से लौट रही थी तो एक लौन्डा पीछे पड़ गया। कुत्ते की तरह। पहले तो मैं चुप रही। अन्धेरा था और आसपास था भी कोई नहीं, दो कुत्तों के सिवा। मैं घबरायी। फिर मैंने सोचा, क्या कर लेगा यह मेरा। सो मैं

मुड़ कर खड़ी हो गयी और बोली—बाबू, मैंने कराटी सीख रखी है। यह कहने की देर थी कि वह दुम दबा कर भाग गया। किसी कोठी का ही होगा। अगर नौकर होता तो इतना डरपोक न होता। कहता, ज़्यादा नखरे मत कर, सड़क तेरे बाप की नहीं।

मैंने मां से तो उस रात के बारे में बात नहीं की लेकिन उर्मिला से की थी। वह बोली, तू बहुत बहादुर निकली, मैं तेरी जगह होती तो मेरी तो जान ही निकल जाती। उर्मिला मेरी सगी सहेली तो नहीं लेकिन मेरे पड़ोस में ही रहती है, इसलिए कभी-कभी उससे गप्प मार लेती हूँ। वह भी कोठियों में काम करती है। फ़्लैटों को नौकर नौकरानियां पता नहीं कोठियां क्यों कहती हैं। सबकी देखादेखी मैं भी यही कहने लगी हूँ लेकिन मैं जानती हूँ कोठियां कोठियां होती है, फ़्लैट फ़्लैट। मन में मैं इन्हें फ़्लैट ही कहती हूँ। जब यह फ़्लैट नहीं बने थे तो हम किसी झुग्गी कॉलोनी में रहते थे और मां कोठियों में काम करती थी। मां कहती है कई कोठियों वाले कई फ़्लैट वालों से भी ज़्यादा कमीने और कंजूस होते हैं और कई फ्लैट वाले कई कोठियों वालों से ज़्यादा सुखी और भले। मैं जब छोटी थी तो मां कभी-कभी मुझे अपने साथ कोठियों में ले जाया करती थी। पारो को भी ! कुन्दन तब भी उसकी बात नहीं मानता था। उसकी संगत शुरू से ही बुरी। कभी-कभी मैं उसकी ज़िन्दगी के बारे में सोचती हूँ। कभी-कभी जी चाहता है उससे बात करूं, पूछूं तू दिन भर करता क्या रहता है, रात को जब घर नहीं लौटता तो सोता कहां है ? उसका दिमाग तो फ़िलमों ने ख़राब कर रखा है। जब घर में होता है तो टी वी के सामने बैठा रहता है और सिग्रेट फूंकता रहता है। मेरा ख़याल है कि वह सिग्रेट के अलावा कुछ और भी फूंकता है। मुझे उसके बारे में और भी कई शक हैं। शक मां को भी हैं लेकिन वह बात नहीं करती। मैं करती हूँ तो मेरा मुंह बंद कर देती है, यह कहकर कि मैं उससे जलती हूँ क्योंकि वह लड़का है। मैं जवाब देती हूँ, तुम उसे कुछ कहती नहीं क्योंकि वह लड़का है। तब मां रोना शुरू कर देती है, मेरी बात पर नहीं, यह सोच कर कि उसका इकलौता इतना ख़राब कैसे हो गया। कई बार मुझे लगता है कि अगर मैं या पारो खराब हो गयी होती तो उसे इतना दुख न होता। मां को रोते देख मैं हमेशा चुप हो जाती हूँ, उसे चुप कराती हूँ। मां का रोना मुझसे बरदाश्त नहीं होता। माँ से मुझे हमदर्दी है। उसने बहुत कुछ झेला है हम सबके लिए। वह

दूसरों के बरतन मलते-मलते बूढ़ी हो गई है।

उर्मिला मुझसे दो साल छोटी है लेकिन उसका ब्याह हुए एक साल हो गया है। मेरी मां इस मामले में अच्छी है। कहती है, मैं तुम्हें मजबूर नहीं करूंगी, जब तेरी मर्जी होगी तभी तेरी शादी की बात चलाऊंगी, और अगर तेरी मर्ज़ी नहीं होगी तो भी मैं कुछ नहीं कहूँगी। वह जानती है मैं बच्चे जनने की मशीन नहीं बनना चाहती। मां ने भी तो सात पैदा किये थे जिनमें से हम तीन ही बचे। अगर सातों होते तो मुश्किल होती, मां कहती है और रोने लग जाती है। जब वह रोती है तो बिलकुल बच्ची नजर आती है, बूढ़ी बच्ची। ख़ैर, तो उर्मिला ने मेरा किस्सा सुन कर यह कहा था, अरी पगली, क्या पता वह दब्बू बाबू तुझसे प्यार करता हो, तूने यूं ही उसे डरा दिया। मुझे प्यार-व्यार में विश्वास नहीं। प्यार-व्यार सिर्फ़ किताबों और फ़िलमों में होता है। लेकिन झरना को तो उस मुसलमान से प्यार हुआ ही होगा, वर्ना वह उसके लिए घर क्यों छोड़ देती। मुझे यक़ीन है कि झरना ने घर छोड़ दिया है। यह अलग बात है कि कुछ देर बाद बंगालिन अपनी ज़िद छोड़ दे और उस मुसलमान को अपना जमाई मन्जूर कर ले। होगा यही। मांओं के दिल नरम होते है, उन्हें मोम होने में ज़्यादा देर नहीं लगती। मोटी का मैं कुछ कह नहीं सकती, वह बड़ी कठोर दिखती है। मां कहती है, अगर तू अपनी मर्ज़ी का कोई ढूंढ़ लेगी तो भी मुझे मंजूर होगा। मां बरतन मलते-मलते बूढ़ी ही नहीं हुई, सियानी भी हो गयी है। कहती है ज़ातपात की कोई परवाह नहीं लेकिन मुसलमान तो शायद उसे भी मन्जूर न हो। झरना का मुसलमान पता नहीं कैसा है। अच्छा ही होगा, अच्छा न होता तो झरना को पसंद क्यों आता। यह कोई दलील नहीं। लड़कियां सब भोली और बुद्धू। सब तो ख़ैर नहीं। मैं क्या भोली हूँ ? मैं नहीं जानती। अगर भोली का मतलब बुद्धू है तो मैं भोली नहीं। लेकिन मैं चन्ट भी नहीं, इतना मैं जानती हूं। क्या पता चन्ट भी हो जाऊं। अभी मुझे मौक़ा ही कहां मिला है। वह मिलेगा भी नहीं। अब बिल्लू को पारक ले जाना शुरू किया है, शायद मिल ही जाए। मौक़े से मेरा मतलब क्या है ? एक तरफ़ तो कहती हूं शादी नहीं करूंगी, दूसरी तरफ़ मौक़े की बाट जोह रही हूँ। एक तरफ़ कहती हूं प्यार-व्यार में विश्वास नहीं, दूसरी तरफ़ पारक में इधर-उधर झांकती रहती हूँ। मैं बेवकूफ़ हूँ। बेवकूफ़ का दर्जा भोली से कम।

मुझे ऊट-पटांग ख़याल बहुत आते हैं। बचपन से ही। अच्छा हुआ मैंने ये कापियां भरना शुरू कर दीं। मिसिज़ वर्मा ने कभी पूछा क्यों नहीं कि मैं अपने दिन का हाल लिख रही हूँ या नहीं। भूल गई होगी। किसी दिन उसे बताऊंगी। सुनेगी तो हैरान होगी। उसने तो ऐसे ही कह दिया होगा। उसने शायद ही सोचा हो कि मैं उसकी खींची हुई लीक पर चलना शुरू कर दूंगी ! उसे बताऊंगी तो वह शायद उन्हें पढ़ना चाहे; लेकिन नहीं, उसने खुद ही तो कहा था कि किसी को पढ़ने मत

देना, नहीं तो बात नहीं बनेगी। जैसे यह भी कोई जादू हो जो किसी को बताने से ख़राब हो जाता हो। यह बात अभी तक मेरी समझ में नहीं आयी कि अगर इसे किसी को दिखाना नहीं तो इसका फ़ायदा ही क्या ? फ़ायदा न हो, अब तो मुझे लत पड़ गयी है। बुरी लत। जैसे यह कोई नशा हो। जिस दिन नाग़ा हो जाए उस रात नींद नहीं आती। या फिर नींद में भी दिन का हाल लिखती रहती हूँ। दिन का ही नहीं, दिल का भी। दिल का ही नहीं, दिमाग़ का भी। और कोई फ़ायदा हो न हो, आवारागर्दी तो छूट ही गयी है। पहले काम से लौट कर घर बैठे रहना मुश्किल हो जाता था। जब तक बेमतलब एकाध घंटा गांव में घूम नहीं लेती थी तब तक चैन नहीं आता था। वैसे अब यह गांव गांव नहीं रहा। कुछ साब लोग यहां भी घुस आए हैं। कमरों-कोठरियों के किराए बढ़ रहे हैं। कई फ़ैशनदार दुकानें भी खुल गई हैं। जिस मकान में हम रहते हैं उसके पास ही एक चमक-दमकदार दुकान खुल गयी है जहां सुर्खी पाउड़र वग़ैर सब कुछ मिलता है। स्कूटर और कारें भी काफ़ी हो गयी हैं। एक लेड़ी डाक्टर ने छोटा-सा अस्पताल भी खोल लिया है। उर्मिला कहती है वहां पेटों की सफाई होती है। पहले मैं समझी वह बदहज़मी वग़ैरह की बात कर रही होगी, फिर जब उसने साफ़-साफ बताया तो मुझे बहुत हैरानी हुई।

जो हो, अब फुरसत में इधर-उधर घूमने के बजाय अपने कोने में बैठ यह सब लिखती रहती हूँ। शुरू-शुरू में मां टोकती थी, अब नहीं। अब उसने देख लिया होगा कि इस आदत ने मेरी आवारागर्दी ख़त्म कर दी है। शुरू-शुरू में समझ नहीं आता था क्या लिखूं क्या न लिखूं। अब जो आता है लिख देती हूँ। कभी कभी पुराना लिखा पढ़ती हूँ तो अच्छा लगता है—हमेशा नहीं। कभी-कभी लगता है जैसे कोई ऊबड़-खाबड़ कहानी लिखी जा रही हो—अपनी और अपने परिवार की। फ्लैट वालों की भी। इस गांव की भी। लेकिन अक्सर यही लगता है कि बेसिरपैर की बेकार बातें लिखती रहती हूँ इन कापियों में। वैसे कोई और फ़ायदा न भी हुआ हो, लिखावट तो अच्छी हो ही गई है। अभी भी उस मास्टरनी जैसी नहीं हुई। उसका नाम क्या था ? नाम मुझे कम ही याद रहते हैं। नाम याद रखने की आदत ही छूटती जा रही है, जब से फ्लैटों में काम करना शुरू किया है, किसी को मोटी, किसी को बंगालिन, किसी को डाक्टरनी, किसी को अख़बार वाला साब। बिल्लू की मां का नाम मैंने दुबेयी वाली मेम रख दिया है। बिल्लू की दादी को मिसिज़ वर्मा क्यों कहती हूँ, उसे भी चाहूं तो कोई और नाम दे सकती हूँ। जैसे गोरी, या सफ़ाईपसंद। लेकिन उसे मिसिज़ वर्मा ही जंचता है। जैसे झरना को झरना और देवी को देवी। लेकिन देवी का नाम देवी नहीं होना चाहिए। छोटी-सी तो है वह। देवी नाम तो पूजा पाठ करने वाली किसी विधवा का होना चाहिए। मुझे अपना नाम भी बूढ़ा लगता है। शान्ती ! ऊंह ! नामों के पीछे क्यों पड़ गयी हूँ। वैसे कुन्दन को कुन्दन ही जंचता है। अक्सर लोगों के नाम ग़लत ही होते हैं। शान्तीपाठ ! मेरे स्कूल में शान्तीपाठ

बहुत होता था। उस मास्टरनी का नाम अभी तक याद नहीं आया। उसकी लिखावट बहुत सुंदर थी। हम सब कहती थीं, बहन जी लिखती नहीं, मोती पिराती हैं। उसका नाम मोंती पिरोने वाली मास्टरनी।

आज दुबेयी वाली मेम बोली, तू मेरे साथ दुबेयी चलेगी ? मैंने समझा मज़ाक़ कर रही है। मुझे याद है, जब मैं छोटी-सी थी तो कभी-कभी मां की एक दूर की बहन किसी दूसरे शहर से आ कर कुछ दिन हमारी झुग्गी में रहती थी, और आते ही कहना शुरू कर देती थी, शान्ती को तो मैं साथ ले जाऊंगी, यह तो मेरे पास रहेगी, इसे तो पढ़ा-लिखा कर मैं वहीं कहीं मास्टरनी लगवा दूंगी, इसका दिमाग़ बहुत तेज़ है, और एक स्कूल की बड़ी मास्टरनी से मेरी वाक़फ़ियत है। मैं सुन कर बहुत खुश होती थी। मैं सोचती थी मेरी वह मौसी किसी बड़े मकान में रहती होगी। वह उमर में मां से बड़ी थी। उसके अपने पांच बच्चे थे। उसका घर वाला कबाड़ी था। वह कहती थी कबाड़ के काम में बहुत कमाई है, बहुत गुंजाइश है। वह तो बापू को भी यही सलाह देती थी कि वह दिहाड़ी पर मज़दूरी करना छोड़ दे और उसके घर वाले से कबाड़ी का काम सीख ले। मैं हैरान हुआ करती थी कि कबाड़ी के काम में सीखने की कौन-सी बात है। एक दिन मैंने उससे कह दिया था, मौसी, कबाड़ी के काम में सीखने की क्या बात तो वह हँस कर बोली थी, तू भोली है, तुझे क्या पता, सीखना तो सब कुछ पड़ता है। वह अपने घरवाले की इतनी तारीफ़ें किया करती थी कि मां का मुंह सूज जाया करता था। मुझे उसकी बातें अच्छी लगती थीं। मैं मन ही मन यह सोच-सोच खुश होती रहती थी कि वह मुझे अपने साथ ले जाएगी, अपने पास रखेगी, पढ़ा-लिखाकर मास्टरनी की नौकरी लगवा देगी। मैं मां से पूछती रहती थी, मां मुझे मौसी के साथ भेज़ दोगी नां। मां का मुंह सूजा रहता था। पारो मुझ से कह देती थी, शानो, तू पागल है। और जब उस मौसी के जाने का वक़्त आता था तो वह मुझे साथ ले जाने की बात जैसे एकदम भुल जाती थी और मुझे रोना आ जाता था। ऐसा एक बार नहीं, कई बार हुआ था। हर बार उसके जाने के बाद मां मुझे पास बिठा कर समझाती थी कि मुझे किसी की चिकनी-चुपड़ी बातों में नहीं आना चाहिए, हर किसी के साथ चल देने के लिए तैयार नहीं हो जाना चाहिए, और न जाने क्या क्या।

दुबेयी वाली मेम ने दोबारा कहा, मैं तेरी मां से बात करूंगी, तू भी करना।

अब मुझे लगा जैसे वह सचमुच सीरियस हो। फिर भी मैं अपनी उस मौसी को ही याद करती रही, मेरे मुंह से कुछ नहीं निकला। तब दुबेयी वाली मेम को कुछ बुरा लगा। बोली, अगर तू नहीं जाना चाहती तो न सही, मैं किसी और को ले जाऊंगी, मुझे एक आया तो चाहिए ही बिल्लू के लिए, तू शायद जानती नहीं दुबेयी है क्या और कहां। मैं कहना चाहती थी, मैं सब जानती हूं। मैं बताना चाहती थी मैंने दुबेयी के बारे में कई क़िस्से-कहानियां सुनी भी हैं, अख़बारों में पढ़ी भी हैं, टीवी पर देखी भी हैं। लेकिन मैं चुप ही रही। दुबेयी वाली मेम का अभी मुझे कुछ पता नहीं चला कि वह है कैसी। जब से आयी है पता नहीं दिन भर कहां कहां घूमती रहती है, पेन्ट ब्लाउज़ पहनकर। इतना टाइट पहनती है कि मुझे डर लगा रहता है कि उसकी पेन्ट फट जाएगी। मिसिज़ वर्मा उसे मना नहीं करती। वह खुद भी कभी-कभी पेन्ट पहन लेती है लेकिन उसकी पेन्टें ढीली होती हैं। पुराने ज़माने की। दुबेयी वाली मेम तो कसी हुई पेन्ट में टेढ़ी-सी लगती है, इतनी टेढ़ी कि कभी-कभी मैं उसे मन ही मन टेढ़ी मेम भी कह लेती हूँ। उसका असली नाम मैंने कभी सुना ही नहीं। मिसिज़ वर्मा उसे सोनू कहकर बुलाती है।

मुझे नामों का वहम होता जा रहा। मेरा नाम वहमी नौकरानी।

आख़िर मुझे कहना ही पड़ा कि मैं मां से दुबेयी जाने के बारे में बात करूंगी। टेढ़ी मेम उस वक़्त बाहर जाने के लिए तैयार हो रही थी। लिपस्टिक बहुत गूढ़ी लगाती है वह। एकदम लाल। लगभग खूनी। जैसे गांव की गोरियां लगाती हैं। शायद पुराना फ़ैशन लौट आया हो। लेकिन नहीं। इस मेम का सब कुछ टेढ़ा। इसका मुंह भी। मुझे लगता है जैसे इसकी एक छाती बड़ी हो, एक छोटी। थोड़ा-सा फ़र्क़ तो मेरी छातियों में भी है, शायद सबकी में होता है लेकिन इतना नहीं। वैसे बुरी नहीं। देखने में भी, वैसे भी, ज़्यादा टोकती-टाकती नहीं। मेरे काम से खुश नज़र आती है। न होती तो दुबेयी चलने के लिए न कहती। उसे सफ़ाई का वहम भी नज़र नहीं आता। उसका कमरा हमेशा उखड़ा उखड़ा रहता है। गंदी कच्छियों के गुच्छे इधर-उधर पड़े रहते हैं, वैसे उसकी कच्छियां हैं बहुत बढ़िया। रंगीन और झालरदार। लेकिन मुझे तो काली और सफेद ही अच्छी लगती हैं। अंगिया भी इसके पास ढेरों हैं। लिपिस्टकें भी। एक उड़ा लूं तो उसे पता तक न चले। लेकिन उड़ाने का मन ही नहीं होता।

मैंने अंगिया पहनना शुरू कर दिया है। घुटन महसूस होती रहती है। रात को उतार देती हूं। रात को तो शायद सभी उतार देती हों। मोटी भी। मैंने मोटी को यूं ही मोटी बना दिया है, वह इतनी मोटी है नहीं। उसका नाम मुझे मालूम नहीं। उसका घरवाला कभी उसे नाम लेकर बुलाता ही नहीं। वह उसे बुलाता ही नहीं, वही उसे बुलाती रहती है, नाम ले लेकर, उसका नाम है ओमू। मोटी उसे ओमी कहकर बुलाती है। नाम बुरा नहीं। वह बेचारा खुद भी बुरा नहीं। मुझे उस पर तरस

आता रहता है।

दुबेयी की बात अभा मां से नहीं की। करूंगी लेकिन पहले अपना मन तो बना लूं। मन मानता नहीं कि वहां चली जाऊं। पैसों का भी कुछ पता नहीं कितने मिलेंगे। यहां से तो ज़्यादा ही बना लूंगी लेकिन मन वहां न लगा तो। पराया देश, पराए लोग। रहूंगी तो हिन्दुस्तानी घर में ही लेकिन जब जी उदास हो जाया करेगा तो जाऊंगी कहां, करूंगी क्या। कापियां भरती रहूँगी। काम वहां पता नहीं कितना होगा। अगर अकेली मैं ही रहूंगी तो सब कुछ करना पड़ेगा। सफ़ाई से लेकर खाना और बिल्लू की देखभाल अलग। और फिर मां से दूर गांव से दूर। बापू से दूर। मोटी से दूर। अख़बार वाले साब से दूर। उसका नाम मुझे मालूम भी है, आसान भी, फिर भी मैंने उसे इतना लंबा नाम दे रखा है, क्योंकि मुझे यही नाम अच्छा लगता है। अगर दुबेई चली गयी तो मेरा नाम दुबेई वाली शान्ती पड़ जाएगा। मैं जाऊंगी नहीं। मेरा मन वहां नहीं लगेगा। धन के लिए मन भी लगाना पड़ता है। जहां धन वहीं मन। नया मुहावरा।

यह कापियां भरते-भरते मैं भी कहीं मिसिज़ वर्मा की तरह कहानियां न लिखना शुरू कर दूं। कहानियां लिखने वाली नौकरानी। अख़बार वाले साब के घर पहले एक नौकर होता था। मां कहती है वह कहानियां लिखता था। उसकी दो तीन कहानियां अख़बार वाले ने कहीं छपवाई भी थीं। उसी से उसका दिमाग़ इतना ख़राब हो गया था कि वह साब की नौकरी छोड़ बम्बई चला गया था, फ़िलमों के लिए कहानियां लिखने। अब वहां फुटपाथ पर सोता होगा, भीख मांगता या फिर पाकिट मारता होगा। अगर मैंने भी दो-तीन कहानयां लिख मारीं और अख़बार वाले साब या मिसिज़ वर्मा ने उन्हें कहीं छपवा दिया तो मेरा दिमाग़ भी ख़राब हो जाएगा। मैं भी बम्बई भाग जाऊंगी। फ़िलमों के लिए कहानियां लिखने। धक्के खाने। मेरा भी वही हाल होगा जो उस नौकर का हुआ होगा। मैं भी सड़क किनारे सोया करूंगी। दिन भर भीख मांगने या पाकिट मारने के बाद। फिर किसी दिन वह नौकर मुझे मिल जाएगा। मैं उसकी बातों से उसे पहचान लूंगी, हम अख़बार वाले साब के बारे में बातें करेंगे। अगर मिसिज़ वर्मा को वह जानता होगा तो उसके बारे में भी। बातें करते-करते उसे रोना आ जाएगा। उसे नहीं मुझे, या फिर दोनों को। फिर हम एक-दूसरे को चुप कराएंगे, एक दूसरे के आंसू पोछेंगे, और हमें एक दूसरे से प्यार हो जाएगा और हम भीख मांगने या पाकिट मारने के साथ-साथ फिर कहानियां लिखना शुरू कर दें। शायद दिल्ली लौट आएं। अख़बार वाले साब और मिसिज़ वर्मा को अपनी कहानियां दिखाएं। वह दोनों हैरान। मां भी। उस नौकर का भी तो कोई होगा। नहीं, वह दिल्ली का नहीं गोन्डा का होगा। जहां के डाकू मशहूर हैं। मैं उससे शादी कर लूंगी। मां कहेगी, तू तो कहती थी तू शादी नहीं करेगी, बच्चे नहीं जनेगी। मेरा मुंह लाल हो जाएगा। मैं अपने घरवाले के साथ उसके घर जाऊंगी, गोन्डा। उसकी मां

मुझे देख खुश हो जाएगी। कहेगी, बढ़िया बहू लाया है मेरा लाल। लेकिन हम गोन्डा में रहेंगे नहीं। रहेंगे दिल्ली या बम्बई में ही। मैं मिसिज़ वर्मा के घर काम करूंगी, वह अखबार वाले के घर। काम के साथ-साथ कहानियां लिखेंगे। और बच्चे ? बच्चों के बारे में फिर कभी सोचूंगी। मिसिज़ वर्मा कहेगी, शानो, अब समझी तू कि कापियां भरने से तुझे क्या फ़ायदा हुआ ? अख़बार वाला साब कहेगा, देख, शानो, लिखना है तो साफ़-साफ़ लिखा करो। रात को बम्बई याद आया करेगी। सड़क किनारे का बिछौना।

बम्बई को मुम्बई कहने का मन नहीं होता। मेरा मन मौजी है।

उस नौकर का नाम पता नहीं क्या था। मां से पूछूंगी। उसे भी याद न हुआ तो उसका नाम रख दूंगी, कहानियां लिखने वाला नौकर। मैंने उसे देखा तो होगा लेकिन मुझे कुछ याद नहीं आता। मेरा दिमाग़ तेज़ है, याद कमज़ोर। अपने बचपन की बातें मुझे भूल गयी हैं। कभी-कभी सपनों में बचपन का कोई टुकड़ा पता नहीं कैसे चला आता है और मैं चौंक उठती हूँ। मां बताती है मुझे बचपन में भी सपने बहुत आते थे और मैं इसी तरह चौंक उठा करती थी। तब मुझे पिछले जन्म के बचपन के सपने आते होंगे।

सपनों को भी इस कापी में दर्ज करना चाहिए। एक दो बार कोशिश तो की है लेकिन लगा जैसे कोई हवा में उड़ते बाल को पकड़ने की कोशिश कर रहा हो। मुझमें धीरज नहीं। और फिर यह भी लगता है कि लिखते लिखते सपना झूठा हो जाएगा, मतलब बदल जाएगा। कोई तरीक़ा होना चाहिए मतलब कोई ऐसी मशीन जिसकी मदद से सपनों की फ़िलम बना ली जाए। लेकिन फिर तो लाखों फ़िलमें आनी शुरू हो जाएंगी। हर एक की अपनी हज़ारों। फिर दूसरी फ़िलमें कौन देखेगा। फिर कहानियां कौन लिखेगा। हर घर में यह मशीन जैसे अब टीवी।

दुबेयी वाली मेम ने फिर बात नहीं की। वह मेरे पहुंचने से पहले ही अपने दौरे पर निकल जाती है और मेरे वहां से लौटने से पहले लौटती नहीं। बिल्लू को उसने अपना दूध शायद एक दिन भी न पिलाया हो। मैंने मिसिज़ वर्मा से दुबेयी के बारे में बात की थी। उसने साफ़ मना तो नहीं किया लेकिन इतना साफ़ कर दिया था कि वह नहीं चाहती मैं दुबेयी जाऊं। शायद उसने अपनी बहू से कह भी दिया हो। मां का रुख़ पता नहीं क्या होगा। उससे बात इसलिए नहीं की कि अगर

उसने जाने के लिए कह दिया तो न कैसे करूंगी। मैं जाना नहीं चाहती। मैंने सुना है वहां हिन्दुस्तानी नौकरानियों का बुरा हाल होता है, अरब हिन्दुस्तानी लड़कियों के घरवालों को पैसे दे दिला कर लड़कियों को वहां ले जाते हैं और फिर उनसे गुलामी करवाते हैं। हर तरह की। दुबेयी वाली मेम हिन्दुस्तानी है, उसका पति मिसिज़ वर्मा का बेटा है, मिसिज़ वर्मा अच्छी है लेकिन वह तो वहां नहीं होंगी। ये लोग पता नहीं वहां क्या करते हैं, कैसे रहते हैं। मैं इनकी गुलामी कर सकूंगी ? मिसिज़ वर्मा ने शायद इसीलिए यह इशारा दिया है कि उसे यह सुझाव पसंद नहीं। हो सकता है उसकी बहू का इरादा भी बदल गया हो। बहुत सी बातें बीच में ही खतम हो जाती हैं। मुझे इस पर और सोचना भी नहीं चाहिए, फिर भी मां से बात कर लेने में कोई हरज नहीं। दुबेयी वाली मेम और मिसिज वर्मा में बहुत फ़रक़ है। मिसिज़ वर्मा को घर बैठने का शौक़ है, दुबेयी वाली मेम को घूमने का। मिसिज़ वर्मा को लिखने का, दुबेयी वाली मेम को बनने ठनने का। मिसिज़ वर्मा का बेटा पता नहीं कैसा होगा ! लेकिन मैं दुबेयी नहीं जाऊंगी। पैसा ही सब कुछ नहीं होता। अपना घर, अपना घर। देखूंगी। अब अगर यह कापी न होती तो मैं क्या करती। कैसे सोचती। कैसे फ़ैसला करती कि दुबेयी जाऊं या न जाऊं। लेकिन जो लोग कापियां नहीं भरते वह भी तो कई फ़ैसले करते ही होंगे। कापियां वही लोग भरते हैं जो फ़ैसले नहीं कर सकते। जिनका दिमाग़ ख़राब होता है। जैसे कि मेरा। मिसिज़ वर्मा भी कापियां भरती होंगी। वह मेरे बारे में लिखती होंगी। लिखती होंगी, शानो को दुबेयी नहीं जाना चाहिए, वहां इसका जी नहीं लगेगा, किसी अरबी के साथ फंस गयी तो मारी जाएगी। लिखती होगी, लड़की का दिमाग़ बुरा नहीं लेकिन क़िस्मत बेचारी की ऐसी ही है, नहीं तो किसी और घर में पैदा हुई होती। सोचती होगी, पता नहीं बेचारी का होगा क्या, क्या सारी उमर नौकरानी ही बनी रहेगी। किसी दिन मिसिज़ वर्मा से कहूंगी, आप अपनी कापियां मुझे दीजिए पढ़ने के लिये, मैं अपनी आपको दे दूंगी। मानेगी नहीं, मुसकरा देगी। कहेगी, ये कापियां किसी को दिखायी नहीं जातीं। पता नहीं मेरा मन क्यों करता रहता है कि कोई इन्हें देखे, पढ़े और कहे, इस लड़की ने यह सब लिखा है, यक़ीन नहीं आता।

अख़बार वाले साब ने मुझसे आज कहा कि मैं उसके लिए दो सेब छील दूं। विलायती चाकू था, मुझसे ज़रा-सी बेध्यानी हुई नहीं कि बाएं हाथ का अंगूठा कट

गया। पहले तो मैंने वही किया जो सब करते हैं—मैंने अंगूठा मुंह में डाल लिया। अपना खून सब चूस लेते हैं, अपनी थूक कोई नहीं चाटता। लेकिन खून इतना ज़्यादा बह रहा था कि मेरे दांत जीभ वग़ैरह भी लाल हो गये। आख़िर मुझे साब को आवाज़ देनी पड़ी। वह काम छोड़ दौड़ा-दौड़ा नीचे आया। है तो वह ढीला ढाला लेकिन मेरा अंगूठें देखते ही उसने एक हाथ से मेरी कलाई पकड़ ली और दूसरे से अंगूठे को दबाया। फिर वह मुझे खींचता हुआ-सा गुसलख़ाने में ले गया और अंगूठे को धो और पोंछ कर उसने एक टयूब दबा कर दवा लगाई और एक पट्टी चिपका दी। फिर उसने वह खून-सना सेब कूड़े में फेंका, हाथ धोए, चाय बनायी, और मुझसे कहा, पी लो। मैंने चाय पी ली तो उसने पूछा, दर्द कुछ कम हुआ ? मैंने कहा, हां। तब वह मुसकराता हुआ अपने कमरे में चला गया और मैं कुछ देर वहीं खड़ी रहने के बाद मोटी के घर चली गयी।

मोटी ने मेरा अंगूठा देख पूछा, अंगूठे को क्या हुआ। मैं कुछ पल चुप सोचती रही कि उसे क्या बताऊं, फिर मैंने झूठ बोल दिया, कहा, घर में सब्ज़ी काटते हुए कट गया था। यही झूठ मैंने बंगालिन से बोला, और फिर मिसिज़ वर्मा से। मोटी और बंगालिन ने मुझसे बरतन साफ़ नहीं करवाए, मिसिज़ वर्मा ने कहा, आज बिल्लू को पारक मत ले जाना। मां को मैंनें सब सच-सच बता दिया। वह सुनकर मुसकरायी और बोली, आज आखिर अख़बार वाले साब को तुम्हें छूने का बहाना मिल ही गया। मुझे मां की बात पर हंसी आ गयी तो मां ने भी हंसना शुरू कर दिया। मां को हंसी कभी-कभी ही आती है। उसकी हंसी में भी उदासी घुली रहती है। अब ख़्याल आ रहा है, मुझे मां की बात पर हंसना नहीं चाहिए था। हंस कर जैसे मैंने उसकी हां में हां नहीं मिलानी चाहिए थी। अख़बार वाले साब ने अगर फुरती न दिखायी होती तो पता नहीं कितना खून निकल जाता। उस वक़्त उसे यह ख़याल थोड़े ही आया होगा कि वह मुझे छू रहा था। मुझे तो यह ख़याल बिलकुल नहीं आया। मां को क्यों आया ? मां को हर मरद पर इतना शक क्यों ? पता नहीं उसने क्या-क्या देखा है। पहले वह भी तो अख़बार वाले साब के घर काम किया करती थी। हो सकता है तब साब इतना सीधा न होता हो। हो सकता है तब मां के साथ कोई ऐसी-वैसी हरकत की हो। मां अक्सर कहती है नौकरानियों के साथ बेहयाई करना साब लोग अपना हक़ समझते हैं। लेकिन मैं कैसे मानूं ? अख़बार वाला साब तो मेरे लिए मेरे बापू जैसा है। लेकिन मां को तो बापू पर भी कोई भरोसा नहीं। मां की यह बात मुझे बहुत ही बुरी लगती है।

इस वक्त मन कर रहा है कल अख़बार वाले साब को आज का लिखा पढ़ कर सुना दूं। सुनाऊंगी नहीं। पता नहीं मेरे मन में यह ख़याल आया क्यों। जब साब मेरे अंगूठे पर दवा लगा रहा था, मुझे लगा था जैसे वह मेरा बापू हो। मैंने यह बात मां को क्यों नहीं बतायी। लाख कोशिश करूं पूरा सच नहीं बोला जाता।

कुछ न कुछ अंदर अटका रह जाता है। और अब इसी बात पर मेरा गला क्यों भर आया ? लाख कोशिश करूं हर क्यों का जवाब मैं नहीं दे पाती। कोई न कोई 'क्यों' हमेशा बचा रह जाता है। हर एक के मन में पूरे सच का कोई न कोई टुकड़ा अटका रह जाता होगा। हर एक के पास न जाने कितने ऐसे 'क्यों' पड़े होंगे जिनके जवाब उनके पास नहीं होते। मां सो गयी है। शाम होते-होते बहुत थक जाती है। मुझसे कहीं ज़्यादा काम वह करती है। मुझे एक दो घर और ले लेना चाहियें, मां के दो घर छुड़वा देने चाहिएं। मां घर बैठना नहीं चाहती। कहती है घर में है ही क्या, घर बैठूंगी तो तेरे बापू से लड़ती-झगड़ती रहूंगी। बापू अब घड़ियां गिन रहा है। सारा दिन पड़ा रहता है और हांफता रहता है। उसे कई बीमारियां हैं। गांव के हकीम से दवा ला देती हूं। लेकिन उसका कोई ख़ास फ़ायदा नहीं होता। डाक्टर की दवा उसे पचती ही नहीं। अस्पताल वह जाना नहीं चाहता। कहता है वहां तो वह लोग मुझे चार दिन में मार डालेंगे। मैं पतली खिचड़ी वग़ैरह बना देती हूँ लेकिन उसके पेट में कुछ नहीं टिकता। इस वक़्त वह बाहर गली में पड़ा हांफ रहा है। मैं कुछ देर उसके पास बैठूंगी। बापू किसी दिन अन्धेरे में पड़ा-पड़ा मर जाएगा, मुझे और मां को पता भी नहीं चलेगा। पता नहीं मुझे उसकी मौत पर रोना आएगा या नहीं। उसकी जिन्दगी पर इस वक्त आ रहा है। मैं दुबेयी नहीं जाऊंगी।

आज मैं छुट्टी मार कर सारा दिन घर बैठी रही। मां से कह दिया था कि सब से कह दे मेरा अंगूठा ठीक नहीं हुआ। आज मैंने अपने घर की सफाई की, अपने बरतनों को चमकाया, अपने और बापू के कपड़े धोए, बापू को कोसे पानी से नहलाया, उसके लिए मूंग की दाल बनायी, हकीम को जा के कहा कि वह दवा बदले। अंगूठे में दर्द होता रहा लेकिन मैं काम करती रही, रुक-रुककर। या फिर बापू के पास बैठी रही, उससे बातें करती रही। इतनी बातें उससे मैंने पहले कभी नहीं कीं। अब याद नहीं क्या क्या बताती रही उसे । दुबेयी वाली बात भी बतायी और यह भी बता दिया कि मैं वहां नहीं जाऊंगी। बापू ने पूछा, क्या लिखती रहती हो ? मुझे हैरानी हुई। खुशी भी। मैं समझती थी वह सारा दिन अपने में ही गुम रहता होगा, किसी दूसरे की उसे कोई खबर नहीं होगी। मैंने बताया मिसिज़ वर्मा ने मुझे क्या सीख दी थी। बापू बोला, मुझे नहीं पता था तू इतनी पढ़ी-लिखी हो गयी है। बापू की आवाज़ में शाबाशी सुनायी दी। लगा उसे अच्छा लग रहा था

कि उसकी शानो इतनी सियानी हो गयी है। मुझे ख़तरा था बापू मां की शिकायतें शुरू कर देगा लेकिन बापू अपनी शिकायतें ही करता रहा, अपने आपको ही बुरा भला कहता रहा। मुझे उसपर बहुत तरस आया। अब मुझे उस पर गुस्सा नहीं आता। मरते हुए आदमी पर गुस्सा करने का क्या फ़ायदा। अब मां को भी उस पर गुस्सा नहीं आना चाहिए लेकिन उसे अब भी आता है। बापू आज बार-बार कहता रहा, मैंने तुम सबको बहुत दुख दिये, परमात्मा मुझे माफ़ नहीं करेगा, इसीलिए मेरी जान नहीं निकल रही, मैं अब मर जाना चाहता हूँ, मेरे कारण तुम लोगों को कितनी तकलीफ़ हो रही है। मैं बापू को दिलासा देती रही। कहती रही बापू तुम ठीक हो जाओगे। झूठ बोलती रही, और रुलाई को रोकती रही। बापू की बातें सुनते-सुनते मैं बीच में भूल जाती रही मैं उसकी बेटी, नौकरानी हूँ, छुट्टी मार कर घर बैठी हुई हूं। मुझे लगता रहा जैसे मैं किसी अनजान बीमार बूढ़े का दुखड़ा सुन रही होऊं। मुझे दूसरों के दुखड़े सुनना अच्छा लगता है।

मां कोठरी की सफ़ाई और बरतनों की चमक और दाल चावल की खुशबू से खुश हुई थी। उसने बताया कि अख़बार वाला साब चिन्ता कर रहा था, कह रहा था कि सारा क़सूर विलायती चाकू का ही था। उसने दवा की वह ट्यूब मां को दे दी थी और चिपकने वाली तीन चार पट्टियां भी। मुझे यह सोच अच्छा लगा था कि साब को मेरी चिन्ता है। उसने मां से कहा था, शान्ति से कहना जब तक उसका अंगूठा बिलकुल ठीक नहीं होता, काम पर न आए। और किसी ने ऐसा कुछ नहीं कहा था। मोटी ने ज़िद करके मां से बरतन मलवा लिये थे, बंगालिन ने मां से सफ़ाई करवा ली थी, दुबेयी वाली मेम ने कोशिश की थी कि मां एक दो घन्टे बिल्लू को संभाल ले। मां ने बताया था कि अख़बार वाले साब और मिसिज़ वर्मा के सिवा किसी को मेरे अंगूठे की चिन्ता नहीं थी। मां ने यह भी बताया कि दुबेयी वाली मेम ने उससे मुझे दुबेयी भेज देने के लिए कहा था। मां ने मना कर दिया। दो-टूक शब्दों में। मुझे सुन कर ख़ुशी हुई। मां ने बताया कि उसे न करने में ज़रा-सा संकोच भी नहीं हुआ। मेरा ख़याल था मां मुझसे नाराज़ होगी कि मैंने उससे बात क्यों नहीं की लेकिन मां ने मुझसे कुछ कहा ही नहीं। मुझे लगा जैसे मेरे कुछ कहे बग़ैर ही उसे मालूम हो कि मैं दुबेयी नहीं जाना चाहती।

मुझे लग रहा हे कि आज का सारा दिन घर में बिता कर मैंने बापू को भी खुश कर दिया है, मां को भी, और शायद बापू की उमर में कुछ दिन और जोड़ दिये हैं। मुझे यह भी लग रहा है कि जब से मैंने अपने दिन और दिल और दिमाग़ और मन का हाल इन कापियों में दर्ज करना शुरू किया है तब से मैंने हर बात के भीतर जाना शुरू कर दिया है। क्या कभी मुझे अपनी इस बात, बात नहीं आदत, आदत नहीं कोशिश, से डर-सा भी महसूस होता है ? लगता है...पता नहीं क्या लगता है। थक गयी हूँ। लेकिन अपने घर के काम की थकावट दूसरों के घरों के काम

की थकावट जैसी नहीं। दोनों में फ़रक़ है। दूसरों के घरों का काम करके जब घर लौटती हूँ तो थकी हुई तो होती हूँ, ख़ाली भी बहुत होती हूँ। आज भरी-भरी-सी महसूस कर रही हूँ। आज नींद अच्छी आएगी। सपने भी अच्छे आएंगे। लेकिन सपनों का कोई ठिकाना नहीं। दिन के सपनों को तो अपनी मर्ज़ी के मुताबिक़ ढाला जा सकता है, रात के सपनों को पता नहीं कौन रचता है, कैसे रचता है, क्यों रचता है। सपनों की दुनिया का शायद अपना अलग भगवान हो, इस दुनिया के भगवान का छोटा भाई। या शायद बड़ा।

अब सो जाना चाहिए। सोने से पहले आज सपनों की दुनिया के भगवान से भी प्रार्थना करूँगी, उससे मांगूंगी कुछ नहीं, यूं ही प्रार्थना करूंगी। इस दुनिया के भगवान से भी मैं अक्सर कुछ नहीं मांगती। मांगने से भी कुछ मिलता कहां है, मिल भी जाए तो उससे तसल्ली कहां होती है। भगवान सोचता होगा अजीब लड़की है, प्रार्थना करती रहती है, मांगती कुछ नहीं। मांगन गये सो मर गये। लेकिन भगवान से मांगना, मांगना नहीं होता।

आज बहुत दिनों बाद दोपहर की रोटी मैंने उर्मिला और दूसरी नौकरानियों के साथ बैठ कर खायी। नीम के पेड़ के नीचे। कल रात कुछ बारिश हुई थी। आज दिन भर बयार चलती रही। धूप के बावजूद गर्मी कम थी। सब मुझे छेड़ती रहीं। कहती रहीं, शान्ति को हमारे साथ बैठना अच्छा नहीं लगता, शान्ति को हमारी अनपढ़ बातें अच्छी नहीं लगतीं, शान्ति को तो हमारे कपड़ों से भी बू आती होगी। शान्ति को तो हमारी शक्लें भी अच्छी नहीं लगती होगी। पहले तो मैं सुनती रही, फिर मुझे गुस्सा आ गया। मैंने कहा, क्यों मेरे पीछे पड़ गयी हो, साफ़ साफ़ क्यों नहीं कह देतीं कि मैं उठ जाऊं यहां से। अगर मुझे तुम्हारे साथ बैठना अच्छा न लगता तो मैं आती क्यों यहां। बताऊं मुझे क्या अच्छा नहीं लगता, मुझे ये ओछी बातें अच्छी नहीं लगतीं। उर्मिला ने मेरा साथ दिया और उन्हें समझाया कि वह ऐसी बातें न किया करें। और फिर सब ठीक हो गया। आज उर्मिला और मेरे को मिला कर कुल सात थीं वहां। वह बंगलादेशी बानो भी थी जो कभी कुछ बोली ही नहीं। शायद इसीलिए वह मुझे अच्छी लगती है। बानो नाम भी बुरा नहीं। वह हिन्दी में भी बंगाली बोलती है। बंगलादेशी यहाँ और भी हैं। बानो से कुछ बंगाली सीख लेना चाहती हूँ। उसकी शक्ल झरना जैसी ही है। सुन्दर तो नहीं लेकिन अच्छी लगती है। बंगालिनों

के बाल क्यों इतने लंबे होते हैं। झरना का वह मुसलमान भी शायद बंगलादेशी हो। बानो के पास पांच घर हैं। सब कहते हैं बानो बहुत मेहनती है। एक दो घरों में वह खाना भी बना लेती है। मां कहती है जमाना बदल गया है वर्ना मुसलमान नौकरानी से खाना कौन बनवाता था। मां कहती है अब तो लोग जमादारिनों से भी सब काम करवा लेते हैं।

ललिता जमादारिन ही तो है। सब उसके अचार की तारीफ़ कर रहे थे। मैंने भी आज थोड़ा सा लिया था। उसे ख़ुश करने के लिए। वैसे अचार था बढ़िया। उसका नख़रा देखने लायक़ है। बानो का पता नहीं, ललिता तो ब्याही हुई है, उसके दो लड़के भी हैं। उर्मिला कहती है उसे ललिता की अकड़ अच्छी नहीं लगती। ललिता मुझे अच्छी लगती है। कमेटी की एक जमादारिन भी बहुत अकड़ी हुई है। झाड़ू कन्धे पर रखकर ऐसे चलती है जैसे कोई फ़ौजी अफ़सर हो। तीन मद्रासिनें भी हमारी टोली में हैं। वह अब नाम की ही मद्रासिनें हैं, या फिर रंग की, हिन्दी फ़रफ़र बोल लेती हैं। फिर भी किसी-किसी लफ़्ज़ में उनकी अपनी भाषा अचानक बज उठती है। उनकी आवाज़ में भी। वैसे वह तीनों मद्रासिनें नहीं, उनमें से एक करेला की है। करेला पता नहीं कहां है। किसी दिन अख़बार वाले साब से हिंदुस्तान का नक़्शा मांगूंगी। उसके पास दुनिया भर के नक़्शे हैं। जब पढ़ या लिख नहीं रहा होता, नक़्शे देख रहा होता है--कभी अपने कम्प्यूटर पर, कभी वैसे। वह लिखता भी कम्प्यूटर पर है। मेरा मन करता है मैं भी कम्प्यूटर पर लिखूं। मोटी मेम का बेटा भी कम्प्यूटर के सामने बैठा रहता है। जब कभी काम करते-करते मेरी आंखें उसके कम्प्यूटर पर टिक जाती हैं तो मोटी मेम घुड़क देती है, तू अपना काम कर शान्ति उसे स्कूल का काम करने दे। किसी दिन साब से पूछूंगी, छोटा कम्प्यूटर कितने का आता है। वह सुन कर हैरान होगा। सोचेगा, इस लड़की के दिमाग़ में क्या-क्या चलता रहता है ? जिस तरह आजकल हम जैसों के घर में कलर टी-वी भी है, वी-सी-आर भी है, उसी तरह कुछ दिन बाद कम्प्यूटर भी आ जाएगा। इसीलिए तो मोटी मेम को हम लोगों से कोई हमदर्दी नहीं। वह कहती रहती है, क्या नहीं इन लोगों के पास ? क्या वह ठीक कहती है ? मुझे कम्प्यूटर सीख लेना चाहिए। लेकिन कम्प्यूटर सीखने का मतलब क्या, मतलब ट्रेनिंग। लेकिन किस चीज़ की ? किसी चीज़ की तो होती ही होगी। साब से पूछूंगी। पता नहीं हिन्दी के कम्प्यूटर हैं या नहीं। होंगे क्यों नहीं। साब से पूछूंगी, साब से क्या-क्या पूछूंगी ? अख़बार वाले साब के बजाय मैंने अब उसे साब कहना शुरू कर दिया है। मन ही मन में। और यहां। मुंह पर तो मैं उसे पहले भी साब ही कहती हूँ, मां उसे साबजी कहती हैं। कभी कभी मैं अख़बार वाले साब से हिन्दी की कोई किताब ले आती हूँ। एक दिन वह बोला, देख शानो, जो तुझे पसंद आए ले जाया कर। मैंने पूछा था, मुझे कैसे पता चले मुझे कौन-सी पसंद आएगी। वह बोला, यहीं कुछ सतरें पढ़ लिया कर। मैंने कहा था, कुछ सतरों से

थोड़े ही न पता चल जाता है, आप क्यों नहीं चुन देते कुछ किताबें। वह बोला, ठीक है, मैं चुन दिया करूँगा, लेकिन उनमें भी जो तुझे अच्छी न लगे उसे पढ़ना जरूरी नहीं। मैंने कहा, यह भी कोई कहने की बात है, तो वह बोला, तू बहुत तेज़ है, तुझे तो वकील होना चाहिए था। मैं सुन कर उदास हो गयी थी। लगा था जैसे उसने कह दिया हो, तुझे किसी अमीर घर में पैदा होना चाहिए था। अगर मैं किसी अमीर घर में पैदा हुई होती तो क्या मैं ज़्यादा ख़ुश होती ? टेढ़ा सवाल। ऐसे सवालों को आने ही नहीं देना चाहिए मन में। अपने आप आ जाते हैं। बाहर निकाल देना चाहिए। आ जाएं एक बार तो आसानी से निकलते नहीं, निकल भी जाएं तो फिर आ जाते हैं। इन कबूतरों की तरह जिन्हें मैं उड़ाती रहती हूँ। कबूतर मुझे अच्छे लगते हैं। उनका उड़ना भी। अगर मैं कबूतर होती तो। हमारे स्कूल की वह बहनजी अजीब-अजीब बातों पर हमसे निबन्ध लिखवाया करती थी। जैसे अगर मैं फूल होती। एक बार मैंने उससे पूछा था, बहनजी, आप हमसे सीधे-सादे निबन्ध क्यों नहीं लिखवातीं। उसने पूछा, जैसे ? मैंने कहा जैसे, मेरा गांव, तो वह याद नहीं क्या बोली थी। अब पता नहीं वह कहां हैं। उसकी शादी तब नहीं हुई थी। अब हो गयी होगी। हो सकता है घरवाले ने नौकरी छुड़वा दी हो या उसने ख़ुद ही छोड़ दी हो। नहीं, उसने ख़ुद नहीं छोड़ी होगी। कहा करती थी, सभी लड़कियों को काम करना चाहिए, किसी पर अपना बोझ नहीं डालना चाहिए, आज़ाद रहना चाहिए।

सब लोग अमीरों के घर थोड़े ही न पैदा हो सकते हैं। क्यों नहीं ? क्योंकि सब लोग अमीर नहीं हो सकते। लेकिन क्यों नहीं ? क्योंकि मां कहती है सबका अपना अपना नसीब, अपना अपना परारबध, सब अपने-अपने कर्मों का फल भोगते हैं। मां कहती है सब पहले से ही लिखा होता है कि कौन किसके घर जनम लेगा, कौन क्या बनेगा। लेकिन अगर यह ठीक है तो लोग मेहनत क्यों करते हैं, दौड़ते भागते क्यों हैं, कुछ लोग अमीर से ग़रीब और ग़रीब से अमीर क्यों हो जाते हैं। मां कहती है यह भी कर्मों का फल है। मैं तो जब सोचती हूँ चकरा जाती हूँ।

आज नीम के पेड़ तले उस ललिता ने भी यही बहस छेड़ दी थी। ललिता नख़रीली ही नहीं. तेज़ भी बहुत है। ऐसे बोलती है जैसे उसे सब कुछ आता है।

कल रात मैं लिख रही थी कि बापू की आवाज़ आयी। उसे दमे का दौरा पड़ गया था। मैंने मां को जगाया। आधी रात तक वह हौंकता रहा। फिर उसे कुछ

आराम मिला।

हकीम का कुछ पता नहीं कि दवा देता है या वैसे ही कुछ पकड़ा देता है पुड़िया में बांध कर। मां कहती है डाक्टर तो लुटेरे हैं, यह कम से कम लूटता तो नहीं। यह भी लूटता तो होगा, ज़्यादा नहीं। ज़्यादा लूट ही नहीं सकता। इसके पास जाते भी तो हमारे जैसे ही हैं। हम जैसों से लूटेगा भी तो कितना। वह भी तो हम जैसा ही है। वह असल में हकीम है ही नहीं। पनसारी है। और अब तो पनसारी भी नहीं रहा। अब उसके हाथ हिलते रहते हैं। तराजू पकड़ नहीं सकता, तोले कैसे। पनसारी की दुकान उसने बन्द कर दी है और हकीमी करने लगा है। बन्धी हुई पुड़ियों की तीन चार ढेरियां उसके सामने पड़ी रहती हैं। उन्हीं में से दो-चार पुड़ियां हर एक को दे देता है। बापू कहता है, तुम लोग बेकार पैसा बरबाद कर रहे हो। वह कहता है ज़ब मुझे दौरा पड़े तो पानी का गिलास मेरे पास रख दिया करो और राम राम जपना शुरू कर दिया करो। जो कष्ट मेरे नसीब में लिखा है वह तो मुझे सहना ही है, अपने बुरे कर्मों की सज़ा तो मुझे मिलनी ही है, कोई हकीम उसमें क्या कर लेगा, और फिर वह पनसारी जिसे इलकोको का पता नहीं, उसकी पुड़ियों में तो सुहागा होता है, सुहागा। मां कहती है, कभी-कभी सुहागा भी काम कर जाता है। मैं सोचती हूँ किसी दिन हकीम से पूछूं इन पुड़ियों में है क्या। वह बताएगा नहीं। कोई हकीम अपनी हिकमत का भेद नहीं खोलता। हकीम के घर में दिन में भी अंधेरा रहता है। पता नहीं किस तरह का मकान है। उससे तो हमारी कोठरी अच्छी। हकीम की बेटियां भी फ़्लैटों में काम करती हैं। किसी दूसरे सेक्टर में। हकीम होकर भी उसने उन्हें पढ़ाया-लिखाया क्यों नहीं। मुझे आजकल पढ़ाई लिखाई का वहम हो गया है। सोचती रहती हूँ मुझे स्कूल नहीं छोड़ना चाहिए था। सोचती रहती हूँ अब भी काम छोड़ कर स्कूल जाना शुरू कर दूं। लेकिन मेरे सोचने से कुछ नहीं होगा। जिस दिन होना होगा, अपने आप हो जाएगा। क्या हो जाएगा ? जो होना होगा। मां कहती है, सोचने से कुछ नहीं होता। न हो, लेकिन सोचे बग़ैर रहूँ कैसे, बुद्धू होती तो बात दूसरी थी। मां भी तो हर वक्त सोचती ही रहती है। कभी मेरे बारे में, कभी पारो के बारे में, कभी कुन्दन के बारे में। कुन्दन के बारे में ज़्यादा।

अब तो बापू भी बहुत सोचने लगा है। जब से उसका पीना छूटा है उसने सोचना शुरू कर दिया है। पीना बीमारी ने ही छुड़वाया। बीमार तो वह पहले भी बहुत था लेकिन अब तो उसका बुरा हाल हो गया है। मां कहती है पीने की वजह से ही तो वह बीमार हुआ। पारो कहती है जीजा भी बहुत पीता है। पी कर उसे पीटता है। हर घर में यही हाल। हर घर में नहीं, हमारे जैसों के घरों में। मैं पारो के घर नहीं जाती। जीजा पारो के सामने भी मुझे छेड़ता रहता है। पारो इधर-उधर हो तो और शेर हो जाता है, नशे में हो तो और भी। एक दिन मैंने उसे थप्पड़ मार दिया था। अगर मैं बाहर न भाग गयी होती तो पता नहीं वह क्या करता।

मां कहती है पारो की क़िस्मत भी ख़राब निकली। मेरी पता नहीं कैसी निकलेगी। जैसी भी निकले मैं शादी नहीं करूंगी, बच्चे नहीं जनूंगी। लेकिन क़िस्मत में लिखा होगा तो कैसे नहीं करूंगी, कैसे नहीं जनूंगी। क़िस्मत में लिखता कौन है ? किस आधार पर ? किस भाषा में ? उसका हिसाब कौन रखता है ? कई ग़लतियां हो जाती होंगी। उन्हें कौन सुधारता होगा। क़िस्मत के खेल मेरी समझ में नहीं आते। अगर क़िस्मत को मान लो तो कष्ट क्या कम हो जाते हैं ? मानो न मानो कष्ट कम नहीं होते। अब बापू अगर मान भी ले तो उसका हांकना-हांफना तो कम नहीं होगा। जब उसे दमे का दौरा पड़ता है तो वह गली में क्यों जा बैठता है ? दूसरों को दिखाने के लिए ? इसलिए कि वह उससे पूछें, क्या हुआ ? बापू को गली में बैठना अच्छा लगता होगा। अकेले कोठरी में डर लगता होगा। अकेले मरने के ख़याल से डर लगता होगा। मुझे दमा होता तो मैं भी दौरा पड़ते ही गली में जा बैठती। मैं पता नहीं क्या करती। मैं पता नहीं क्या करूँगी, जब मैं भी बापू की तरह बीमार और बूढ़ी हो जाऊंगी। बुढ़ापे से पहले ही मर जाना चाहिए। कई लोग लेकिन बूढ़े हो जाने के बाद भी बूढ़े दिखायी नहीं देते। जैसे मिसिज़ वर्मा और अख़बार वाला साहब। वह दोनों अभी पूरे बूढ़े नहीं हुए। मां सो गयी है या कम से कम दिखायी देने लगी है।

उस दिन ललिता को जरूर कोई ख़ास गुस्सा होगा कि अचानक क़िस्मत और कर्म के ख़िलाफ़ बोलने लगी थी। हम सब हैरान कि उसे हो क्या गया है। बोली, मैं नहीं मानती करम वरम को। किस्मत विस्मत को। ये सब ढकोसले हैं अमीरों के। हम ग़रीबों को धोखा देने के लिए। हमें दबा कर रखने के लिए। हमारा खून चूसने के लिए। मैं नहीं मानती इस सारी बकवास को। यह सारा जाल हमारे दुश्मनों का फैलाया हुआ है। पिछले जनम के करमों का फल इस जनम, इसका अगले में। मैं नहीं मानती। हम सब हैरान कि उसे चुप कैसे कराएं। वह तो ऐसे चिल्ला रही थी जैसे भाषण दे रही हो। उर्मिला तो उठ कर चली ही गयी, करेला वाली ने कहा, तमाशा क्यों कर रही है। मैंने समझाया, धीरे बोलो, लोग जमा हो जाएंगे। वह बोली, हो जाएंगे तो मेरा क्या बिगाड़ लेंगे साले, मुझे किसी की कोई परवाह नहीं, मेहनत मज़दूरी करती हूँ मुफ़्त की नहीं खाती—मुझे किसी की धौंस नहीं। जमादारिन हूँ इसका यह मतलब नहीं कि सबसे डरती रहूँ। मदरासिनें भी चली गयीं तो करेला वाली ने कहा, बात तो तू ठीक कह रही है लेकिन...। वह बीच में ही उबल पड़ी, लेकिन वेकिन मैं नहीं जानती, मैं क़िस्मत-विस्मत करम-वरम को नहीं मानती, नहीं मानती, नहीं मानती। बंगलादेशिन बानो हक्की-बक्की बैठी सब सुन रही थी। मुझे लग रहा था वह कुछ कहना चाहती थी। मैं उठ कर उसके पास जा बैठी तो उसने धीरे से कहा, लोलिता ठीक बोले छे—या ऐसा ही कुछ। मैंने सोचा ललिता ने और कुछ किया हो न किया हो बानो को तो बुलवा ही दिया। मैंने बानो की पीठ थपक दी। उधर

करेला वाली ललिता को अपनी बोतल से पानी पिला रही थी। पानी पी कर वह कुछ ठंडी हुई तो मैंने पूछा, तुझे अचानक इतना उबाल क्यों आ गया ? कुछ देर तो वह चुपचाप मेरी तरफ़ देखती रही फिर उसकी आंखों में आंसू आ गए। तब बानो बोली, लोलिता तूमी ठीक बोले छे। यह सुनते ही ललिता बानो के गले लग रोने लगी थी।

मैं अभी तक ठीक-ठीक नहीं समझ पायी कि उसे उस दिन हुआ क्या था। किसी दिन उससे पूछूंगी।

बापू सो रहा है या शायद यूं ही आंखें मूंदे पड़ा है। हो सकता है हकीम की दवा ने कुछ काम किया हो। मां कहती है कभी-कभी सुहागा भी बापू के दौरे को संभाल लेता है।

बापू की क़िस्मत में क्या यही भयानक बीमारी लिखी थी ? और पीना ? और ग़रीबी ? मां की क़िस्मत में क्या बापू ही लिखा था ? और बापू की मारपीट और बकवास और कुन्दन ? और मैं और पारो ? और सारी उमर की चाकरी ? मेरी क़िस्मत में क्या लिखा है ? क्या मैं भी सारी उमर मां की तरह नौकरानी ही रहूंगी ? पारो की क़िस्मत में जीजा ! जीजा भी बापू की तरह बीमार पड जाएगा पीते-पीते, उसकी क़िस्मत में भी शायद भयानक बीमारियां ही हों। दमा और तपेदिक !

लोलिता ठीक बोले छे। लेकिन इलाज क्या है ? कोई इलाज नहीं। अगर है तो किस्मत वालों के लिए। ललिता बेचारी इसीलिए तो उबल पड़ी थी शायद। और फिर फूट भी पड़ी थी। बानो के गले लग। उस दिन मुझे लगा था, ललिता अपनी ही नहीं हम सबकी बदक़िस्मती पर भी रो रही थी।

मेरा सर चकराने लगा है। यह बात मेरे बस की नहीं। अख़बार वाले साब से पूछूंगी। लेकिन शायद उसके बस की भी न हो। उसकी क़िस्मत में यही लिखा होगा कि उसकी बीवी उसे छोड़ जाए और मैं उसकी नौकरानी बनूं। लेकिन उसके बरताव से यह महसूस नहीं होता मैं उसकी नौकरानी हूँ। बरताव से क्या होता है, पैसे तो वह भी लगभग उतने ही देता है जितने दूसरे। महसूस न होने से क्या होता है, हूँ तो मैं उसकी नौकरानी ही। उसका काम वैसे बहुत कम है। क्यों न मैं उसका खाना वाना भी बना दिया करूं। लेकिन वह कहे तो। वह कहेगा नहीं। सोचता होगा, मैं नहीं मानूंगी। मां से पूछूंगी, उसी से कहूंगी वह साब से बात करे। ललिता भी तो एक बूढ़े का खाना बनाती है। वह अक्सर कहती है उसका बूढ़ा बहुत भला है। उर्मिला को शक है ललिता उसे मक्खन भी लगाती होगी, चूना भी। वह कहती, मुझे उसका नख़रा पसंद नहीं, आख़िर है तो जमादारिन ही। उर्मिला को ज़ात पात और छुआछूत की बीमारी है। वह तो मां को भी है। वह तो शायद मुझे भी हो। अन्दर ही अन्दर। मां को पता चल जाए कि मैंने ललिता का अचार खाया था तो वह नाराज़ होगी। उसकी नज़र में सब जमादारिनें गन्दी हैं, उनसे एक ख़ास क़िस्म की बदबू

आती है। मुझे तो ललिता से हमेशा एक ख़ास क़िस्म की ख़ुशबू ही आती है। फ़िनैल की बू में घुली मिली। शुकर है मुझसे कभी किसी ने फ़िनैल से फ़र्श धोने के लिए नहीं कहा। मैं तो बाथरूमों में भी फ़िनैल नहीं डालती। अगर कभी कोई ऐसा घर मिल गया जिसमें फ़िनैल डालने का रिवाज हो तो क्या करूंगी। मुझे तो मां के कपड़ों से भी फ़िनैल की हल्की-हल्की बू आती रहती है। मां जानती है मुझे यह बदबू अच्छी नहीं लगती। कहती रहती है, पता नहीं तुझे क्यों नहीं अच्छी लगती ! ललिता फ़िनैल की बदबू को कम करने के लिए ही शायद बालों में चमेली का तेल और कपड़ों में इतर-फुलैल लगाए फिरती है। उर्मिला कहती है, इतनी लीपापोती के लिए पैसे कहाँ से आते होंगे। ज़रूर चोरी करती होगी, और उस बूढ़े को चूना लगाती होगी। थोड़ा बहुत चूना तो सभी लगाती होंगी। मेरे सिवा। चोरी तो आख़िर मैंने भी की ही थी। एक बार। क्या पता कितनी बार और करूंगी। क़िस्मत में लिखा होगा तो ज़रूर करूंगी। किसी दिन ललिता से फिर पूछूंगी, तू उस दिन उबल क्यों पड़ी थी, क़िस्मत को ले कर ? वह जवाब देगी, तुझे अभी तक याद है मेरा उबलना ? मैं कहूँगी, मुझे कभी कुछ नहीं भूलता। वह कहेगी, यह बात है तो तू बहुत तकलीफ पाएगी। मैं पूछूंगी, क्यों ? वह जवाब देगी, क्योंकि तू पुरानी चोटों को याद कर कर के दुखी हुआ करेगी। मैं कहूंगी, पुरानी खुशियों को भी तो याद कर सकती हूँ। वह कहेगी, पुरानी ख़ुशियों से पुरानी चोटें हमेशा ज़्यादा होती हैं। मैं पूछूंगी, तुझे क्या पता ? वह कहेगी, मुझे तुझ से ज़्यादा पता है क्योंकि मैं तुझसे बड़ी हूँ, ब्याही हुई हूँ, दो लड़कों की मां हूँ, जमादारिन हूँ। मुझे समझ नहीं आएगी कि जमादारिन होने की बात उसने क्यों की और उसका हमारी बात से क्या वास्ता है। लेकिन मैं उससे और कुछ पूछने के बजाए उसकी समझदारी पर हैरान होना शुरू कर दूंगी और वह मेरी नासमझी पर।

क़िस्मत और करम। करम और धरम। कुछ समझ नहीं आता। लेकिन किसी को तो आता होगा। मेरा ख़याल है पूरा किसी को नहीं आता होगा। सब के सिर चकराते रहते होंगे। लेकिन सब मेरी तरह नहीं सोचते। न ही ललिता की तरह। लोलिता ठीक सोचे छे !

बानो से कुछ बंगाली सीख लेनी चाहिए। झरना और देवी मेरी बंगाली सुन हैरान होंगी। उस दिन के बाद बानो दिखायी ही नहीं दी।

अगर मैं इसी तरह छुट्टियां मारती रही तो सब घर छूट जाएंगे। मोटी को तो एक दिन का नाग़ा भी बुरा लगता है। बंगालन को भी बुरा तो लगता है लेकिन वह ज़्यादा बोलती नहीं। झरना अभी तक घर नहीं लौटी लेकिन बंगालन ने बिस्तर छोड़ दिया है। कोई असली बीमारी तो उसे थी नहीं, नक़ली कितने दिन चलती। अब भी वह उदास तो रहती है लेकिन लगता है उसने मान लिया है जो होना था हो गया। शायद उसने सोच लिया हो कि उसकी क़िस्मत में मुसलमान जमाई ही

लिखा है। शायद वह मुसलमान हिन्दू बन गया हो। झरना घरवालों को टेलिफ़ोन तो करती ही होगी। देवी से पूछूंगी। देवी लेकिन घुन्नी है, वताएगी नहीं।

आज मैंने मां के मैले कपड़े भी धो दिये। देखेगी तो ख़ुश नहीं होगी। कहती है मैं साबुनं ज़ाया करती हूँ। कहती है मेरे हाथों में मोरियां हैं, मुझे किसी अमीर घर में पैदा होना चाहिए था। लेकिन मेरी क़िस्मत।

क़िस्मत से छुटकारा नहीं।

बापू भी पड़ा-पड़ा अपनी क़िस्मत को ही कोसता रहता होगा।

क़िस्मत कमज़ोरी और लाचारी का दूसरा नाम।

यहां एक ज़रूरी बात लिखना तो मैं भूल ही गयी। उस दिन के नागे के बाद जब मैं अख़बार वाले साब के घर गई तो उसने कहा, अंगूठा दिखाओ। मैंने दिखाया तो बोला, पट्टी क्यों नहीं चिपकायी। मैंने कहा, ठीक हो गया है। वह बोला, दवा लगायी थी ? मैंने झूठ बोल दिया, हां। वह बोला, तुम झूठ बोल रही हो। मैं लाल हो गयी। फिर वह अन्दर से नयी ट्यूब उठा लाया। बोला, लाओ इधर। मैंने अंगूठा आगे कर दिया। दवा लगा लेने के बाद मैं काम करने लगी तो वह बोला, आज काम रहने दो। मैंने कहा, साब, धूल बहुत है। वह फिर बोला, आज काम नहीं, बस आज बैठ कर पढ़ो घंटा दो घंटा, जो तुम्हारी मर्ज़ी हो। यह कह कर वह अपने कमरे में चला गया और मैं हिन्दी की किताबों वाले शैल्फ़ के सामने जा खड़ी हुई। बहुत-सी किताबें उलटने-पलटने के बाद मुझे एक किताब का नाम पसंद आया—*नौकर की क़मीज़*। मैंने उसे पढ़ना शुरू किया ही था कि ख़याल आया, इसे पढ़ कर तो मैं उदास हो जाऊंगी। मैंने उसे वापस रख दिया और एक और किताब उठा ली जिसका नाम था *कल्याणी*। दो पन्ने पढ़ने के बाद उसे भी वापस रख दिया। लगा उससे भी उदासी ही होगी। ऊपर जा कर साब से कहा, साब, मुझे काम करने दीजिए, मेरे अंगूठे को कुछ नहीं होगा, पढ़ने का मूड नहीं। साब मुसकराया और मैंने सफ़ाई शुरू कर दी। कुछ बरतन इधर उधर पड़े थे, उन्हें भी एक हाथ से ही साफ़ कर दिया। फिर साब से पूछे बग़ैर चाय बनायी, चार टोस्ट बनाए, एक प्याला और दो टोस्ट साब को दे आयी, एक प्याला और दो टोस्ट ले कर खुद डाइनिंग टेबल पर बैठ गयी। उस वक्त ऊपर से कोई आ जाता तो सोचता घर की बेटी बैठी हुई है। पूछता, बेटी, क्या कर रही हो ? मैं जवाब देती, चाय पी रही हूँ। पूछता, घर में और

कोई है ? मैं कहती, पापा ऊपर अपने कमरे में हैं, बुलाऊं ? फिर मैं वहीं बैठी-बैठी आवाज़ देती, पापा, अंकल आए हैं ! अंकल कहता, एक कप चाय हमें भी बना दो, बिटिया। मैं कहती, आप बैठिये, मैं अभी लायी। वह कहता, पहले तुम अपनी चाय तो पी लो, मुझे कोई जल्दी नहीं। मैं कहती, ओके ! इतने में ऊपर से अख़बार वाला साब आ जाता। कहता, देख शानो, इनके लिए चाय बढ़िया बनाना। अंकल कहता, तो उसका नाम शानो है, और यह आपको पापा कह कर बुलाती है, हम भी अपनी नौकरानी से कहेंगे, वह भी हमें पापा कह कर बुलाया करे, वह भी हमारी बेटी समान है। सुन कर मेरा मुंह लाल हो जाता, मन उदास। जैसे अब हो गया है, यह सब सोच कर।

सुबह काम के लिए निकलने से पहले बापू की खाट के पास गयी तो उसकी चाय का गिलास उसी तरह पड़ा हुआ था। जाने से पहले मां उसके सिरहाने रोटी-दाल रख जाती है। वह थाली-कटोरी भी उसी तरह पड़ी हुई थी। चाय ठंडी हो चुकी थी, दाल-रोटी पर मक्खियां भिनभिना रही थीं। बापू सीधा लेटा हुआ था और एक मक्खी उसकी नाक पर बैठी हुई थी। बापू का मुंह खुला था और शकल इतनी अजीब थी कि मुझे लगा जैसे किसी और की हो। मैं समझ गयी कि बापू सो नहीं रहा था, मर चुका था। मैं यह भी समझ गयी कि जब मैंने उसकी खाट के पास चाय रखी थी तब भी वह सो नहीं रहा था, मरा पड़ा था। उसके बाद जब मां ने दाल-रोटी रखी होगी तो उसने चाय का भरा हुआ गिलास देखा तो होगा, ध्यान नहीं दिया होगा। मां को वक्त पर पहुंचने की उतावली होती है। बापू दमे के कारण मुंह खोल कर ही सोता है। मैं दो चार पल खड़ी रही, फिर वहीं ढेर हो गयी। चाय का गिलास लुढ़क गया, थाली-कटोरी को मैंने खाट के नीचे सरका दिया और सिर बापू की खाट पर टेक चुपचाप रोना शुरू कर दिया। मेरा ख़याल था, रुलाई कुरलाहट में बदल जाएगी तो लोग इकट्ठे हो जाएंगे लेकिन मैं काफ़ी देर बेआवाज़ रोती रही जैसे बापू मरा न हो, सिर्फ़ बेहोश ही हुआ हो। फिर मैंने उठ कर अपनी चुन्नी बापू के ऊपर डाल दी और सोचा, मां पास होती तो मना करती, कहती, अन्दर से सफ़ेद चादर ले आओ।

मां को उर्मिला बुला लायी तो मैं कुन्दन को ढूंढ़ने निकल गयी। आस पास के अपने किसी अड्डे-ठिकाने पर वह नहीं मिला तो मैं लौट आयी। वह पिछले सात-आठ

दिनों से ग़ायब है। मां कहती रहती है, पता नहीं बेचारा किस मुसीबत में फंसा हुआ है। मैं कहती रहती हूँ, कहीं बैठा अपने गुन्डे दोस्तों के साथ ऐश कर रहा होगा। आज सुबह मां कुन्दन के लिए ज़्यादा रो रही थी, बापू के लिए कम। उसे बापू के मर जाने का दुख उतना नहीं था जितना इस बात का कि कुंदन अपने बाप की चिता को आग नहीं दे सकेगा। जब मैंने कहा, मैं क्यों नहीं दे सकती आग तो उसने कहा, आग बेटियां नहीं देतीं। उर्मिला की मां ने मां को समझाया, जमाई भी तो बेटा ही होता है, पारो का घरवाला सब कुछ कर देगा। इस पर पारो बोली, उसका भी क्या भरोसा, वह भी तो ग़ायब है। तब सुरेन्दर बिजली वाला बोला, तुम लोग तैयारी तो करो, आग तो किसी न किसी तरह लग ही जाएगी चिता को, मैं लगा दूंगा, आख़िर मैं भी गली मुहल्ले के नाते इस घर का बेटा ही हूँ और फिर शान्ति का बापू तो अक्सर मुझे बेटा कह कर बुलाता ही था। सुरेन्दर बिजली वाले की बात सबको पसंद आयी। पन्डित ने कहा, बिलकुल ठीक कह रहा है, तैयारी में देर नहीं होनी चाहिए, गर्मी का मौसम है, दो चार घन्टे से ज़्यादा रखा तो शरीर सड़ांध छोड़ देगा।

तैयारी शुरू हो गयी।

मैंने मां से पूछा, पैसे हैं कि नहीं।

मां ने बताया कि उसे पता था किसी भी दिन अचानक कुछ हो जाएगा, इसलिए उसने कुछ पैसे अपनी सन्दूक़ची में रख छोड़े थे। मुझे मां की इस समझदारी पर पता नहीं क्यों रोनां आ गया तो मां ने मेरी पीठ पर हाथ फेर कहा, शानो, तेरे बापू की जान सोए-सोए निकल गयी, हमें ख़ैर मनानी चाहिए, इस तरह तो वही जाते हैं जो परमात्मा को प्यारे हों। यह सुनते ही मैंने कुरलाना शुरू कर दिया।

बानो, ललिता और करेला वाली मरघट पर पहुंच गयी थीं। सबने साफ़-सुथरे कपड़े पहने हुए थे।

आग सुरेन्दर बिजली वाले ने ही दी। कुन्दन और जीजा शाम को लौटे। एक साथ। जब आए तो होश में नहीं थे। मां ने दोनों को लताड़ा लेकिन उन पर कोई असर नहीं हुआ। अब दोनों फिर ग़ायब हैं।

बापू की खाट ख़ाली पड़ी है। मां घुटनों पर ठोड़ी टिकाए बैठी है। पारो मेरे पास बैठी बिटर-बिटर मेरी कापी की तरफ़ देख रही है। मुझे रोना आ रहा है।

आज बापू का चौथा था। कुन्दन आज भी ग़ायब रहा। जीजा आ तो गया था लेकिन न ही आता तो अच्छा होता। धुत्त था। पता नहीं क्या-क्या बड़बड़ाता-बकता रहा। इन्तज़ाम सारा उसी सुरेन्दर बिजली वाले ने किया। मुझे तो कुछ पता ही नहीं। ख़र्च काफ़ी हो गया होगा। आज बापू का हकीम भी आया था। मौत वाले दिन वह नहीं आया था। कह रहा था उसे किसी ने बताया ही नहीं। झूठ बोल रहा होगा, उसका घर हमारे घर से ज़्यादा दूर नहीं। और फिर गांव में सबको सब कुछ मालूम हो ही जाता है। वैसे यह गांव अब गांव नहीं रहा। जब से फ्लैट बने हैं, इसमें दुनिया भर के लोग आ गये हैं। फ्लैटों में काम करने वाले सब बाहर से आए हैं। कोई नेपाल से तो कोई गढ़वाल से। कोई करेला से तो कोई मद्रास से। कोई बंगलादेश से तो कोई बिहार से। हम भी तो बाहर से ही आए हैं। मतलब उस झुग्गी कालोनी से। गांव के असली बाशिन्दे पता नहीं कहां-कहां चले गये हैं। हकीम कह रहा था, उसे रोने-धोने की आवाज़ भी नहीं आयी। रोना-धोना ज़्यादा हुआ भी नहीं। जितना हुआ चुपचाप ही हुआ। पारो और मैं एक दो बार कुरलाईं लेकिन अन्दर कोठरी में ही। मां ने आंसू तो बहाए, शोर नहीं किया। जीजा एक दो बार झूठा रोना रोया था। कुन्दन एक बार भी नहीं रोया। कहता है, रोना काम औरतों का, मरदों का नहीं। लेकिन मैंने देखा है कि बहुत चढ़ा ले तो वह भी ज़ार-ज़ार रोने लगता है। तब मां कहती है, पता नहीं इसे कौन-सा दुख खा रहा है अन्दर ही अन्दर। मैं समझती हूँ उसे एक ही दुख है--उसके पास ऐश करने के लिए पैसा नहीं। वह पैसा कमाना नहीं चाहता, हथियाना चाहता है। कहता है, कमाने से हम जैसों को कुछ नहीं मिलता। अब तो नहीं, पहले मुझसे बहुत बातें किया करता था। उसकी बातों से मुझे डर लगता था। अब तो उसकी सूरत से भी डर लगता है। लेकिन मां को तो पहले भी उसकी चिन्ता ही रहती थी, अब भी। उसको तो पहले भी उस पर प्यार ही आता था, अब भी। मां को कभी उस पर गुस्सा नहीं आता। पारो पर भी नहीं। उसे गुस्सा बस बापू पर ही आता था। अब शायद जीजा पर आया करेगा।

मैंने मां को कभी बताया नहीं कि जीजा मेरे साथ बेहयाई करता रहता है। लेकिन उसे बिन बताए ही मालूम होगा। मां की निग़ाह तेज़ है। जीजा की निगाह की ख़राबी को तो अन्धा भी देख सकता है। एक दिन बातों-बातों में पारो बोली, शानो, एक बात याद रखना, किसी पियक्कड़ से ब्याह मत करना, वह साले बकवास ही कर सकते हैं, उनसे होता-हवाता कुछ नहीं। नामर्द और निखट्टू। मुझे कुछ हैरानी हुई थी। लगा था जैसे वह कह रही हो, जीजा से डरने की काई जरूरत नहीं। तो फिर वह क्यों डरती है ? डरती शायद वह भी नहीं, मैं तो बिलकुल नहीं डरती। किसी दिन एक थप्पड़ और मार दूंगी। आज भी उसकी लार टपकती रही। बिलकुल कुत्ते जैसी नज़रों से देखता है मुझे। पारो कहती है, मैं इसे छोड़ दूंगी। लेकिन अगर उसकी क़िस्मत में...। क़िस्मत की ऐसी-तैसी। क़िस्मत को कुछ तो बदला ही जा

सकता होगा, नहीं तो किसी भी नरक से निकलना मुश्किल हो जाए। हम जैसों के लिए। अगर मां ने बापू को छोड़ दिया होता तो क्या उसकी क़िस्मत बदल गयी होती ?

मैंने मां को बताया नहीं कि बापू के मरने से पहले एक दो बार जब मैं सारा दिन अकेले घर में रही थी तो बापू के साथ बहुत बातें हुई थीं और बापू ने एक बार भी मां की शिकायत या बुराई नहीं की थी, वह अपने आपको ही कोसता रहा था।

बापू की नाक पर बैठी हुई वह मक्खी मुझे क्यों नहीं भूलती। और बापू का खुला हुआ मुंह। जैसे किसी ने उसके चेहरे में छोटा-सा छेद कर दिया हो। बापू का हौंकना भी याद आता रहता है। जैसे कोई बड़ी सी सूखी मछली तड़प रही हो। उस मक्खी को भी पता चल गया होगा बापू मर गया है। वह पहले भी कई बार बापू की नाक पर बैठ चुकी होगी। क्या मक्खियों की भी क़िस्मत होती है ? अमीर घर की मक्खियों की क़िस्मत में केक और मिठाइयां। लेकिन अमीर घरों में मक्खियों को कुछ नहीं मिलता होगा। अच्छी क़िस्मत वाली मक्खियां गरीब घरों में ही पैदा होती हैं।

मां को बापू याद आया करेगा ?

एक बार मां ने बताया था कि एक बार उसे हम सबका पेट भरने के लिए हनुमान मन्दिर के सामने खड़े हो कर भीख मांगनी पड़ी थी। तब बापू घर से ग़ायब था और मां का काम छूटा हुआ था। हम तीनों तब छोटे थे। तब हमारी झुग्गी हनुमान मन्दिर के पास कहीं हुआ करती थी। क्या पता छुटपन में मैंने भी कभी भीख मांगी हो। मांगी होती तो मुझे याद रहता। नहीं मांगी होगी इसलिए मुझे याद नहीं। बचपन की बहुत-सी बातें मुझे भूली हुई हैं। कभी कभी उनमें से कुछ बिगड़ी बदली हुई-सी मेरे सपनों में घुस आती हैं और मैं डर जाती हूं। जब मां भीख मांग रही होगी तो हम तीनों भी उसके साथ होंगे। पता नहीं हम कितने छोटे थे। मां गिड़गिड़ा-गिड़गिड़ा कर कहती होगी, मेरे बच्चे दो दिन से भूखे हैं। सुनने वाले मन ही मन सोचते होंगे, झूठ बोल रही है, हमें तो ये दो दिन के भूखे नज़र नहीं आते। पारो को शायद याद हो। पूछूंगी। जब मां ने बताया था, मेरा मुंह लाल हो गया था। अब किसी दिन मां से पूछूंगी। कहूंगी, मुझे किसी दिन वह जगह दिखाओ जहां हनुमान मन्दिर के पास हमारी झुग्गी हुआ करती थी और जहां खड़े होकर तुमने भीख मांगी थी। मां को गुस्सा आ जाएगा। मैं कहूंगी, इसमें गुस्सा करने की क्या बात है, मां, मैं उस जगह को देखना चाहती हूँ, उसके बारे में लिखना चाहती हूँ इस कापी में। मां और नाराज़ हो जाएगी। कहेगी, इस कापी ने तेरा दिमाग़ ख़राब कर दिया है, सिलाई-कढ़ाई सीख ली होती तो कुछ फ़ायदा तो होता, इस कापी का क्या फ़ायदा ! मैं उसके गुस्से की परवाह नहीं करूंगी। किसी तरह उसे मना लूंगी कि वह मुझे वहां ले जाए। वह मान जाएगी, सोचेगी, इसी बहाने हनुमान मन्दिर में मत्था टेक आएगी यह निगोड़ी। फिर हनुमान मन्दिर मेरे सपनों में आया करेगा। और हनुमान जी, भेस बदल-बदल कर।

बापू की खाट पर अब शायद मां सोया करेगी। मैं तो उस पर कभी न सोऊं।

शायद मां भी न सोए। मां को तो नीचे ही सोना अच्छा लगता है। मुझे भी। अच्छा लगे न लगे, आदत हो गयी है। इतनी जगह हमारे पास कभी नहीं रही कि सब खाटों पर सो सकते। कुन्दन कहता है, उसे तो पलंग चाहिए। कहता है वह इसीलिए घर से ग़ायब रहता है। बाहर पता नहीं क्या-क्या करता होगा। मिथुन चकरवरती की नक़ल मारता है ! या फिर धरमेन्दर की। कहता है शाहरुख खां की मुस्कान लड़कियों जैसी है। कहता है पुराने ऐक्टर उसे ज्यादा अच्छे लगते हैं।

पिछले चार दिनों से सुरेन्दर बिजली वाला चिपका हुआ है। अख़बार वाले साब की चिपकने वाली पट्टी की तरह। मां को मक्खन लगा रहा है, मुझ पर पट्टू डाल रहा है। मां समझ तो ज़रूर गयी होगी। पहले भी कभी-कभी आता था। जब आता था, मैं इधर-उधर हो जाती थी। एक बार उसने कहा भी था, शानो, तुझे मेरा आना अच्छा नहीं लगता। मैं क्या जवाब देती। सच ता यह है कि अब मुझे किसी का आना अच्छा नहीं लगता। मैं काम से लौटने के बाद अकेली बैठ यह बकवास लिखना चाहती हूँ। न लिखूं तो छाती में जलन होने लगती है और सिर में दरद। लिखने से शान्ति मिलती है। सुरेन्दर बिजली वाले की बीवी का नाम शामा था। उसे मरे एक साल हो रहा है। आज मां से कह रहा था, श्मशान घाट में बापू की चिता के पास खड़ा-खड़ा मैं शामा को याद कर रहा था। शामा को हैज़ा हुआ था। अच्छी थी बेचारी। वह भी फ़्लैटों में काम किया करती थी। उसकी एक मालकिन उसे बहुत तंग किया करती थी। एक बार शामा ने कहा था, जी करता है किसी दिन उसकी जीभ खींच लूं। सुन कर मैं सहम गयी थी। तंग मुझे भी कई मालकों और मालकिनों ने कम नहीं किया लेकिन इतना गुस्सा मुझे उन पर कभी नहीं आया। मैं शायद दब्बू हूँ। आठवी फ़ेल दब्बू। अगर मैं पढ़ी लिखी न होती तो...। सातवीं पास को कोई पढ़ी-लिखी नहीं कहता। मैं भी नहीं। कभी-कभी मुझे लगता है मैं पढ़ी कम हूँ, लिखी ज़्यादा। जब से यहां यह सब लिखना शुरू किया है, तब से पढ़ना बन्द-सा हो गया है। एक तो वक़्त नहीं बचता, दूसरे मन लिखने में ज़्यादा लगने लगा है। हाथ थक जाता है। अगर बिजली के ख़रच का डर और सुबह सवेरे उठने की मजबूरी न हो तो मैं सारी-सारी रात लिखती रहूं। भला हो मिसिज़ वर्मा का।

कल काम पर जाऊंगी। मां ने तो सिर्फ़ एक ही नाग़ा किया लेकिन उसने मुझ पर ज़ोर नहीं डाला। मुझे ख़तरा है तो सिर्फ मोटी से। उसने शायद कोई और रख ली हो। बंगालन बोलेगी ज़रूर लेकिन ज़्यादा नहीं। मिसिज़ वर्मा कुछ नहीं कहेगी। उनकी वजह से दुबेयी वाली मेम भी चुप ही रहेगी। वह मुझसे नाराज़ है कि मैंने उसके साथ दुबेयी जाने से इनकार कर दिया है। मेरे नाग़ों के कारण भी वह नाराज़ होगी। उसे बिल्लू की ख़ातिर घर बैठना पड़ा होगा। मिसिज़ वर्मा कहती हैं बिल्लू अब उस से संभाला नहीं जाता। मेम बिल्लू को साथ ले जाती होगी। मिसिज़ वर्मा उसे रोकती रहती है। मिसिज़ वर्मा को भी कोई और नाम दे देना चाहिए। लिखने

वाली मेम। मेम नहीं मां, मां नहीं दादी। नहीं, मिसिज़ वर्मा ही ठीक है। ठीक तो नहीं लेकिन चलेगा। बिल्लू की दादी नाम बुरा नहीं। अख़बार वाला साब तो ख़ैर कहेगा, कुछ दिन और आराम करो। मैं यहां यह लिखना तो भूल ही गयी कि अख़बार वाला साब आज चौथे पर आया था। पता नहीं उसे पता कैसे चला, घर कैसे मिला। पूछता पाछता आ गया होगा। सब उसे घूर-घूर कर देख रहे थे। कपड़े तो उसने ख़ैर ख़ास नहीं पहने हुए थे लेकिन साफ़ पता चलता था कि वह साब है, हम जैसा नहीं। पेट की सफ़ाई करने वाली डाक्टरनी भी आ गयी थी। सब उसे भी घूर रहे थे। उसने तो ख़ैर कपड़े भी खूब कस रखे थे। उर्मिला ने मेरे कान में कहा था, यह तो अपने धन्धे को बढ़ावा देने के लिए ही आ गयी होगी। अख़बार वाला साब पहले सीधा मां के पास जा खड़ा हुआ था, हाथ जोड़ कर, फिर मेरे पास हाथ जोड़े बग़ैर। मैंने हाथ जोड़ नमस्कार किया तो उसने भी हाथ जोड़ दिये। सुरेन्दर बिजली वाले ने मां से पूछा था, यह है कौन ? मां ने कोई जवाब नहीं दिया था। अगर उसने मुझसे पूछा होता तो मैंने बता दिया होता, यह अख़बार वाला साब है, मैं इसके घर में काम करती है, पहले मां भी किया करती थी। मैं बिजली वाले से न डरती हूँ न यह चाहती हूँ कि वह हमसे चिपका रहे। मुझे उसकी आवाज़ अच्छी नहीं लगती। लगता है जैसे कोई बीन्डा बोल रहा हो। उसकी आंखों में भी कई ख़राबियां हैं। सब से बड़ी तो यही कि उनमें हिरस भरी हुई है। मां के मुंह से मैंने कई बार सुना है कि फ़लाने की आंखों में हिरस भरी रहती है। सुरेन्दर बिजली वाले की आंखों में कुछ ऐसी ही बात है जो मुझे बुरी लगती है। शायद वह हिरस ही हो। न भी हो तो मैं यहां उसी से काम चलाऊंगी। मां से साफ़-साफ़ कहना पड़ेगा कि वह उसे शह न दे। मां उसे शह नहीं दे रही, वह खुद ही लेस हो गया है।

कल या परसों रात सपने में बापू को देखा था। बापू बीड़ी पी रहा था और मैं उसे मना कर रही थी। घर किसी और का था। अब ख़याल आता है शायद घर अख़बार वाले साब का था। वह भी कभी-कभी बीड़ी पीता है। जब कभी उसे बीड़ी पीते देखती थी, मुझे याद आ जाता था कि कुछ महीने पहले तक बापू भी बीड़ी पिया करता था। अब जब कभी साब को बीड़ी पीते देखूंगी तो सपना याद आ जाया करेगा। किसी दिन साब से कहूंगी, बीड़ी मत पियो साब, बुरी चीज़ है।

मरे हुए लोग सपनों में कैसे आ जाते हैं ? मुझे तो यह भी मालूम नहीं कि ज़िन्दा लोग सपनों में कैसे आ जाते हैं। लोगों की शक्लें सपनों में बदल क्यों जाती है ? मेरे सपनों में इतना अन्धेरा होता है, फिर भी मुझे सब कुछ साफ़ दिखता है। कैसे ? मेरे सपनों में अक्सर मैं खुद नहीं होती लेकिन लगता यही है जैसे मैं वहां हूँ और सब कुछ मेरी आँखों के सामने हो रहा हो। अगर मैं वहां नहीं होती तो कहां होती हूँ। अगर मैं वहां होती हूँ तो फिर सपना किसे आ रहा होता है ?

मुझे कुछ मालूम नहीं कि सपने हैं क्या, आते क्यों हैं, याद क्यों नहीं रहते।

किसी-किसी सपने में मुझे बहुत मज़ा आता है, इतना कि उठ कर पेशाब करना पड़ता है। उसके बाद नींद देर से आती है। अंधेरे में लेटे-लेटे शर्म आती रहती है। कभी-कभी मां अगर पास ही सोयी हुई हो तो वह झंझोडे कर जगा देती हैं, क़हती है यह क्या हो रहा है तुझे सोए सोए। मां को पता तो होता ही होगा मुझे क्या हो रहा है, फिर पूछती क्यों है ? पूछे नहीं तो मां कैसे कहलाए। किसी दिन मैं उससे पूछूंगी, मां मुझे कभी-कभी सोए सोए जो हो जाता है वह क्या होता है, क्यों होता है। मां कहेगी, मैं क्या जानूं। जब मां किसी बात के बारे में कोई बात नहीं करना चाहती तो यही कहती है। मैं उसके पीछे पड़ जाऊंगी, कहूँगी, बता दो ना मां। फिर वह मुस्कराएगी और कहेगी, ऐसी बातों के बारे में बात करते तुझे शर्म नहीं आती, मैं कहूंगी, कैसी बातों के बारे में ? जो बात मैं उसके मुंह से सुनना चाहती हूँ, उसके बारे में मुँह क्यों खोलूं। मैं कहूंगी, उस रात तूने मुझे जगा क्यों दिया था ? वह पूछेगी, किस रात ? मैं कहूंगी, उस रात जब मुझे सपना आ रहा था। वह कहेगी, मुझे क्या मालूम, तू तो अब दिन रात सपने ही देखती रहती है। मैं पूछूंगी, जब तू मेरे जितनी होती थी तो तुझे भी ऐसे ही सपने आते थे। वह कहेगी, कैसे ? मैं हंसना शुरू कर दूंगी। मेरा मुंह लाल हो जाएगा, और मां मुझे सब कुछ बता देगी। सब कुछ न सही, बहुत कुछ। बहुत कुछ न सही, कुछ, मतलब कुछ न कुछ। उस कुछ-न-कुछ से मेरा काम चल जाएगा। काम न भी चले, कुछ चैन तो आ ही जाए। वैसे मुझे पारो से पूछना चाहिए। वह बेचारी अपनी विपताओं में ही डूबी रहती है।

कल रात इतनी थक गयी थी कि लेटते ही नींद आ गयी। लाइट बाद में उठकर बुझा दी। शायद आधी रात को। मां उस वक्त सोयी-सोयी कुछ बड़बड़ा रही थी, कुछ समझ में नहीं आया था। मन हुआ उसे जगा दूँ, फिर सोचा कोई सपना देख रही होगी। मेरा ख़याल है जब कोई सपना देख रही हो तो उसे जगाना नहीं चाहिए। मां मुझे जगा देती है तो मुझे बुरा लगता है। लगता है जैसे उसने मेरा कुछ तोड़ दिया हो। टूटे हुए सपनों का होता क्या होगा ?

कल सबके घर दुगना-तिगना काम करना पड़ा। अख़बार वाले साब के घर को छोड़ कर। वहां भी काम तो किया लेकिन वहां काम काम महसूस ही नहीं होता। साब ने बापू के बारे में बात की, पूछा, क्या हुआ, क्या काम करते थे, इलाज क्यों नहीं करवाया, मुझसे कह दिया होता तो मैं उन्हें अपने किसी डाक्टर दोस्त को दिखा

देता। पहले साब ने मेरे साथ इतनी सारी बातें एक साथ कभी नहीं कीं। मुझे शर्म आती रही और वह सवाल पूछता रहा। मैं जवाब देती रही लेकिन साथ-साथ यह भी सोचती रही कि आज साब पीछे क्यों पड़ गया है। दो बार बोलते-बोलते मेरा गला भर आया तो साब ने कहा, रोकती क्यों हो, खुल कर रो क्यों नहीं लेती, रोने से जी हल्का हो जाएगा। दोनो बार उसने मुझे पानी भी पिलाया, ज़िद कर के। और फिर जब मैंने सफाई शुरू की तो भी वह एक तरफ़ खड़ा बोलता ही रहा। ऊपर गयी तो वह भी ऊपर आ गया। मुझे अच्छा तो लगा लेकिन हैरानी भी हुई। जब काम ख़तम हो गया तो साब ने कहा, कुछ फल-वल खा लो, कल मैंने बहुत सा ख़रीद लिया था। मैंने एक केला खा लिया तो उसने एक आम पकड़ा दिया। मैंने मना किया तो वह बोला, चुपचाप खा लो, चाकू वह पड़ा है, वह विलायती नहीं। यह कह कर वह ऊपर चला गया। आम इतना बड़ा था कि पूरे पांच मिनिट लग गये और मेरा पेट भर गया। अख़बार वाले साब की कोई बेटी होनी चाहिए थी। होती तो वह उसे बहुत प्यार करता। क्यों नहीं हुई ? शायद हो ही। होती तो उसकी कोई तस्वीर ज़रूर होती। साब के घर में एक भी तस्वीर नहीं। सारी तस्वीरें उसकी बीवी अपने साथ ले गई होगी। जब लोग एक दूसरे से अलग हो जाते हैं तो घर की चीज़ों का बंटवारा होता होगा। और उस बंटवारे पर झगड़ा। हर घर में झगड़ा होता है, अख़बार वाले साब के घर में नहीं। झगड़े के लिए किसी दूसरे या दूसरी का होना ज़रूरी है।

मोटी मेरे इन्तज़ार में पतली हुई जा रही थी। पहले तो उसने फ़र्ज़ पूरा करने के लिए बापू के चले जाने का अफ़सोस किया और फिर उसकी हिदायतें और शिकायतें शुरू हो गयीं। उसने कहा, तेरी मां तो दूसरे ही दिन काम पर आ गयी थी, मैंने खुद उसे देखा था, तू दूसरे नहीं तो तीसरे दिन आ जाती, तुझे पता तो है कि मेरी तबीअत खराब रहती है। मैं उसकी बड़बड़ का कोई जवाब नहीं देती। दूं भी क्या। वैसे वह कोई जवाब सुनना भी नहीं चाहती। उसे बस बोलने की बीमारी है। उसने पिछले चार नाग़ों की कसर निकालने के लिए दो बार झाड़ू दिलवाया, दो बार पोंचा लगवाया, दो बार डस्टिंग करवाई। बरतन भी दो बार मलवाए। बरतनों का ढेर इतना बड़ा था कि मुझे लगा पिछले चार दिनों के इकट्ठे हुए पड़े थे। मोटी के बरतनों में जूठन बहुत होती है, कल तो सूखी हुई जूठन थी, जिसे खुरचते-मांझते मेरी तो बांहें

टूट गयीं। सारा वक्त वह सिर पर खड़ी रही। यह ठीक तरह से धोओ, वह पहले हाथ से साफ़ करो, यह प्लेटें बहुत क़ीमती हैं, वह गिलास बाहर के हैं—मैं तो सुनते-सुनते तंग आ गयी।

बंगालिन कल कहीं गयी हुई थी। देवी को बापू के बारे में पता तो होगा लेकिन उसने कोई बात नहीं की। बरतनों का ढेर वहां भी काफ़ी बड़ा था लेकिन जूठन नहीं थी। उन्हें साफ़ करने में देर नहीं लगी। देवी अपने कमरे से बाहर ही नहीं आयी। बंगालिन खुद भी शक्की नहीं। वहां भी मैंने काम मन लगा कर किया। देवी ने कहा तो नहीं लेकिन मैंने खुद ही दो बार पोंचा लगा दिया और डस्टिंग भी अच्छी तरह से की। जब मैं चलने लगी तो देवी ने झिझकते हुए पूछा, तेरे बापू को हुआ क्या था ? मुझे अच्छा लगा। अगर मैं कल उससे झरना के बारे में पूछती तो शायद वह कुछ बता देती लेकिन मुझे ख़याल ही नहीं आया।

मिसिज़ वर्मा ने भी मेरे नाग़ों की शिकायत नहीं की। उसने तो बापू का अफ़सोस करते हुए ऐसी-ऐसी बातें की कि मुझे बार-बार रोना आता रहा। वहां तो मुझे पता ही नहीं चला कि मैं काम कर रही थी। दुबेयी वाली मेम बिल्लू को ले कर कहीं गयी हुई थी। मिसिज़ वर्मा ने बताया कि वह पिछले चार दिन बिल्लू को अपने साथ पता नहीं कहां-कहां घसीटती फिरी। दुबेयी वाली को पता चल जाए कि उसकी सास उसकी नौकरानी के साथ उसके बारे में इस तरह की बातें करती हैं तो उसे बहुत गुस्सा आए। मिसिज़ वर्मा को सफ़ाई का वहम न होता तो मैं उसे दस में दस नम्बर दे देती। कल उसने मुझ से सफ़ाई तो बहुत करवाई लेकिन अच्छी-अच्छी बातें भी बहुत कीं। उसने पूछा, कापी में लिख रही हो कि नहीं ? और जब मैंने बताया कि बहुत लिख रही हूँ तो वह बहुत ख़ुश हुई। अन्दर से दो बड़ी-बड़ी कापियां उठा लायी। बोलीं, यह दुबेयी से आयी हैं। जब मैंने उसे बताया मैं उसकी दी हुई कापी के अलावा दो कापियां और भर चुकी हूँ तो वह बोलीं, मैं नहीं जातनी थी कि तुम पर मेरी बात का इतना असर होगा। फिर उसने पूछा, लिखना कैसा लग रहा है। मैंने कहा, अब तो लत पड़ गयी है। इस पर वह बहुत हंसी। जब वह हंसती है तो और अच्छी लगती है। उसने पूछा, बापू के जाने के बारे में भी लिखा। मैंने कहा, हां। मुझे डर था, वह यह न पूछने लगे कि क्या-क्या लिखती हूं, उसे बताना मुश्किल होता। उसने पूछा नहीं। उसने फिर कहा, अपनी डायरी किसी को दिखाना नहीं। मैंने पूछा, डायरी ? वह बोली, अरी, वही जो तुम लिख रही हो।

तो आज मुझे यह भी मालूम हो गया कि में डायरी लिख रही हूँ।

जब दुबेयी वाली घर लौटी तो मिसिज़ वर्मा ने उसे कहा, सोनू, आज शान्ति को जाने दो, बिल्लू को हम संभाल लेंगे, आज बेचारी थक गयी होगी।

मुझे फिर रोना आ गया।

कल के बारे में लिखने के बाद अब आज के बारे में लिखने का मन नहीं

हो रहा। आज ख़ास कुछ हुआ भी नहीं। खास कुछ तो किसी दिन भी नहीं होता। लिखते-लिखते लगने लगता है जो लिख रही हूँ वही ख़ास है। रोज़ नहीं, कभी-कभी। हाँ, आज नीम के पेड़ तले थोड़ी देर बैठी। बानो की तरह मुंह बन्द किये। जब मैं वहां पहुंची तो वह सब शायद मेरे बारे में ही बोल रही थीं, इसीलिए मुझे देखते ही एक दम चुप हो गयी। मैंने आज दोपहर कुछ नहीं खाया। आज बंगालन ने ज़िद करके मुझे कुछ खिला दिया था। किसी की रसोई में फ़र्श पर बैठ कर खाना मुझे बहुत बुरा लगता है। आज लेकिन बंगालिन ने बैठने के लिए मूढ़ा देते हुए कहा, नीचे मत बैठो। मुझे रोना आ गया। आज दिन भर रोना ही आता रहा। रुक-रुक कर। बात-बात पर। नीम के पेड़ तले भी। जब ललिता अपने डैडी की मौत के बारे में बता रही थी। ललिता अपनी मां को ममी कहती होगी। आज बहुत दिनों बाद बिल्लू को पारक ले गयी थी। वहां बहुत भीड़ थी। मैं सब से अलग एक कोने में ही बैठी रही। बिल्लू परैम में पड़ा पड़ा टू-टां करता रहा। और परिन्दों को उड़ाता रहा मुझे बापू याद आता रहा। उसके आखिरी दिन याद आते रहे। उसका हांफना। उसकी ख़ामोशी। उसका सूखा हुआ शरीर। उसकी नाक पर बैठी मक्खी।

मेरा ख़याल था पारक में मुझे कोई वाकफ़ मिल जाएगी लेकिन कोई नज़र नहीं आयी। दूर एक कोने में कुछ बूढ़ों को एक बुढ़िया कसरत करवा रही थी। मुझे उनकी हरकतों पर हंसी आ ही रही थी कि उन सबने मिल कर हा-हा-हा करना शुरू कर दिया। उनकी हंसी एकदम झूठी थी, यह भी उनकी कसरत का एक अंग था। मैं सोचने लगी, मिल कर झूठ मूठ हाय-हाय-हाय करना भी कसरत का अंग हो सकता है।

जब से मैंने डायरी लिखना शुरू किया है मेरा सोचना बढ़ गया है। या शायद तब से मैंने अपने सोचने के बारे में सोचना शुरू कर दिया हैं और उसके बारे में लिखना। इसीलिए मुझे लगता है, मेरा सोचना बढ़ गया है। सोचते तो सभी हैं, लेकिन जो चुप रहते हैं वह ज़्यादा सोचते हैं। अगर यह ठीक है तो बानो हम सब से ज्यादा सोचती होगी।

पता नहीं वह रहती कहां है।

आज दुबेयी वाली मेम वापस दुबेयी चली गयी। बिल्लू की दादी ने हंसते हुए कहा, उसे मेरे बेटे का बुलावा आ गया था, और वैसे भी उसका काम यहां पूरा

हो गया था।

मुझे नहीं पता था कि वह यहां कोई काम भी कर रही थी। मिसिज़ वर्मा की बातों से तो यही लगता था कि वह यहां सैर सपाटा करने के लिए आयी थी और वही कर रही थी। आज पता चला कि वह वहां दुबेयी में किसी के साथ मिलकर अपना बिजनेस चलाती है और उसी सिलसिले में यहां दौड़ भाग रही थी।

मैंने नहीं पूछा वह क्या बिजनेस करती है। जो करती हो, मुझे क्या। मैं फ़िज़ूल सवाल नहीं पूछती। कुछ नौकरानियां जासूसी करती रहती हैं, इधर की ख़बर उधर, उधर की इधर। मुझे यह अच्छा नहीं लगता। लेकिन मैं अब सब कुछ यहां जो लिखती रहती हूँ इस डायरी में। जब नहीं लिखती थी तब भी मालकिनों के बारे में मां से ही बात किया करती थी। लेकिन मां से सब बातें नहीं की जा सकतीं। की भी जा सकती हों तो मैं नहीं करती। मसलन उस मालकिन की बात जो मुझ से अपनी ही नहीं, अपने घरवाले की मालिश करवाना चाहती थी। दो साल पहले की बात है। अब सोचती हूँ वह बात मुझे मां से कर देनी चाहिए थी। कर दी होती तो मां ने वह काम छुड़वा दिया होता। फिर मुझे पता ही न चलता उस मालकिन की करतूतों का। क्या नाम था उसका ? हां, ऐनक वाली मेम। हुआ यह था कि एक दिन जब उसका काम कर के जाने ही वाली थी तो उसने कहा, शानो, आज एक काम करोगी मेरा ? मैंने पूछा, क्या। वह बोली, आज मेरी टांगों और कमर में बहुत दरद है, ज़रा-सी दबा दोगी, आज मैं दफ्तर भी नहीं जा रही।

उसका घरवाला भी ऐनक पहनता था, इसलिए मैं उसे (मन ही मन) ऐनक वाला साब कहती थी। वह दफ़्तर जा चुका था। वैसे उन दोनों के दफ़्तर जाने का वक़्त बंधा हुआ नहीं था। कभी किसी वक़्त जाते, कभी किसी वक़्त। कभी साथ-साथ जाते, कभी अलग-अलग। कई-कई दिन जाते ही नहीं थे। उनका फ्लैट कई कई दिन बंद भी रहता था। जब मैं काम के लिए जाती तो दरवाज़े पर ताला। ऊपर नीचे वालों से पूछती तो कुछ पता न चलता। वह लोग कहते, इन लोगों का हमें कुछ मालूम नहीं। उनका बच्चा-वच्चा तो कोई था नहीं। मुझे लगता दोनों मस्त रहते हैं। उनका घर घर के बजाय मुसाफ़िरख़ाना-सा नज़र आता था मुझे। उनको टेलिफ़ोन बहुत आते थे। जितनी देर मैं रहती, घन्टी बजती ही रहती। जवाब ऐनक वाली मेम ही देती थी। दरवाज़ा बन्द कर के। जब वह बात कर रही होती तो ऐनक वाला साब सफ़ाई करवाने के बहाने अपनी आंखें सेंकता रहता था और यूं ही काम बढ़ाता रहता था। शानो यह किताब वहां रख दें, यह मैगजीन इधर ले आ, यह फूलदान ठीक कर दे, अरी यह कोना तो तुमने साफ़ ही नहीं किया। बोलता रहता और चुटकी बजाता रहता। कभी कभी मेरी चोटी यूं खींच देता जैसे किसी बच्ची से मज़ाक कर रहा हो और कभी-कभी मेरी पीठ यूं थपक देता जैसे शाबाश दे रहा हो। मुझे बुरा तो लगता ही लेकिन अच्छा भी लगता। पता नहीं क्यों। दो साल पहले की बात

है। मैं तब बच्ची तो नहीं थी लेकिन बड़ी भी नहीं थी। आन्टी आनी वैसे शुरू हो गयी थी। मैं नादान तो थी लेकिन इतनी नहीं कि पता ही न चले कि हो क्या रहा है। जो हो, मैं ऐनक वाले साब की हरकतों पर हंसती रहती थी और लाल होती रहती थी। जब मेम फ़ोन बन्द कर बाहर निकलती तो पूछती, शानो, साब ने कोई ऐसी वैसी बात तो नहीं की तेरे साथ। साब मज़ाक़ में अपने कान पकड़ लेता और मेरे कान जलने लगते। मैं चुप रहती तो मेम झूठमूठ गुस्से में साब से बोलती, ख़बरदार, जो इस भोली-भाली बाला के साथ कोई ख़राब बात की तो, घर से निकाल दूंगी, समझे ? और साब झूठमूठ गिड़गिड़ा कर कहता, समझ गया, मेम साब। और मुझे लगता जैसे नाटक हो रहा हो। फ़ोन की घंटी फिर बज उठती और साब की छेड़ख़ानी फिर शुरू हो जाती।

वह दोनों कपड़े भी अजीब-अजीब पहना करते थे। मेम की साड़ियां बहुत भड़कीली होती थीं, साब के सूट फ़िलमी हीरो जैसे। घर में मेम साटन का ढीला गाउन पहने रहती और साब रेशमी लुंगी और बनियान। दोनों की बग़लों के बाल काले और घने थे, हालांकि मेम के सिर के बालों का रंग भूरा था। मेरा मन करता रहता किसी दिन उससे पूछूं, आप बग़लों के बाल साफ़ क्यों नहीं करतीं। मैंने उन्हीं दिनों बग़लों की सफ़ाई करनी शुरू की थी, फिर भी मुझे बू आती रहती थी।

हां, तो उस दिन जब मैं उस मेम की टांगों और कमर को दबा रही थी तो उसने कहा, शानो, बहुत आराम आ रहा है, जान में जान आ गयी, मैं गाउन उतार दूं तो और अच्छा रहेगा। गाउन के नीचे उसने पतली सी लाल कच्छी पहनी हुई थी। मुझे तो शर्म आयी, उसे नहीं। अरी, तू शर्मा किसलिए रही है, तू भी औरत, मैं भी औरत, शर्माने की क्या बात, और आजकल तो औरतें मरदों से भी नहीं शर्मातीं। मैं चुप। फिर उसने कहा, अच्छा, तो गुसलख़ाने से तेल उठा ला, आज थोड़ी-सी मालिश भी कर ही दे, तेरा हाथ तो बहुत ही अच्छा है, मैं तो यूं ही बाहर पैसे बरबाद करती रहती हूँ; वही पैसे मैं तुझे क्यों न दूं।

मैं उसकी मालिश करती रही और वह आंखें बन्द किये पड़ी-पड़ी मेरे हाथों की तारीफ़ करती रही। आख़िर जब मैंने कहा कि मुझे देर हो रही है तो वह बोली, तू फ़िकर न कर, मैं तुझे ढेर सारे पैसे दूंगी। जब मैंने कहा, पैसों की बात नहीं, तो वह बोली, पैसों की ही तो बात है शानो, बाक़ी बातों सब बेकार।

उस दिन उसने मुझे बीस रुपए दिये और कहा, दो दिन बाद फिर कराऊंगी।

मैंने तो कभी मां की मालिश भी नहीं की, मेरा हाथ अपने आप कैसे अच्छा हो गया। उस दिन मैं ऐनक वाली मेम की बातों के बारे में भी सोचती रही थी, उसकी बेशर्मी के बारे में भी। मां को सब कुछ बताने का मन कई बार हुआ और हर बार मैंने यही सोच उसे मार दिया कि मां नाराज होगी, काम छुड़वा देगी, और हमें पैसे की तंगी हो जाएगी। उन दिनों बापू पी भी बहुत रहा था, बीमार भी बहुत

रहता था, और मैं कभी कभी मां से चोरी भी कुछ पैसे उसे पकड़ा दिया करती थी। वह बीस रुपए भी मैंने बापू को दे दिये थे। जब कभी मैं उसे इस तरह पैसे देती तो वह मुझे इस तरह देखता कि मुझे लगता वह मेरा बापू न हो, कोई बूढ़ा भिखारी हो। मेरी आँखें नीची हो जातीं, गला गिच्च हो जाता।

दो तीन दिन बाद ऐनक वाली मेम ने फिर मुझसे मालिश करवाई। उस दिन भी साब घर में नहीं था। उस दिन मालिश के दौरान उसे कई फोन आए। वह पेट के बल लेटी फ़ोन पर पता नहीं क्या-क्या किस-किस भाषा में बोलती रही थी। उस दिन मैं हैरान हुई थी कि उसे इतनी भाषाएं कैसी आती हैं। उस दिन मेरी बड़ी ख़्वाहिश हुई थी कि उससे कहूँ कि वह बग़लों के बाल क्यों साफ़ नहीं करती। अभी मालिश आधी ही हुई थी कि साब आ गया था। उसने घन्टी भी नहीं बजायी थी। दरवाज़ा अन्दर से बन्द नहीं होगा और उसके पास दूसरी चाबी होगी। उसे देखते ही मैं उठ खड़ी हुई तो मेम ने मेरा हाथ पकड़ कर मुझे फिर बिठा लिया। उस वक्त भी फ़ोन उसके हाथ में था। मुझे मालिश करते देख साब की तो बांछें खिल उठीं। मेम ने फ़ोन बीच में ही बन्द कर दिया और झूठ मूठ गुस्से में बोली, यहां खड़े देख क्या रहे हो, क्या मुझे कभी देखा नहीं, जाओ अपना काम करो, भागो, नहीं तो ..। मैंने आंख उठा कर साब की तरफ़ तो नहीं देखा लेकिन मुझे उसकी मुस्कराहट पता नहीं कैसे दिखायी दे रही थी। मैं मालिश वालिश बीच में ही छोड़ कर बाहर भाग जाना चाहती थी। मेम फिर बोली, अरी पगली, तू रुक क्यों गयी, तू अपना काम कर, साब की चिन्ता मत कर, साब थका हुआ दौरे से लौटा है, उसकी मालिश आज मैं करूंगी। यह सुन साब की हँसी छूट गयी और वह हंसते-हंसते बोला, तुम्हें मालिश करना आता भी है, हम तो शानों से ही करवाएंगे। यह कह कर वह ऊपर चला गया तो मेम ने मुझ से कहा, साब, ठीक कह रहे हैं, शानो, मुझे नहीं आता मालिश करना, इसीलिए तो साब भी वहीं से करवाते हैं जहां से मैं, ढेर सारे पैसे दे कर। वही पैसे हम तुझे क्यों न दें, तू भी ख़ुश, हम भी ख़ुश, और फिर तुम्हें मुफ़्त की ट्रेनिंग भी तो मिलती रहेगी। तू नहीं जानती, आजकल हर कालोनी में मालिश करने की दुकानें खुल गयी हैं, तू कुछ दिन बाद माहिर हो जाएगी, तेरा हाथ तो अब भी बहुत अच्छा है। सच कहती हूँ किसी से कह सुन कर हम तुझे काम दिलवा देंगे और तू मालामाल हो जाएगी, तेरी तस्वीरें अख़बारों में छपेंगी, तू टी-वी पर आएगी...

वह बोलती रही और मेरा दिल यह सोच धक-धक करता रहा कि ऊपर से साब आ गया तो क्या होगा। अगर मैं उसी वक़्त उठ न गयी होती तो पता नहीं क्या होता। मैंने कहा, मेम साब, मुझे आज जल्दी घर जाना है, अगर मैंने देर कर दी तो मां यहां पहुंच जाएगी।

मैंने झूठ बोला था।

छोटे-छोटे कई झूठ मुझे बोलने ही पड़ते हैं। मुझे ही नहीं सबको। इसीलिए मिसिज़ वर्मा जब झूठ बोलने के ख़िलाफ़ बोलती हैं तो मेरा मुंह लाल हो जाता है। उसे सफ़ाई की तरह सच्चाई का वहम भी है।

मां कहती है, झूठ झूठ में फ़रक़ होता है, कुछ झूठ तो बोलने ही पड़ते हैं, सन्तों महात्माओं को भी। जैसे किसी की या अपनी जान बचाने के लिए जो झूठ बोला जाएगा वह बुरा नहीं होगा। तो झूठ अच्छा भी हो सकता है ? मैंने तो हमेशा डर के कारण ही झूठ बोला है। या फिर यूं ही, बग़ैर सोचे समझे। मुझे डर लगा रहता है कि कहीं मुझे झूठ बोलने की आदत ही न पड़ जाए। मां कहती है, आदत तो किसी चीज़ की भी नहीं होनी चाहिए। और साथ ही वह यह भी कह देती है कि आदतों के बग़ैर इन्सान तो इन्सान, हैवान का भी गुज़ारा नहीं।

आदत और लत में फ़रक़ होता होगा। ज़रूर होता होगा। आदत और ऐब में भी। बुरी आदत को ऐब कहते होंगे।

मेरा ख़याल है कुन्दन को झूठ बोलने का ऐब है, लेकिन हो सकता है यह ऐब उसे डर के मारे ही लग गया हो।

जो हो, उस छोटे से झूठ ने उस दिन मुझे बचा लिया था नहीं तो पता नहीं क्या होता। मेम ने जब मां के वहां पहुंच जाने की बात सुनी तो बोली, यह बात है तो तू जा, फिर बात करेंगे, और फिर उसने बीस रुपये मुझे दे दिये थे सिरहाने के नीचे से निकाल कर। मैं दरवाज़ा खोल बाहर निकल ही रही थी कि मैंने देखा साब एक लाल तौलिया बांधे सीढ़ियां उतर रहा था। मेम उसे आवाज़ दे रही थी, अब आ भी जाओ, डारलिंग !

अगर उन दिनों वह डायरी लिख रही होती तो शायद मुझे पारो और उर्मिला को भी यह बात न बतानी पड़ती। कुछ कह नहीं सकती। पहले मैंने पारो को बताया, फिर उसी के कहने पर उसके सामने उर्मिला को। उन दोनों ने कहा, दाल में कुछ काला ज़रूर है। उर्मिला की सलाह थी कि मैं ऐनक वाली मेम का काम छोड़ दूं, जाऊं ही नहीं, उनकी तरफ़ तीन चार दिनों के जो पैसे बनते थे वह लेने भी नहीं। पारो बेचारी तो चुप ही रही थी लेकिन उर्मिला ने साफ़-साफ़ कह दिया था, मुझे तो वह दोनों बदमाश लगते हैं। मेरा ख़याल है वह मियां बीवी हैं ही नहीं, कोई बीवी किसी नौकरानी को अपने मियां की मालिश करने के लिए नहीं कहेगी। उर्मिला तो ऐसे बोल रही थी जैसे उसे सब मालूम हो। हम दोनों बहनें हक्की-बक्की और भोली। उर्मिला ने हमें समझाया, तुम नहीं जानती आजकल क्या-क्या हो रहा है इस शहर में, मालिशों की दुकानें बदमाशों के अड्डे बनी हुई हैं, मालिश बदमाशी का दूसरा नाम, यह ऐनक वाली मेम और उसका साब किसी अड्डे के मालिक होंगे, या फिर दलाल, और शानो, ये साले तुम्हें पैसे का लालच दे कर अपने धन्धे में फंसा लेना चाहते हैं, तू मेरी मान और वहां जा ही नहीं, हां, अगर तू मालामाल होना चाहती

है तो बात दूसरी है।

उसने और भी बहुत कुछ कहा था, कई क़िस्से सुनाए थे। वह तो ऐसे बोल रही थी जैसे आंखों देखा हाल सुना रही हो। मेरे तो रौंगटे खड़े हो गये थे और मैंने कानों को हाथ लगा कर कहा था, मेरी तौबा, मैं तो अब उधर का मुंह नहीं करूंगी।

और फिर उसके कुछ ही दिन बाद सारे सेक्टर में अफ़वाह फैल गयी थी कि ऐनक वाली मेम और उसका साब तीन चार महीने का किराया मार कर भाग गये हैं और पुलिस उनके पीछे लगी हुई है क्योंकि वह उस फ़्लैट में बदमाशी का अड्डा चला रहे थे।

उसी बात के बाद उर्मिला के साथ मेरी असली दोस्ती शुरू हुई थी। दो साल हो गये हैं, वह अब भी कभी-कभी उस बात को ले बैठती है, यह जतलाने के लिए कि उसने मुझे बचा न लिया होता तो मेरा क्या होता। मां भी कभी कभी उसी बात को ले बैठती है। कहती है, और तूने उन बदमाशों के घर तीन महीने काम किया और तुझे कुछ पता नहीं चला। फिर कहती है, तू थी भी तो बच्ची उन दिनों। मैं कुछ छोटी तो थी, बच्ची नहीं थी। मां को क्या बताती कि मेरे साथ क्या हुआ था और अगर मैंने उर्मिला की न मानी होती तो क्या हो सकता था। कई बार ख़याल आता है अब बता दूं मां को वह बात, फिर यह सोच कर रुक जाती हूँ कि मां कहेगी, पहले क्यों नहीं बताया, अब दो साल बाद बताने का क्या फ़ायदा ! अगर अब बताऊंगी तो मां न सिरफ़ नाराज़ होगी बल्कि यह भी सोचेगी कि मैंने ऐसी और कई बातें भी उसे नहीं बतायी होंगी, उससे छिपा कर रखी होंगी। अब बताने का नुक़सान ही नुक़सान होगा, फ़ायदा नहीं। हां, अगर वैसी ही कोई बात अब हो तो मां को ज़रूर बता दूंगी। ललिता भी उस ऐनक वाली मेम को जानती होगी, उसके सारे क़िस्से को भी। दो साल पहले मैं ललिता को नहीं जानती थी। वैसे मुझे हैरानी होती है कि और किसी मालकिन ने मुझसे मालिश करने के लिए क्यों नहीं कहा। अगर मिसिज़ वर्मा किसी दिन कहे तो मैं न करूंगी या हां। मिसिज़ वर्मा को न करना मेरे लिए मुश्किल होगा। मोटी को तो हां कभी न करूं। अगर अख़बार वाला साब किसी दिन कह दे, देख शानो, मेरी टांगें दुख रही हैं, दबा दो, तो मैं न करूंगी या हां, मां को बताऊंगी या नहीं। साब कभी नहीं कहेगा लेकिन अगर कह दे तो ? आख़िरी दिनों में कभी-कभी मैं बापू की टांगें दबा दिया करती थी अपने आप, बापू की आंखें भीग जाती थीं। आख़िरी दिनों में बापू की टांगें कांटों जैसी हो गयी थीं।

अब वह ऐनक वाले मेम साब पता नहीं कहां हैं ? जेल में तो ख़ैर नहीं होंगे। उन जैसे पढ़े-लिखे चलते पुरज़े जेल में नहीं जाते। जेलें हम जैसों के लिए ही हैं। अगर मैं उनके जाल में फंस गयी होती तो शायद इस वक़्त जेल में ही सड़ रही होती।

कुन्दन किसी दिन जेल में ठूंस दिया जाएगा। उर्मिला से कहूँ उसे समझाए ? लेकिन उर्मिला से क्यों ? उर्मिला की वह क्यों सुनेगा ? उसे कोई नहीं समझा सकता।

कल का लिखा अभी पढ़ा। कल इतना कैसे लिख गयी ? ख़ुश क्यों हो रही हूँ ? इसका फ़ायदा तो कुछ होगा नहीं मुझे। किसी को पढ़ कर सुना दूंगी तो भी क्या फ़ायदा होगा ? अगर कोई कह देगा, तुम अच्छा लिखती हो, तो शायद फूल जाऊं। फूक किसे नहीं चाहिए। मुझे कोई देगा नहीं। उल्टा कहेंगे, इसका दिमाग़ उल्टा है। वह तो है ही। वैसे मन की बातें मन में ही रहनी चाहिए। अगर मिसिज़ वर्मा ने मुझे यह डायरी लिखने की लत न डाल दी होती तो मेरे मन की बातें मेरे मन में ही रहतीं। जैसे तब रहती थीं जब मैं डायरी नहीं लिखती थी। तब कोई बातें मन में आती ही नहीं थीं। अगर आती भी थीं तो मुझे उनके आने का पता ही नहीं चलता था। जब से लिखना शुरू किया है, मन में नयी-नयी बातें आने लगी हैं। नये-नये सपनों की तरह।

वैसे कल कुछ बातें मैंने ग़लत लिख दीं, कुछ लिखी ही नहीं। ऐनक वाली पेम वाली बात को हुए दो नहीं तीन साल हो गये हैं। तीन से भी एक दो महीने ज़्यादा। मेम ने दूसरी बार वाली मालिश के बाद मुझे बीस नहीं पचास रुपये दिये थे। वह रुपये उसने सिरहाने के नीचे से नहीं अपनी सिंगार मेज़ की दराज़ में से निकाले थे। मालिश करवाते करवाते अचानक आंखें बंद कर के उसने 'ऊई ऊई' करना शुरू कर दिया था और मेरा मुंह लाल हो गया था। साब ने लाल नहीं सफेद तौलिया बांधा हुआ था। और वह मुस्कराया ही नहीं था, उसने मुझे आंख भी मारी थी। जब वह दोनों उस फ़्लैट से ग़ायब हुए थे तो पुलिस वाले हमारे घर में भी आए थे। पूछताछ करने के लिए। उन्होंने मुझसे मां के सामने कई सवाल पूछे थे। उनमें से कुछ काफ़ी गन्दे भी थे। मेरा मुंह लाल हो गया था। उन्हें भी मैंने मालिश वाली बात नहीं बतायी थी। यह बताया था कि उन्हें फ़ोन बहुत आते थे। वह बार-बार पूछते रहे थे, फ़ोन कहां से आते थे, और मैं बार-बार कहती रही थी, मैं नहीं जानती और वह बार-बार कहते रहे थे, तुम झूठ बोल रही हो। आख़िर जब उन्होंने कहा कि वह मुझे अपने साथ थाने ले जा कर वहां पूछताछ करेंगे तो मैं रो पड़ी थी। वह तीन थे। उनमें से एक आदमी बूढ़ा और भला था। उसको मुझ पर तरस आ गया होगा। उसने कहा था, अगर तू थाने नहीं जाना चाहती तो यहीं सब सच-सच

बता दे। तब मां को उबाल आ गया था। उसने कहा था, बता तो दिया सब कुछ नासपीटी ने, और क्या बताए। फिर उसने मुझसे कहा था, तू बाहर जा, मैं बात करूंगी इनसे। मैं रोती-रोती बाहर चली गयी थी। बाद में मां ने बताया था कि मां ने उन बेईमानों को कुछ दे दिला कर जान छुड़ायी थी।

कल मैंने यह भी नहीं लिखा था कि ऐनक वाली मेम कपड़ों के बग़ैर मुझे काफ़ी मोटी लगी थी। मोटी भी और भद्दी भी। और सीढ़ियां उतरता साब मुझे एक जंगली जानवर दिखायी दिया था—उसका सारा शरीर काले बालो से ढका हुआ था, और मुझे देखते ही उसने वह सफेद तौलिया खोल दिया था। मैं बाहर दौड़ गयी थी।

यह सब कल मैंने क्यों नहीं लिखा ? मैं नहीं जानती। अभी और भी न जाने क्या-क्या न लिखा हो। कुछ तो ज़रूर मुझे भूल भी गया होगा।

कल से मैं मिसिज़ वर्मा और अख़बार वाले साब का खाना बनाना शुरू कर दूंगी। मिसिज़ वर्मा से आज तनख़्वाह लेने गयी तो उसने पास बिठा लिया। उसने कहा, शानो, अगर तेरे पास वक्त है तो तू मेरी सफ़ाई वग़ैरह भी कर दिया कर और खाना भी बना दिया कर, दोनों वक्त का खाना एक वक़्त ही बन जाया करेगा। बोल, मन्जूर है।

मिसिज़ वर्मा की बात हमेशा दो-टूक होती है। मैंने पूछा, जो लड़की सफ़ाई कर रही थी और जो लड़का खाना बना रहा था, उन्हें क्या हुआ ?

मिसिज़ वर्मा के साथ दो-टूक बात करने में मुझे संकोच नहीं होता।

मिसिज़ वर्मा ने कहा, उन्हें और काम मिल गया है, इसलिए मैं तुझे कह रही हूँ, और अब बिल्लू का काम तो तेरे पास रहा नहीं इसलिए भी।

मैं समझ गयी कि बिल्लू की दादी कहना चाहती है कि उसने किसी को निकाला नहीं और वह मेरी मदद भी करना चाहती हैं। मैं पहले मिसिज़ वर्मा के घर सफ़ाई का काम कर चुकी हूँ। छोड़ा मैंने ही था। उसके सफ़ाई वहम से तंग आ कर। वैसे मैं हैरान हो रही थी कि वह खाना बनाने का काम मुझे क्यों दे रही है। आम तौर पर फ़्लैटों वालियां जिनसे सफ़ाई करवाती हैं उन से खाना नहीं बनवातीं। उनका विचार होता है कि सफ़ाई करने वालियां साफ़ नहीं होतीं, उनके हाथ और कपड़े गंदे रहते हैं। मिसिज़ वर्मा ने देख लिया होगा कि मेरे हाथ और कपड़े अब एकदम

साफ़ रहते हैं। पहले मैं लापरवाही किया करती थी। अब सोचती हूँ कपड़ों और साबुन पर सरफ़ा नहीं करूंगी। मां भी पिछले कुछ सालों से अपने कपड़ों का ख़याल रखने लगी है। कहती है, कपड़े साफ़ न हों तो कोई सीधे मुंह बात नहीं करता। सीधे मुंह बात तो ख़ैर नौकर-नौकरानियों से कम ही लोग करते हैं, करते भी हैं तो मन से नहीं करते। अगर नौकरानियां ज़्यादा साफ़-सुथरे कपड़े पहनना शुरू कर दें तो मालकिनें हैरान होने लगती हैं, इनके पास इतने पैसे कहां से आ जाते हैं, ज़रूर हेराफेरी करती होगी। सच्ची बात तो यह है कि मालकिनों को घिसे फटे कपड़ों वाली नौकरानियां ही अच्छी लगती हैं। मैं उनके दिये हुए घिसे-फटे कपड़े नहीं पहनती। मेरे बारे में ज़रूर सोचती होंगी, इस लड़की में नख़रा बहुत है। शायद मिसिज़ वर्मा भी ऐसा ही कुछ सोचती हों। और अख़बार वाला साब भी। नहीं, वह नहीं। उसे तो शायद पता ही न हो मैं क्या पहनती हूँ। मोटी ज़रूर सोचती होगी। बंगालिन कभी-कभी। अक्सर तो वह झरना के बारे में ही सोचती रहती होगी।

मिसिज़ वर्मा को हां कहने के बाद पता नहीं मुझे क्या हुआ, मैं अख़बार वाले साब के घर चली गयी। शाम के वक़्त आज से पहले उसके घर कभी नहीं गयी। कोई ज़रूरत ही नहीं पड़ी। आज भी ज़रूरत तो नहीं थी। मैं जो बात उससे कहना चाहती थी वह कल सुबह भी कही जा सकती थी लेकिन मैं मौज में थी, मुझ से कल तक रुका नहीं गया। वह मुझे देख हैरान हुआ। बोला, क्या बात है, शान्ति। मैंने कहा, बात यह है साब कि कल से मैं सफ़ाई के अलावा आपका खाना भी बनाया करूंगी। दोनों वक्त का एक ही वक़्त। सुबह का आपको गरम गरम खिला दिया करूँगी, शाम को आप ठंडा खाएं या खुद गरम कर लें, आपकी मरज़ी। पैसों की चिन्ता आप न करें, जितना देंगे, मुझे मन्जूर होगा, अब आप बताइए, आपको मन्जूर है या नहीं ? हां, अगर आपको मेरा बनाया खाना पसंद न आया तो आप मुझे बता देंगे, और मैं दूसरे दिन से फिर सिरफ़ सफाई वाली बाई हो जाऊंगी।

मैंने इतनी सारी लंबी बात सिर झुका कर लगभग एक ही सांस में बोल दी, ऐसे जैसे कोई लड़की अपने मास्टर को कोई रटी हुई कहानी या कविता मुंह ज़बानी सुना रही हो। बोल चुकने के बाद मेरा गला एकदम सूख गया था और मैं अब भी सिर झुकाए खड़ी थी, किसी बेवकूफ़ बान्दी की तरह, जिसके मुंह से कई ग़लत बातें एक साथ निकल गयी हों और जिसे पता न हो कि उसका मालिक उसे क्या सज़ा देगा।

अख़बार वाले साब की धीमी-सी आवाज़ आयी, मुझे मन्जूर है।

मैंने कहा, नमस्ते, और मैं दरवाज़ा खोल नीचे उतर गयी।

मैं नहीं जानती मुझमें हिम्मत कहां से आयी। मैं इतना जानती हूँ कि साब को बाक़ायदा खाना खाते देख मेरा दिल ख़ुश होगा। मैं सोचती रहती हूँ साब किसी दिन बीमार पड़ जाएगा। अगर मिसिज़ वर्मा ने मुझे खाना बनाने के लिए न कहा

होता तो मैंने अख़बार वाले साब से बात करने की हिम्मत न की होती।

मैंने मां को बता दिया है। वह हैरान तो हुई, नाराज़ नहीं हुई।

मैंने अपने नाटक के बारे में उसे नहीं बताया। वह शायद यही समझती है कि सुझाव साब का ही होगा।

तो क्या मैंने मां से फिर झूठ बोल दिया ?

मोटी के घर पहुंचने में देर हो गयी। अख़बार वाले साब के घर मैं इतना ख़ुश रहती हूँ कि वहां से निकलने का मन ही नहीं होता। वहां मुझे किसी तरह की कोई रोक-टोक नहीं होती। साब अपने काम या आराम में मस्त रहता है, मैं अपने काम में। साब ने कभी कोई शिकायत नहीं की। कभी नहीं कहा, पानी कम लगाओ, शोर मत करो, छींटे मत उड़ाओ, तेल ज़्यादा मत डालना, मिर्च इतनी ज़्यादा क्यों डाल दी, चाय ठीक नहीं। साब का सारा काम अब मैं करती हूँ। पहले कपड़े नहीं धोती थी, अब वह भी धोने लगी हूँ। एक दिन छोड़ कर। वह कहता रहता है, हफ्ते में दो दिन धो दिया करो, काफ़ी है। मैं कहती हूँ, आप कुछ मत कहिए। मैं साब को ऐसे डांट देती हूँ जैसे वह मेरा बापू हो। सचमुच का। वह भी बुरा नहीं मानता। कभी-कभी मुस्करा देता है। जैसे कह रहा हो, कमाल की लड़की हो। उसे मेरा बनाया खाना पसंद है। उसने कहा तो कुछ नहीं लेकिन उसके चेहरे से साफ़ पता चलता है। कुछ ही दिनों में उसके चेहरे पर रौनक़ आ गयी है। जिस दिन से मैंने उसका खाना बनाना शुरू किया है, उस दिन से सुबह का नाश्ता मैं वहीं करती हूँ। उसी ने कहा था। चाय बिस्कुट तो पहले भी वहीं लेती थी, अब तो पूरा नाश्ता वहीं हो जाता है। दोपहर को भूख ही नहीं लगती। साब ने पहले ही दिन कह दिया था, देख शानो, मैंने तेरी बात मान ली है, तुझे मेरी माननी होगी, सुबह का खाना तू अब यही खाया करेगी। सुनकर मुझे महसूस ही नहीं हुआ था कि वह साब हैं और मैं उसकी नौकरानी। मैंने कहा था, साब, मैं घर से कुछ खा कर आती हूँ, इतनी जल्दी मुझे भूख नहीं लगती। यह सुन वह बोला, तो कल से तू ख़ाली पेट आया करेगी और यहीं खाना खाया करेगी, भूख लगे न लगे। उसने ऐसे पक्के मुंह से यह बात कही थी कि मुझे हंसी आ गयी थी और वह अपने कमरे में चला गया था। वह बहुत कम बोलता है। ज़्यादा देर मेरे पास खड़ा भी नहीं होता। सारा वक्त या तो लिखता पढ़ता रहता है, या लेटा-लेटा टीवी देखता रहता है। सारा वक्त मतलब

जब तक मैं वहां होती हूँ। मेरे जाने के बाद अपने काम पर तो जाता ही होगा। और शाम को उसके दोस्त वगैरह भी आते ही होंगे उसे मिलने। जब मैं होती हूँ तो तीन-चार फ़ोन तो आ ही जाते है उसे। फ़ोन पर भी वह लंबी बात नहीं करता। जब मैं मेज़ पर खाना लगा देती हूँ तो वह बैठने में देर नहीं करता। मेज़ लगाना मुझे उसी ने सिखाया। सिखाया क्या बस पहली बार उसने लगा दिया था और मैं देखती रही थी। फिर मैंने उसे लगाने ही नहीं दिया। अब मैं बिलकुल वैसे लगाती हूँ जैसे उसने लगाया था पहली बार। खाने के दौरान मैं ही कुछ कहूं तो कहूं, वह कुछ नहीं कहता। मैं पूछ लेती हूँ, नमक वग़ैरह तो ठीक है साब। वह हाथ के इशारे से बता देता है कि सब ठीक है। कभी-कभी उसे खाना खिलाते-खिलाते मैं भूल जाती हूँ कि मुझे इसके बाद मोटी के घर जाना है।

खाने के बाद अपनी प्लेट वग़ैरह वह खुद उठा कर रसोई में रख आता है। मैं मना तो हर रोज़ करती हूँ, वह सुनता ही नहीं। शुरू-शुरू में तो मेज़ पर बैठते ही वह कहता, तू भी अपना खाना यहीं डाल लो ना। मेरा मुंह लाल हो जाता। मैं कहती, यह कैसे हो सकता है, मैं आपको गरम चपाती फिर कैसे दूंगी। अब उसने वह ज़िद तो छोड़ दी है लेकिन खाना खत्म करते ही वह हर रोज़ यह हुक्म देता है, बरतन बाद में, पहले खाना खा लो। और मैं हर रोज़ झूठ बोल देती हूँ, मुझे ठंडा खाना ही अच्छा लगता है। मुझे उसका हर रोज़ कहना अच्छा तो लगता है लेकिन खाती मैं बरतन साफ़ करने के बाद ही। अपने जूठे बरतन फिर साफ़ करने पड़ते हैं। खाती तो रसोई में बैठ कर ही लेकिन फ़र्श पर नहीं बैठती। एक ऊंचा स्टूल है। उस पर बैठ कर खाती हूँ। प्लेट मार्बल की पट्टी पर रख कर। प्लेट वैसी ही लेती हूँ जैसी साब को देती हूँ। मेरा ख़याल है किसी दिन साब कहेगा, देख शान्ति, तू मेज़ पर बैठ कर क्यों नहीं खाती। अगर उसने कहा तो मैं झूठ बोल दूंगी, मुझे रसोई में बैठ कर खाना अच्छा लगता है। निकलने से पहले मैं आवाज़ देती हूँ, अच्छा साब, मैं जा रही हूँ। वह कभी तो ऊपर से ही आवाज़ दे देता है, अच्छा, और कभी नीचे आ कर पूछता है, खाना ठीक-ठीक खा लिया ना। मुझे उसका यह पूछना भी अच्छा लगता है।

आज उसने यही पूछने के बाद पूछा, बापू की याद आती है ? उस वक्त मुझे बापू की याद इतनी आयी कि मेरी आंखें जलने लगीं। मैं कोई जवाब दिये बग़ैर दरवाज़ा खोल नीचे उतर गयी।

मोटी के घर पहुंची तो उसने मुझे देखते ही चिल्लाना शुरू कर दिया। कुछ देर तो मैं चुपचाप सुनती रही, फिर मैंने कह दिया, मेम साब, मेरा हिसाब कर दीजिए और किसी दूसरी को रख लीजिए। मेरा यह कहना था कि वह तो जैसे पागल ही हो गयी। तेरी इतनी अकड़। तू अपने आपको समझती क्या है। हम तुम लोगों का इतना खयाल रखते हैं और तुम लोग हो कि सिर पर ही चढ़ते जा रहे हो ! तुझे

कहा क्या है मैंने ? यही ना कि देर मत किया कर। बात करने की तमीज़ नहीं ! ऐसे भी कोई बोलता है अपने बड़ों के साथ ! और अब तू आंखें दिखा रही है मुझे ! बेशर्म ! आंखें नीची कर नहीं तो मैं...

वह बक ही रही थी कि मैं दरवाज़ा खोल बाहर निकल गयी। मं सीढ़ियां उतर रही थी कि दरवाज़ा खुलने की आवाज़ आयी और फिर मोटी की। बत्तमीज़, तेरी यह हिम्मत। मैंने मुड़ कर देखा तक नहीं।

नीम के पेड़ तले बानो अकेली बैठी हुई थी। मैं उसके पास बेठ गयी। बानों अख़बार की पुड़िया में से कुछ निकाल निकाल कर खा रही थी। बेदिली से। उसने पुड़िया मेरे सामने की तो मैंने देखा चावलों में कुछ पीला मवाद-सा मिला हुआ था। मैंने न में सिर हिलाया तो बानो ने उस पुड़िया को परे फेंक दिया। एक कुत्ता दौड़ता हुआ आया और पुड़िया पर टूट पड़ा। बानो धीरे से बोली, बाशी दाल बाशी भात। किसी मालकिन ने पकड़ा दी होगी पुड़िया उसे। मोटी जैसी किसी ने। मैं उसे मोटी के बारे में बताते-बताते रुक गयी। उसे शायद ही कुछ समझ आता। और फिर मुझे अपनी मालकिनों की शिकायत या तारीफ करना अच्छा भी नहीं लगता। क्या फ़ायदा। मोटी को कोई और नौकरानी मिल जाएगी, मुझे कोई और घर। कोई नौकरानी किसी घर में ज़्यादा देर नहीं टिकती। किसी मालकिन को कोई नौकरी ज़्यादा देर तक पसंद नहीं आती। हर नौकरानी को मालकिनों की बकवास सुननी पड़ती है। सब मालकिनें बकवास करती हैं। केई कम, कोई ज़्यादा। मालिक बकवास तो ज़्यादा नहीं करते, बेहयाई से बाज़ नहीं आते। कुछ ऐसे भी ज़रूर होंगे जो बकवास भी करते होंगे, बेहयाई भी। कुछ ऐसी भी होंगी जिन्हें मालिकों की बेहयाई अच्छी लगती होगी। अच्छी लगे न लगे बरदाश्त तो सबको करनी पड़ती हैं। सभी मालकिनों को शक रहता है कि नौकरानियाँ उनके खसमों को पटा लेंगी। सभी नौकरानियों को यक़ीन रहता है कि उनकी मालकिनों के खसम और बेटे मौक़ा मिलते ही कोई न कोई बेहयाई ज़रूर कर देंगे। सभी साब समझते हैं कि नौकरानियों के साथ बेहयाई करना उनका धरम है। कुछ नौकरानियां ज़रूर खुद भी पहल करती होंगी। सभी नौकरानियों के घर वाले उन पर शक करते हैं, समझते हैं उनकी बीवियां साबों के साथ रंगरलियां मनाती हैं। बापू मां पर शक किया करता था। जब पारो और मैं छोटी थीं तो वह मां को पीटते वक्त बार-बार उसे रण्डी कहता था। चिल्ला-चिल्ला कर कहता था, तू काम करने नहीं जाती, पेशा करने जाती है। उर्मिला कहती है, उसका घर वाला भी हर रात यही तमाशा करता है। मां कहती है, शायद ही कोई नौकरानी हो जिसका घर वाला उसे रण्डी न समझता हो। मेरा जीजा ख़ुद तो हर राह जाती को हिरस से देखता है लेकिन पारो कुन्दन से भी हंस कर बात करे तो उसे आग लग जाती है। कुन्दन कौन-सा कम है। खुद तो दुनिया जहान की बदमाशियां करता होगा लेकिन जब कभी घर आता है तो यह धमकी देना नहीं भूलता, अगर मैंने तेरे बारे में कोई

ऐसी-वैसी बात सुनी तो तेरी टांगें तोड़ दूंगा। पहले मैं उससे डरती थी, अब मैंने भी आंखें दिखानी शुरू कर दी हैं। साफ कह देती हूँ, तू समझता क्या है अपने आपको, मैं तेरा सिर फोड़ दूंगी, लफंगा कहीं का ! तब मां समझाना शुरू कर देती, तुम भाई बहन हो, पागलो, दुश्मन नहीं, मियां बीवी नहीं, कुछ शर्म करो। मैं तो चुप हो जाती हूँ, वह बकता रहता है। मां को उसकी बकवास उतनी बुरी नहीं लगती जितनी मेरी। कहती है, बेटे तो बकवासी होते ही हैं, बेटियों को अपनी ज़बान संभाल कर बोलना चाहिए।

मैं नौकरानियों और मालिक-मालकिनों पर किताब लिखते-लिखते फिर बेटे-बेटी के भेद में कैसे जा उलझी।

जो मन में आता है लिख जाती हूँ। कभी-कभी लगता है कि मैं नहीं लिखती, मुझसे अपने आप लिखा जाता है। जैसे कई बातें अपने आप मुंह से निकल जाती हैं। जैसे कुछ लोगों के मुंह से माता बोलने लगती है। जैसे कुछ लोगों के सिर पर कोई भूत सवार हो जाता है। जैसे कुछ औरतों को दौरा पड़ जाता है। जैसे कुछ पागल यूं ही बोलते रहते हैं।

जो कुछ भी मैंने मालकिनों और साबों के बारे में यहां लिखा है वह मिसिज़ वर्मा और अख़बार वाले साब पर लागू नहीं होता।

हर बात हर एक पर लागू नहीं होती।

सब का मतलब सब नहीं होता।

बानो के साथ बात तो कोई ख़ास नहीं हो सकी लेकिन उसे पता चल गया होगा मेरा मन ठीक नहीं। बार-बार पूछती रही, आज काम नाहीं छे। दो तीन बार तो मैं चुप रही फिर मैंने कह दिया नाहीं छे। मैंने पूछा वह रहती कहां है तो बोली, गान्दी झुग्गी में। मुझे हंसी आ गयी। बानो चली गयी तो भी मैं वहीं बैठी रही। कुछ देर बाद करेला वाली आ गयी। आते ही उसने अपनी एक मालकिन को गालियां देनी शुरू कर दीं।

सभी नौकरानियां जितनी शिकायतें मालकिनों की करती हैं उतनी मालिकों की नहीं, उनका सीधा वास्ता अक्सर मालकिनों से ही पड़ता है। मालिक अक्सर ओट में रहते हैं। वहीं खड़े-खड़े बेहयाइयां करते रहते हैं। नौकरानियों को मालकिनों की चिख़-चिख़ मालिकों की बेहयाई से भी ज़्यादा बुरी लगती है। चिख-चिख भी और शक-शुबह भी। सभी मालकिनें नौकरानियों को चोट्टी समझती हैं। चोट्टी और चन्ट। उन्हें यही शक खाता रहता है कि नौकरानियां उनकी आंखों में धूल झोंक कर उनका सब कुछ लूट ले जाएंगी, उनका घर भी, घरवाला भी।

अब थक गयी हूँ। बाकी का उबाल कल। या फिर कभी। अब सो जाना चाहिए, यही प्रार्थना करते-करते कि मोटी मेम सपने में न आ घुसे।

मोटी मेम के घर हिसाब करने मैं नहीं गयी। मां को भेज दिया था। उसने पैसे मां को दे तो दिये लेकिन अपनी भड़ास निकाल लेने के बाद। उसने जम कर मेरी अकड़ फूं और बत्तमीज़ी की बुराई की, मेरे नख़रों की निन्दा की। मां को ख़बरदार किया कि मेरी चालें ठीक नहीं। कहा कि मेरा सिर आसमान पर रहता है। कहा कि मैं उस अख़बार वाले के घर इतनी देर क्यों लगाती हूँ, कोई कारण तो होगा ही। उसने मां से कहा, अगर अब भी वह आ कर मुझसे माफ़ी मांग ले तो मैं उसे एक मौक़ा और दे दूंगी। उसने मां को यह नसीहत भी दी, तुम उसकी शादी किसी भलेमानुस से कर दो, जल्दी से जल्दी, वर्ना पछताओगी। मां चुपचाप सुनती रही और उसकी हां में हां मिलाती रही। मां कहती है, अगर मैंने उसके साथ बहस की होती तो वह पूरे पैसे कभी न देती। मां अपनी चालाकी पर ख़ुश है। मैं भी ख़ुश हूँ कि पैसों का नुक़सान भी नहीं हुआ और मोटी से मुक्ति भी मिल गयी। अब मैं आराम से अख़बार वाले साब के घर का काम करती हूँ। अब मैं उसे नाश्ता भी देती हूँ, खाना भी। अब मैं वहीं बैठ कर कुछ पढ़-वढ़ भी लिया करती हूँ। और नहीं तो अख़बार वग़ैरह ही। उसके घर हिन्दी का अख़बार भी आता है, पत्रिकाएं भी। क्या मालूम उन दोनों किताबों को भी पढ़ डालूं—क्या नाम था उनका, हां, *नौकर की क़मीज़* और *कल्याणी*।

मैंने साब को दूसरे ही दिन बता दिया था कि मैंने मोटी का घर छोड़ दिया है। वह सुन कर मुस्कराया था। जब वह मुस्कराता है तो मुझे बापू की मुसकराहट याद आ जाती है। बापू कभी-कभी ही मुसकराता था लेकिन जब मुस्कराता था अच्छा लगता था। बापू की शक्ल बुरी नहीं थी। दांत झड़ जाने के बाद वह गान्धी बापू जैसा लगने लगा था। एक दिन मां ने कहा था, तेरे बापू की आदतें बुरी थीं, वह खुद बुरा नहीं था। मुझे लगता है अब मां ने बापू को माफ़ कर दिया है। अब वह उसे याद करती होगी। क्या पता याद करके रोती भी हो।

आदतें कैसे बुरी हो जाती हैं मतलब बुरी आदतें लग कैसे जाती हैं।

मैं बुरी आदतों से कैसे बचूंगी ? जरूरी नहीं बच सकूँ। कुन्दन नहीं बच सका।

नीम के पेड़ वाली मेरी साथिनों को पता चल गया है कि मैंने मोटी का काम छोड़ दिया है। उनमें से करेला वाली और उस ठिगनी मदरासन को मोटी ने काम के लिए कहा भी था, दोनों ने मना कर दिया। कहा, उनके पास टैम नहीं। मोटी को गुस्सा तो आया होगा। वह सोचती होगी मैंने सबको मना कर दिया है। मैंने किसी से कुछ नहीं कहा। मैं कमीनी नहीं। ललिता को तो मोटी काम के लिए कहेगी नहीं। बानो को भी नहीं। एक जमादारिन, दूसरी मुसलमानी। मोटी को इन बातों का वहम अभी है। लंबी मदरासिन को भी वह नहीं कहेगी। उस का रंग बहुत काला है। उसके पास सारे घर मदरासियों के हैं और सारे एक दूसरे से दूर। उस बेचारी को बहुत चलना पड़ता है। कहती है, मेरी तो चप्पलें घिस जाती हैं और फिर मुझे

सबकी झिड़कियां सुननी पड़ती है, क्योंकि मैं सब घरों में देर से पहुंचती हूँ। कहती है, मेरे पास घड़ी भी नहीं, होती तो भी टैम का ठीक हिसाब न रख पाती। कहती है, मैं तुम लोगों की तरह तेज़ दिमाग़ वाली नहीं, मुझे तो गिनती भी नहीं आती, सब मुझे लूटते रहते हैं। लंबी मदरासन हम सब से ज़्यादा भोली है। और काली भी। उसके कालेपन की चमक मुझे अच्छी लगती है।

उर्मिला कहती है, मोटी अब कोई नाटा-सा नौकर ही ढूंढेगी, नौकरानी उसे शायद ही मिले। उर्मिला भी उसके घर काम कर चुकी है। उसने भी उसका घर रोज़ की चिख़-चिख़ से तंग आकर ही छोड़ा था। वह कहती है, मोटी ख़ुद बुरी नहीं, उसकी ज़बान बुरी है।

किसी की ज़वान बुरी है, किसी की आदतें ! कोई तो ऐसा भी होगा जो खुद बुरा हो। कोई नहीं कई होंगे। कई नहीं, बहुत से होंगे, हज़ारों, लाखों। शायद करोड़ों। दुनिया बुरों से भरी पड़ी होगी। लेकिन मुझे तो अभी तक एक नहीं मिला। जीजा भी शायद खुद बुरा नहीं, उसकी नज़र बुरी है। कुन्दन खुद बुरा नहीं, उसकी संगत बुरी है। दुनिया बुरी नहीं, दुनिया वाले बुरे हैं। हमारा गांव बुरा नहीं, इसकी गन्दगी बुरी है।

गांव की वात भी मुझे कभी-कभी यहां लिखनी चाहिए। लिखती तो हूँ, और लिखनी चाहिए। वेशक दिन भर फ़्लैटों में या नीम तले कट जाता है लेकिन घर तो गांव में ही है, रात तो वहीं कटती है। घर नहीं कोठरी। कोठरी ही सही, झुग्गी से तो वेहतर ही है। गांव का नाम बुरा नहीं—विशनगढ़। किसी ज़माने में यह असली गांव रहा होगा, अब तो यह एक गन्दी-सी छोटी वस्ती बनता जा रहा है। जब से उस डाक्टरनी ने पेट साफ़ करने वाली दुकान खोली है, दूर दराज़ से लोग यहां आने लगे हैं। डाक्टरनी की फ़ीस ज्यादा नहीं। उर्मिला कहती है, यह डाक्टरनी बस नाम की ही है, असल में तो यह पढ़ी-लिखी दायी ही है, इसे इस काम को छोड़ और कुछ आता-जाता नहीं। जब से यह डाक्टरनी आयी है मैंने डरना शुरू कर दिया है, कहीं कभी मुझे भी इसके पास न जाना पड़ जाए। इसके पास बस हमारे जैसे मरीज़ ही आते हैं। ललिता कहती है, इसका नाम सब जमादारिनें जानती है। मैं भी जानती तो हूँ लेकिन मेरे लिए वह पेट साफ़ करने वाली डाक्टरनी ही है। कभी-कभी दूसरे मरीज़ भी इसके पास आते तो होंगे। मुझे ऐसे घूरती है जैसे सोच रही हो, किसी दिन यह लड़की भी मेरे पास आएगी। एक दिन मैंने उसे सिग्रेट पीते देखा था। उस दिन मेरा मन भी हुआ था सिग्रेट पियूं किसी दिन। अगर मुझे भी कुन्दन की तरह बुरी संगत मिल जाएं तो मुझे भी बुरी आदतें लग जाए। किसी दिन इस डाक्टरनी से पूछूंगी, डाक्टरनी जी, आप असली हैं कि नक़ली ? सुनते ही लाल पीली हो जाएगी और अंग्रेज़ी में गालियां बकने लगेगी। मैं कह दूँगी, शटाप, तो वह हक्की-बक्की हो पूछेगी, तुझे अंग्रेज़ी किसने सिखायी ?

मोटी को नौकर मिल भी गया तो टिकेगा नहीं। वैसे नौकर अब इस इलाके में मुश्किल से ही मिलते हैं। मिले न मिले मुझे क्या। नौकरों के नख़रे नौकरानियों से ज़्यादा। उनकी तनख़्वाहें भी। वह खाते भी ज़्यादा हैं। बेईमान भी ज़्यादा होते हैं। ख़तरनाक भी ज़्यादा होते हैं। ख़तरनाक तो नौकरानियां भी कम नहीं समझी जातीं। जब कभी कहीं चोरी या खून होता है तो सबसे पहले नौकर-नौकरानी को ही पकड़ा जाता है। मुझे यह ठीक नहीं लगता। वैसे यह हो भी सकता है कि कुछ वारदातों में नौकर-नौकरानियों का ही हाथ होता हो। बदले की भावना के कारण या वैसे ही।

जिस तरह मालकिनें नौकरानियों पर शक करती हैं मतलब उन्हें डर लगा रहता है कि वह साब को न फंसा ले या साब उनको न फंसा लें मतलब वह हर वक्त पहरा-सा देती रहती हैं और अगर उन्हें साब और नौकरानी को घर अकेले छोड़ किसी काम से कहीं बाहर जाना पड़े तो उनका ध्यान घर पे ही लगा रहता है यानि वह यही सोचती रहती हैं कि उनका साब नौकरानी के साथ पता नहीं क्या कर रहा होगा मेरा मतलब है कि क्या उसी तरह मालिकों यानि साबों को नौकरों पर शक नहीं होता, अपनी मेमों पर शक नहीं होता, ख़ास तौर पर अगर नौकर नौजवान हो या खूबसूरत हो लेकिन जवानी और खूबसूरती भी जरूरी नहीं साब लोग तो अधेड़ और बदसूरत और गन्दी नौकरानियों को भी नहीं छोड़ते। मुफ़्त का माल। साबों की बात दूसरी, मतलब मर्दों की।

उर्मिला कहती है, मर्द सब बेहया। पारो कहती है, बेहया भी और नामर्द भी। उसे आजकल नामर्दी का वहम हो गया है। मुझे तो ठीक-ठीक पता भी नहीं नामर्दी होती क्या है। पता तो है, ठीक-ठीक नहीं। उर्मिला कहती है, तुझे सब पता है, तू यूं ही भोली बनती है, मज़े लेने के लिए। पारो कहती है, शानो शुक्र कर तुझे नहीं पता, इस बीमारी का न ही पता चले तो अच्छा, इसका कोई इलाज नहीं। वह कहती है, आधे मर्द नामर्द होते हैं। उर्मिला कहती है, तेरा मतलब है सब मर्द आधे नामर्द होते हैं। जब मैं पूछती हूँ, इसका क्या मतलब है तो दोनों हंसना शुरू कर देती हैं। मुझे कोई किताब पढ़नी चाहिए। हो सकता है, अख़बार वाले साब या मिसिज़ वर्मा की किताबों में कोई किताब ऐसी मिल जाए। हिन्दी में। सुरेन्दर बिजली वाला भी शायद नामर्द ही हो। हों भी तो मुझे क्या। अब उसने आना कम कर दिया है। समझ गया होगा कोई फ़ायदा नहीं। सोचता होगा मैं किसी साब के चक्कर में हूं। दूर से अब भी देखता रहता है। मर्दों को देखने से क्या मिलता है। औरतें तो उनकी तरह नहीं देखतीं। उर्मिला कहती है, औरतों को बचपन से ही सिखाया जाता है, नज़र हमेशा नीची रखो। आजकल मैं उर्मिला से बहुत बातें करती हूँ। सब तरह की। अपने उन सपनों की भी जिनमें मुझे मज़ा आता है। वह कहती है, मर्दों को वैसे सपने ज़्यादा आते हैं। उसका घर वाला उसे बताता होगा। उसका घर वाला

भी शायद नामर्द ही हो।

आज शायद मुझे फिर मज़ेदार सपना आए। बहुत दिन हो गये हैं। आन्टी भी आने ही वाली है। उर्मिला को हर महीने नहीं आती। वह कहती है, यह भी एक मुसीबत ही है, यह न होती तो बच्चा पैदा करने की मुसीबत भी न होती। कहती है, मर्दों को आन्टी आए और बच्चे पैदा करने पड़ें तो हरामियों को होश आ जाए। कहती है, कुदरत भी औरतों की दुश्मन। उर्मिला और पारो मर्दों के ख़िलाफ़ बहुत बोलती हैं। दोनों अपने मर्दों से तंग। कभी-कभी लगता है सब औरतें अपने मर्दों से तंग, सब मर्द अपनी औरतों से तंग, लेकिन औरतों को तंगी की तकलीफ ज़्यादा। मुझे अभी क्या पता, शादी करूंगी तो पता चलेगा। शादी नहीं करूंगी। सारी उमर कटेगी कैसे ? जैसे अब मां की कट रही है, बापू के बग़ैर। जैसे मिसिज़ वर्मा की कट रही है। जैसे अख़बार वाले साब की कट रही है।

आज झरना लौट आयी। पता नहीं कहां से। जहां से भी लौटी है, उसकी हालत मुझे ठीक नहीं लगती। सूख कर कांटा हो गई है। और पीली पिच्च। टैक्सी पर आयी थी। अकेली। एक छोटा-सा सूटकेस। बंगालिन उसे देख हैरान ज़्यादा हुई थी, ख़ुश कम। बंगाली उस वक्त घर में नहीं था। देवी उसे देख पहले बहुत उछली थी। फिर वह भी दब गयी। मैं भी उछलती लेकिन मैं तो उसकी हालत पर ही हैरान होती रही। वह मुझे देख मुस्करायी थी। उसकी मुसकराहट भी पीली थी। बंगालिन के गले लगते ही उसने रोना शुरू कर दिया था, बंगालिन ने भी। मैं सफ़ाई करने ऊपर चली गयी थी। ऊपर देवी रो रही थी। मैंने उसे पता नहीं चलने दिया कि मैंने उसे रोते देख लिया था। काम करते-करते मेरा मन करता रहा था, झरना से पूछूँ वह इतने दिन कहाँ रही, वह इतनी सूख क्यों गयी है, रो क्यों रही है। लेकिन डर के मारे मैंने पूछा कुछ भी नहीं, बस मन ही मन उसके बारे में सोचती रही। उससे बातें भी करती रही, मन ही मन। झरना दीदी, इतने दिन आप कहां ग़ायब रहीं ? क्या बीमार थीं ? आपका वह दोस्त आपके साथ था ? झरना दीदी, क्या आपने उसके साथ शादी कर ली है ? मुसलमान मर्द कैसे होते हैं ? वह भी आधे नामर्द तो नहीं होते ? झरना दीदी, आप मुझे बहुत अच्छी लगती हैं ? एक बार मैंने आपका एक विस्पर पैड चुराया था। आपको तो पता भी नहीं चला होगा। मन ही मन की जाने वाली बातों का अपना मज़ा। मन की बात अगर मुंह से निकल जाए तो मुसीबत

भी खड़ी हो सकती है। आज मेरे मन में बार-बार आ रहा था, झरना से पूछ लूं, झरना दीदी, कहीं आप किसी डाक्टरनी से अपना पेट तो साफ़ नहीं करवा आई ? अगर यही बात मेरे मुंह से निकल जाती तो झरना नाराज़ हो जाती। इसलिए कहते हैं, मन की बात मन में ही रहे तो बेहतर। मैं अब मन की बातें यहां लिखती रहती हूँ। बस इस आदत का यही एक फ़ायदा। मन हलका हो जाता है।

बंगालिन के घर का काम आज जल्दी ही ख़तम हो गया। मुझे एक घर और ले लेना चाहिए। हर रोज़ नीम के पेड़ तले बैठने का मन नहीं होता। घर लौट टी-वी देख सकती हूँ। टी-वी पर भी फिर फिर वही वही बकवास। वही उछल कूद। वही मज़ाक़। वही तू-तू मैं-मैं। मैं टी-वी बहुत कम देखती हूँ। मां कहती रहती है, हमने तो यूं ही ले कर रख छोड़ी है इतनी बड़ी टी-वी। कुन्दन के लिए। वह परसों आया था। दाढ़ी मूंछ बढ़ा रहा है। माँ ने मना किया तो बोला, माँ तू नहीं जानती, आजकल दाढ़ी-मूंछ के बिना किसी पर रौब नहीं बैठता। कुछ पैसे मां को दे गया था। मां ख़ुश। खूब खिलाया माँ ने उसको। मैंने पूछा, काम क्या करते हो ? बोला, तुझे क्या, तू लोगों के झूठे बरतन मांज, मैले कपड़े धो। मां ने उसे झिड़का। कहा, मैं भी तो वही करती हूँ, न करें काम तो इस कोठरी का किराया कहां से दें, खाएं क्या, अभी तो तेरे बापू की बीमारी वाला क़र्ज़ा भी नहीं उतरा, उसके दाह संस्कार पर जो लिया था वह अलग, तुझे कुछ पता भी है कि तेरी मां पर कितना बोझ है, तेरी बहन न कमाए तो गुज़ारा कैसे हो...।

माँ का उबाल मुझे अच्छा लगा, कुन्दन की बोलती बन्द हो गयी। लेकिन उस पर किसी बात का कोई असर नहीं होता। खा पी कर वह फिर ग़ायब हो गया ओर मां ने फिर उसकी चिन्ता में घुलना शुरू कर दिया। मांओं का हाल बुरा।

पता नहीं क्यों मुझे तो यही लगता है कि झरना पेट साफ़ करवा के लौटी है। अपने मुसलमान से लड़-झगड कर। बंगालिन अब फिर बिस्तर पकड़ लेगी। पेट साफ़ करवाने के लिए झरना भी किसी ऐसी-वैसी डाक्टरनी के पास ही गयी होगी। चोरी छिपे। इसीलिए तो इतने दिन गायब रही। झरना ने बंगालिन को बताया ही नहीं होगा। हमारे गांव की डाक्टरनी का काम खूब चल निकला है। रात देर तक उसकी दुकान जगमग करती रहती है। दूर-दूर से लोग आते हैं। दूर वाले ही तो आते होंगे। यहां के उसके पास थोड़े न जाएंगे। ये काम तो चोरी छिपे ही होता है। झरना ने पता नहीं कहाँ करवाया होगा। लेकिन करवाया क्यों ? उसके मुसलमान ने शादी करने से इनकार कर दिया होगा। कुवारी मां कैसे बनती। नीना गुप्ता की बात और, वह एक्ट्रेस है, मशहूर है, और दिलेर भी है। वह मुझे अच्छी लगती है। उसका 'सांस' मैं हर सोमवार को देखती हूँ। उसके सारे सीरियल मैंने देखे हैं। एक सीरियल 'नौकरानी' नाम से भी बनना चाहिए। और एक 'नौकर' नाम से। दोनों को मिला कर एक ही क्यों नहीं ? 'नौकर-नौकरानी'। शायद बन ही चुका हो। बनेगा

तो मज़ाक़िया ही बनेगा। वह मुझे अच्छा नहीं लगेगा। टीवी ओर फ़िलमों में नौकर नौकरानियों के पार्ट हमेशा मज़ाक़िया क्यों होते हैं ? उन्हें हमेशा हकलाते मिमियाते ओर हाथ जोड़ते क्यों दिखलाया जाता है ? उन्हें जानबूझ कर ऐसे कपड़े पहनाए जाते हैं कि उन पर हँसी आए। और उनसे जानबूझ कर बेहूदा हरकतें करवायी जाती हैं। मुझे तो हंसी के बजाए गुस्सा आता है। बकवास सोच रही हूँ, क्योंकि मैं नौकरानी हूँ। मेरी मां नौकरानी है। मेरी नानी और दादी भी नौकरानियां ही रही होंगी। मां कहती है, गांव में तो हम जैसों से ज़मींदार लोग मुफ़्त में काम करवा लेते हैं। बेगारी काम। वह कहती है, गांव से शहर बेहतर। मेहनत मज़दूरी का पैसा तो मिलता है। पूरा न सही, कुछ तो मिलता है। गाँव में ग़रीब की हालत और बुरी। कहती है, इसीलिए तो ग़रीब बेचारे गांव से भाग शहर में आ जाते हैं, भले ही उन्हें भीख मांगनी पड़े। मां ने भी तो एक बार भीख मांगी थी। क्या पता कितनी बार मांगी थी। एक बार का तो उसने बता दिया। किसी रौ में आकर। फिर उसे शर्म आ गयी होगी और उसने बाक़ी बात अन्दर ही दबा ली होगी।

झूठ हम डर के मारे ही नहीं, शर्म के मारे भी बोलते हैं।

भीख मांगना बुरी बात लेकिन भीख मांगने वाले ज़रूरी नहीं कि बुरे हों। मतलब बुरी बात करने वाले लोग ज़रूरी नहीं कि बुरे हों। चोरी करने वाले ? क़तल करने वाले ? डाका डालने वाले ? सब पर क्या एक ही बात लागू हो सकती है ? सच्ची बात तो वही होगी जो सब पर लागू हो। ज़रूरी नहीं। हाँ, धोखा देने वाले लोग बुरे। धोखे-धोखे में भी फ़रक़ होता होगा। चोरी करने वाले धोखा ही तो देते हैं।

दें न दें, मुझे क्या ! मैं यह सब क्यों ले बैठी ?

असल में आज झरना की हालत देख कर मैं हिल गयी हूँ। ख़्वाह-म-ख़्वाह। पूछो, वह मेरी है कौन ? झरना दीदी ! कोई मेरी दीदी-वीदी नहीं, सिवाय पारो के। अपना अपना, ग़ैर-ग़ैर। मुझे वह नौकरानियां भी अच्छी नहीं लगतीं जो साबों को अंकल, मेमों को आन्टी, और उनके बच्चों को दीदी और भैया कह कर बुलाती हैं। मैं तो मिसिज़ वर्मा को भी अब बीबीजी ही कहती हूँ। मेम साब कहने से उसने मना कर दिया था। मेम साब कहना मुझे भी अच्छा नहीं लगता लेकिन क्या करूं, रिवाज इसी का नाम है। सब मालकिनें चाहती हैं कि नौकरानियां उन्हें मेम साब कहें। सबका मतलब सब नहीं।

ख़ैर, झरना को तो मैं अब दीदी ही कहूँगी, झरना बीबी कहना तो अजीब लगेगा।

वैसे हो सकता है उसे कुछ भी न हुआ हो, वह यूं ही थकान की वजह से पतली और पीली लग रही हो। और मैं यूं ही अन्दाज़े लगा रही हूँ। अन्दाज़े लगाने की आदत भी बुरी। आदतें सब बुरी। आज और नहीं।

नीम के पेड़ तले न जा बैठती तो कम से कम आज तो पता न चलता कि झरना के बारे में मैंने जो ऊटपटांग अन्दाज़ा लगाया था, वह ठीक था। मुझे ख़ुश होना चाहिए लेकिन मैं डर रही हूँ। मैं जो सोचती हूँ, वह ठीक निकल आता है। पहले भी कई बार ऐसा हुआ है। मैं डर के मारे किसी को बताती नहीं, न ही यहां लिखती हूँ। बापू के मरने से पहले मैं अक्सर सोचा करती थी कि किसी दिन उसकी जान अन्धेरे में ही निकल जाएगी। नींद में। मां और मुझको पता भी नहीं चलेगा। वैसे ही हुआ। जीजे के बारे में भी मुझे पहले ही पता चल गया था कि किसी दिन मैं उसे थप्पड़ मारूंगी। सुरेन्दर बिजली वाले का मन भी मैंने पहले ही पढ़ लिया था। लेकिन इसमें डरने की क्या बात है ? इसका मतलब तो यही हुआ कि मेरा दिमाग़ बहुत तेज़ है। मुझे ख़ुश होना चाहिए। पता नहीं मैं क्यों सोचती हूँ कि हम जैसों का दिमाग़ इतना तेज़ नहीं होना चाहिए। हम जैसों का मतलब हम ग़रीबों का। पता नहीं मैं क्या चाहती हूँ। लेकिन इस बात का ताल्लुक़ दिमाग़ से उतना नहीं जितना दिल से। दिल से सोचा नहीं जाता। दिल से सिरफ़ महसूस किया जाता है। दिल धड़कता हैं, दिमाग़ नहीं। हो सकता है, दिमाग़ भी धड़कता हो। ये बातें तो डाक्टरों को ही मालूम होंगी। या फिर सन्तों साधुओं को। नहीं, सिरफ़ सन्तों को। साधु तो तक़रीबन सारे पाखन्डी। मैं कहना क्या चाहती हूँ ? यही कि मुझे होने वाली बातों का पता चल जाता है। होने वाली बुरी बातों का। इसीलिए मैं डरती हूँ। मैं नहीं चाहती मुझे पता चले।

मैं वहां पहुंची ही थी कि ललिता बोली, लो आ गयी शानो। मेरे पे यक़ीन नहीं आता तो इससे पूछ लो, इसे तो पता ही होगा, यह तो वहाँ काम करती है।

उर्मिला के सिवा वहाँ हमारी टोली की बाक़ी सब बैठी हुई थीं। लम्बी मदरासन ने कहा, ललिता, तू अपनी बात तो पूरी कर, शानो से बाद में पूछेंगे।

करेला वाली ने कहा, ललिता यू ही गप्प मार रही है।

बानो बोली, लोलिता शच बोले छे।

ठिगनी मदरासिन बोली, धीरे बोल ना, किसी ने सुन लिया तो ?

इस पर ललिता बोली, कोई सुनता है तो सुने, हम लोग क्या बात भी नहीं कर सकते आपस में ?

मैं समझ गयी कि बात झरना की ही हो रही है। मैं नहीं जानती मैं कैसे समझ गयी। किसी ने उसका या बंगालिन का नाम तो लिया नहीं था। काम तो मैं मिसिज़ वर्मा और अख़बार वाले साब के घर भी करती हूँ। मुझे यह ख़याल क्यों नहीं आया कि वह उन दोनों में से किसी के बारे में बात कर रही थीं।

जब मैंने न कुछ कहा न पूछा तो ललिता बोली, क्यों शानो, तुम्हें कुछ पता है ?

मैंने पूछा, किस बारे में ?

अब बानो बोल उठी, झोरना के बारे में।

मैंने कहा, मुझे तो इतना ही पता है कि वह लौट आयी है।

ललिता बोली, इसे सब पता है, यह बताना नहीं चाहती।

मैंने कहा, मुझे कुछ पता नहीं।

ललिता बोली, तू या तो झूठ बोल रही है या इतनी बुद्धू है कि जिस घर में काम करती है...

लम्बी मदरासन बोली, ललिता, तू सारी बात बताएगी या नहीं ?

तब ललिता ने बताया कि उसकी एक बहन सेक्टर ए में एक लेडी डाक्टर के घर काम करती है और उसने अपने कानों से सुना कि उसकी मालकिन अपनी बेटी को बता रही थी कि सेक्टर सी में रहने वाली एक झरना नाम की बंगालिन उसके पास अपना गर्भ गिरवाने गयी थी लेकिन उसने मना कर दिया, कहा कि अपनी मां को साथ लाओ या अपने पति को, और फिर वह झरना किसी और डाक्टर के पास चली गयी थी, किसी मर्द डाक्टर के पास ओर वह मर्द डाक्टर भी उस सेक्टर ए वाली लेडी डाक्टर का वाक़िफ़ था और उसने आज ही उस लेडी डाक्टर को बताया था कि झरना का पेट बड़ी मुश्किल से साफ़ हुआ था और उसे पूरे दो दिन उस डाक्टर के अस्पताल में रहना पड़ा था।

यह सब बता चुकने के बाद ललिता मुझसे बोली, जो मुझे पता चला मैंने सबको बता दिया, अब तू भी तो बता।

मैं उसकी बात सुन सहम गयी थी और सोच रही थी कि मेरा अन्दाज़ा क्यों ठीक निकला ? मैं उसी वक़्त वहां से उठ जाना चाहती थी लेकिन मुझे डर था वह सब मुझ से नाराज़ हो जाएंगीं।

मैंने कहा, मुझे कुछ पता नहीं।

ललिता बोली, इतना तो बता दे कि वह झरना लग कैसे रही है।

मैंने झूठ बोल दिया, मुझे तो बिलकुल ठीक लगती है।

ललिता बोली, तू झूठ बोल रही है। मैंने अपनी आंखों से उसे देखा है, वह पीली पिच्च और पतली हो गयी है और साफ़ दिखायी देता है कि उसका पेट अभी-अभी साफ हुआ है, कुछ ही दिन पहले, एक दो दिन बाद मैं तुम सबको यह भी बता दूंगी कि कब हुआ, मैंने अपनी बहन से कह दिया है कि वह थोड़ी सी जासूसी कर के सब पता लगा ले, वह लगा लेगी, वह बहुत चालाक है।

ललिता चमक रही थी। हम सब उसकी तरफ़ ऐसे देख रही थीं जैसे वह नीना गुप्ता हो।

मैंने अपनी जान बचाने के लिए कहा, कुछ कमज़ोर तो वह तुझे लगी थी पहले दिन लेकिन मैं समझी थकी हुई होगी, बाहर से आयी है।

ललिता बोली, अच्छा, तू यह भी नहीं जानती कि उसका बाए-फ्रेन्ड मुसलमान है ?

मैंने फिर झूठ बोल दिया, नहीं, जानती होती तो तुम लोगों को बताती नहीं ?

बानो बोली, सानो शोच बोले छे।

ललिता ने कहा, मैं नहीं मानती, जिन घरों में मैं काम करती हूँ उनका सब कुछ मुझे मालूम होता है, तुझे भी होना चाहिए, होगा, तू बताना नहीं चाहती हमें।

मैं ललिता को अपने ख़िलाफ़ नहीं करना चाहती वह पूरा ढिंढोरा है। अफ़वाहें फैलाने में माहिर। मेरे बारे में ग़लत सलत अफ़वाहे फैलाने लगे तो मैं क्या करूंगी।

मैं चुप रही और ललिता की तरफ़ ऐसे देखती रही जैसे मेरी जान उसी के क़ब्ज़े में हो। उसको मुझ पर तरस आ गया या यक़ीन, मुझे पता नहीं, वह हंस कर बोली, अच्छा शानो, मान लिया तुझे कुछ पता नहीं था, अब तो पता चल गया।

उसके बाद झरना की बात तो नहीं हुई लेकिन और बातें बहुत हुईं। उर्मिला वहां होती तो ललिता इतनी न चमकती। ललिता ने हमें बताया कि उसकी दूर पास की कई बहनें हैं और सारे सैक्टरों में फैली हुई हैं, इसलिए लगभग सारे सेक्टरों की सारी चटपटी ख़बरें उसे मिलती रहती हैं। किसी की कोई बात उससे छिपी हुई नहीं। न नौकर-नौकरानियों की न मेमों-साबों की। मुझे लगा जैसे वह हम सबको ख़बरदार कर रही हो कि हम उससे दब कर रहें नहीं तो वह हमारा भन्डा फोड़ देगी। फिर अचानक वह उठ खड़ी हुई। बोली, अगर मैं उस वकीलनी के घर देर से पहुंची तो वह मुझे क़ैद करवा देगी।

उसके साथ बानो और मेरे सिवा बाक़ी सब भी उठ गयीं। मैंने बानो से कहा, आज तो तू बहुत बोल रही थी। उसने कहा, आमि हिन्दी शीखो छे। फिर उसने अपने घुटने के नीचे से अख़बार की एक बड़ी-सी पुड़िया निकाली। उसमें दो रोटियां और कुछ सब्ज़ी व़ग़ैरह थी। दूसरों के सामने वह संकोच करती रही होगी। किसी मालकिन ने इसे बचाखुचा कुछ दे दिया होगा। उसने इशारे से मुझे कुछ खाने के लिए कहा। मैंने इशारे से कह दिया मुझे भूख नहीं। मुझे डर था कहीं वह उस पुड़िया को फेंक न दे। मैंने उठते हुए कहा, तू आराम से खा, मैं चलती हूँ। मुझे लगा जैसे वह जूठन खा रही हो। मुझे बहुत गुस्सा आया। बानो पर नहीं। पता नहीं किस किस पर।

दुबेयी वाली मेम का बुलावा मुझे फिर आया है। दुबेयी से, मिसिज़ वर्मा ने मुझे आज बताया और पूछा, क्या जवाब दूं। मैंने मना कर दिया तो वह बोली, तू

समझदार है, तेरी जगह मैं होती तो मैं भी यही फ़ैसला करती, वहां पैसों के सिवा कुछ भी नहीं ! मन हुआ यह तो पूछ लूँ कितने पैसे देते हैं लेकिन पूछा नहीं। जब जाना ही नहीं तों क्या पूछना पैसों-वैसों के बारे में।

मिसिज़ वर्मा ने बताया कि जब वह वहां गयी थी तो उसका मन वहाँ बिलकुल नहीं लगता था। इसीलिए वह दोबारा वहां नहीं गयी। यहां अकेली रहती है लेकिन ख़ुश रहती है। वैसे मिसिज़ वर्मा को अकेली रहना नहीं चाहिए। मैंने पूछा, आपको डर नहीं लगता। हंस कर बोली, डर तो लगता है लेकिन करूँ क्या। मेरे लिए वह लोग अपना काम धन्धा तो छोड़ेंगे नहीं। वैसे पैसे वह लोग यहां भी काफ़ी कमा सकते हैं, बेशक उतने नहीं जितने वहाँ।

फिर बहुत देर वह मुझसे छोटी बड़ी कई बातें करती रही। मुझे अच्छा तो लगा लेकिन ऊँघ भी आती रही। पता नहीं क्यों, मिसिज़ वर्मा जब कभी कोई लम्बी बात छेड़ देती है तो मुझे ऊँघ आ जाती है। वह बुरा नहीं मनाती। हंस कर कहती है, मैं बातें बहुत करती हूँ।

अब मिसिज़ वर्मा की बातें मैं जा कर अपनी टोली को सुनाऊं तो ठीक थोड़े ही न होगा। ललिता और करेला वाली अपनी मालकिनों की नक़ल उतार कर सबको खूब हंसाती हैं। मैं चाहती हूँ न हंसू लेकिन हंसती हूँ।

कल रात जब मैं लिख रही थी और मां सो रही थी तो अचानक कुन्दन आ धमका। उसके साथ उसका एक लफ़ंगा दोस्त भी था। दोनों धुत्त थे। मुझे बापू याद आ गया। कुन्दन की आवाज़ अब बापू की आवाज़ जैसी हो गयी है। बहुत ऊँची और फटी-फटी-सी। कुन्दन का दोस्त दीदे फाड़ फाड़ कर मुझे देख रहा था। मैंने कापी बन्द कर दी और कुन्दन से पूछा, इतने दिन कहाँ रहे, इतनी देर से क्या करने आंए हो। कुन्दन बोला, तू कौन होती है मुझसे कुछ पूछने वाली। मां कहां है ? मां बाहर बापू वाली खाट पर सो रही थी। कुन्दन की आवाज़ सुन जाग पड़ी होगी। वहीं से बोली, बेटा कुन्दन, मैं यहां हूँ। कुन्दन बाहर चला गया तो भी उसका दोस्त अन्दर खड़ा मुझे घूरता रहा। उसकी आँखों से हिरस टपक रही थी। जैसे किसी कुत्ते के मुंह से लार। मैं उठ कर बाहर जाने लगी तो उसने मेरा हाथ पकड़ना चाहा। मैं उसका हाथ झटक कर बाहर चली गयी। यह कापी मेरे हाथ में ही थी। बाहर मां की खाट पर बैठा कुन्दन पैसे मांग रहा था। मैंने कहा, मां इसे कुछ मत देना।

मां चुप रही लेकिन कुन्दन अकड़ कर बोला, तू कौन होती है मां को मना करने वाली ! मुझे गुस्सा तो बहुत आया लेकिन मैं उसे पी गयी। मैं जानती थी कि मैं बोली तो वह और बकवास करेगा। लोग जाग उठेंगे, दूसरे दिन मां और मुझ से पूछेंगे, कल रात कुन्दन फिर शोर मचा रहा था, पी कर आया होगा। मुझे यह ख़तरा भी था कि शोर हुआ तो सुरेन्दर बिजली वाला आ जाएगा। उसे तो कोई बहाना चाहिए। उसने अभी मेरा पीछा छोड़ा नहीं। कुन्दन के आने का उसे पता चल जाए तो वह भी आ जाता है। कुन्दन से उसने कुछ पैसे लेने हैं। मां ने ढीला-सा इनकार करते हुए कहा, बेटा कुन्दन, मैं कहां से लाऊं पैसे ? यह सुनते ही कुन्दन उठ खड़ा हुआ। बोला, नहीं देना चाहती तो न सही, मां, झूठ क्यों बोलती हो, मैं जानता हूँ तू इसके दहेज के लिए जोड़ रही है। यह सुन मैं आगबगूला हो गयी। पांव पटख़ती पटख़ती कोठरी में चल गयी। मैं कुन्दन के दोस्त को भूल गयी थी। उसकी लार अभी तक टपक रही थी। मुझे देखते ही वह मेरी तरफ़ लपका और मैं उसके मुंह पर एक थप्पड़ जड़ फिर बाहर चली गयी। मैंने देखा, मां कुन्दन को कुछ दे रही थी और कुन्दन कह रहा था, कुछ तो और दो, मां। मैंने दांत पीस कर कुन्दन से कहा, अपने इस लफंगे को संभालो, बाहर बुलाओ, नहीं तो मैं...। मुझे रोता देख मां बात समझ गयी और कुन्दन कच्चा पड़ गया। फिर उसने और पैसों के लिए ज़िद नहीं की।

जब वह दोनों चले गये तो मैंने मां को कुन्दन के दोस्त की बेशमी के बारे में सब बता दिया। फिर मैंने कहा, मां तुम कुंदन को और बिगाड़ रही हो। मां चुप रही तो मैं भी चुप हो गयी। मां से नाराज़ होना मुझे अच्छा नहीं लगता। वह जानती है कुन्दन बिगड़ रहा, है, उसकी आदतें ख़राब और ख़तरनाक हैं, उसकी संगत बुरी है, किसी दिन वह हमें भी मुसीबत में डाल देगा। वह अक्सर कहती है, बेटी तू ही बता मैं करूं क्या ! जब वह इस तरह बेहाल-सी हो जाती है तो मेरा गुस्सा मर जाता है। मैं नहीं जानती वह क्या करे। मैं नहीं जानती मैं क्या करूं। मैं यह सोच-सोच कर सहमती रहती हूँ कि अगर मां को कुछ हो-हवा गया तो मेरा क्या होगा। मां भी शायद यही सोच-सोच सहमती रहती हो। कुन्दन पुलिस से पकड़े जाने के बारे में सोच-सोच सहमता होगा। उसका दोस्त शायद मेरे थप्पड़ के बारे में सोच-सोच कर सहमा करेगा। थप्पड़ मैंने बहुत ज़ोर का मारा था। वह हैरान रह गया होगा। कहीं बैठा सोच रहा होगा, कुन्दन की बहन है बहादुर। वैसे मैंने तो थप्पड़ डरते-डरते ही मारा था पर इतना ज़ोर मुझ में आ कहां से गया ?

सब लोग कुछ न कुछ सोच-सोच कर सहमते रहते होंगे। कुछ ऐसे भी होंगे जो सोचते ही नहीं होंगे। शायद ही कोई ऐसे हों जो कभी भी यह न सोचते हों, हमारा क्या होगा !

मां को ईश्वर पर विश्वास है, उसका सहारा है। वह मन्दिर जाती है, मन्नतें

मानती है, वरत रखती है। मैं तो कुछ भी नहीं करती। मुझे किसका सहारा है ? अब तो मां का है, अगर मां को कुछ...। मुझे बस इस कापी का ही सहारा है। अगर इसे कुछ हो हवा गया तो मेरा क्या होगा ! अगर कोई यह पढ़े तो कहे यह लड़की पागल है।

इस गांव में एक पागल औरत है। पहले वह भी फ़्लैटों में काम किया करती थी। मां कहती है, तब भी वह नीमपागल थी। अब वह पूरी पागल हो गयी है। सारा दिन इधर-उधर भागती रहती है। जब थक जाती है तो मन्दर के सामने बैठ बैन करने लगती है। मां कहती है, पता नहीं उसे क्या-क्या दुख हैं। काफ़ी देर बैन करने के वाद वह फिर इधर-उधर भागना शुरू कर देती है। पहले बच्चे उसे तंग किया करते थे लेकिन वह उन्हें गालियां देने के बजाय बिटर-बिटर उनकी तरफ़ देखती रहती थी। अब बच्चों ने उसे तंग करना छोड़ दिया है। मां कहती है, अब वह किसी को पहचानती तक नहीं, अपने घर वालों को भी नहीं। मां कहती है, उसके घर वाले उसकी परवाह नहीं करते। उसकी एक बेटी और दो बेटे हैं। सभी ब्याहे हुए हैं। सभी गांव में ही रहते हैं। मां कहती है, पता नहीं, वह उसकी परवाह क्यों नहीं करते, उस बेचारी ने ही तो अपनी मेहनत मज़दूरी से इन सबको पाल पोस कर बड़ा किया था, उसका घर वाला तो बहुत पहले एक बस के नीचे आ कर मर गया था। मां कहती है, वह बेचारा बड़ी मुश्किल से मरा था। वह पगली मन्दर के सामने बैठ उसी को रोती होगी। लेकिन मन्दर के सामने बैठ कर क्यों ? उसके बैन मेरी समझ में नहीं आते। हो सकता है भगवान को सुना सुना कर बैन करती हो। उसे ताने देती हो, पूछती हो, हे भगवान, तूने मेरे पति को क्यों मरने दिया, क्यों उसे इतना दुख दिया, क्यों मुझे इतने दुख दे रहा है। कभी-कभी मुझे लगता है जैसे बैन न कर रही हो, कोई दरद भरा गाना गा रही हो। मुझे उससे डर भी लगता है, उससे बात करने का मन भी होता है। पागल मुझे अपनी तरफ़ खींचते हैं।

फ़्लैटों में भी एक पागल औरत है। वह भागती तो नहीं लेकिन घूमती बहुत है। एक पतली-सी नाइटी पहन कर। और नंगे पाव। ऐसे तेज़ तेज़ चलती है जैसे उसे कहीं पहुंचना हो। अपने बलाक के इर्द-गिर्द चक्कर काटती रहती है। तेज़-तेज़। इधर उधर नहीं देखती। गली का एक कुत्ता उसके पीछे-पीछे ऐसे चलता रहता है जैसे उसकी रखवाली कर रहा हो। क्या पता वह भी पागल हो। चलते चलते वह मुंह ही मुंह में कुछ बड़बड़ाती रहती है। लगता है कोई मन्तर जप रही हो। उसकी नाइटी में से उसका गोरा वदन साफ़ दिखायी देता है। उसका पति उसका इलाज क्यों नहीं करवाता ? शायद करवा ही रहा हो। इलाज करवाने से ज़रूरी नहीं कि मरीज़ ठीक ही हो जाए। माँ कहती है पागलपन इलाज से ठीक नहीं होता, प्रार्थना से भले ही हो जाए। हो सकता है फ़्लैटों वाली पगली को किसी गुरु महाराज ने केई गुरमन्तर दे कर कहा हो, इसे जपा करो। अपने बलाक के सात चक्कर काटते

हुए। तेज़-तेज़। पतली नाइटी पहन कर। लोगों की परवाह किये बग़ैर। हो सकता है हमारे गांव वाली पगली को भी किसी पीर-फ़क़ीर ने कह दिया हो, मन्दर के सामने बैठ कर बैन किया करो, भगवान ज़रूर तुम्हारी फ़रियाद सुन लेंगे। कहते हैं उस औरत के घर वाले ने दूसरी शादी कर ली है। शादी तो क्या की होगी, किसी दूसरी औरत को ले आया होगा अपने घर। ललिता कहती है वह आदमी बुरा नहीं। ललिता को पता नहीं कैसे पता चल जाता है कौन आदमी बुरा है, कौन अच्छा। उसने पता लगा लिया है कि झरना अब अपने मुसलमान से नहीं मिलती। वह कहती है, झरना ने मुझसे पूछा होता तो मैं उसे साफ़ साफ़ बता देती कि हिन्दू औरत को मुसलमान मरद से दूर ही रहना चाहिए। वह कहती है, सारा क़सूर बंगालन का है जिसने अपनी बेटी को रोका नहीं। वैसे झरना ने फिर हंसना मुसकराना शुरू कर दिया है। काम पर भी जाने लगी है। किसी के बोतीक में काम करती है। बोतीक का मतलब पता नहीं क्या होता है। ललिता से पूछूंगी। उसे नहीं पता होगा तो भी कुछ न कुछ बता ही देगी। ललिता ने शायद ही कभी सोचा हो, मेरा क्या होगा। बानो अक्सर सोचती होगी। उर्मिला कभी-कभी। करेला वाली और दोनों मंदरासनों का मैं कुछ कह नहीं सकती। पारो भी ज़रूर सोचती होगी। शायद हर रोज़। जीजा आजकल फिर उसे बहुत तंग कर रहा है। मां कहती है, बेचारी की क़िस्मत बुरी !

मेरी क़िस्मत पता नहीं कैसी है ? सब लोग जब अकेले होते होंगे तो यही सोचते होंगे, पता नहीं हमारी क़िस्मत कैसी है ?

मैं सब लोगों के बारे में क्यों इतना सोचती रहती हूँ ? मां ज़रूर मेरे बारे में सोचती रहती होगी। कहती रहती होगी, इसकी क़िसमत भी अगर पारो जैसी ही निकली तो क्या होगा ? सब मांओं की सोच एक जैसी। सब लोगों की चिन्ताएं एक जैसी। मैं फिर सब लोगों में जा फंसी। कोई तो मेरे बारे में भी सोचता ही होगा। मां के अलावा। शायद मिसिज़ वर्मा और अखबार वाला साब। कभी कभी तो कुन्दन भी सोचता होगा, शानो का क्या होगा। और उसका वह दोस्त। लफंगा। गाल पर हाथ फेरता होगा ओर मुझे याद करता होगा। सोचता होगा, साली के छोटे से हाथ में इतना ज़ोर। अगर वह किसी दिन फिर मिल गया तो हाथ उठाने की हिम्मत नहीं करेगा। हाथ तो हाथ, शायद आंख भी न उठाए। कुन्दन ने भी उससे कह दिया होगा, ख़बरदार, जो मेरी बहन को बुरी नज़र से देखा तो। मैं थप्पड़ मारने में शेरनी। पारो जीजा से क्यों पिटती रहती है ? मां बापू से क्यों पिटती रही ? अगर पारो चाहे तो जीजा को पीट सकती है। अगर मां चाहती तो बापू को पीट सकती थी। सवाल चाहने का भी नहीं। मां का मैं कुछ कह नहीं सकती, पारो तो चाहती ही होगी कभी-कभी कि जीजा को जड़ दे एक दो थप्पड़। चाहती तो होगी लेकिन सोचती होगी यह चाहना ठीक नहीं। सोचती होगी, औरत का धरम है पति से पिटना। मैं पारो को समझाऊंगी।

आज ललिता और मैं नीम के पेड़ तले बैठी हुई थीं कि वह पागल औरत हमारे पास से तेज़ तेज़ गुज़र गयी। वह कुत्ता जीभ निकाले उसके पीछे-पीछे चल रहा था। मैं हैरान हुई कि आज वह अपने बलाक से इतनी दूर कैसे निकल आयी। ललिता ने बताया कि कभी कभी वह यही नाइटी पहने ओर नंगे पांव महरौली तक घूम आती है, वहां किसी पीर की दरगाह है, वहां घंटों बैठी रहती है। ललिता की कोई बहन महरौली में भी रहती होगी। ललिता ने हर जगह अपने जासूस छोड़ रखे हैं। मैंने उस से पूछा, यह पागल हुई कैसे ? ललिता कुछ देर चुप रहने के बाद बोली, पागल होने के लिए ज़रूरी नहीं कि कोई एक कारण हो, कई कारण हो सकते हैं। और फिर वह ऐसे डूब गयी जैसे वह कारण मछलियां हों और वह उन्हें पकड़ रही हो और भूल गयी हो कि मैं उसके पास बैठी हुई हूँ। कुछ देर मैं भी उसके साथ डूबी रही। फिर मैंने कहा, तूने खाना क्यों बन्द कर दिया ? वह बोली, मैं जब किसी सोच में डूब जाती हूँ तो मुझे खाना पीना सब भूल जाता है। मैं सोचने लगी, मैंने बेवकूफ़ी की, बेचारी का ख़ाना भुलवा दिया। इतने मज़े से खा रही थी कि मेरा मन हुआ था मैं भी एक दो बुर्कियां खा लूं। मुझे यह डर भी था कि वह कोई लंबी कहानी सुनाने न बैठ जाए। लेकिन ललिता ने जो कहा उससे मुझे तसल्ली नहीं हुई। वह बोली, मुझे तो यही लगता है कि इसके पागलपन का कारण इसका बांझपन है। मैं हैरान थी कि ललिता को कैसे पता चल गया कि वह औरत बांझ है। मुझे तो यह भी नहीं था कि वह बेऔलाद है। ललिता बोली, बांझ न होती तो उसका घरवाला दूसरी क्यों ले आता। मैं कहना चाहती थी, मर्दों को तो हमेशा दूसरी तीसरी अच्छी लगती हैं लेकिन मैं चुप रही। ललिता की बात को टोक दो तो वह भड़क उठती है। मैंने बात ही बदल दी। कहा, आज दूसरी सब नहीं आयीं। ललिता बोली, तू कौन-सा रोज़ आती है, रोज़ तो मैं ही आती हूँ और या वह बंगलादेशन बानो, आज वह भी नहीं आयी। ललिता ने फिर खाना शुरू कर दिया और मैंने ललचाना। आज उसने मुझे कुछ खा लेने के लिए कहा ही नहीं। अभी उसने खाना ख़तम नहीं किया था कि बानो आ गयी और बैठते ही उसने रोना शुरू कर दिया। उसकी झुग्गी में कल रात चोरी हो गयी थी। उसके सारे पैसे चले गये। अब वह क्या करेगी ? उसने अपनी मां को भेजने के लिए जोड़ रखे थे। पूरे सात सौ रुपये थे। वह उन्हें रोज़ रात को गिनती थी। वह बताए जा रही थी और रोए जा रही थी। इतनी बातें एक साथ उसके मुंह से मैंने पहली बार सुनी थीं। वह बोल तो बंगाली में ही रही थी लेकिन उसका दुखड़ा मेरी समझ में आ रहा था। ललिता ने खाने का डब्बा बन्द कर दिया था। हम दोनों बानो को झूठी तसल्लियां दे रही थीं। ललिता कह रही थी, ज़रूर किसी भेदी ने चुराए होंगे। बानो को शायद भेदी का मतलब समझ नहीं आ रहा था। वह कहे जा रही थी, भेदी को तो मैं जानी नां। मुझे कहने के लिए कुछ सूझ नहीं रहा था, इसलिए मैं बार बार एक ही बात कहे जा रही थी, हौसला

कर, बानो, हौसला। बानो बेचारी नहीं जानती थी कि हौसला क्या होता है और कैसे किया जाता है। वह रोते रोते ही पूछती रही थी, हौशला क्या मतलब सानो। जब बानो का रोना कुछ कम हुआ तो ललिता ने कहा, मैं तेरे साथ चलकर पूछताछ करूंगी। और फिर उसने डब्बा खोल कर बाक़ी बचा खाना ज़िद करके बानो को खिला दिया। खा लेने के बाद बानो ने अपनी अख़बार की पुड़िया परे फेंक दी। एक कुत्ता उसी वक़्त पता नहीं कहां से आ कर उस पुड़िया पर झपट पड़ा।

मेरा जी चाहता है कि मुझे कोई ऐसा घर मिले काम के लिए, जिसमें एक बड़ा-सा सफ़ेद कुत्ता हो। मैं उसे घुमाने ले जाऊं तो उसे संभालना मेरे लिए मुश्किल हो। मैं उसके पीछे-पीछे घिसटती हुई चलूँ, उसी तरह जैसे मैंने कुछ मेमों को देखा है। बच्चे मुझसे पूछें, आन्टी, इसका नाम क्या है, नसल क्या है, यह काटता तो नहीं, हम इसे प्यार कर सकते हैं। मेरा जी चाहता है उस कुत्ते को घुमाते वक्त मैं उसकी मालकिन नज़र आऊं। सोचती हूँ अगर मिसिज़ वर्मा और अख़बार वाले साब को पट्टी पढ़ाऊं कि उन्हें अपनी हिफ़ाज़त के लिए कोई बड़ा-सा कुत्ता पाल लेना चाहिए तो शायद उनमें से एक तो राज़ी हो ही जाएगा। क्या पता दोनों ही हो जाएं। अगर दोनों मान जाएं तो मज़ा आ जांए। ज़रूरी नहीं कि दोनों के कुत्ते सफ़ेद ही हों। सफ़ेद न सही, बड़े जरूर होने चाहिए। छोटे कुत्ते मुझे अच्छे नहीं लगते। अगर मां को मेरी इस ख़्वाहिश का पता चले तो वह कहेगी, शानो, तेरा दिमाग़ सचमुच ख़राब हो रहा है।

मेरी एक ख़्वाहिश और भी है। इससे मिलती जुलती। मैं चाहती हूँ कि मुझे कोई ऐसा घर मिले जिसमें चार पांच साल का एक बच्चा हो—लड़की हो या लड़का, मुझे कोई फ़र्क़ नहीं पड़ेगा। उसे नहलाने और स्कूल के लिए तैयार करने की ड्यूटी मेरी हो। मैं उसका बैग ले कर बस तक छोड़ने जाया करूं तो मेरी अंगुली उसके नन्हें से हाथ में हो। रास्ते भर मैं उससे छोटी-छोटी बातें करती रहूँ, उसकी छोटी छोटी बातें सुनती रहूँ। लोग देखें तो समझें कि मैं उसकी ममी हूँ, सोचें इतनी छोटी उमर में मैं इतने बड़े बच्चे की मां कैसे बन गयी, पूछें, इसका नाम क्या है। उन्हें जवाब देते-देते मेरा मुंह लाल हो जाए। मां को मेरी इस ख़्वाहिश का पता चले तो वह कहेगी, शानो, तेरी शादी अब हो जानी चाहिए।

मैं शादी नहीं करूंगी, बच्चे नहीं जनूंगी। हाँ, अगर कोई मुझे नौकरानी से मालकिन बना दे तो बात दूसरी है। मुझे उन औरतों पर तरस आता है जो बुढ़ापे में भी नौकरानियां बनी रहती हैं। मां की तरह। बूढ़े नौकरों पर भी मुझे तरस आता है। इस कालोनी में बूढ़े नौकर तो नज़र नहीं आते, बूढ़ी नौकरानियां कई हैं। मां समेत। ललिता की मां भी बूढ़ी है लेकिन् उसमें अभी भी अकड़ है इसीलिए मुझे उस पर तरस नहीं आता। उसे देख ख़याल आता है, क्या मैं भी बुढ़ापे में इसकी तरह अकड़ कर रह सकूँगी। ललिता को अकड़ माँ से ही मिली होगी।

ललिता को अगर मेरी ख़्वाहिशों का पता चले तो वह कहेगी, शानो, दूसरों के कुत्ते और बच्चे कभी अपने नहीं बनते। मैं कहूँगी, ललिता, न बनें, मैं अपने मन की बात तुम से कह रही हूँ।

ललिता पूरी दादी मां है। मैं भी। दानी परधानी।

जब बानो रो रही थी तो मुझे उस पर बहुत तरस आया था। ख़याल आया था अगर मेरी चोरी हो गयी होती तो क्या मैं भी उसकी तरह रोती, नीम के पेड़ तले बैठकर।

शाम को मिसिज़ वर्मा के घर से अपने घर जा रही थी तो अचानक ध्यान ऊपर आसमान की तरफ चला गया। चांद इतना बड़ा और पास नज़र आया कि मैं चौंक उठी। सितारे चांद की चमक के कारण कुछ फीके नज़र आये। मैंने सोचा, शाम को घर लौटते वक़्त रोज़ कुछ देर रुक कर आसमान की सैर किया करूँगी। कुछ देर रुकी रही। अजीब-अजीब ख़याल आते रहे। अब एक भी याद नहीं आ रहा। लग रहा है वह ख़याल किसी सपने में ही आए होंगे, इसीलिए अब पकड़ में नहीं आ रहे। कुछ देर बाद जब गर्दन में हल्का हल्का दरद होना शुरू हो गया तो मैंने फिर घर की तरफ़ चलना शुरू कर दिया। अब अगर उस वक़्त किसी ने मुझे देख लिया होता तो ज़रूर सोचता, पगली है। शायद किसी ने देखा भी हो, सोचा भी हो। घर पहुँच कर मैंने फिर चाँद पर टकटकी बाँध दी। मां ने पूछा, खाना खा लिया या खाओगी। मैंने कहा, क्या बनाया है ? मां ने कहा, बनाया तो कुछ नहीं, सुबह का ही कुछ बचा पड़ा होगा। मैंने पूछा, तुमने नहीं खाया ? मां ने कहा, मेरा आज वरत है, मैं सिरफ़ दूध लूंगी। मैंने कहा, तो मैं सुबह का बचा कुछ खा लूंगी, सोने से पहले। फिर मां बोली, तुम ऊपर क्या देख रही हो ? मैंने कहा, चांद। मां को पता नहीं क्या हुआ, उठ कर मेरे पास आ खड़ी हुई, मेरे गले में बांह डाल कर। हम दोनों ने पता नहीं पहले कब इस तरह एक साथ चांद देखा होगा। मेरा गला भर आया। शायद मां का भी। मुझे फिर ख़याल आया कि मां को कुछ हो हवा गया तो मेरा क्या होगा। शायद मां को भी ऐसा ही कोई ख़याल आया हो। ऐसे ख़याल बार-बार नहीं आने चाहिए।

ललिता बानो की झुग्गी में गयी थी। चोर को तो नहीं पकड़ पायी लेकिन अपनी धाक बिठा आयी वहां भी। कहती है उसने सबको खूब धमकाया। कहा कि

अगर बानो के पैसे न मिले तो वह केस पुलिस के हवाले कर देगी। उसकी एक बहन एक थानेदार के घर काम करती है और थानेदार की बीवी ने उसे अपनी छोटी बहन बनाया हुआ.है क्योंकि उसकी बहन पीछे से थानेदारनी के गांव की है। झुग्गी वालों की सांस सूख गयी थी। ललिता कहती है उसे विश्वास है कि बानो का पैसा कुछ दिन बाद बरामद हो जाएगा। वह कहती है पुलिस की मदद नहीं लेनी पड़ेगी, चोर अपने आप पैसे बानो की झुग्गी में रख जाएगा। उसने सब झुग्गी वालों से साफ़-साफ़ कह दिया था कि बानो उसकी सहेली है और वह चोर को पकड़ या पकड़वा कर ही दम लेगी।

ख़ैर, वह तो बाद की बात है, लेकिन अभी हम सबने मिल कर बानो को सौ रुपए दे दिए हैं। उर्मिला ने अपना हिस्सा नहीं दिया। बोली, उसका घरवाला उस से पैसे पैसे का हिसाब मांगता है। मैंने उसकी हामी भर दी थी। कह दिया था वह सच बोल रही है। ललिता ने तुनक कर कहा था, मैं तो ऐसे घरवाले के पास एक दिन न टिकूं। उर्मिला को चुप रहना चाहिए था लेकिन उसने कह दिया, तुम लोगों की बात और है, हम लोगों की ओर। ललिता उबल पड़ी, क्या मतलब है तेरा, ज़रा खोल के बता तो ! अगर उर्मिला चुप रहती तो बात आगे न बढ़ती, लेकिन वह अपनी धुन की पक्की है। बोली, तुम लोगों में घर वाले को छोड़ देना कोई बुरी या बड़ी बात नहीं, हम लोगों में जो घरवाले को छोड़ जाए उसे रण्डी कहते हैं। अब ललिता का ताव देखने लायक़ था। दोनों हाथ फैला कर बोली, हम लोग नये ज़माने के हैं, जो औरत अपने मरद की ज़ोर-ज़बरदस्ती और नाजायज़ दबदबे को न माने उसे हम लोग रण्डी या चण्डी नहीं कहते, उसकी हम लोग बड़ाई करते हैं। उर्मिला चुप हो गयी।

जब हमने बानो को सौ रुपये दिये तो उसकी आंखें आंसुओं से चमक उठीं। उसने बार-बार मना किया, हमने बार-बार कहा, अब ले भी लो बानो, और आख़िर उसने ले लिये। सिर झुका कर काफ़ी देर उन्हें ऐसे देखती रही जैसे उन्हें पढ़ रही हो।

मां को मैंने बताया तो उसने कहा, अच्छा किया, उसे कुछ तो तसल्ली हुई। और मैं सोच रही थी कि मां को बताऊं ही नहीं। उसको न बताना भी एक तरह का झूठ ही होता। अब मैंने अपने हर तरह के झूठों का हिसाब रखना शुरू कर दिया है। नीम के पेड़ तले हो सकता है किसी दिन झूठ पर भी बहस हो। जैसे क़िस्मत पर हो चुकी है। झूठ और चोरी पर।

हम नौकरानियों के बारे में मालकिनों की सबसे बड़ी शिकायत यही कि हम झूठ बोलती हैं और चोरीं करती हैं। जब कोई नौकरानी कहती है कि उसे बुख़ार हो गया था या उसका बच्चा बीमार पड़ गया था या उसका कोई मर गया था तो मालकिन मान लेती है कि नौकरानी झूठ बोल रही है। कोई विरली ही ऐसी होगी

जिसे बेचारी पर विश्वास आ जाता हो। मैंने भी कभी-कभी तो बीमारी का बहाना बना कर छुट्टी मारी है लेकिन अकसर इस मामले में सच ही बोलती रही हूँ। मिसिज़ वर्मा और अख़बार वाले साब के सिवा सब यही समझते हैं कि मैं जब नाग़ा करती हूँ, झूठा बहाना बना कर ही करती हूँ। इसीलिए मैं बहुत कम नाग़े करती हूँ। हल्का-सा बुखार हो, दांत का या आन्टी का दरद हो, पेट में तकलीफ़ हो, मतलब कोई ऐसी तकलीफ़ हो जिसे मैं बरदाश्त कर सकूं तो मैं काम पर पहुँच जाती हूँ। कोशिश करती हूँ किसी को मेरी तकलीफ़ का पता न चले। जब किसी को सच्ची हमदर्दी ही न हो, उल्टा मेरी ईमानदारी पर शक हो, तो बताने का क्या फ़ायदा। मैं नाग़ा तभी करती हूँ जब मुझे सचमुच कुछ हो हवा जाए या फिर काम करने का मन बिलकुल न हो। कभी-कभी ऐसा अचानक हो जाता है। तकलीफ़ कोई ख़ास नहीं होती लेकिन मन होता है कि आज काम पर न जाऊं, छुट्टी मार कर घर बैठी रहूँ, यूं ही, किसी वजह के बग़ैर। तब झूठ बोलना पड़ता है क्योंकि अगर सच बोल दूं और यह कहला भेजूं कि आज मैं काम पर नहीं आऊंगी क्योंकि आज काम करने का मन नहीं हो रहा, तो सब कहेंगे, कामचोर है, या कहेंगे, तू लाट साबनी है ! मैं कामचोर नहीं, लाट साबनी भी नहीं। फिर भी कभी-कभी अचानक पता नहीं क्या हो जाता है मुझे कि सवेरे जागती हूँ तो अपना जीवन बेकार लगने लगता है और अपना काम बुरा। ऐसे दौरे कभी-कभी ही पड़ते हैं। किसी से उनके बारे में कोई बात नहीं करती। मां से भी नहीं। मिसिज़ वर्मा से भी नहीं। अख़बार वाले साब से भी नहीं। उस से करने का मन कभी-कभी होता तो है लेकिन यह सोच चुप रह जाती हूँ कि वह क्या सोचेगा। और यह सोच कर भी कि कहूंगी क्या। उन दौरों के बारे में यहां भी पहले कभी नहीं लिखा। आज पहली बार जो लिख रही हूँ वह ठीक नहीं लगता। उन्हें दौरा कहना ठीक नहीं। मूड ? मूड का मतलब तो मैं नहीं जानती लेकिन बात शायद मूड की ही है। मूड का मतलब मन। मूड नहीं, मतलब मन नहीं। मूड ख़राब है मतलब मन ख़राब है। ललिता अक्सर कहती है, आज मां ने मेरा मूड ख़राब कर दिया। पूछो, क्या बात हुई, तो कहती है, बात प्राइवेट है। ललिता अपनी बात में अंग्रेजी टांकती रहती है। कहती है, ऐसा न करो तो लोग आपको बुद्धू समझते हैं।

ललिता को नौकरानियों का लीडर होना चाहिए। हमारी टोली की तो वह है ही। जब कभी किसी को कोई नया घर लेना या पुराना घर छोड़ना हो तो वह उसी के पास जाती है। ललिता की मां जमादारनों की लीडर है। ललिता कहती है, क्या मजाल कि कोई जमादार किसी जमादारन के साथ ऐसी वैसी छेड़-छाड़ करे, मेरी मां उन्हें फ़ौरन सीधा कर देती है। उर्मिला को शिकायत है कि हम सब ने ललिता को सिर पे चढ़ा रखा है। लेकिन बानो ठीक ही कहती है, लोलिता शोदा शच बोले छे !

और मैं समझी बैठी थी झरना ठीक हो रही है, ख़ुश रहने लगी है। ऊपर से तो यही लगता था। मैं बेवकूफ़ हूँ। मुझे अन्दर की बात पता ही नहीं चली। चल जाती तो भी मैं क्या कर लेती। उसके घर वाले कुछ नहीं कर सके, मैं क्या कर लेती। लेकिन उसने तो काम पर भी जाना शुरू कर दिया था। उसके चेहरे की रंगत भी बदल गयी थी। बंगालिन भी ख़ुश ख़ुश नज़र आने लगी थी, देवी भी। मुझे क्या पता अन्दर ही अन्दर क्या हो रहा था। मेरे हाथ कांप रहे हैं। होंठ भी। मुझे डर लग रहा, है। आज सोऊंगी कैसे ? मां के साथ सट कर सोना पड़ेगा। खाट पर नहीं। खाट पर लेटती हूँ तो सपनों में बापू नज़र आता रहता है। आज झरना नज़र आएगी। मुझे मां के साथ मन्दर चले जाना चाहिए था। डर लग रहा है।

सबसे ज़्यादा तरस मुझे बंगाली पर आया था। वह गुमसुम सिर झुकाए बैठा था, ऐसे जैसे उसकी गरदन टूट गयी हो। उसका चेहरा बिलकुल ख़ाली था। वह रो भी नहीं रहा था। अकेला बैठा था। ऐसे जैसे उसे कुछ होश न हो कि आसपास हो क्या रहा था। बंगालिन औरतों से घिरी बैठी थी। औरतें पता नहीं धीरे धीरे क्या क्या बोले जा रही थीं। वह चुपचाप रोए जा रही थी और धोती के पल्लू से आंखें पौंछती जा रही थी। उसकी आंखें लाल थीं। देवी बिलकुल बुझी हुई सी इधर उधर डोल रही थी। लोग बहुत थे, और आते जा रहे थे। लेकिन शोर बहुत कम था। कोई खुल कर न रो रहा था न बात कर रहा था। मुझे कुछ समझ नहीं आ रहा था कि मैं क्या करूं, कहां बैठूं, बैठूं या खड़ी रहूं। मेरी टांगें कांप रही थीं। मैं हैरान थी मुझे रोना क्यों नहीं आ रहा। देवी की आंखें भी सूखी थीं। मेरा मन बार-बार होता उससे कोई बात करूं लेकिन समझ नहीं आता था क्या। औरतें ज़्यादा थीं। आदमी काम पर निकल गए होंगे। एक आदमी टेलिफ़ोन किये जा रहा था। कुछ सुनायी नहीं दे रहा था कि वह क्या कह रहा था। उसकी आवाज़ बहुत ही धीमी थी। कभी-कभी जैसे ही वह टेलिफ़ोन रखता तो घन्टी बज उठती और मैं चौंक जाती। टेलिफ़ोन उठाने वाला ज़रूर उनका कोई रिश्तेदार होगा। कभी-कभी वह देवी को बुला कर उससे कुछ पूछ लेता था।

ऊपर झरना के पास उस वक्त पता नहीं कौन-कौन बैठा हुआ था। मैं ऊपर जा कर उसकी लाश को एक बार देख आना चाहती थी लेकिन मुझे डर था वह टेलिफ़ोन उठाने वाला आदमी मुझे रोक लेगा। मैं चाह रही थी कि वह खुद किसी

काम के लिए ऊपर भेज दे। उसे पता चल गया होगा मैं नौकरानी हूँ। दो पुलिस वाले मेरे सामने ऊपर गये थे, जिससे मैं समझ गयी थी कि झरना अभी ऊपर ही पड़ी हुई थी।

किसी अख़बार से आयी एक लड़की भी ऊपर गयी थी। उसके हाथ में एक छोटा-सा केमरा भी था। उसने झरना की फोटो ली होगी। शायद उस पंखे की भी जिससे लटक कर उसने अपनी जान ले ली थी। शायद उस चिट्टी की भी जो उसने लटकने से पहले लिखी होगी। पता नहीं कितनी देर पहले। पता नहीं उसमें क्या लिखा था। पता नहीं वह किसके नाम थी। शायद पुलिस वाले वह चिट्ठी अपने साथ ले गये हों।

जब झरना को नीचे लाया गया तो मैं सीढ़ियों के सामने खड़ी थी। उस वक्त उसके चेहरे पर चादर नहीं थी। उसका झुँह थोड़ा-सा खुला था। मुझे उस वक़्त भी रोना नहीं आया था। अब आ रहा है। हो सकता है उस वक़्त भी आया हो और मैंने उसे रोक लिया हो, यह सोच कर कि लोग समझेंगे मैं झूठ-मूठ रो रही हूँ। अब रो भी रही हूँ, लिख भी। अजीब लग रहा है। लग रहा है जैसे लिख कोई और रही हो, रो कोई और। लग रहा है जैसे रोना सिरफ़ झरना पर ही न आ रहा हो, बापू पर भी आ रहा हो। और मां पर भी। और मांगने वाली उस पगली पर भी। और उस नाइटी वाली पगली पर भी। पारो पर भी। अपने आप पर भी। लिखते-लिखते रोना अचानक बन्द क्यों हो गया ?

कल मैं सारा दिन बंगालियों के घर में ही रही। सवेरे अख़बार वाले साब के घर जा ही रही थी कि बंगालियों के बलाक के सामने कुछ लोग खड़े दिखायी दिये। मैं उसी वक़्त समझ गयी किसी को कुछ हो हवा गया है। बानो भी वहीं खड़ी थी। उसने बताया, झोरना....। मैं समझ गयी और ऊपर चली गयी। मुझे उस वक़्त भी रोना नहीं आया। गुस्सा बहुत आया। झरना पर नहीं। उस मुसलमान पर भी नहीं। बंगालिन पर भी नहीं। पता नहीं किस पर कई बार ऐसा गुस्सा भी आता है जिसका पता ही नहीं चलता किस पर आ रहा है।

कल मैंने कपड़े ऐसे पहने हुए थे कि पहले तो किसी को पता ही नहीं चला होगा मैं नौकरानी हूँ। घरवालों और अड़ोस-पड़ोस वालों को तो पता ही था, मैं बंगालियों के रिश्तेदारों की बात कर रही हूँ। बाद में उनको भी पता चल गया होगा। किसी ने किसी से पूछ लिया होगा, यह लड़की कौन है। जो हो, पता चल जाने के बाद मुझे आवाज़ें पड़नी शुरू हो गयीं। एक औरत के सिवा सबकी आवाज़ें धीमी थीं। वह औरत बंगालिन की बड़ी बहन निकली। उसका भी क़सूर नहीं, उसकी आवाज़ वैसे ही भारी होगी। कुछ औरतों की होती है। अच्छा हुआ कि मैं काम में लगी रही नहीं तो बुरे ख़याल आते रहते। जैसे कि अब आ रहे हैं। कल रात भी बहुत आए थे। कल गर्मी बहुत थी। सब बार बार पानी पी रहे थे। मुझे बार-बार गिलास

साफ़ करने पड़ रहे थे। टेलिफ़ोन वाले आदमी ने फ़ोन पर किसी और की ड्यूटी लगा दी थी और खुद श्मशान की तैयारियों में लग गया था। उसे देख-देख मुझे सुरेन्दर बिजली वाला याद आता रहा था। बाद में पता चला वह बंगालिन का भाई था। शायद छोटा। मैं श्मशान जाना चाहती थी, गयी नहीं। किसी ने नहीं कहा। मैं घर में ही रही। देवी भी। बंगालिन की बड़ी बहन भी। एक बूढ़ी और भी थी। मुझे सारा वक्त उसकी ही चिन्ता लगी रही। वह बूढ़ी तो थी ही, बीमार भी बहुत नज़र आती थी। प्लास्टिक की एक बोतल उसकी कमर से लटक रही थी। उसमें उसका पेशाब टपक रहा था एक नली में से। मैं सोचती रही थी, इसे नहीं आना चाहिए था, अब इसे कुछ हो हवा गया तो बंगालियों की मुसीबत बढ़ जाएगी।

जब सब लोग श्मशान चले गये तो मैंने पहले तो गिलास वग़ैरह साफ़ किये, फिर देवी से पूछ कर सफाई शुरू कर दी। ऊपर अकेले जाने से मुझे डर लग रहा था, इसलिए मैं देवी को साथ ऊपर ले गयी। बहाना यह बनाया कि ऊपर सब कुछ बिखरा पड़ा होगा, वह साथ-साथ संभालती जाएगी तो काम जल्दी ख़तम हो जाएगा। मुझे लगा, मैं बोल कुछ ज़्यादा ही रही थी। शायद घबराहट के कारण। मेरी आवाज़ मुझे बहुत ऊंची लगी। खोखली भी। लोगों के चले जाने से घर का सन्नाटा बढ़ गया था। माँ कहती है, मौत वाले घर में कितना ही शोर क्यों न हो, सन्नाटा नहीं जाता।

ऊपर जा कर पहले मैंने वह कमरा साफ़ किया जिसमें साब और बंगालिन सोते हैं। देवी बिस्तर ठीक करती रही, मैं झाड़ू देती रही। मैं देवी से कोई बात करना चाहती थी। कुछ देर चुप रहने के बाद मैंने पूछ ही लिया, पता कब चला था। देवी ने बताया, रात ग्यारह बजे। मैंने पूछा, कैसे ? देवी ने बताया, मैं टी-वी देख कर ऊपर आयी, कपड़े बदलने के लिए, तो मैंने देखा दीदी...। देवी फूट पड़ी तो मैंने झाड़ू देना बन्द कर दिया। उसे रोते देख मुझे भी रोना आ गया। कुछ देर हम दोनों अलग-अलग खड़ी रोती रहीं, फिर एक दूसरे के गले लग रोने लगीं। नीचे से देवी की मासी की भारी आवाज़ आयी, देवी बेटी, तू नीचे आ जा मेरे पास। देवी चुप रही। मैंने उसकी पीठ थपक कर कहा, बस, बस, देवी, बस। अगर मैं चुप रहती तो शायद वह चुप हो जाती। फिर मैंने सोचा, अभी तक रोयी नहीं, रो ले जी भर के, वह लोग आ जाएंगे तो खुल कर रो नहीं सकेगी। मैं सोचती रही और झरना का पीला सफ़ेद चेहरा देखती रही।

जब देवी कुछ हल्की हुई तो मैंने फिर झाड़ू देना शुरू कर दिया। नीचे से मासी की भारी आवाज़ फिर आयी, ऊपर इतनी देर क्यों लगा रही हो, नीचे भी तो कितना काम है। हम चुप रहीं।

दूसरे कमरे में जाते ही मेरी निगाह पंखे पर जा टिकी। मैंने सोचा था कि पंखा कुछ उखड़ गया होगा लेकिन इसे देख कर कुछ पता नहीं चलता था। मैंने

देखा देवी की आंखें भी पंखे पर टिकी थीं। खिड़कियों से आ रही हवा के कारण पंखा हल्का-सा हिल रहा था। मेरा दिल मेंडक की तरह उछल रहा था। मैं फ़र्श पर बैठ गयी। मैंने कहा, यहां आज झाडू नहीं दे सकूँगी। देवी ने बैठते हुए कहा, मत दो। मैंने झाडू एक तरफ़ फेंक दिया। नीचे से आवाज़ आयी, क्या गिरा। हम दोनों चुप बैठी रहीं। देवी ने कहा, अगले महीने दीदी चौबीस की हो जातीं। मुझे कुछ हैरानी हुई। मैंने झरना की उमर तीस के करीब बना रखी थी। अठारह उन्नीस की तो मैं भी हो गयी हूँ। मैंने कहा, उस वक़्त इस कमरे में लाइट जल रही थी ? देवी ने सिर हिला दिया, हां। मैंने पूछा, पापा ममी अपने कमरे में थे ? उसने फिर सिर हिला दिया, हां। मैंने पूछा, फिर तुमने क्या किया ? मुझे डर था वह चिल्ला देगी, बन्द करो यह पूछताछ ! वह रोने लगी तो नीचे से फिर आवाज़ आयी, अबकी बार कुछ सख़्त, अरी ओ क़ाम करने वाली लड़की, तू नीचे आ जा, अभी, इसी वक्त। मैं उठ खड़ी हुई तो देवी ने आवाज़ दी, मौसी, हम अभी काम कर रही हैं। मैंने धीमी आवाज़ में पूछा, झरना ने क्यों... ? मैं बीच में रोने लगी तो देवी भी फूट पड़ी। नीचे से फिर आवाज़ आयी, अरी ओ लड़की, तू नीचे आती है कि मैं आऊं ऊपर !

मैंने जल्दी-जल्दी आंखें पौंछी और झाडू उठा कर नीचे चली गयी। कुछ देर बाद देवी भी नीचे आ गयी। उसकी मासी ने उसे अपने पास बिठा लिया। मेरा मन हुआ मैं फिर कोई बहाना बना कर ऊपर चली जाऊं। मैं उस पंखे को फिर देखना चाहती थी, उस कमरे में कुछ देर अकेली बैठना चाहती थी। मेरा डर उड़ गया था। मैं झरना के बारे में कुछ और सोचना चाहती थी। मुझे समझ नहीं आ रहा था कि उसने लाइट क्यों नहीं बुझा दी। भूल गयी होगी। या उसने सोचा होगा, उसे अंधेरे में डर लगेगा। गले में फन्दा डालते हुए भी तो उसे डर लगा ही होगा। उस कमरे में झरना की दो तस्वीरें टंगी हुई हैं। मैं उन्हें देखना चाहती थी। मैंने देवी की मासी से कहा, मैं ऊपर जा कर पोचा मार आऊं। वह बोली, अभी मारा नहीं ? मैं बाल्टी और पोचा उठा कर फिर ऊपर चली गयी। पहले मैंने दूसरे कमरे को निबटाया, फिर झरना वाले कमरे में जा कर पहले पंखे को घूरा, फिर झरना की तस्वीरों को। वहां पोचा देने का मन नहीं हुआ। एक कोने में एक साड़ी मुचड़ी हुई पड़ी थी। झरना ने उसी का फन्दा बनाया होगा। नहीं। उस साड़ी को तो घर वालों ने कहीं फेंक दिया होगा। या जलाने के लिए साथ श्मशान ले गये होंगे। मैंने उस मुचड़ी हुई साड़ी को हाथ तो नहीं लगाया, उसके पास बैठ कर उसे ध्यान से देखा ज़रूर। जितनी देर मैं उस कमरे में रही, मुझे लगता रहा जैसे झरना का वह मुसलमान भी वहीं कहीं था। वह अजीब ख़याल पता नहीं मुझे क्यों आया।

नीचे गयी तो मासी ने कहा, अरी ओ लड़की, तुझे चाय बनाना तो आता ही होगा।

देवी ने चाय नहीं पी। बुढ़िया ने पी तो ली लेकिन कहती रही, पीनी नहीं चाहिए थी। मैंने भी नहीं पी। मासी ने कहा, तुझे और कहीं काम करने जाना हो तो चली जा, फिर आ जाना। मैंने कहा, आज मैंने छुट्टी ले ली है।

मैंने झूठ नहीं बोला था। मिसिज़ वर्मा मुझसे कह गयी थी, आज तू यहीं रहना, इन्हें तेरी जरूरत होगी। अख़बार वाले साब से मैं खुद कह आयी थी।

घर में वैसा ही सन्नाटा था जैसा तब हुआ था जब झरना कुछ दिनों के लिए ग़ायब हो गयी थी। अगर झरना ने मिट्टी का तेल डाल अपने आपको जला लिया होता तो शायद वह बच गयी होती। उसका शोर सुन सब इकट्ठे हो गये होते। लेकिन वह शायद शोर ही न मचाती। जलता हुआ इन्सान शोर मचाए बग़ैर रह ही नहीं सकता। वह न मचाए तो भी चीख़ें उसके मुंह से अपने आप फूट निकलती होंगी। अगर बच भी जाती तो सारी उम्र उसका जला हुआ चेहरा उसे याद दिलाता रहता कि उसने जल मरने की कोशिश की थी। जला हुआ चेहरा भयानक होता है। सब पूछते रहते हैं, हुआ क्या था। झरना ने यही सब कुछ सोच कर फांसी ले कर मरने का फ़ैसला किया होगा। ऐसे फ़ैसले सब कुछ सोच कर नहीं किये जाते। औरतें अक्सर जल कर ही मरती हैं। सब औरतें नहीं, ग़रीब औरतें। वह जिनके घरों में मिट्टी का तेल होता है। अमीर औरतें अक्सर ज़हर खा कर ही मरती हैं। या नींद की गोलियां खा कर। और बच जाती हैं या बचा ली जाती हैं। झरना पता नहीं कितने दिनों से फांसी लेने की सोच रही होगी। मन ही मन। हो सकता है उसने किसी से कुछ कहा भी हो, अब बंगालिन सारी उम्र उसकी मौत का दोष अपने आपको देती रहेगी और दुखी होती रहेगी। सोचती रहेगी, अगर मैंने उस मुसलमान को मन्जूर कर लिया होता तो झरना आज ज़िन्दा होती।

फ़ोन की घन्टी कई बार बजी थी। देवी फ़ोन करने वालों को जवाब देती रही थी। एक बार जब वह बाथरूम में थी तो फ़ोन मुझे उठाना पड़ा था। कोई आदमी अंग्रेजी में कुछ पूछ रहा था। मैं अन्दाज़े से समझ तो गयी कि वह श्मशान का नाम पता पूछ रहा था लेकिन मैंने कह दिया, प्लीज़ वेट। मासी ने हैरान नज़रों से मेरी तरफ़ देखा तो मेरा मुंह लाल हो गया। देवी ने उसे श्मशान का नाम वग़ैरह बताने के बाद उसका नाम पूछा तो उस आदमी ने फ़ोन बन्द कर दिया। देवी ने मासी को बताया, पता नहीं कौन था, मैंने आवाज नहीं पहचानी, और जब मैंने नाम पूछा तो फ़ोन कट गया।

मुझे पता नहीं क्यों लगा कि वह फ़ोन झरना के उस मुसलमान का ही था।

मुझे मालूम नहीं कि झरना के ममी पापा ने कभी उसे देखा भी है या नहीं।

मैं सोचती रही कि अगर वह श्मशान जा पहुँचा और किसी ने उसे पहचान लिया तो क्या होगा। फिर ख़याल आया उसे ख़बर कैसे मिली होगी। हो सकता है उसने रेडियो पर सुन ली हो या टी-वी पर देख ली हो। मेरा दिमाग़ दौड़ रहा

था। मैं देवी से उस मुसलमान के बारे में पूछना चाहती थी। अगर मासी वहां न होती तो मैंने उसे एक तरफ़ ले जा कर पूछ लिया होता।

मासी को शायद कुछ भी मालूम न हो। अगर ललिता को मालूम है तो रिश्तेदारों को भी मालूम ही होगा। ज़रूरी नहीं। ललिता की बात और। मुझे तो लगता है, देवी को भी कुछ मालूम नहीं। मतलब सब कुछ मालूम नहीं।

उनके लौटने तक मैं बैठी तो रही लेकिन मेरे वहां होने का उन्हें कोई फ़ायदा नहीं हुआ। हां, एक दो बार मासी ने पानी मांगा, मैंने दे दिया। बुढ़िया को दो गर्म गर्म फुल्के भी मैंने ही बना के दिये। भूख तो देवी को भी लग आयी होगी, उसने खाया कुछ नहीं। मैंने समझ लिया कि मैंने मां की तरह वरत रखा हुआ था। पानी पी पी कर अपना पेट भरती रही और सोचती रही कि अगर झरना ने पेट साफ़ न करवाया होता तो शायद अपनी जान भी न ले ली होती।

औरतें बात-बात पर आत्महत्या क्यों कर लेती हैं ?

शुक्र है, झरना ने अपने आपको जलाया नहीं।

लेकिन जलाती तो शायद बच गयी होती। इस वक्त हस्पताल में बेहोश पड़ी होती। लेकिन उस बचने का किसी को कोई फ़ायदा न होता। जले मुंह माथे वाली औरतों की हालत बुरी होती है। सारी उमर की मुसीबत। पता नहीं औरतों को जल मरने की बीमारी क्यों। शायद सती की रसम का असर हो। लेकिन औरतों को जब गुस्सा आता है तो अपने आपको ही क्यों कूटने पीटने जलाने लगती हैं। मरदों का गुस्सा भी औरतों पर निकलता है, औरतों का भी। मतलब अपने आप पर।

झरना ने अपनी जान क्यों ली ? यह सवाल बार-बार मेरे मन में उठ रहा है।

पंखे से लटकने से पहले उसने फन्दा बनाया होगा। फिर पंखे की तरफ़ देखा होगा। फिर स्टूल को उसके नीचे रखा होगा। उस पर खड़ी हुई होगी। फिर उसने उस फन्दे के एक सिरे को पंखे से बांधा होगा। खींच कर देखा होगा। फिर इस फन्दे में अपनी गरदन फंसायी होगी। सोचा होगा, अगर गांठ खुल गयी तो ? अगर इसी वक्त कोई अन्दर आ गया तो ? उसने दरवाज़ा अन्दर से बन्द क्यों नहीं किया ? शायद वह अन्दर से यही चाहती हो कि कोई आ जाए ओर उसकी जान बच जाए। फन्दा बनाने का तरीक़ा उसनें कहां से सीखा होगा ? पंखे से लटक कर आत्महत्या करनेवालियों की ख़बरें अख़बारों में छपती रहती हैं। जल कर मरनेवालियों की भी। ज़हर खा कर मरनेवालियों की कम। ज़हर मुश्किल से मिलता होगा। ज़हर भी कई तरह के होते होंगे। ज़हर खाने वाले भी कई बार बच जाते हैं। कुछ ज़हर कमज़ोर होते होंगे।

वह चिट्ठी झरना ने कब लिखी होगी ? मैं उस चिट्ठी को पढ़ना चाहती हूँ। मैं उस मुसलमान को एक बार देखना चाहती हूँ। उसका नाम जानना चाहती हूँ।

उससे पूछना चाहती हूँ कि उसने झरना को रोका क्यों नहीं, पेट साफ़ करवाने से आत्महत्या करने से। लेकिन मैं कौन होती हूँ पूछने वाली, मुझे कौन कुछ पूछने देगा ? मैं यूं ही उबल रही हूँ। उबल नहीं रही, सोग मना रही हूं। अपने तरीक़े से। समझने की कोशिश कर रही हूँ। यही तो उस डायरी का फ़ायदा है। फ़ायदा ? अब दिमाग़ थक गया है। हाथ भी। आंखें जल रही हैं। छाती भी। कई दिन मन ख़राब रहेगा। मन को मूड कहना ठीक नहीं लगता।

मुझे ललिता की बात पर विश्वास नहीं हुआ था। मैंने उसे साफ़ कह दिया था कि उसका क़िस्सा मनघडन्त है। वह नाराज़ नहीं हुई थी। बोली थी, मैं जानती हूँ तू बहुत दुखी है, मैं तेरी बात का बुरा नहीं मनाऊंगी, लेकिन मैंने जो तुझे बताया है वह सच है। उसने बताया था कि उस मुसलमान ने भी आत्महत्या कर ली है, पंखे से लटक कर, झरना के दाह-संस्कार के दूसरे दिन। मैं सुन कर पत्थर हो गयी थी। लगा था जैसे मेरी जान निकल गयी हो। फिर मैंने सिर हिलाना शुरू कर दिया था। और यह कहना कि मैं नहीं मानती। आख़िर ललिता ने कहा था, नहीं मानती तो मत मान, मुझे क्या, वैसे इसमें न मानने वाली बात आख़िर है कौन सी, हर दूसरे तीसरे हफ़्ते ऐसी ख़बरें अख़बारों में छपती ही रहती है। मैं तो अनपढ़ हूँ, तू तो पढ़ी लिखी है, और फिर अख़बार वाले साब के घर काम करती है, उसके पास तो कई अख़बारें आती होंगी, तू उस से पूछ कर तो देख, फिर तुझे पता चलेगा कि मैं झूठ बोल रही हूँ या...। और मैं उठ कर अख़बार वाले साब के घर चल दी थी। वह दफ़्तर जाने के लिए तैयार हो रहा था। बोला, तू इतनी पीली क्यों हो रही है ? मुझे नहीं पता था कि मेरा मुंह पीला हो गया था। मैंने पहले एक गिलास ठन्डा पानी पिया, चुन्नी से मुंह पोंछा, और साब से कहा, मैं आप से कुछ पूछने आयी हूँ। साब बोला, जल्दी जल्दी पूछ, मुझे देर हो रही है। मैं बोली, क्या यह ख़बर अख़बारों में आ चुकी है कि...। मैं बीच में ही रुक गयी। सोचने लगी कि साब को शायद मेरी बात बेसिरपैर की लगे। फिर सोचा, लगती है तो लगे, पूछे बग़ैर तो जाऊंगी नहीं। अबकी बार मुंह से निकला, क्या यह अफ़वाह ठीक है कि उस मुसलमान ने भी पंखे से लटक कर अपनी जान ले ली है ? मेरा ख़याल था साब पूछेगा, किस मुसलमान ने ? लेकिन साब ने कहा, हाँ, ठीक है, यह ख़बर अख़बारों में भी छप चुकी है। मैंने कहा, आपने मुझे बताया क्यों नहीं ? मेरे सवाल में शिकायत

थी, शिकायत में गुस्सा था। साब बोला, मैंने सोचा तूने अख़बार में पढ़ लिया होगा। मैंने कहा, आप जानते तो हैं पिछले तीन-चार दिनों से मेरा मन कितना ख़राब है, मैं यहां आयी ही नहीं, अख़बार कैसे पढ़ती। साब बोला, अगर तू यहां आयी ही नहीं तो मैं तुझे बताता कैसे, और फिर मुझे क्या मालूम कि तुम उस मुसलमान के बारे में क्या जानती हो, कितना जानती हो।

मुझे साब की बात अच्छी लगी। लगा, जैसे कोई बाप अपनी बिगड़ी हुई बेटी को समझा बुझा रहा हो। मेरी नज़रें नीची हो गयीं, मुंह लाल हो गया। साब ने कहा, उस मुसलमान का नाम शौकत है। मैं हैरान हुई कि साब को कैसे पता चल गया कि मैं उसका नाम जानना चाहती हूँ। साब फिर बोला, बेचारे की तस्वीर भी छपी है, हिन्दी के अख़बार में, देखनी हो तो अख़बार वह पड़ी है। मैं देखना तो चाहती थी लेकिन साब के सामने नहीं। साब ने कहा, देख शानो, मैं तो अब जा रहा हूँ, तू यह चाबी रख ले, अख़बारें दोनों वह पड़ी हैं, कल की भी ओर आज की भी। ख़बर तीसरे पेज पर है, पढ़ लेना, और जाती दफ़ा बाहर का ताला बन्द कर जाना, चाबी गुम न हो, यह ख़याल रखना।

साब चला गया तो मैंने अख़बारें उठा लीं और उन्हें पढ़ने के बजाय रोने लगी। झूलने वाली कुरसी पर बैठ। शौकत और झरना। दोनों नाम मुझे अच्छे लग रहे थे, मेरी आंखों के सामने झिलमिल-झिलमिल कर रहे थे। ललिता की बात सच निकली थी। शौकत की तस्वीर बहुत साफ़ थी। उससे कुछ पता नहीं चलता कि वह मुसलमान है या हिन्दू। मैं देर तक उसे घूरती रही। ख़बर में साफ़ लिखा है कि शौकत ने झरना के दाह संस्कार के दूसरे दिन आत्महत्या की थी। अब मुझे याद नहीं आ रहा कि उसमें झरना की आत्महत्या का कोई कारण दिया गया है या नहीं। कारण अखबार वालों को कैसे मालूम होगा। वह सब मालूम कर लेते हैं। अगर उन्हें पता न चले तो वह मनघड़न्त कारण भी लिख देते हैं। ललिता की बात मनघड़न्त नहीं निकली। वह शायद नीम वाले पेड़ तले बैठी मेरा इन्तज़ार कर रही हो। अख़बार में झरना और शौकत के प्यार की बात तो थी, झरना के पेट की सफ़ाई वाली बात नहीं थी। झरना की उमर पच्चीस की और शौकत की चौबीस की बताई गयी थी। और यह भी साफ लिखा था कि दोनों के मां-बाप उनकी शादी के सख़्त खिलाफ़ थे।

अब मुझे यक़ीन हो गया है कि दाह संस्कार वाले दिन शौकत ने ही देवी से श्मशान का नाम पता पूछा था। वह वहां गया होगा। किसी ने उसे पहचाना नहीं होगा। सबने सोचा होगा झरना के दफ़्तर का कोई आदमी होगा। मुझे लगता है शौकत ने श्मशान से लौट कर ही अपनी जान ले लेने का फ़ैसला कर लिया होगा। वहाँ उसने किसी से कोई बात नहीं की होगी, इस डर के मारे कि किसी को पता न चल जाए वह कौन है। श्मशान में मुसलमानों का जाना मना तो नहीं होगा। लेकिन अगर वहां किसी को पता चल जाता कि वह वही मुसलमान था जिसके कारण झरना

की मौत हुई तो उस बेचारे की आफ़त आ जाती। कुछ लोगों को कुछ शक तो पड़ा होगा।

झरना के घर वालों ने भी शौकत की आत्महत्या की ख़बर सुन या पढ़ ली होगी। देवी ने भी ज़रूर सोचा होगा कि वह फ़ोन शौकत का ही था। शायद उसने ममी पापा को बताया भी हो। उन दोनों को क्या शौकत की मौत पर ख़ुशी हुई होगी ? या यह अफ़सोस कि उनकी वजह से दो जाने चली गयीं। ऐसी आत्महत्याएं हिन्दुस्तान में ही होती हैं या हर जगह ? इन सवालों के जवाब मिसिज़ वर्मा या अख़बार वाला साब ही दे सकता है, मैं नहीं। मेरे मन में तो ऐसे सवाल उठने ही नहीं चाहिए। अगर मैंने यह सब लिखने की लत न डाल ली होती तो ऐसे सवाल ओर ख़याल मेरे मन में कभी न उठते। तब मैं इतनी देर अकेली बैठती ही नहीं। देर तक अकेले बैठे रहो तो तरह-तरह के सवाल और ख़याल मन में उठते रहते हैं। तरह-तरह के उबाल भी। उन्हें लिखो नहीं तो वह साफ़ नहीं होते और अन्दर ही अन्दर उछलते रहते हैं। लिख देने से दिमाग़ की सफ़ाई हो जाती है। दिल की भी। मन की भले ही न हो।

मन तो महन्तों के भी साफ़ नहीं होते। मां के मन्दर के महन्त का मन साफ़ नहीं। उसका तो तन भी साफ़ नहीं। फिर भी गांव भर की औरतें उसके चरणों में बैठी रहती हैं। क्या बूढ़ी, क्या जवान। मैं कभी-कभी ही आती हूँ। जब जाती हूँ, फिर कभी न जाने की क़सम खाती हूँ। उस महन्त की आंखों में मैल है। उसके मन में तो होगा ही। औरतों को ऐसे महन्त क्यों अच्छे लगते हैं ? औरतें इतनी भोली क्यों होती है ? भोली नहीं बेवकूफ़। बेवकूफ़ नहीं बदमाश। यह मैं क्या सोच गयी, क्या लिख गयी। बदमाश तो मर्द ही होते हैं। ज़्यादा। कुछ औरतें भी ज़रूर होती होंगी, जैसे वह ऐनक वाली मेम। कुछ लोग तो झरना को भी बदमाश ही कहेंगे। और ललिता को भी।

अगर मुझे किसी मुसलमान से प्यार हो जाए और मां ज़िद पकड़ ले कि मैं उस से प्यार न करूं, उसे छोड़ दूं तो क्या मैं आत्महत्या कर लूंगी ? कर सकूंगी ? नहीं। मुझ में हिम्मत नहीं होगी। गुस्सा तो मुझे बहुत आएगी, मरने की हिम्मत नहीं होगी। मतलब अपने आपको मार डालने की। झरना को देखकर कोई कह सकता था कि उसमें इतनी हिम्मत होगी ? बात हिम्मत की नहीं, सिरफ़ हिम्मत की नहीं। बात कोई और ही होगी। शौकत होता तो उससे पूछती, तुम्हें पता नहीं था कि झरना अपनी जान ले लेगी ? अगर मालूम था तो तुमने उसे रोका क्यों नहीं ? शौकत कहता, तुम कौन हो ? मैं कहती, मैं झरना के घर काम करती हूँ। फिर मैं उस से कहती, अपनी जान लेने से तो अच्छा होता तुम दोनों भाग गये होते ? वह कहता, झरना नहीं मानी, मैं तो तैयार था। मैं कहती, सच ? वह जवाब देता, खुदा की क़सम ! मेरा मुंह लाल हो जाता।

मुझे कभी किसी से प्यार नहीं होगा। ऐसा प्यार नहीं होगा कि मेरी जान ही ले ले। न ही हो तो अच्छा।

अख़बार वाले साब के घर की चाबी कहीं गिर न जाए, इसलिए मैंने उसे बकसुए में टांग कर अपनी सलवार के नेफ़े से लटका लिया था। कल लौटा दूंगी। मां ने पूछा था, इतनी बड़ी चाबी किसकी है। जब मैंने बताया तो वह बोली, यह बात गलत है शानो, कल ज़रूर लौटा देना और आगे से कभी ऐसी ग़लती मत करना, नहीं तो लेने के देने पड़ जाएंगे।

बंगालिन के घर जाने से पहले मैं नीम के पेड़ की तरफ़ नहीं गयी थी। ललिता का सामना कल करूंगी।

जब मैं साब के दरवाज़े पर ताला लगा रही थी तो ऊपर के फ्लैट वाली सीढ़ियां उतर रही थी। वह मुझे जानती है। एक बार उसने काम करने के लिए कहा था लेकिन सब कहती हैं वह बहुत बदज़बान है, उस मोटी से भी ज़्यादा, और शक्की भी, इसलिए मैंने मना कर दिया था। मुझे ताला लगाते देख वह बोली, ताला क्यों खोल रही है ? मैंने कहा, खोल नहीं रही, बन्द कर रही हूँ, मतलब लगा रही हूँ। बोली, साब कहां है ? मन हुआ कह दूं, अन्दर, लेकिन मैंने कहा, दफ़्तर चले गये। वह और चकरायी। बोली, और चाबी तुझे दे गये ? मैंने कहा, एक चाबी उनके पास है, एक मेरे पास। अब उसका चेहरा देखने लायक़ था। कुछ देर खड़ी घूरती रही, फिर धम धम सीढ़ियां उतर गयी। मुझे ताला लगाने में काफ़ी मुश्किल हुई। शायद साब का ताला विलायती है।

मैंने मां को यह बात नहीं बतायी, नहीं तो वह और घबराती। कहती, अब वह पता नहीं किस-किस को क्या-क्या कहती फिरेगी।

बाक़ी बातें कल।

बातें अभी बहुत हैं लिखने के लिए।

बातें ज़्यादा होती जा रही हैं, वक्त कम।

मां कहती रहती है, क्या लिखती रहती हो, क्या करोगी इन कापियों का ?

पहले कल की बातें। नहीं तो भूल जाऊंगी। भूलूंगी तो नहीं, लिखना मुश्किल होगा। भूल भी सकती हूँ। अगर बातें बहुत हों तो कुछ तो भुलानी ही पड़ती हैं।

बंगालिन के घर में भीड़ नहीं थी। उसकी बहन थी और दो औरतें और।

बोतल वाली बुढ़िया नहीं थी। दोनों बहनों में बंगाली में बहस हो रही थी। बानो की बंगाली अब मैं समझ लेती हूँ, बंगालिन की भी कुछ कुछ, बंगालिन की बहन की बिलकुल नहीं। उसकी हिन्दी वैसे बंगालिन से भी अच्छी है। आपस में वह बंगाली ही बोलती हैं। मेरे सामने ख़ास तौर पर। दूसरी दोनों औरतें उनकी बहस में हिस्सा तो नहीं ले रही थीं लेकिन सुन बड़े ध्यान से रही थीं। बंगाली घर में नहीं था। झरना का नाम बार-बार बोला जा रहा था। मैं समझ गयी, बात झरना की ही हो रही थी। उन्हें बहस में उलझा हुआ देख मैंने धीरे से देवी से कहा, वह मेरे साथ ऊपर चल कर पहले ऊपर की सफ़ाई करवा ले।

झरना का कमरा साफ़ करते-करते मैं उस पंखे को बीच-बीच में घूरती रही। अचानक देवी बोली, मां यहां नया पंखा लगवाना चाहती है। सुन कर मुझे अच्छा लगा। मैं मन ही मन सोच रही थी कि यह पंखा इन्हें तंग किया करेगा। अब झरना की बात करना मेरे लिए आसान हो गया। मैंने कहा, अख़बार में कुछ निकला था, तुमने देखा। देवी बोली, हां। मैंने कहा, मैंने हिंदी की अख़बार में देखा था, उस आदमी मतलब शौकत की तस्वीर भी। देवी ने कहा, अंग्रेज़ी के अख़बार में भी थी।

हम बहुत धीमी आवाज में बोल रहीं थीं। फिर भी मुझे ख़तरा था नीचे से मासी की आवाज़ आ जाएगी। मैंने अपनी आवाज़ और धीमी कर ली, देवी ने दरवाज़ा धीरे से बन्द कर दिया।

मैं : दीदी ने तुम्हें बताया था ?

देवी : क्या ?

मैं : कुछ भी।

देवी : हां।

मैं : तुमने शौंकत को कभी देखा था ?

देवी : नहीं।

मैं : तुम भी उसके ख़िलाफ़ थीं ?

देवी : नहीं, लेकिन मेरी कौन सुनता है।

मैं : तुम्हें शक था ? मतलब डर था ? मतलब तुमने कभी सोचा था कि दीदी आत्महत्या...

देवी : हां। दीदी ने साफ़ साफ़ सबसे कह दिया था, मैं अपनी जान ले लूंगी, फिर न कहना मैंने बताया नहीं। मां कहती, लेनी है तो ले लो, मुसलमान का बच्चा इस धर में नहीं पलेगा।

मैं : दीदी ने पेट की सफ़ाई क्यों करवाई ?

देवी : मतलब ?

मैं : बच्चा क्यों गिरवाया ?

देवी : मां के डर से और क्यों ?

मैं : शौकत नहीं चाहता था।

देवी : क्या ?

मैं : कि झरना बच्चा गिरवाए।

देवी : यह मैं नहीं जानती।

मैं : उस को दीदी की मौत के बारे में बताया किसने ?

देवी : यह भी मैं नहीं जानती।

मैं : उसने टी-वी या रेडियो पर सुन लिया होगा।

देवी : हो सकता है।

मैं : अब क्या होगा !

देवी : अब क्या होगा ! जो होना था सो हो गया। अब और क्या होगा। और देवी रो पड़ी। मैंने फिर झाड़ू लगाना शुरू कर दिया। नीचे से मासी की आवाज़ आयी तो देवी ने दरवाज़ा खोल दिया, आंखें पौंछी और फुसफुसाया, यह मौसी पता नहीं कब अपने घर जाएगी। देवी नीचे चली गयी। मैं पोचा मारते-मारते पंखे को घूरती रही। मैं दूसरे कमरे में झाड़ू लगा रही थी कि देवी फिर ऊपर आ गयी। उसे बंगालिन ने फिर ऊपर भेज दिया होगा। अपने सामने सफ़ाई करवाने।

मैं : याद है जब उस दिन सब लोग श्मशान चले गये थे तो एक आदमी का फ़ोन आया था ?

देवी : हां, वही ना जिसने अपना नाम नहीं बताया था ?

मैं : हां वही। मेरा ख़याल है वह आदमी शौकत ही था।

देवी : शौकत ?

मैं : हां, शौकत। तुम्हारा क्या ख़याल है ?

देवी : हो सकता है। उसने मुझ से श्मशान का पता पूछा था।

मैं : वह वहां जा पहुंचा होगा।

देवी : हो सकता है।

मैं : और दूसरे दिन उसने भी वही किया जो दीदी ने।

देवी : दूसरे दिन नहीं, उसी रात।

मैं : हां, दूसरे दिन तो ख़बर अख़बारों में छप गयी थी।

देवी : आज पांचवां दिन हो गया।

मैं : तुम्हें अजीब-अजीब लगता होगा, दीदी के बग़ैर।

देवी : अगर किसी ने मेरी सुनी होती तो...

मैं : दीदी तो तेरी सुनती होगी ?

देवी : वह भी मुझे बच्ची ही समझती थी।

मैं : तुम उस कमरे में अकेली सोओगी कैसे ?

देवी की आंखें फिर भीग गयीं।

देवी : मैं उसके कपड़े कैसे पहनूंगी ? नहीं पहूनंगी। मां से कहूंगी उठा के दे दो किसी को। मां मानेगी नहीं।

मैं सोच रही थी कि अगर बंगालिन ने उसके कुछ कपड़े मुझे दिये तो मैं न कैसे करूंगी, अगर लेने पड़े तो मैं उनका करूंगी क्या। लेकिन जो लोग मर जाते हैं उनके सारे कपड़े फेंक थोड़े दिये जाते हैं। अगर मैं आज मर जाऊं तो मां मेरे कपड़ों का क्या करेगी ? मां कहती है सनीचरवार के मेले में जो पुराने धुले हुए कपड़े बिकते हैं वह मरे हुए लोगों के ही होते हैं। इसीलिए सस्ते होते हैं।

कल कोई और बात नहीं हुई।

आज मिसिज़ वर्मा ने बहुत बातें कीं। मुझे उसकी बातें अच्छी लगती हैं। उनमें लागलपेट नहीं होता। इधर उधर की बातों के बाद झरना और शौकत की बात शुरू हो गयी। मिसिज़ वर्मा बंगालिन के घर उस दिन पहली बार गयी थी। अफ़सोस करने। मैंने देखा है यहां सभी लोग अपने में ही मस्त रहते हैं। पड़ोसी भी एक दूसरे के घर आते जाते नहीं। होली के दिन भी ज़्यादा मेलजोल नहीं होता। कुछ बूढ़े मिल कर सैर ज़रूर कर लेते हैं। लेकिन अक्सर तो अकेले ही इधर-उधर या पारक में घूमते रहते हैं। सवेरे जब मैं अख़बार वाले साब के फ़्लैट की तरफ़ जा रही होती हूँ तो तीन बूढ़े सैर से लौट रहे होते हैं। तीनों के हाथों में दूध और सब्ज़ी के थैले लटक रहे होते हैं। तीनों एक साथ ऊंची आवाज़ में बोल रहे होते हैं। तीनो मुझे देखते ही और ऊंचा बोलने लगते हैं। जब मैं उनके पास से गुज़र रही होती हूँ तो मुझे डर-सा लगा रहता है कि तीनों मुझे रोक कर अख़बार वाले साब के बारे में पूछना शुरू कर देंगे। हर रोज़ सोचती हूँ मुझे अपना रास्ता बदल लेना चाहिए। मां ने अख़बार वाले साब के ख़िलाफ़ बोलना बन्द कर दिया है। कहती है, अगर उसमें कोई ख़राबी होती तो तुझे पता चल गया होता, तूने उसका काम छोड़ दिया होता। मैं मिसिज़ वर्मा और अख़बार वाले साब का काम कभी नहीं छोडूंगी। मैं तो चाहती हूँ मेरा सारा दिन उन दोनों के घर ही बीत जाया करे।

मिसिज़ वर्मा ने शौकत की बात ऐसे शुरू कर दी जैसे वह समझती हो मैं सब जानती हूँ।

मिसिज़ वर्मा : उस बेचारे की तस्वीर देख कर मुझे बहुत दुख हुआ।

मैं : मुझे भी।

मिसिज़ वर्मा : तूने कहां देखी ?

मैं : अख़बार वाले साब के घर। हिन्दी के अख़बार में।

मिसिज़ वर्मा : अख़बार वाले साब का नाम तू जानती नहीं ?

मैं : जानती हूँ। दरवाज़े पर तख़्ती टंगी हुई है।

मिसिज़ वर्मा : मेरा नाम तूने क्या रखा हुआ है ?

मैं : मिसिज वर्मा।

मिसिज़ वर्मा : जूड़े वाली बीवी नहीं ?

मैं झेंप कर मुस्कराने लगी।

मिसिज़ वर्मा : शौकत नाम कितना अच्छा है। तुझे पता है यह नाम किसी हिन्दू का भी हो सकता है।

मैं : अच्छा ? मैं न जानती थी।

मिसिज़ वर्मा : और झरना नाम किसी मुसलमान का भी हो सकता है।

मैं : मैं न जानती थी।

मिसिज़ वर्मा : झरना कैसी लड़की थी ?

मैं : बहुत अच्छी। बहुत ही अच्छी।

मिसिज़ वर्मा : बेचारी !

मैं : मैं उसे दीदी कह कर बुलाती थी।

मिसिज़ वर्मा : सारा क़सूर मां बाप का।

मैं : मां का ज़्यादा, बाप का कम।

मिसिज़ वर्मा : अब तो मां बेचारी भी पछता रही होगी।

मैं : सब से ज़्यादा दुखी झरना की बहन देवी।

मिसिज़ वर्मा : वह बेचारी अकेली रह गयी।

मैं : कहती है झरना के कपड़े वह कैसे पहनेगी।

मिसिज़ वर्मा : बेचारी।

मैं : कहती है जब तक वह पंखा नहीं उतारा जाता, वह उस कमरे में नहीं सोएगी।

मिसिज़ वर्मा : अच्छा, अब पहले तू कुछ खा पी ले, बरतन बाद में साफ़ करना।

मैं : मुझे भूख नहीं।

मिसिज़ वर्मा : तुझे कभी भूख होती भी है। उठ और कुछ ले ले खाने को।

मैं उठ तो पड़ी, मैंने कुछ खाया नहीं। मुझे सचमुच भूख नहीं थी। दोपहर को अख़बार वाले साब के घर मैंन बहुत खा लिया था। आज वह दफ़्तर नहीं गया। उसका दफ़्तर भी कमाल का है। कभी किसी वक्त, कभी किसी वक्त, कभी छुट्टी। मुझे ऐनक वाली मेम याद आती रहती है। और उसका जंगली जानवर।

बंगालिन के घर आजकल बंगाली कैसट बजते रहते हैं। गाने इतने उदास कि सुनते-सुनते गला भर आता है। जैसे कोई गा भी रहा हो, रो भी। समझ नहीं आते लेकिन सीधे दिल तक जाते हैं। जब मैं वहां पहुंचती हूँ तो देवी स्कूल चली गयी होती है, बंगाली काम पर। बंगालिन बेचारी एक पुराना गाउन पहने अकेली बैठी उदास गाने सुन रही होती है। मुझे उस पर तरस आता रहता है। मैं पूछती रहती हूँ, चाय बना दूं, कॉफ़ी बना दूं, फल काट दूं। वह सिर हिलाती रहती है, बोलती नहीं। मेरे साथ ऊपर सफ़ाई करवाने भी नहीं जाती। झरना के कमरे में नया पंखा अभी नहीं लगा। पुराने का क्या करेंगे ? नीचे गराज में रखवा दिया गया जाएगा। मझे देंगे तो मैं न लूंगी। कह दूंगी, हमारे घर एक पंखा है, दूसरे की जगह ही नहीं। अब यहां काम जैसे आधा रह गया हो। मैं जल्दी नहीं मचाती तब भी ज़्यादा देर नहीं लगती। पहले बंगालिन रोज़ कहा करती थी, इतनी जल्दी कैसे हो गया सारा काम, तुझे आज कहीं जाने की जल्दी होगी, सफ़ाई ठीक नहीं की होगी। अब इनके बरतन भी कम होते हैं। अभी इन लोगों का खाना पीना ठीक नहीं हुआ। बंगालिन की चुप्पी से डर लगता है। उसने कभी मेरे साथ झरना की काई बात नहीं की। मैंने भी नहीं। वह सोचती रहती होगी, पता नहीं वह क्या क्या जानती हो। उसे पता नहीं होगा मैं सब जानती हूँ। मेरा जी करता रहता है मैं उसे इधर-उधर की बातों में लगा कर उसका मन इधर उधर कर दिया करूं ताकि उसका बोझ हलका हो। कुछ सूझता नहीं। जितनी देर मैं वहां रहती हूँ कोई फ़ोन नहीं आता। सारा दिन उदास गाने सुनते-सुनते बंगालिन का बुरा हाल हो जाता होगा। अब ज़रूर पछताती होगी। इसे मिसिज़ वर्मा से बात करनी चाहिए।

ललिता ने शौकत के बारे में सब कुछ मालूम कर लिया है। उसका नाम ऐसे लेती है जैसे वह उसका सगा सम्बन्धी हो। कहती है, शौकत के घर वाले तो मान गये थे, शौकत ने उन्हें मनवा लिया था, बेटे की बात मां बाप मान लेते हैं, बेटी की नहीं मानते। कहती है, शौकत पेट गिरवाने के हक़ में नहीं था, वह इस बात पर झरना से नाराज़ भी हो गया था, लेकिन फिर उसने झरना को माफ़ कर दिया था, कह दिया था, जो हो गया सो हो गया, अब आगे की सोचो, लेकिन झरना ने अपनी जान ही ले ली। ललिता कहती है, पेट गिरवा लेने के बाद औरतें कई बार पागल हो जाती हैं, थोड़ी देर के लिए, उन्हें लगता है उनसे इतना बड़ा पाप हो गया, अब उन्हें उसका शाप भुगतना पड़ेगा। वह कहती है अगर झरना ने शौकत से सारी बात की होती तो बच गयी होती। शौकत ने उसे समझा बुझा कर संभाल लिया होता, वह कभी उसे ख़ुदकुशी न करने न देता, मुसलमानों में खुदकशी बहुत कम होती है। ललिता मुसलमानों के बारे में ऐसे बोलती है जैसे ख़ुद मुसलमान हो।

मेरी हिम्मत नहीं होती ललिता से पूछूं, उसने यह सब कैसे मालूम कर लिया और कहां-कहां से। उसने मेरा मुंह हमेशा के लिए बंद कर दिया है, साबित कर

दिखाया है कि वह झूठी अफ़वाहें नहीं फैलाती। फिर भी मैं हैरान होती रहती हूँ। वह कैसे इतनी अच्छी जासूसी कर लेती है, कैसे इतनी सियानी बातें कर लेती है। मुझे उससे एक ही शिकायत है। उसे झरना के चले जाने का कोई ख़ास दुख नहीं हुआ। न ही उसे झरना के घर वालों से कोई ख़ास हमदर्दी है। हालांकि वह कई महीने उनके घर काम कर चुकी है। मुझसे पहले। तब वह झरना की तारीफ भी किया करती थी। कहती थी, झरना मेरा बड़ा ख़याल रखती है, मुझे कुछ न कुछ देती ही रहती है, मां से छिपा कर। तब मुझे हैरानी हुआ करती थी, वह मां से छिपा कर कैसे कुछ देती होगी। मुझे यह भी अजीब लगता था कि लेते वक्त ललिता की अकड़ कहां चली जाती है। अब मैं जान गयी हूँ कि सब नौकरानियां ले कर ख़ुश होती हैं। उन्हें कुछ न कुछ मिलता न रहे तो वह घर बदल लेती हैं। कहती हैं, तनख़्वाह से क्या बनता है, ऊपर से कुछ न कुछ मिलता ही रहना चाहिए, और फिर तनख़्वाह हमें कौन-सी हज़ारों में मिल रही है। मेरे सिवा सब न सिरफ़ लेती हैं बल्कि मांग कर लेती हैं, मांगती ही रहती हैं कुछ न कुछ। मैं न सिर्फ़ मांगती नहीं बल्कि जब कोई अपने आप कुछ देता है तो इनकार कर देती हूँ। अगर कोई खाने को देता है तो कह देती हूँ मुझे भूख नहीं, मैं खा कर आयी हूँ। अगर कोई कुछ पहनने को दे तो भी कोई बहाना बना कर मना कर देती हूँ। कह देती हूँ, अभी तो मेरे पास बहुत कपड़े हैं, यह किसी और के काम आ जाएगा, जब मुझे ज़रूरत होगी मैं ख़ुद मांग लूगी। सब समझ जाती हैं मैं बहाना बना रही हूँ। किसी को मेरी अकड़ अच्छी नहीं लगती होगी। पहले मां को भी नहीं लगती थी। अब उसने मान लि़या है मैं ख़ैरात नहीं लेना चाहती। मां खुद भी अब मांगती तो नहीं लेकिन कोई कुछ ढंग सिर का दे तो न भी नहीं करती। बचा-खुचा खाना वह अब नहीं लेती।

मिसिज़ वर्मा या अख़बार वाले साब के घर में जो मैं खाती हूँ वह बचा-खुचा नहीं होता। जब डाक्टरनी के घर काम किया करती थी तो वह भी मुझे बचा-खुचा नहीं देती थी। सब नौकरानियां जानती हैं मैं बचा-खुचा नहीं खाती, न ही घिसा फटा पहनती हूँ। सब इस अकड़ के लिए मेरी तारीफ़ भी करती हैं, बुराई भी। मुझे उनकी तारीफ़ भी अच्छी लगती है, बुराई भी। ललिता कहती है, शानो, तेरी अकड़ मेरी समझ में नहीं आती, अब अगर लोगों के घरों में झाड़ू देना है, उनके जूठे बरतन मलने-मांझने हैं, उनके गन्दे कपड़े धोने हैं, उनके गुसलख़ाने साफ़ करने हैं तो उनका दिया बचाखुचा खाने और घिसा फटा पहने लेने से इनकार क्यों ?

वह मुझसे कई बार बहस कर चुकी है। मैं हर बार उसे टाल देती हूँ, कभी यह कहकर कि अपना-अपना ख़याल है और कभी यह कह कर कि मैं क्या करूं, मेरा दिल नहीं मानता। ललिता कहती है बात दिल की ही नहीं, बात अपने हक़ की भी है। वह कहती है, इन लोगों के हाथों से जो निकले हम लोगों को निकाल लेना चाहिए। हां, जूठन वग़ैरह नहीं लेनी चाहिए, साफ़ कह देना चाहिए, हम जानवर

नहीं। फटा पुराना कपड़ा भी नहीं लेना चाहिए लेकिन घिसे हुए की बात और है। वह कहती है, शानो, तू अभी अकेली है, जब तेरा ब्याह हो जाएगा, बाल-बच्चे हो जाएंगे, तो तेरी अकड़ भी टूट जाएगी। वैसे अकड़ ललिता में क्या कम है ? वह कहती है, बात अकड़ की ही नहीं, और अकड़ का यह मतलब तो नहीं कि नुक़सान उठाते रहो।

बानो को भी बचा-खुचा खाना पसंद तो नहीं लेकिन बेचारी खाती है, बचत के लिए। उसका चोर नहीं पकड़ा गया। ललिता की धमकियां बेकार गयीं। अब वह इस बारे में बात ही नहीं करती। कोई करे तो कहती है, वह बात पुरानी हो गयी। ललिता को हमेशा नये शोशों की तलाश रहती है। अब झरना का क़िस्सा भी उसके लिए पुराना हो गया है। आजकल अपनी एक नयी मालकिन के क़िस्से सुनाने में ही उसे मज़ा आता है। उसका नाम उसने रखा हुआ है नख़रा। नीम के पेड़ तले आजकल उस नख़रे की ही बातें होती हैं।

मुझे कल ललिता के क़िस्सों में मज़ा नहीं आया। मैंने उन्हें ध्यान से सुना ही नहीं। मैं वहां जा तो बैठी थी लेकिन मेरा मन वहां नहीं था। वह पारो के घर भटक रहा था। जीजा ने उसकी जान आजकल सूली पर चढ़ा रखी है। न ख़ुद कुछ कमाता है न उसे कहीं काम करने देता है और पीने के लिए पैसे बराबर उससे मांगता रहता है। कहता है, अपनी मां बहन से ला के दे। पी कर उसे मां बहन की गालियां बकता है। कहता है, वह दोनों बहुत कमा रही हैं, मैं सब जानता हूँ कैसे, ख़ास तौर पर तेरी वह मुंह ज़ोर बहन, उसने एक बूढ़ा फंसा रखा है। पारो कहती है उसकी सास भी जीजा के साथ मिल जाती है, कहती है, हमें पता होता तो हम तुझे ब्याह कर ही न लाते। पारो परसों घर आयी थी। बहुत रोयी थी। मुझे उस पर बहुत तरस आया था। मैंने मां से कहा था, पारो को अब यहीं रहना चाहिए, क्या फ़ायदा वहां रहने का ? पारो भी यही कहने लगी तो मां हम दोनों से नाराज़ हो गयी। बोली, तुम दोनों बेवकूफ़ हो। मां चाहती है पारो अपने घर में रहे, अपने घरवाले के पास रहे, उससे लड़ती-भिड़ती रहे लेकिन रहे वहीं। मां कहती है अगर वह यहां आ गयी तो उसका घर तबाह हो जाएगा, हमारी इज़्ज़त ख़राब हो जाएगी, और फ़ायदा किसी को नहीं होगा। वह कहती है पारो की सास और जीजा पारो पर कोई तोहमत लगा देंगे, जीजा तो दूसरी ले आएगा, पारो का क्या होगा, लोग कहेंगे कोई न कोई खराबी

ज़रूर होगी इसमें, इसीलिए इसके घर वाला इसे छोड़ दूसरी ले आया। पारो आख़िर वापस चली तो गयी लेकिन जाना नहीं चाहती थी। जाते-जाते मुझसे कह गयी थी, शानो, मैं अब वहां टिकूंगी नहीं, अगर मां ने यहां न रहने दिया तो मैं कहीं और भाग जाऊंगी या कुछ कर-करा लूंगी, मां से साफ़-साफ़ कह देना मेरी तरफ़ से।

उसके चले जाने के बाद मैंने मां के साथ बहसना शुरू कर दिया था। मां अपनी मिसाल देती है। कहती है, मुझे कम तंग नहीं किया था तेरे बापू ने, मेरी जान भी चढ़ी रहती थी सूली पर, हर वक़्त, लेकिन मैंने तो नहीं छोड़ा था तेरे बापू को, मैं भी तो छोड़ सकती थी, मैंने अपना धरम निभाया, पारो को भी निभाना चाहिए।

मैंने मां को कई दलीलें दी थी। कहा था, मां, ज़माना बदल गया है। मां का जवाब था, अमीरों के लिए बदल गया होगा, हम जैसों के लिए नहीं बदला। मैंने कहा था, मां, तू पारो को दुखी देखना चाहती है या सुखी। मां का जवाब था, कौन मां अपनी बेटी को सुखी नहीं देखना चाहती लेकिन उसे अपना घर छोड़ कर सुख मिल जाएगा, यह तुम कैसे कह सकती हो ? मैंने कहा था, वह घर नहीं नरक है। मां बोली थी, तो यह कौन सा स्वरग है। मैंने कहा था, मां, तुम ने बापू को नहीं छोड़ा, इसका यह मतलब नहीं कि पारो जीजा को न छोड़े। मां चुप रही तो मैंने कहा, तुम ख़ुद ही कहती हो बापू बुरा आदमी नहीं था, उसकी आदतें बुरी थीं। लेकिन मां, जीजा तो खुद भी बुरा है, उसकी आदतें भी बुरी हैं। मां फिर भी चुप रही तो मेरी हिम्मत और बढ़ गयी। मैंने कहा, और फिर तुम्हें हमारा ख़याल भी तो था, हमारा बंधन भी तो था, पारो का तो कोई बच्चा भी नहीं, और पारो कहती है होगा भी नहीं, हो ही नहीं सकता, क्योंकि जीजा...। मां ने मुझे रोक दिया था, बस बस, मैं सब जानती हूँ, तू चुप ही रह। मुझे पता था कि पारो ने मां को जीजा के बारे में सब कुछ बता रखा है, जितना मुझे बताया है, उस से ज़्यादा। कुछ देर चुप रहने के बाद मैंने कहा था, मां, अगर पारो को तुमने यहां न आने दिया तो वह कहीं और भाग जाएगी या कुछ कर-करा लेगी, और फिर हम दोनों उन बंगालियों की तरह सारी उमर पछताते रहेंगे।

यह सुनते ही मां ने मुझे गले लगा कर रोना शुरू कर दिया था। मां बाहर से जितनी सख़्त है, अन्दर से उतनी ही नरम। बंगालियों की बात सुनते ही मोम हो गयी।

कल तो मुझे मिसिज़ वर्मा के घर ही बहुत देर हो गयी थी लेकिन आज मैं वहां से सीधी पारो के घर चली गयी थी। जीजा अभी आवारागर्दी से नहीं लौटा था। सास भी वहां नहीं थी। पारो मुझे देखते ही उछल पड़ी थी। उसकी आंखें सूजी हुई थीं। जीजा ने उसे फिर पीटा था। अपनी मां के सामने। मैं वहां रुकी नहीं थी। जल्दी-जल्दी पारो से यह कह कर लौट आयी थी कि वह मौक़ा मिलते ही अपने

कपड़े वग़ैरह ले कर घर लौट आए, मां अब उसे कुछ नहीं कहेगी।

आज शाम जब मैं काम से लौटी तो पारो मां के लिए रोटी सेंक रही थी।

पारो ने आज से मोटी मेम के घर काम करना शुरू कर दिया है।

जीजा पारो को वापस ले जाने के लिए कल रात आया था। बहुत शोर मचाता रहा। बहुत लोग इकट्ठे हो गये। उसने पारो पर हाथ उठाना चाहा तो पारो ने सबके सामने उसका हाथ मरोड़ दिया। जीजा का चेहरा उस वक़्त देखने लायक़ था, उसकी बिलबिलाहट सुनने लायक़। सब हैरान थे, मैं ख़ुश। सुरेन्दर बिजली वाला भी वहां मौजूद था। उसे मौक़ा मिल गया था। मेरे साथ सटा खड़ा फुसफुसा रहा था, अगर तू कहे तो मैं इस हरामी को अभी सीधा कर दूं। मैंने कुछ नहीं कहा था। कोई बहाना बना कर उससे दूर जा खड़ी हुई थी। मां ने जीजा को पुलिस की धमकी भी दी थी। कुछ और लोगों ने भी उसे लताड़ा था। आख़िर वह बड़बड़ाता-बकबकाता वापस चला गया था। पारो के चेहरे पर जीत का उजाला था। कोठरी में लौटते ही उसने दांत पीस कर कहा था, मैं अब उस पापी के पास कभी नहीं जाऊंगी, कभी नहीं !

पारो को मोटी के घर छोड़ मैं मिसिज़ वर्मा के घर ज़ा रही थी कि रास्ते में ललिता मिल गयी। पकड़ ले गयी नीम के पेड़ तले। हमारी टोली की और कोई उस वक़्त वहाँ नहीं थी। बैठते ही ललिता बोली, पारो का घर वाला बहुत बुरा आदमी है, वह उसे छोड़ आयी, बहुत अच्छा किया उसने। मैंने ललिता से नहीं पूछा कि उसे किसने बताया। मैंने मान लिया है कि कोई बात ललिता से छिपी नहीं रह सकती। ललिता ने कहा, मोटी के घर उसे काम मिल ही गया है, दो-तीन घर उसे मैं दिलवा दूंगी, चिंता की कोई बात नहीं।

ललिता ने किसी घर से छुट्टी मारी हुई थी। वह शायद बातों से भरी पड़ी थी। उस 'नख़रे' के नये क़िस्से सुनाना चाहती होगी लेकिन मुझे देर हो रही थी। मैंने मिसिज़ वर्मा से अंग्रेज़ी पढ़ना शुरू कर दिया है। किसी को अभी बताया नहीं। लेकिन ललिता को तो पता चल ही जाएगा। मिसिज़ वर्मा कहती हैं, तेरा दिमाग़ सचमुच बहुत तेज़ है, दो तीन दिनों में ही तूने ए-बी-सी याद कर ली, अगर तूने बीच में छोड़ शादी न कर ली तो मैं तुझे ज़रूर कोई न कोई ट्रेनिंग भी दिलवा दूंगी।

जब से मैंने अंग्रेज़ी सीखना शुरू किया है, मेरे मुंह से सुनी सुनायी अंग्रेज़ी

निकलनी शुरू हो गयी है। अपने आप। मैं उसे रोकती रहती हूँ। ललिता के डर से। लेकिन ललिता खुद अपनी बातों में अंग्रेज़ी के लफ़्ज़ टांकती रहती है। सुने-सुनाए लफ़्ज़। कुछ लफ़्ज़ तो मां को भी आते हैं। कुछ तो आजकल सबको आते हैं। मिसिज़ वर्मा कहती हैं, अंग्रेज़ी के बग़ैर गुज़ारा नहीं। मैं अब सोयी-सोयी भी अंग्रेज़ी रटती रहती हूँ। मिसिज़ वर्मा ने मुझे कापी और क़ायदा ख़रीद दिया है। मैं उसे काली पालिथीन के थैले में छिपा कर रखती हूँ। किसी दिन ललिता थैला टटोल कर कहेगी, यह क्या डाल रखा है इसमें। मेरा ख़याल है उसे पता चल गया है। वह बस मौक़े की तलाश में है। किसी दिन सारी टोली के सामने ले बैठेगी इस बात को। फिर सब मुझको छेड़ेंगी। कहेंगी, शानो मेम बनने जा रही है।

ठिगनी मदरासिन कभी-कभी चोली और छोटा घाघरा पहन लेती है। किसी ने उसे दे दिया होगा। बेचारी की टांगों पर बाल बहुत हैं। ललिता छेड़ती है, काली मेम ही बनना है तो यह बाल साफ़ करने होंगे। मैं तो कभी न पहनूँ इस्करट। मेरी टांगों पर बाल नहीं, रोएं तो हैं, दिखायी नहीं देते, हाथ फेरूं तो महसूस ज़रूर होते हैं। ठिगनी मदरासिन की बग़लों के बाल देख मुझे वह ऐनक वाली मेम याद आ जाती है। मैं अपनी बग़लों के या कोई और बाल बढ़ने नहीं देती। सिर के बालों की बात और।

बारिशें शुरू होने वाली हैं। गर्मी तो कम हो जाएगी लेकिन और मुसीबतें शुरू हो जाएंगीं। कोठरी चूना-टपकना शुरू कर देगी। गली में घुटनों तक पानी ठहर जाएगा। मच्छरों की घूं घूं शुरू हो जाएगी, कपड़ों से बदबू आने लगेगी। खांसी-बुख़ार वग़ैरह शुरू हो जाएंगे। ऊपर से बिजली पानी की तंगी। जब हम झुग्गी में रहते थे तो और बुरा हाल होता था। झुग्गी के मुक़ाबले में यह कोठरी एक कोठी। ज़्यादातर नौकरानियां तो झुग्गियों में ही रहती हैं। एक एक झुग्गी में सात-सात लोग। मरद औरतें बच्चे सब एक साथ। हम भी तो रहते ही थे। अब याद नहीं आता कैसे। किसी दिन बानो की झुग्गी में जाऊंगी। ललिता पता नहीं कहां रहती है। इसी गांव के किसी कोने में जमादारों का कोई मुहल्ला होगा। यह गांव अब न गांव रह गया है न शहर बन पाया है। मुझे डर लगा रहता है हमारी कोठरी में किसी दिन कोई दुकान खुल जाएगी और हम फिर किसी झुग्गी में जा पड़ेंगे।

आज मिसिज़ वर्मा ने वन-टू-थिरी सिखाना शुरू कर दिया। वह कहती हैं बीस तक आता हो तो आगे आसानी से आ जाता है। टेन-टंवन्टी-थरटी-फ़ारटी-फ़िफटी, सिक्स्टी-सेवन्टी-एटी-नाइनटी। मुझे तो आ भी गया। बोलना आ गया, लिखना बाद में आ जाएगा। कल मिसिज़ वर्मा को सुनाऊंगी तो वह ख़ुश हो जाएगी। कहेगी तेरा दिमाग़ तेज़ है। उसकी फूंक से मैं फूलती रहती हूँ। वह कहती है, टी-वी को ध्यान से सुना कर, आधी अंग्रेज़ी तो तुझे सुन-सुन कर ही आ जाएगी।

टी-वी पर तो अब बहुत से लोग हिन्दी में भी अंग्रेजी ही बोलते रहते हैं।

ब्रेक के बाद। ब्रेक में जो कमरशल आते हैं उन में अंग्रेज़ी बहुत होती है। अब मैं उन्हें ध्यान से सुनती हूँ।

पारो को दो घर और मिल गये हैं। ललिता ने ही दिलवाए। उन दोनों में से एक में वह खाना भी बनाती है। कहती है, तीन काफ़ी हैं, चौथा नहीं लूंगी।

मैंने पारो और मां के सिवाय किसी को बताया नहीं कि मिसिज़ वर्मा मुझे आठ सौ रुपये देती हैं, अख़बार वाला साब एक हज़ार, बंगालिन सिरफ़ चार सौ देती है लेकिन वहाँ मैं सिर्फ़ झाड़ू-बरतन ही तो करती हूँ। मां ख़ुश है। पारो कहती है, तेरी क़िस्मत अच्छी है। बाइस सौ रुपये महीना और खाना-पीना अलग। सवेरे अख़बार वाले साब के घर खाती हूँ, शाम को मिसिज़ वर्मा के घर। बिलकुल वही खाती हूँ जो वह दोनों खाते हैं। कोई रोक टोक नहीं। कोई फ़रक़ नहीं। कोई हड़बड़ी नहीं। अपने हाथ से डाल कर खाती हूं। आराम से बेठ कर। स्टूल पर। उन्हीं बरतनों में खाती हूँ जिनमें वह लोग। मिसिज़ वर्मा को सफ़ाई का वहम हुआ करता था, अब वह भी नहीं रहा। अन्दर से ही कोई ख़याल आया होगा कि वहम का कोई फ़ायदा नहीं। वैसे मैं ख़ुद सफ़ाई का ख़ास ख़याल रखती हूँ। किसी को कुछ कहने की ज़रूरत नहीं पड़ती। दोनों घर चमकते रहते हैं। मेरे कपड़े भी। मिसिज़ वर्मा कहती हैं, शानो, तेरा टेस्ट अच्छा है। टेस्ट मतलब रंग वग़ैरह का चुनाव ही होगा। अख़बार वाला साब कहता तो कुछ नहीं, सोचता तो वह भी होगा। क्या पता किसी दिन कह ही दे, देख शानो, तेरा टेस्ट बहुत अच्छा है। अगर कहेगा तो मैं पूछ लूंगी, साब टेस्ट का मतलब ?

अख़बार मैं साब के घर ही पढ़ती हूँ। मिसिज़ वर्मा हिन्दी का अख़बार नहीं लेती। कहती है, उसमें कुछ होता ही नहीं। मेरे लिए तो उसमें बहुत कुछ होता है। और तो और नौकर-नौकरानियों के क़िस्से बहुत होते हैं। उन्हें पढ़कर मुझे डर लगता रहता है। तरह तरह के ख़याल आते रहते हैं। यकीन नहीं आता कोई नौकर नक़दी वग़ैरह के लिए किसी बूढ़े-बूढ़ी को मार भी सकता है, छुरा मार कर या गला घोंट कर या ज़हर दे कर। ललिता कहती है, बद से बदनाम बुरा। वह कहती है, बग़ैर किसी सबूत के नौकरानियों की धर-पकड़ शुरू कर देते हैं पुलिस वाले। वह पुलिस वालों को सौ-सौ गालियां देती है। कहती है, यह हरामी सारी चोरियां-चकारियां खुद करवाते हैं और फंसा देते हैं नौकरानियों को। वह कहती है, कुछ मालकिनें इतनी

बुरी होती है, नौकरानियों से उनका सलूक इतना बुरा होता है, कि अगर गुस्से में आ कर बदले की भावना से नौकरानी कुछ कर-करवा दे तो इसमें अचंभे की क्या बात। वैसे यह बात तो मेरे मन में भी आती है कि अगर मुझे हर रोज़ किसी मालकिन की फटकार सुननी पड़े या किसी बूढ़े बदमाश की हिरस का शिकार होना पड़े तो मैं तैश में आ कर कुछ भी कर सकती हूँ। फिर भी अख़बारों के क़िस्सों से बहुत डर लगता है। कभी-कभी तो इतना कि मन करता है कोई और काम कर लूँ। लेकिन क्या ? कुछ और पढ़ी-लिखी होती तो बात दूसरी थी। तब भी मुश्किल होता। और भी मुश्किलें होतीं। बसों में धक्के खाने पड़ते। धक्के ही नहीं और भी बहुत कुछ। बसों में बहुत बेशर्मी।

आज ही अख़बार में पढ़ा कि एक नौकरानी ने अपने किसी यार से मिल कर अपनी बूढ़ी मालकिन को मरवा दिया और अब वह दोनों लापता हैं। मुझे यक़ीन नहीं आया। मन हुआ साब से कहूं, मुझे यक़ीन नहीं आया, उससे पूछूं, उसे क्या आ गया। मैं अपने अन्दर झांकती रही। अपने से पूछती रही, क्या मैं कभी ऐसा कर सकती हूँ। सोचती रही, मैं नहीं कर सकती, इसका यह मतलब नहीं कोई और भी नहीं कर सकती। मिसिज़ वर्मा ने भी यह ख़बर ज़रूर पढ़ी होगी। साब ने भी। बंगालिन ने भी। सबके मन में ख़याल आया होगा, क्या शानो ऐसा कर सकती है ? हैरानी होती है किसी ने मुझसे इन वारदातों के बारे में कभी कोई बात क्यों नहीं की ? मतलब इन तीनों में से किसी ने। मोटी क्या क्या कह दिया करती थी। इशारे से। मुझे बुरा लगता था। लगता था जैसे वह मुझ पर शक कर रही हो। उसे पता चल जाता था, मुझे बुरा लग रहा है। एक बार जब इसी सेक्टर में एक नौकरानी एक चोरी के सिलसिले में पकड़ ली गयी थी तो मोटी ने मुझ से पूछा था, तू उसे जानती तो होगी ? और जब मैंने कह दिया था, नहीं, तो वह बोली थी, मैं नहीं मानती। मुझे इतना गुस्सा आया था कि मन हुआ था, झाड़ू से ही उसकी पिटाई कर दूं। अगर मोटी की इतनी-सी बात पर मुझे इतना गुस्सा आ सकता है तो उसकी किसी बड़ी बुरी बात पर तो और ज़्यादा गुस्सा आएगा ही। गुस्से की बात मैं समझ सकती हूँ। अगर मुझे गुस्सा आ सकता है तो दूसरो को भी आता ही होगा। कुछ लोग गुस्से में पागल भी हो जाते होंगे। लेकिन इतना गुस्सा कि आप किसी की जान ले लें ? इतना गुस्सा भी कुछ लोगों को तो आता ही होगा। नहीं तो क़तल क्यों होते। क़तल और कारणों से भी होते हैं। ज़मीन जायदाद के झगड़ों से। या पैसे के लालच से। या बदले की भावना से। बदले की भावना के पीछे भी तो गुस्सा ही होता है। क़तल की ही बात नहीं। औरतों को तो मारा ही नहीं जाता, मारने से पहले उनसे बुरा काम भी किया जाता है। अक्सर। औरतों पर मरदों को जितना गुस्सा आता है उतना मरदों पर औरतों को नहीं आता। क्यों ? आता होगा, दबा जाती होंगी। औरतों को गुस्सा दबाना आता हैं, ग़म भी। लेकिन कुछ ऐसी भी होती

हैं जो नहीं दबा सकतीं और कुछ दबाने के कारण ही पागल हो जाती हैं। जैसे वह गाउन वाली मेम। या हमारे गांव की वह भागने वाली बुढ़िया। आज उस गाउन वाली को देखा था। आज वह कुत्ता उसके साथ नहीं था। कहीं मर न गया हो। मैं इस सेक्टर के कुत्तों को पहचानती हूँ। उनके बारे में सोचती रहती हूँ। बेचारे दिन भर इधर उधर घूमते रहते हैं। कभी-कभी कोई गहरी नींद सोया दिखायी दे जाता है। टांगे पसार कर। कुत्तों को भी सपने तो आते ही होंगे। इस सेक्टर में बिल्लियां बहुत कम हैं।

आज की ख़बर पर मुझे यक़ीन क्यों नहीं आया ?

अख़बारों की ख़बरों में झूठ की मिलावट होती है। झूठ की मिलावट हर बात में होती है। उसी तरह जैसे मिलावट हर चीज़ में होती है। पुलिस वालों को अकसर असली चोर या क़ातिल तो मिलता नहीं, नौकरानियों को ख़ानापूरी के लिए पकड़ लेते हैं। नेपाली बेचारे सब से ज़्यादा बदनाम। दूसरे नम्बर पर बंगलादेशी। नेपाली नौकरानियां बहुत कम दिखती हैं। ललिता कहती है उनकी मांग मुम्बई में ज़्यादा है, वहां वह ऊंचे दामों बिकती हैं। कोई ऐसी बात नहीं जिसके बारे में ललिता को न पता हो। और वह अख़बार भी नहीं पढ़ती। कहती है, मेरे लिए तो काला अखखर भैंस बरोबर। कहती है, हम जैसों को पढ़ाई का क्या फ़ायदा। उसे जब पता चलेगा मैं अंग्रेज़ी सीख रही हूँ तो पता नहीं क्या कहेगी। पता उसे ज़रूर चल जाएगा। उसे पता चले कि अख़बार वाला साब और मिसिज़ वर्मा मुझे इतने पैसे देते हैं तो पता नहीं क्या सोचे।

क्या मैं इतनी अंग्रेज़ी सीख जाऊंगी कि अंग्रेज़ी का अख़बार पढ़ सकूं ?

अपना नाम लिखना मुझे आ गया है। सब कापियों पर मैंने अंग्रेजी में अपना नाम लिख दिया है।

मिसिज़ वर्मा कहती हैं, अंग्रेज़ी में तुम्हारा हैन्ड राइटिंग अच्छा है। मुझे इस लफ़्ज़ का मतलब पहले नहीं आता था।

मां और पारो को मैंने बता दिया है मैं मिसिज़ वर्मा से अंग्रेजी सीख रही हूँ। मां ने कहा था, सीख तो रही है, सीख के करेगी क्या ? पारो ने कहा कुछ नहीं था, हैरान बहुत हुई थी।

अगर आज नीम के पेड़ तले जा बैठी होती तो ललिता ने शायद बताया होता वह उस नौकरानी को जानती है जिसकी खबर आज अख़बार में छपी है। ललिता कहती है कि नौकर तो नमकहराम होते हैं, नौकरानियां नहीं, वह बेचारी भोली होती हैं, अक्सर मालिकों के झांसे में आ जाती हैं, मालिकों के बेटों के झांसों में भी। वह कहती है नौजवान नौकरानियों पर सब हाथ फेरते हैं। मरद तो मरद, कुछ मालकिनें भी। वह उस ऐनक वाली मेम की मिसाल अक्सर देती है। कहती है, कुछ मालकिनें मालिश की शौक़ीन लेकिन मालिश तो एक बहाना होता है मज़ा लेने का।

जब ललिता ऐसी बेशर्म बातें शुरू कर देती है तो मेरा मुंह लाल हो जाता है।

ललिता कहती है कुछ मालकिनें तो नौकरों से भी मालिश करवा लेती हैं, अब अगर ऐसे किसी नौकर का दिमाग़ ख़राब हो जाए तो उस बेचारे का क्या क़सूर। वह कहती है ऐसे ही नौकर कभी किसी बात पर तैश खा कर कोई ऐसी वैसी हरकत कर देते होंगे कि आख़िर जो लड़का मालकिन की मालिश करेगा वह उसकी झिड़कियां कैसे सह सकता है।

आज की ख़बर ने मुझे बहुत परेशान किया।

परेशानी के कारण कल रात नींद देर से आयी और आज सारा दिन सिर में दरद होता रहा। बंगालिन के घर उदास गानों के कैसट बज रहे थे। जितनी देर उन्हें सुनती रही सिर का दरद हल्का रहा। बंगालिन ने बोलना तो शुरू कर दिया है, बिस्तर अभी नहीं छोड़ा। कैसट वग़ैरह भी उसने बिस्तर पर ही रखे हुए हैं। लेटी-लेटी उन्हें बदलती रहती है, ऊंचा-नीचा करती रहती है, और कभी-कभी अचानक बंद भी कर देती है। तब घर में उल्लू बोलने लगते हैं। आज मैं उसका कमरा झाड़ रही थी कि उसने कैसट अचानक बंद कर दिया। मैंने कहा, बड़ा उदास गाना था। वह बोली, झरना को इतना पसंद था कि वह अक्सर देर रात तक इसको बारबार बजाया करती थी। मैं चुप रही तो उसने कहा, झरना तेरी तारीफ़ें किया करती थी, कहती थी, इस लड़की का फ़ेस बहुत इन्टेलिजेन्ट है, मतलब तेज़ है।

जब से मैंने अंग्रेज़ी सीखना शुरू किया है, अंग्रेज़ी के कई लफ़्ज़ मुझे अपने आप समझ आने लगे हैं। पता नहीं कैसे। कुछ लफ़्ज़ मेरे मुंह से निकल ही रहे होते हैं कि मैं उन्हें रोक लेती हूँ। सोचती हूँ लोग कहेंगे, फूक ले रही है। कितनी ही पढ़-लिख क्यों न जाऊं, रहूंगी तो आख़िर नौकरानी ही।

जब मैं बंगालिन का कमरा झाड़ चुकी तो उसने वही कैसट फिर लगा दिया। फिर उसे धीमा कर बोली, तुझे बंगाली आती होती तो तुझे और अच्छा लगता। मैंने कहा, समझ आएं न आएं ये गाने सीधे मेरे अन्दर चले जाते हैं। यह सुन बंगालिन ने मेरी तरफ़ ऐसे देखा जैसे मैंने कोई बड़ी बात कह दी हो। फिर बोली, झरना तेरे बारे में ठीक ही कहती थी। मेरा मुंह लाल हो गया। तभी बादलों की गरज सुनायी दी तो मैंने दौड़-दौड़ कर दरवाज़े और खिड़कियां बन्द करनी शुरू कर दीं। इन फ़्लैटों

में दरवाज़े और खिड़कियां बहुत हैं, बन्द न करो तो बाछड़ अन्दर आ जाती है।

ऊपर जा कर मैं झरना के कमरे में खिड़की के सामने जा खड़ी हुई। आकाश में बादलों के हाथी आपस में कुश्तियां कर रहे थे, बिजली की तलवारें चमक रही थीं। सामने के फ़्लेट की बाल्कोनी में एक लड़का खड़ा था। वह मुझे अक्सर वहीं खड़ा दिखायी देता है। कभी-कभी लगता है जैसे वह सिर हिला हिला कर मुझ से कुछ कह रहा हो। एक बार देवी ने बताया था कि बेचारे के सिर में कोई ख़राबी है, हिलने लगे तो हिलता ही रहता है। उसी ने बताया था कि उसकी बात कोई नहीं समझ सकता, इसीलिए वह आम तौर पर बोलता ही नहीं। मुझे उससे डर नहीं लगता, उस पर तरस ज़रूर आता है। देवी ने बताया था, उसकी मां के घर कोई नौकरानी नहीं टिकती क्योंकि वह लड़का घर के अन्दर नंगा घूमता रहता है।

पानी बरसना शुरू हो गया था। हवा थम गयी थी। मैंने खिड़की खोल कर अपना हाथ बाहर फैला दिया। मोटी-मोटी बून्दें गीले मोतियों जैसी महसूस हुई। उस लड़के ने भी हाथ फैला दिया। अगर मैंने खिड़की बन्द कर पर्दा सरका दिया तो उसे बुरा लगेगा। अगर मैं यहीं खड़ी रही तो काम कौन करेगा। बंगालिन सोचेगी, पता नहीं ऊपर क्या कर रही है, सब अलमारियां वग़ैरह खुली पड़ी हैं। मैंने हाथ हटा लिया तो उस लड़के ने भी हाथ हटा लिया।

बारिश के कारण बंगाली गाने और उदास लगने लगे थे।

बरतन साफ़ कर जब मैं जाने लगी तो बंगालिन ने पूछा, तुझे प्यास लगी होगी ? मैंने कहा, नहीं। उसने कहा, बारिश तो रुक लेने दो, इतनी जल्दी क्या है ? मैंने कहा, आपको नींद आ रही होगी। वह बोली, दिन में नींद कहां आती है, जब से झरना गयी है मुझे तो रात को भी नींद नहीं आती।

मैं कमरे के बाहर फ़र्श पर बैठने लगी तो उसने कहा, नहीं, वहां नहीं, कपड़े ख़राब हो जाएंगे, इधर आ कर इस मूढ़े पर बैठो। मैं मूढ़े पर बैठ गयी। बंगालिन बोली, तू अपनी मां पर गयी है, तेरी मां बहुत अच्छी है। मेरा मुंह लाल हो गया। बंगालिन ने कैसट बंद कर दिया। बारिश की आवाज़ ऊंची हो गई। मैं सिर झुकाए ऐसे बैठी थी जैसे कोई किसी बीमार के पास बैठा हो। मुझे लग रहा था वह कुछ कहना चाहती है, कुछ ऐसा जो वह कह नहीं सकेगी। मुझे सूझ नहीं रहा था मैं क्या कहूं। मेरे मुंह से निकल गया, देवी को तो दीदी बहुत याद आती होगी। बंगालिन ने फूट-फूट कर रोना शुरू कर दिया। बारिश के शोर में उसकी रुलायी की आवाज मुझे अजीब नहीं लगी। मैं समझ गयी वह कुछ कहना नहीं सिर्फ़ रोना चाहती थी।

कल रात बारिश ने बहुत परेशान किया। छत जैसे छलनी हो। हर साल यही होता है। मकान मालक से शिकायत करने का कोई फ़ायदा नहीं होता। वह कहता है, मैं क्या करूं, कहां से लाऊं पैसे मरम्मत के लिए, तुम लोग किराया ही कितना देते हो, इसका तो एक ही इलाज है कि मैं सब कुछ बेच डालूं और तब तुम लोगों को होश आ जाए। कल रात तो ऐसा लगा, छत गिर जाएगी। हम तीनों कोठरी के एक सूखे कोने में एक दूसरी पर चढ़ी बैठी रहीं। सब कुछ गीला हो गया। बिजली भी गुल हो गयी। अन्धेरे में मोमबत्ती और माचिस भी नहीं मिलीं। मिल भी जाती तो जलती नहीं। मां राम राम करती रही, हम दोनों बार-बार बुड़बुड़ाती रहीं, यह भी कोई ज़िन्दगी है ! आख़िर मां कड़क उठी, यही है ज़िन्दगी हम जैसों की, शुकर करो छत के नीचे बैठी हो, झुग्गी वालों का ख़याल करो, उनका ख़याल करो जो बेचारे सड़कों पर पड़े हैं, उन गांव वालों का ख़याल करो जिनका सब कुछ हर साल बाढ़ में बह जाता है, शुकर करो...। मां को गुस्सा हम पर नहीं, भगवान पर ही आ रहा होगा, मतलब क़िस्मत पर। मुझे कुन्दन पर भी आ रहा था। पारो को जीजा पर भी आ रहा होगा। मैं अपनी टोलीवालियों के बारे में सोच रही थी। रात सोते-जागते झुंझलाते कटी। मुश्किल से। अन्धेरे में ही हम सामान को कभी इधर, कभी उधर खिसकाते रहे। पारों को डर था टी-वी खराब हो जाएगी। मां ख़ैर मना रही थी, बिजली गुल थी नहीं तो आग लग सकती थी। वह बार-बार हम दोनों को हिदायत करती रही थी, किसी तार को न छू देना, बिजली का कोई भरोसा नहीं। मैं सोच रही थी क्या इस वक़्त कोई हमारी हालत के बारे में सोच रहा होगा।

सवेरा हुआ तो पता चला कि सारे गांव का हाल बुरा था--उन घरों और दुकानों को छोड़ कर जिन्हें शहर वालों ने तोड़ फोड़ कर पक्का और नया कर लिया था। जैसे हमारी कोठरी के पास उस डाक्टरनी की दुकान और उसके ऊपर वाला फ़्लैट। गली में पानी घुटनों तक था। हमरी कोठरी का फ़र्श कीचड़ में बदल गया था। बारिश तो थमी हुई थी लेकिन आसमान साफ़ नहीं था। सुरेन्दर बिजली वाला मौक़े का फ़ायदा उठाने सवेरे-सवेरे आ गया था। उसकी कोठरी बहुत कम चूयी थी। उसका सुझाव था हम सब उसकी कोठरी में जा रहें। मां ने कह दिया था, सवाल ही पैदा नहीं होता। मुझे उस बेचारे की हमदर्दी अच्छी लग रही थी, उसकी आंखों में भरी हिरस के बावजूद। पारो ने मेरे कानों में फुसफुसाया था, यह तो तेरे पीछे ही पड़ गया है। मां ने सुरेन्दर से कहा था, अगर तू कहीं से कुन्दन को ढूंढ लाए तो तेरी बड़ी मेहरबानी होगी। सुरेन्दर ने कहा था, उसका अता पता तो पारो के घर वाले को ही होगा, कहो तो उसे बुला लाऊं। पारो बोल पड़ी थी, वह क्या करेगा, उसे बुलाने का कोई फ़ायदा नहीं, हम खुद ही कर लेंगे सब कुछ जैसे तैसे।

यह बहस हो ही रही थी कि कुन्दन आ पहुँचा। उसके चेहरे पर चिन्ता थी। उसके साथ एक और आदमी भी था, जिसने एक बोरी-सी उठाई हुई थी। कुन्दन

ने बताया कि वह अपने एक मिस्तरी दोस्त को साथ ले आया था क्योंकि उसे पता था उसकी ज़रूरत पड़ेगी। मां की आंखों में आंसू आ गये। वह बोली, मैं सुरेन्दर से कह ही रही थी वह कहीं से तुझे ढूंढ लाए, मेरी बात मेरे राम ने सुन ली, अब तू आ गया है, सब ठीक हो जाएगा। सुरेन्दर बिजली वाला कुन्दन को देखते ही बुझ गया था। वह मौक़ा देख खिसक गया। खिसकने से पहले उसने एक हिरस भरी निगाह मेरे और पारो के गीले कपड़ों पर डाली। मैंने देखा कि कुन्दन का मिस्तरी दोस्त भी हम दोनों को देख देख लार टपका रहा था। कुन्दन ने मिस्तरी से कहा, सरवर यार, बारिश का कोई भरोसा नहीं, इस वक्त थमी हुई है, तू छत पर चढ़ के देख क्या करना है। कुन्दन होश में था। मुझे हैरानी हुई। सरवर ने कहा, कुन्दन यार, पहले तो मैं अन्दर जा कर देखूँगा। मां बोली, लो बिजली भी आ गयी, नहीं तो अन्दर कुछ दिखाई न देता। सरवर ने औज़ारों की बोरी एक तरफ रखते हुए मुझसे कहा, अन्दर चल कर दिखाओ तो पानी कहां कहां से टपका था। मेरा मुंह लाल हो गया। मां बोली, इस बेचारी को क्या पता, मैं दिखाती हूँ। जब मां सरवर और कुन्दन के साथ अन्दर चली गयी तो पारो बोली, अब कुन्दन का बहाना कर कर मेरा वह नामरद न आ पहुँचे। मैंने कहा, आता है तो आए, तू डरती क्यों है। पारो बोली, मैं उससे नहीं, कुन्दन से डरती हूँ। मैंने कहा, कुन्दन को मैं संभाल लूंगी। फिर हमने फ़ैसला किया कि हम दोनों उन सबको चाय पिला कर काम पर चली जाएंगी, मां घर पे रहेगी और छत ठीक करवा लेगी। मुझे रह रह कर यह ख़याल आ रहा था कि कुन्दन के सारे दोस्त बेहया क्यों हैं, वह उस से डरते क्यों नहीं। उसके सामने ही लारें क्यों टपकाने लगते हैं।

स्टोव जलाने में मुश्किल हुई। तेल में पानी पड़ गया होगा। चूल्हा तो ख़ैर पानी से भरा हुआ था ही। और लकड़ी थी ही नहीं। चाय के साथ एक एक बासी रोटी और वह अचार जो किसी मालकिन ने मां को थमा दिया था। मां ने उसमें कुछ तेल मसाला डाल कर उसे ठीक कर लिया था। मैं देख रही थी कि एक-एक रोटी से कुन्दन और सरवर का कुछ नहीं बनेगा, पारो और मैंने अपने हिस्से की रोटी भी उन्हें दे दी। मैंने मां को एक तरफ़ ले जा कर कहा, बारिश रुकी हुई है, पीछे लग कर इन से काम करवा लेना, सामान वग़ैरह जो लाना हो खुद ले आना, कुन्दन को जो देना हो काम हो जाने के बाद ही देना, नहीं तो वह दोनों पैसे ले कर ग़ायब हो जाएंगे। मैं कुछ और भी कहती लेकिन मां को बुरा लग रहा था और कुन्दन और सरवर हमारी तरफ़ ऐसे देख रहे थे जैसे जानते हों मैं मां को क्या पट्टी पढ़ा रही थी।

सलवारें घुटनों तक चढ़ाए और चप्पलें हाथों में उठाए पारो और मैं गली से होती हुई सड़क पर पहुँची तो हमारे पैर कीचड़ से लथपथ थे। सड़क पार कर हम फ्लैटों की तरफ़ बढ़ीं तो स्कूल के सामने खड़े ड्राइवरों में से एक ने आवाज़ दी,

भीगा भीगा है समां, दूसरे ने आवाज़ दी, ज़रा आओ तो यहां, और तीसरा बोला, आओ आओ मेरी जां। मेरे कान जल उठे। पारो ने फुसफुसाया, चुप मार कर चलती रहो। तभी एक आवाज़ आयी, सलवार को उतार दो ना। मैं वहीं रुक गयी और मुड़ कर उन्हें ऐसे देखा जैसे भसम ही तो कर दूंगी उन्हें। जब उनमें से कोई बोला नहीं तो मैं चिल्लायी, आगे बढ़ो, नामरदो, अगर हिम्मत है तो। पारो ने मेरा हाथ पकड़ कर खींचना शुरू कर दिया। पीछे से कोई और आवाज़ नहीं आयी। मेरा दिल बुरी तरह धड़क रहा था और पारो कह रही थी, शानो, तू पागल हो गयी है क्या ?

अख़बार वाले साब के घर पहुंचने से पहले मैंने सड़क पर खड़े पानी से पैर वग़ैरह धो तो लिए लेकिन लगता यही रहा कि वह गन्दे हैं और उन से बू आ रही होगी।

साब मुझे देख हैरान हुआ। बोला, तू आ कैसे गयी, रास्ते में इतना कीचड़ पानी होगा, और फिर घर में भी तो पानी आ गया होगा।

तो साब ने रात को हमारे बारे में सोचा था। मैंने मुश्किल अपने आंसू रोके।

बाल्कोनी में जा कर साफ़ पानी से हाथ-पांव धोए, मुंह धो ही रही थी कि साब ने एक छोटा-सा साफ तौलिया रस्सी पर टांगते हुए कहा, यह ले लेना। जब वह चला गया तो मैंने उस तौलिये से अपने हाथ भी पोंछ लिए, मुंह भी, आंसू भी, लेकिन पैर नहीं पोंछे। पैरे मैंने सूखे पोचे से ही पोंछे। साफ़ सुथरे मोटे तौलिये से पहले कभी मैंने अपना मुंह नहीं पौंछा था।

खाना खाते हुए साब ने पूछा, छत से पानी टपका था ? मैंने झूठ बोल दिया, ज़्यादा नहीं, मेरा भाई अपने एक मिस्तरी दोस्त को बुला लाया था, आज छत की मरम्मत हो जाएगी। साब ने सिर उठा कर मेरी तरफ़ ऐसे देखा जैसे उसे यक़ीन न आया हो। खा लेने के बाद उसने कहा, मरम्मत वग़ैरह के लिए पैसे चाहिए हों तो...। मैंने कहा, पैसे मां के पास हैं, मैंने उससे पूछा था। मैंने दूसरा झूठ बोल दिया था। अगर मैं ख़बरदार न रही तो मुझे झूठ बोलने की आदत पड़ जाएगी।

बंगालिन ने भी पूछा, बारिश की वजह से तुम लोगों की झुग्गी को ज़्यादा नुक़सान तो नहीं हुआ। जब मैंने उसे बताया हम झुग्गी में नहीं बिशनगढ़ गांव की एक कोठरी में रहते हैं तो वह बोली, तब ठीक है। मैंने उसे भी नहीं बताया कि कल रात हम टपके के कारण सो नहीं सके। उसने आज भी वह कैसट बजाया जो झरना को बहुत पसंद था। उसने मुझे चाय बना कर पी लेने के लिए कहा लेकिन मैंने मना कर दिया। आज देवी घर पे ही थी। सनीचरवार उसका स्कूल नहीं होता। मेरा मन करता रहा, देवी को बता दूँ कल रात के बारे में। अब सोचती हूँ अच्छा किया, उसे नहीं बताया। कोई फ़ायदा न होता।

हमारी टोली में आज बारिश की ही बातें होती रहीं। बानो बेचारी की झुग्गी बिल्कुल बैठ गयी है। वह कहती है उसके पास उसे ठीक करवाने के लिए पैसा भी

नहीं। कल रात उसकी एक पड़ोसिन ने उसे अपनी झुग्गी में बुला लिया था। आज पता चला कि ललिता भी झुग्गी में ही रहती है, अपनी मां के साथ। मतलब उसका घरवाला भी वहीं रहता है। ललिता कहती है, उनकी झुग्गी किसी पक्के मकान से भी ज़्यादा मज़बूत है, कितनी ही बारिश क्यों न हो, पानी की एक बूंद नहीं टपकती। हां, बारिश में शोर बहुत होता है क्योंकि उनकी झुग्गी की छत टीन की है। मैंने टोली वालियों को अपनी कोठरी के बारे में इतना ही बताया कि मेरा भाई कुंदन अपने एक मिस्तरी दोस्त की मदद से उसे ठीक-ठाक कर देगा, कल रात वह थोड़ी-सी चूयी थी।

हम ग़रीब लोग मान क्यों नहीं लेते हम ग़रीब हैं। मान लेने से ग़रीबी दूर नहीं होती। कम भी नहीं होती। शायद बढ़ जाती है। मैं नहीं चाहती लोगों को मुझ पर तरस आए। इस मामले में मैं भी ललिता जैसी। लेकिन ललिता चालाक, मैं भोली। भोली लेकिन बुद्धू नहीं।

आज मिसिज़ वर्मा के घर गयी तो जंगले में काग़ज़ का एक पुरज़ा फंसा हुआ था। मैं समझ गयी मेरे लिए मेसिज होगा। लिखा था, आज मुझे किसी ज़रूरी काम से कहीं जाना है, सॉरी। मुझे हंसी आ गयी। सॉरी ! मैंने वह पुरज़ा पर्स में रख लिया। अब सवाल उठा, कहां जाऊं। अकेले घर जाने का मन नहीं हुआ तो सोचा क्यों न पारो का हाथ बंटाऊं जा कर, और फिर दोनों बहनों को इकट्ठी घर लौटता देख मां ख़ुश हो जाएगी।

जब हम घर पहुँची तो मां बापू की खाट में मुचड़ी हुई-सी पड़ी थी। मां ने बताया कि वह सीमन्ट रेत वग़ैरह ख़ुद उठवा लायी थी। दो तीन बजे तक उन्होंने सारा काम ख़तम कर दिया था। मां ने उनके लिए जो परांठे बनाए थे उन्हें खा कर जब वह चले गये तो मां के मन में अचानक शक-सा उठ खड़ा हुआ। उसने अपना सन्दूक़ खोल कर देखा तो वह सारे पैसे ग़ायब थे जो मां ने ज़रूरत के वक़्त के लिए छिपा कर रखे हुए थे—पूरे एक हज़ार तीन सौ बीस रुपए थे। मां जब सीमेंट रेत वग़ैरह ख़रीदने गयी होगी, कुन्दन ने सन्दूक़ खोल लिया होगा। मुझे अपने आप पर गुस्सा आ रहा था। अगर मैंने मां को न कहा होता कि वह सीमन्ट वग़ैरह खुद ख़रीदने जाए तो पैसे शायद बच गये होते। मुझे ख़तरा था कि कुन्दन सीमन्ट वग़ैरह के पैसे ले कर भाग जाएगा। सौ दो सौ बचाते बचाते मैंने मां का सन्दूक़ खाली करवा दिया था।

मां को तसल्ली देने के लिए मैंने कहा, शुकर है सारे पैसे सन्दूक़ में नहीं थे। अगर तुमने मेरी बात मान ली होती तो इतने सारे पैसे घर में होते ही नहीं, बैंक में होते। पारो ने कहा, मां, जो होना था हो गया अब आगे की चिन्ता करो। मां बोली, मुझे तो यही दुख है कि उसने चोरी क्यों की, मुझसे मांगे क्यों नहीं, मैं उसे कभी न न करती। जब जब उसने मांगे हैं, मैंने उसे दिये हैं। मैंने यह पैसे ज़रूरत

के लिये ही तो रखे हुए थे, अगर उसे ज़रूरत थी तो उसने मुझ से कहा क्यों नहीं ?

अब मुझे मां पर गुस्सा आ रहा था। पारो को भी। मेरे कुछ कहने से पहले ही पारो बोल पड़ी, मां, तेरी आंखों से पट्टी कब उतरेगी, तू कब तक कुन्दन के ऐबों पर परदा डालती रहेगी, कब तक उसे बिगाड़ती रहेगी। मां ने पारो की तरफ़ ऐसे देखा जैसे उस से कह रही हो, तू उसकी बहन है या दुश्मन ? मैंने कहा, मां, पारो ठीक कह रही है, तू नहीं जानती कुन्दन कितना बिगड़ गया है। तू उसकी ज़रूरतों की बात करती है, तू यह नहीं जानती कि उसे पैसे ज़रूरत के लिए नहीं, नशे के लिए चाहिए। उसे चोरी चकारी बदमाशी की लत है, कि किसी दिन वह जेल में बन्द होगा और उसकी ज़मानत देने वाला कोई न होगा। मां को इतना गुस्सा आया कि वह उठ कर बैठ गयी और दांत पीस कर बोली, तुम दोनों उस निगोड़े की बहनें हो या दुश्मन, तुम यह क्यों भूल जाती हो कि मैं उसकी मां हूँ, मैं दूंगी उसकी ज़मानत, मैं अपनी चमड़ी बेच कर उसे छुड़ा लाऊंगी, जेल जाएं उसके दुश्मन।

मैं समझ गयी कि मां की बात हमारी समझ में नहीं आएगी, हमारी उसकी समझ में नहीं आएगी।

मेरे गुस्से का रुख अब कुन्दन की तरफ़ मुड़ गया, तरस का मां की तरफ़।

दूर अन्दर कहीं मैं कुन्दन की चालाकी की तारीफ़ भी कर रही थी।

कुछ देर बाद पारो बोली, यह कहां का इन्साफ़ है कि हम तो दिन भर मेहनत मज़दूरी करती फिरें और वह बेकार बैठा हमारे पैसे से ऐश उड़ाए। मां ने तिड़क कर जवाब दिया, वह पैसे तुम दोनों के नहीं थे, मेरे थे, तुम्हारे तो बैंक में पड़े हुए हैं, तुम उन्हें वहीं रखो संभाल कर। मुझ से रहा नहीं गया। मैंने कहा, मां, यह तुम्हारी ज़्यादती है। मां फिर लेट गयी।

और अब वह दोनों सो रही हैं। बारिश फिर शुरू हो गयी है। टपका शुरू नहीं हुआ। हो सकता है उस मिस्तरी ने छत को अच्छी तरह से बांध दिया हो। अगर टपका बंन्द हो गया तो मां कुन्दन के गुण गाया करेगी। माएं सब बेटों की गुलाम।

बारिश बिला नाग़ा हो रही है। टपका बन्द है। मेरी डायरी में नाग़े हो रहे हैं। मां और पारो के साम़ने मुझसे ठीक-ठीक लिखा नहीं जाता। उनके सो जाने के बाद ही लिख सकती हूँ। लाइट में उनकी नींद उखड़ती रहती है। लाइट पर कीड़े

पतंगे भी बहुत आ जाते हैं। सवेरे काम पर जाने की अफ़रा-तफ़री होती है। कई बार सोचा है मिसिज़ वर्मा या अख़बार वाले साब के घर बैठ क्यों न लिख लिया करूं। वह तो मना नहीं करेंगे लेकिन मुझे ही ठीक नहीं लगता। यह प्राइवेट-सा काम है, अपने ही घर में होना चाहिए।

मां कहती रहती है, अगर उस दिन कुन्दन न आता तो टपका कैसे बन्द होता, हम तो पहले कई बार मरम्मत करवा चुकी हैं, उसका वह मुसलमान मिस्तरी अच्छा निकला, मैं तो कहूंगी, भगवान ने ही भेज दिया था उस दिन कुन्दन और सरवर को।

पारो और मैं चुपचाप सुनती रहती हैं।

मां कुन्दन की चोरी को बिलकुल भूल गयी है। मैंने बैंक से निकलवा कर पांच सौ मां को दूसरे ही दिन दे दिये थे। पारो ने भी उसे दो सौ दिये हैं। मां ने उनमें से कुछ ज़रूर कुन्दन के लिए रख दिये होंगे। कुन्दन पर मिथुन चकरवरती का भूत सवार है तो मां पर भी किसी एक्टरेस का ज़रूर होगा। मां को फ़िलमें देखने का शौक़ है।

कल या परसों अख़वार में पढ़ा था कि पुलिस ने उस नौकरानी को बुढ़िया के क़तल के सिलसिले में पकड़ तो लिया है लेकिन अव वह कह रहे हैं, वह बेचारी बेक़सूर है, क्योंकि उसका कोई यार वार नहीं, वह तो यूहीं डर के मारे कुछ दिन इधर उधर छिपती फिरती रही। और अब पुलिस वाले कह रहे हैं कि बुढ़िया का क़तल उसी के एक भतीजे ने किया या करवाया होगा, उसकी जायदाद हड़पने के लिए।

ज़्यादातर बूढ़ों को जायदाद के लालच में ही मार दिया जाता है। ख़ास तौर पर उन्हें जो बेऔलाद हों या जिनके बच्चे विलायत में रहते हों। वह बुढ़िया बेऔलाद थी।

उस नौकरानी को छोड़ने से पहले पुलिस वालों ने बेचारी से पता नहीं क्या क्या किया होगा। ललिता कहती है सब कुछ किया होगा लेकिन वह बेचारी किसी से कोई शिकायत नहीं करेगी, सोचेगी जान बची और लाखों पाए।

जीने और जान बचाने के लिए इन्सान को क्या-क्या नहीं करना पड़ता। ख़ास तौर पर औरतों को। मैं औरतों की ठेकेदार क्यों बनती जा रही हूँ ?

आज शाम मिसिज़ वर्मा की बाल्कोनी में खड़ी थी कि मुझे आस्मान में पींग नज़र आयी और मेरा मन हुआ बच्चों की तरह उछल उछल कर शोर मचाऊं, पींग पींग। मैंने अन्दर जा कर मिसिज़ वर्मा को बताया तो वह बच्चों की तरह दौड़ी-दौड़ी बाहर आयी और कुछ देर पींग को देखने के बाद बोली, बिल्लू देखता तो ख़ुश होता।

बिल्लू होता तो मैं उसे भी पारक की सैर कराती, ख़ुद भी करती। अगर पारक दूर न होता तो हमारी टोली का अड्डा वहीं होता। लेकिन नहीं, क्योंकि हम तो दोपहर

को ही ख़ाली होती हैं और उस वक़्त वहां जाना ख़तरनाक होता है। एक दिन एक घास छीलने वाली पर एक बाबू झपट पड़ा था। घात लगाए बैठा होगा। लेकिन उस पट्ठी ने उस पर ऐसी खुरपी चलायी कि वह सिर पर पांव रख कर भाग गया। ललिता कहती है कि उसे यह बात उस घास छीलने वाली ने ही बतायी थी।

मिसिज़ वर्मा का बुख़ार आज भी नहीं उतरा लेकिन कुछ कम हो गया है। डाक्टर सेन कहता है कल परसों तक उतर जाएगा। कमज़ोर काफ़ी हो गयी है मिसिज़ वर्मा। लेकिन कमाल की औरत है। कोई शिकायत नहीं करती, कोई आवाज़ नहीं निकालती, किसी बात पर बिगड़ती नहीं। चुपचाप लेटी रहती है, जैसे बीमार न हो, सिरफ़ थकी हुई हो और सो रही हो। आज चौथा दिन है। परसों से मैं यहीं सो रही हूँ। मिसिज़ वर्मा ज़िद करती रही कि मैं छोटे कमरे में सो जाऊं, मैं ज़िद करती रही, मैं बड़ी बाल्कोनी में फ़रश पर दरी बिछा कर सो जाऊंगी। मैंने उसकी ज़िंद नहीं मानी, उसने मेरी। मैं कहती रही, मैं कमरे में कैसे सो सकती हूँ, वह कहती रही, तुम बाल्कोनी में कैसे सो सकती हो, बारिश का मौसम है, बाल्कोनी वैसी भी सेफ़ नहीं, और फिर रात को मुझे कुछ ज़रूरत पड़ जाए तो। आख़िर फ़ैसला हुआ कि मैं बैठक वाले दीवान पर ही सो जाऊं। यहां सोना भी मुझे अजीब तो लगा लेकिन कम। वैसे क़ायदे से मुझे सोना फ़रश पर ही चाहिए। नौकरानी हूँ, मिसिज़ वर्मा की भतीजी नहीं। अजीब तो लग ही रहा है, अच्छा भी। नींद बेशक कम आती है। ख़याल बहुत आते हैं। तरह-तरह के ख़याल। कुछ ऐसे भी जो सपनों जैसे लगते हैं, कुछ ऐसे भी जिनसे डर लगे। कुछ ऐसे भी जो नहीं आने चाहिए।

मिसिज़ वर्मा को पता है मैं रात को यह डायरी लिखती हूँ। उसने कभी पूछा नहीं क्या लिखती हो। पूछेगी भी नहीं। उसी ने तो कहा था कि मैं यह किसी को दिखाऊं नहीं। मेरा मन करता है मिसिज़ वर्मा को दिखाने का। बार-बार ख़याल आता रहता है अगर किसी को दिखाना नहीं तो लिख क्यों रही हूँ, लिखने का फ़ायदा क्या होगा ! फ़ायदा न सही, नुक़साल भी तो नहीं। मिसिज़ वर्मा भी डायरी लिखती होंगी। मन करता है किसी दिन कहूँ, आप मेरी डायरी पढ़ लें, मुझे अपनी पढ़ लेने दें। वह तो सालों से लिख रही होंगी। उसकी तो ढेर सारी कापियां होंगी। पांच तो मेरी भी हो गयी हैं। उसकी मेरी समझ में नहीं आएगी। उसकी हिन्दी गूढ़ी होगी। वह सोच-सोच कर लिखी होगी। मैं तो जो मन में आता है, लिख देती हूँ। नहीं,

मैं भी सब कुछ नहीं लिखती। लिख ही नहीं सकती। कई बातें ऐसी होती हैं जो लेखी ही नहीं जातीं। लफ़्ज़ ही नहीं सूझते। लगता है जैसे कुछ फिसला जा रहा हो। मिसिज़ वर्मा को यह मुश्किल नहीं होती होगी।

आज दुबेयी से उनके बेटे का फ़ोन आया था। मैंने ही उठाया। मिसिज़ वर्मा ने कह रखा है मैं ही उठाया करूँ। उसने फ़ोन पर बात करने का तरीक़ा मुझे सिखा दिया है।

अभी अभी ख़याल आया कि मुझे अब मिसिज़ वर्मा को मिसिज़ वर्मा नहीं कहना चाहिए। मुंह पर तो मैं वैसे भी नहीं कहती, मन में और यहां डायरी में भी नहीं कहना चाहिए। इतने दिनों से उनका काम कर रही हूँ, इतना कोरापन आख़िर क्यों ? तो क्या कहूँ ? आन्टी ? नहीं। माताजी ? नहीं। आन्टी जी ? नहीं। बीबी जी ? नहीं। बीजी ठीक रहेगा। और 'उस' की जगह 'उन'।

हां तो बीजी ने मुझे फ़ोन पर बात करने का तरीका सिखा दिया है। हेलो करना तो मैं जानती ही हूँ। हमारी टोली की सब मज़ाक़ मज़ाक़ में एक दूसरे को हेलो-हेलो करती रहती हैं। एक हाथ कान पर रख कर, दूसरे का छोटा सा भोंपू बना कर। लेकिन बीजी ने बताया था कि हेलो करने के भी कई तरीक़े होते हैं। कुछ लोग हेलो ऐसे करते हैं जैसे पत्थर मार रहे हों। और कुछ ऐसे कि लगे उन्हें हेलो कहने में बहुत तकलीफ़ हो रही हो। और कुछ ऐसे जैसे कह रहे हों तुम होते कौन हो मुझे फ़ोन करने वाले। बीजी साथ-साथ ऐक्टिंग भी करती रही थीं। बुख़ार के बावजूद। मैं उन्हें मना करती रही थी। कहती रही थी, आप थक जाएंगीं। उनकी ऐक्टिंग पर मुझे हंसी बहुत आयी थी। उन्होंने समझाया था कि हेलो हौले से करना चाहिए ताकि सुनने वाला चौंके नहीं। मुझ से तीन चार बार हेलो कहलवाने के बाद बोली थीं, तुम ठीक बोलती हो। उन्होंने यह भी कहा था कि कुछ औरतें हेलो में इतनी मिठास डाल देती हैं कि सुनने वाले को लगता है जैसे वह झूठ बोल रही हों। हेलो की प्रेक्टिस के बाद बीजी ने बताया था कि अगर रांग नम्बर हो तो क्या करना चाहिए, कैसे कहना चाहिए रांग नम्बर। और फिर उन्होंने सिखाया कि यह कैसे पूछना चाहिए कि आप हैं कौन। बीजी ने बताया कुछ लोग यह सवाल ऐसी रुखाई से पूछते हैं कि फ़ोन करने वाला फ़ोन ही रख दे।

मुझे इस सारे खेल में मज़ा तो बहुत आया लेकिन यह चिन्ता लगी रही कि बीजी का बुख़ार बढ़ जाएगा। लगता रहा जैसे वह बुख़ार की वजह से ही इतना बोल रही हों। वैसे हैं हिम्मत वाली। खुद कार चला कर डाक्टर सेन को दिखा आयीं। अकेले। यह पहले दिन की बात है। तब मैंने यहां सोना शुरू नहीं किया था। यहां सोने का सुझाव मैंने नहीं दिया। ख़याल मुझे आया था लेकिन मैंने कहना ठीक नहीं समझा। जब बीजी ने पूछा तो मैंने फ़ौरन हां कर दी। वह बोलीं, मां से तो पूछ लो। मैंने कह दिया, मां मना नहीं करेगी। उसने किया भी नहीं। इतना ज़रूर कहा,

ज़रा चौकस हो कर रहना, वह अकेली रहती है, कई चोर उचक्कों की निगाह होगी उस पर, किसी को दरवाज़ा मत खोलना।

बीजी दरवाज़े के मामले में लापरवाह हैं। मैं उन्हें कहती रहती हूँ, आपको इतनी लापरवाही नहीं करनी चाहिए। मैं जब काम करने पहुँचती हूँ तो दरवाज़ा अक्सर खुला होता है। जब कोई घन्टी बजाता है तो वह झट दरवाज़ा खोल देती है, पूछती तक नहीं, कौन है ? कहो तो कहती है, मुझे याद नहीं रहता।

हां, तो जब मैंने फ़ोन उठा कर हेलो किया तो बीजी का बेटा बोला, आप कौन बोल रही हैं। मुझे समझ न आयी क्या जवाब दूं। मुझे यह ख़याल भी नहीं आया कि वह बीजी का बेटा होगा। आवाज़ इतनी साफ़ थी कि लगा जैसे कोई साथ वाले फ़्लैट से बोल रहा हो। मैंने पूछ लिया, आप किस से बात करना चाहते हैं। जब उसने कहा, ममी से, तो मैं समझ गयी बीजी का बेटा है। मैंने कहा, जी, अभी देती हूँ, होल्ड कीजिए। बीजी सब सुन रही थीं और मुस्करा रही थीं। मैंने उन्हें फोन देते हुए धीमे से कहा, दुबेयी से है। बीजी ऐसे बोली जैसे भली चंगी हों। उन्होंने अपने बुख़ार की बात तक नहीं की।

डाक्टर सेन का फ़ोन भी आया था। वह घर आने के लिए तैयार थे, बीजी ने मना कर दिया।

मुझे ऐसे सोचना तो नहीं चाहिए लेकिन सोच रही हूँ, इसलिए लिख भी क्यों न दूं—अगर बीजी बीमार न पड़ती तो मुझे यहां रहने का मौक़ा न मिलता। मतलब सोने का, इस दीवान पर। इतने साफ़ सुथरे बिस्तरे पर मैं पहले कभी नहीं सोयी। वैसे तो कई दिनों से रोज़ इस घर में तीन चार घन्टे रोज़ गुज़ारती हूँ लेकिन लग ऐसे रहा है जैसे वह घर कोई और था, कहीं और था। या जैसे मैं कोई और थी। दो रात यहां सोने से इस घर में इतना फ़रक कैसे आ गया ? इस घर में भी, मुझ में भी। लगता है बीजी की बीमारी ने मुझे नौकरानी से कुछ और बना दिया हो ! थोड़ी देर के लिए। ऐसा लगना नहीं चाहिए। बाद में मुश्किल होगी। क्योंकि मैं हूँ तो आख़िर नौकरानी ही। रहूँगी तो आख़िर नौकरानी ही। इसीलिए में फ़रश पर ही सोना चाहती थी। कोई पुरानी दरी बिछा कर। हाथ का सिरहाना बना कर। मुझे बीजी की बात नहीं माननी चाहिए थी। अगर बीजी बीमार न पड़तीं तो मैं उन्हें मिसिज़ वर्मा ही कहती रहती। अपने मन में और इस कापी में। अब क्या उनके मुंह पर भी उन्हें बीजी कह सकूंगी। बीबीजी को यूं ही बीजी बना दिया मैंने। असल में तो वह मेरी बीबी जी ही हैं, बीजी नहीं।

मुझे अचानक घबराहट क्यों होने लगी है ?

यहाँ बैठ कर यह सब नहीं लिखना चाहिए। अगर बीजी पढ़ लें तो ? इसीलिए तो मैं पहले यह कापी साथ नहीं लाई थी। आज उठा लायी लेकिन बीजी पढ़ेंगी नहीं। अगर यह उन्हें दिखायी नहीं देगी तो पढ़ेंगी कैसे।

मैंने इसमें कोई ऐसी वैसी बात तो लिखी नहीं, फिर डर किस बात का। डर की बात नहीं। और मुझे क्या याद है मैंने इसमें क्या-क्या लिखा है ?

मेरे हाथ कांप रहे हें। लाइट बुझा कर सो जाना चाहिए। सोने से पहले बीजी को देख लेना चाहिए। पूछ लेना चाहिए उन्हें कुछ चाहिए तो नहीं। यहीं से आवाज़ दे कर नहीं, जा कर देखना चाहिए कि जाग भी रही हैं या नहीं। अगर सो रही हैं तो जगाना नहीं चाहिए। कहीं ऐसा न हो कि मैं उनके कमरे में जाऊं और वह समझें मैं कोई चोर हूँ। क्या उल्टा सीधा सोच रही हूँ ? हाथ इसीलिए कांप रहे हैं। मान लो अगर सोए-सोए बीजी की जान निकल जाए और मुझे पता ही न चले तो मैं क्या करूँगी। बापू की इसी तरह तो निकल गयी थी। और, मुझे पता चला था न मां को। लेकिन वह बीमार थे। बीजी भी बीमार ही तो हैं। बापू की बीमारी बड़ी थी, लाइलाज थी। वह बूढ़े थे। मतलब ज़्यादा बूढ़े थे। थे नहीं, नज़र आते थे। मुझे बंद कर देना चाहिए अब इस कापी को। बहुत देर हो गयी है। नींद नहीं आएगी। न आए। आँखें मूंद कर पड़ी रहूंगी और राम-राम जपती रहूंगी तो आ जाएगी।

बीजी का बुख़ार कल उतर गया है।। डाक्टर सेन को मैंने ही फ़ोन पर बता दिया था। वह बोले, ठीक है, लेकिन तुम अभी वहीं सोना दो तीन दिन और। मैं चुप रही थी।

सोचती हूँ कल बीजी से कह दूँगी अब आप ठीक हो गयी हैं, मैं आज शाम अपने घर चली जाऊँगी। वह कहेंगी, एक दो दिन और रुक जाओ। मैं कह दूंगी, अगर आप कहती हैं तो...।

मैंने नहीं सोचा था कि बीजी मुझे इतनी अच्छी तरह रखेंगी। कोई किसी नौकरानी को इस तरह नहीं रखता। कोई किसी नौकरानी को अपने घर में नहाने धोने नहीं देता। और फिर अपने ही बाथरूम में। खुद मुझे यह अजीब लगता है। लगता है जैसे कोई ग़लत बात हो रही हो। और बीजी जैसी सफ़ाईपसंद मालकिन ! मैं तो हैरान होती हूँ वह इतनी बदल कैसे गयीं। और तो और, मेरे कपड़े भी उनके कपड़ों के साथ धुलते हैं मशीन में। मां और पारो भी हैरान होती रहती हैं। कहती हैं, ऐसी मालकिन तो हमने कभी नहीं देखी जो रत्तो भर भी भेदभाव न करे। मेरा मन करता रहता है अपनी टोलीवालियों के सामने शेख़ी मारूँ। वैसे उन्हें सब पता ही होगा। मुझे उनके साथ बैठने का वक्त ही नहीं मिलता। ललिता के साथ दूर से ही हेलो

हेलो हो जाती है। उसे हेलो करने का शौक़ है। ऐसे हाथ लहराती है जैसे पूरी मेम हो। साथ मुस्कराती भी रहती है। जैसे कह रही हो मैं किसी मेम से कम नहीं, जमादारन हुई तो क्या।

बीजी के घर रहने से मेरा दिमाग़ तो ख़राब नहीं हो जाएगा ? मां को भी यही डर है। इशारे से समझाती रहती है। कहती है सब ठीक है लेकिन यह मत भूलना कि नौकरानी और मालिक का भेद कभी मिटता नहीं पूरी तरह से। कहती है परमात्मा न करे अगर कल उसके घर चोरी वोरी हो जाए तो वह यही सोचेगी कि तूने ही किसी से मिल कर करवा दी होगी, मेरी तो सारी उमर बीत गयी यही देखते सुनते। चोरी तो चोरी, किसी का एक पैसा भी गुम हो जाए तो वह यही समझती है नौकरानी ने उठा लिया होगा।

मुझे मां की बातें ठीक लगती हैं। यहां रहना अच्छा तो लग रहा है लेकिन यह ठीक नहीं लगता तो क्यों न कल से अपने घर सोऊं। यह दीवान अच्छा है, यह बिस्तरा साफ़ सुथरा है, यह घर अच्छा है, बाथरूम में नहाना धोना मुझे अच्छा लगता है लेकिन मैं हूँ तो नौकरानी ही। बीजी के मन में कहीं न कहीं यह बात दबी बैठी होगी। किसी दिन कोई ऐसी बात हो जाएगी, मुझसे ही कोई ऐसी भूल हो जाएगी तो यह बात बीजी के मुंह से निकल जाएगी और मुझे दुख होगा।

अख़बार वाले साब को मैंने पहले ही दिन बता दिया था कि मिसिज़ वर्मा बीमार हैं, मैं तीन-चार दिन उनके पास रहूँगी, और साब के घर सवेरे कुछ देर से पहुंचूगी। साब बीजी को जानता है। बीजी ने ही बताया था। कहा था लिखने वाले सब एक दूसरे को जानते हैं, थोड़ा बहुत। मुझे हैरानीं हुई थी, जानते हैं तो एक दूसरे के घर आते-जाते क्यों नहीं। मेरा ख़याल था साब बीजी को देखने आएगा। वह रोज़ मुझसे उनका हाल पूछ लेता है। मैं बीजी को बता देती हूँ, अख़बार वाला साब आपका हाल पूछ रहा था। मेरा ख़याल था वह उन्हें फ़ोन तो करेगा ही, शायद करता भी हो।

मैं आजकल खूब मज़े से नहाती हूँ। पानी तो ज़्यादा नहीं लगाती, देर बहुत लगाती हूँ। नहाने से पहले अच्छी तरह से सफ़ाई करती हूँ। कपड़े उतार कर। बीच-बीच में शीशा देखती रहती हूँ। बीजी के तौलिये बढ़िया हैं। साबुन भी। तेल भी। शेम्पू भी। शेम्पू की झाग सारे बदन पर मल लेती हूँ। बहुत मज़ा आता है। दो तीन दिनों में ही एड़ियाँ साफ़ हो गयी हैं। खूब करीम लगाती हूँ उन पर। और यह सब करते हुए कभी-कभी अचानक डर जाती हूँ यह सोच कर कि कहीं कोई भूल तो नहीं हो रही मुझसे, कहीं कोई चोरी तो नहीं कर रही मैं। क़ायदे से मुझे यह सब करना नहीं चाहिए। बेशक बीजी ने ख़ुद ही कहा था लेकिन अब पछता तो नहीं रही होंगी।

सच तो यह है, दरवाज़ा बन्द कर के बाथरूम में नहाना धोना मुझे कभी नसीब ही नहीं हुआ। घर में बाथरूम के नाम पर तो कोठरी का एक कोना ही है जहाँ

हम सब बारी-बारी नहाती हैं, जल्दी-जल्दी में। दूसरे बाथरूम के लिए तो इधर उधर ही जाना पड़ता है मुंह अंधेरे। अब उसमें भी मुश्किल होती जा रही है। मुझे तो बहुत शर्म आती है। सब मरद इधर उधर बैठे खड़े नज़र आते हैं। पता नहीं वह सुलभ शौचालय कब बनेगा।

अगर कल अपने घर चली गयी तो फिर सुबह सवेरे उठ बाहर जाना पड़ेगा। फिर उसी कोने में जल्दी-जल्दी नहाना पड़ेगा। मां और पारो के सामने। उसी लाइफ़बाए साबुन से। उसी पतले मैले से तौलिए से पिण्डा पोंछना पड़ेगा और उसी छोटे से टूटे हुए शीशे में मुंह देखना पड़ेगा। तो क्या हुआ ! अपना घर अपना घर। अपनी क़िस्मत अपनी क़िस्मत। मां ठीक ही कहती है। जब मैं मां की उमर की हो जाऊंगी तो मैं भी अपनी बेटियों से ऐसी ही बातें किया करूँगी। लेकिन मैं शादी नहीं करूंगी, बच्चे नहीं जनूंगी। तो इस इतनी बड़ी देह का करूंगी क्या ? इसे कौन संभालेगा ? इसे किस-किस से बचाऊंगी ?

जब इन कापियों में नहीं लिखती थी तो इस तरह के ख़याल मन में नहीं आते थे। आते तो होंगे तब भी, तंग नहीं करते थे। तंग भी करते होंगे। अब याद नहीं आता तब अकेले में मन का नक़शा कैसा होता था। बस इन कापियों का यही कमाल कि मैं इनमें अपने ख़यालों को संभाल कर रखती जाती हूँ। जैसे कोई सूटकेस में कपड़े रख रही हो या सिंगारदार में ज़ेवर। या डिब्बे में लड्डू। लेकिन क्यों ? किसके लिए ? अपने लिए और किसके लिए ! बूढ़ी हो जाऊंगी तो इनको ले कर बैठ जाया करूंगी। पढ़-पढ़ कर कभी हंसा करूंगी कभी रोया करूंगी, कभी पछताया करूंगी, कभी ख़ैर मनाया करूंगी।

बीजी अभी सोयी नहीं। कहती हैं दवाइयों ने उनकी नींद उड़ा दी है। वह भी शायद डायरी ही लिख रही हों। या कोई कविता मेरे बारे में। मेरी नौकरानी के नख़रे ! शानो की शान ! जा कर पूछूं ? पूछ नहीं सकूंगी। कोई बहाना बना कर देख ही आऊं ? बहाना भी एक तरह का झूठ। बीजी से झूठ बोलना ठीक नहीं लगता।

तो क्या फ़ैसला हुआ, कल क्या करूंगी ? मां और पारो से बात करूंगी। हो सकता है बीजी ख़ुद ही कह दें, शानो, अब मैं ठीक हो गयी हूँ, तूने मेरी बहुत सेवा की, अब तू अपने घर ही सोया कर, आराम से।

इससे पहले कि वह कहे मुझे कह देना चाहिए। वह कहेंगी तो मुझे बुरा लगेगा। अगर मैं उन्हें कहूंगी तो उन्हें बुरा नहीं लगेगा ? क्यों न मां से कहलवा दूं ? लेकिन यह भी तो हो सकता है कि बीजी कहें, शानो, अब तू यहीं क्यों नहीं रहती, मेरे पास, यहीं से जा कर बंगालिन और अख़बार वाले साब का काम कर आया कर।

मैंने अपने घर सोना शुरू कर दिया है। कल से।

बारिश तीन चार दिन रुकी रही, आज सुबह से फिर ज़ोरों से हो रही है।

मां आंखों पर बांह रखे सो रही है, पारो आंखें बन्द किए लेटी है। उसे नींद देर से आती है। मुझे भी।

मैं यह लिखते-लिखते कभी-कभी भूल जाती हूँ कि माँ और पारो इसी कोठरी में लेटी हुई हैं। मां करवट बदलती है तो खाट चरमरा उठती है और मैं चौंक जाती हूँ। या फिर पारो अचानक आँखें खोल देती है तो मुझे पता नहीं कैसे पता चल जाता है और मेरा हाथ रुक जाता है। पारो कहती है, बस कर अब, तेरा हाथ भी नहीं थकता !

बीजी के घर में मैं सात रातें सोयी। पहली दो रातें नींद बीच-बीच में टूट जाती रही थी। फिर ऐसी गहरी नींद आने लगी जैसे कोई गोली खा ली हो। और अब वह सात दिन सपनों जैसे लगते हैं।

कल रात यहाँ नींद बहुत देर से आई थी। जब आयी तो अजीब-अजीब सपने भी आ गये और मैं दो तीन वार हड़बड़ा कर जाग उठी थी। पारो ने मज़ाक़ किया था, बीजी का होटल याद आ रहा है ? मैंने ही उसे बताया था कि बीजी का घर किसी होटल की तरह साफ़ सुथरा है। वैसे मैंने कभी कोई होटल देखा नहीं। हां, टीवी पर ज़रूर देखा है।

कल रात एक सपने में मैं बीजी के बाथरूम में नहा रही थी कि मुझे एक चूहा नज़र आ गया था और फिर वह देखते ही देखते एक सांप में बदल गया था। माँ कहती है, सपने में सांप दिखे तो अच्छा नहीं होता।

आज बीज़ी का ऊपर वाला बाथरूम साफ़ करते-करते पता नहीं मुझे क्या हुआ कि मैं दरवाज़ा अन्दर से बन्द कर के कमोड पर बैठ रोने लगी। चुपचाप। आंसू ऐसे बह रहे थे जैसे किसी ने आँखों में प्याज़ निचोड़ दिया हो। कुछ देर बाद तौलिए से आँखें पोंछीं, वहीं पेशाब किया, हाथ धोए, मुंह पर क्रीम लगायी और बाथरूम की सफ़ाई बीच में ही छोड़ नीचे उतर गई। बीजी नीचे लेटी कोई किताब पढ़ रही थीं। मैंने कहा, बीजी, मेरे पेट में कुछ गड़बड़ हो गयी है, मैं घर जा रही हूँ। बीजी ने कहा, घर जाने की क्या ज़रूरत है, यहीं थोड़ी देर लेट क्यों नहीं जाती, अगर बाथरूम जाना है तो भी यहीं जा सकती हो। मैंने कहा, नहीं, मैं घर ही जाऊंगी, आपका खाना तो मैंने बना ही दिया है, ऊपर का काम कल...। बीजी बोलीं, मुझे काम की चिन्ता नहीं, बता तो सही तुझे हो क्या गया अचानक ? डाक्टर सेन के पास क्यों नहीं चली जाती ? मैंने फिर कहा, नहीं, मैं घर ही जाऊंगी।

वहां से मैं सीधी घर चली गई। पारो और मां अभी नहीं लौटी थीं। मैं कोठरी में अकेली बैठी सोचती रही, मुझे अचानक हो क्या गया था।

मुझे कुछ पता नहीं मैंने बीजी से झूठ क्यों बोला, मुझे रोना क्यों आया, मैंने

वहां पेशाब क्यों किया, क्रीम क्यों लगायी। मैंने यह सब कुछ बीजी से छिपा कर न किया होता तो शायद मैं पेट की गड़बड़ का बहाना बना कर घर न भाग आयी होती।

अब सोच रही हूँ बीजी बेवकूफ़ नहीं, सब समझ बूझ गयी होंगी, इसीलिए रोकती रहीं। अगर रुक जाती तो शायद वह पास बिठा कर समझातीं कि मुझे झूठ नहीं बोलना चाहिए। अगर उन्हें पता चल गया है तो कल उन्हें मुंह कैसे दिखाऊंगी। मुझे चाहिए कि ख़ुद ही बता दूं उन्हें सब कुछ। सब कुछ नहीं बता सकूंगी। सब कुछ तो यहां भी नहीं लिखती। मैंने यहां यह नहीं लिखा कि पेशाब करने के बाद मैंने फ़लश नहीं किया था। भूली नहीं थी, जानबूझ कर नहीं किया था। जब उनके घर सोती थी तब भी तो पेशाब वग़ैरह उन्हीं के बाथरूम में किया करती थी। लेकिन तब भी लगता यही था कि यह ठीक नहीं। अगर मुझे लगता था, उन्हें भी तो लगता ही होगा। इसीलिए मैंने जो किया जानबूझ कर किया। लेकिन क्यों ?

मुझे अचानक रोना क्यों आ गया था ? अगर रोना न आता तो कुछ भी न होता। मतलब मैं बाथरूम साफ़ करती, कमरों की सफाई करती, हाथ-पाँव धोती और खा-पी कर घर लौट आती। बीजी भी ख़ुश, मैं भी।

मुझे लगता है मुझे रोना यही सोच कर आ गया होगा कि बीजी ने बुख़ार उतर जाने पर मुझसे यह क्यों नहीं कहा, शानो, अब तू यहीं रहेगी मेरे पास, अब तू इसी को अपना घर समझ ले, तेरी मां को मैं मनवा लूंगी।

अगर वह यह बात कह देती तो भी मैं मानती तो नहीं लेकिन मुझे अच्छा लगता।

अगर यह बात नहीं कहनी थी तो मुझे सात दिन अपने पास इतनी अच्छी तरह से रखा क्यों ?

मुझे लगता है मां ठीक ही कहती थी कि नौकरानी और मालकिन का भेद कभी नहीं मिटता।

मुझे रोना इसी बात पर आया होगा।

बहुत दिनों के बाद आज मैं अपने अड्डे पर गयी। डरते-डरते। बारिश नहीं हो रही थी। उर्मिला और पारो के सिवाय बाक़ी सब वहां बैठी हुई थीं।

मुझे देखते ही ललिता बोली, लो आ गयी शानो मेम साब !

बानो उठी और झुक कर सलाम करते हुए बोली, की ख़ोवर, सानो मेम शाब ?

ठिगनी मदरासन ने कहा, आज रास्ता भूल गयी क्या ?

लंबी मदरासन बोली, इसके लिए कुरसी मंगवाओ कहीं से।

करेलावाली ने कहा, हम इसकी हैं कौन !

इस पर सबको हंसी आ गयी। मुझे भी। तब ललिता ने कहा, यार तू तो हमें भूल ही गयी !

मैं चुप रही। मुझे उनकी तानेबाज़ी अच्छी लग रही थी। मैंने खाने का डिब्बा खोला तो ललिता बोली, तो आज तू खाना भी हमारे साथ खाएगी, हमारी तो क़िस्मत जाग उठी आज !

मैंने डब्बा आगे सरका दिया।

खाना खाते-खाते भी सब मुझे छेड़ती रहीं और मुझे अच्छा लगता रहा।

बीजी ने आज पूछा, शानो, तू चुप-चुप सी क्यों है कुछ दिनों से। मैं चुप रही तो वह फिर बोलीं, तू ठीक तो है, घर में सब ठीक तो हैं। मैंने कह दिया, जी सब ठीक है। बीजी बोलीं, कल तूने खाना भी नहीं खाया। मैंने कहा, जी भूख नहीं थी। वह बोलीं, आज खा के जाना, और अंग्रेज़ी कैसे चल रही है तेरी ? मैं चुप रही। कहना चाहती थी, अंग्रेज़ी का मुझे क्या फ़ायदा होगा, लेकिन कहा नहीं। बीजी ने कहा, और तेरी वह डायरी ? लिख रही हो कि छोड़ दी। मैंने कहा, जी, लिख रही हूँ। बीजी ने पूछा, रोज़ लिखती हो ? मैंने कहा, जी नहीं, जब मूड मतलब मन होता है। बीजी बोलीं, किसी दिन उसमें से कुछ पढ़ कर सुनाओगी ? मैं तो चुप रही लेकिन मेरा दिल बहुत धड़का। फिर बीजी ने कहा, शानो, मेरी बीमारी में तूने मेरी इतनी सेवा की जितनी कोई बहू-बेटी भी नहीं करती। मैं चुप तो रही लेकिन मेरा गला भर आया। बीजी बोलीं, ज़रूर कोई बात है जो तू इतनी चुप-चुप रहने लगी है, मुझे बता क्यों नहीं देती ? मेरी आंखों से आंसू बह निकले तो बीजी ने पुचकारकर कहा, अरी, यह क्या ? और फिर वह उठ कर मेरे पास आ खड़ी हुईं, मेरी पीठ पर हाथ फेरने लगीं, बोलीं, तुझे झरना याद आ रही होगी। उस वक़्त झरना मुझे बिलकुल भूली हुई थी लेकिन उसका नाम सुनते ही मैं फफक फफक कर रोने लगी और बीजी ने मुझे अपने गले लगा लिया। मेरा मन किया कि उन्हें अपनी बांहों में कस लूं लेकिन मेरी बांहें लटकी रहीं।

आज की रुलायी से मेरा जी तो हलका हुआ लेकिन मन साफ़ नहीं हुआ। वह या तो बीजी से या किसी और से खुलकर बात करने से ही होगा या यहां लिखने से। यहां लिखना अपने से बात करने जैसा लगता है। लगता है जब से यहां लिखना शुरू किया है तब से बहुत-सी बातों का बंटवारा सा हो गया है। मतलब कुछ बातें ऐसी होती हैं जिन्हें मैं सिर्फ़ यहां ही लिखती हूँ। उन्हें भी पूरी तरह तो नहीं लिख सकती, उनका भी कुछ हिस्सा तो जैसे अन्दर या और कहीं अटका रह जाता हो।

लेकिन वह ऐसी होती हैं कि उन्हें किसी दूसरे के साथ करने का मन ही नहीं होता। मन की बात भी नहीं। कोई और ही बात है। असल में वह बातें ऐसी होती हैं कि लिखते-लिखते ही पता चलता है वह हैं क्या। पूरा पता लिखते-लिखते भी नहीं चलता। मतलब यह कि वह ख़ास बातें होती हैं। उनका पता दूसरे लोगों को शायद ही होता हो। दूसरों से यह बातें इसलिए भी नहीं की जातीं क्योंकि उन बातों में अकसर कुछ ऐसा होता है जिस से शर्म आती रहती है। वह तो यहाँ लिखते भी आती है। लेकिन यहां उन्हें लिखते समय ऐसा लगता है जैसे कोई अकेले में अपने कपड़े उतार रही हो, अपने सामने नंगी हो रही हो, अकेली नंगी नाच रही हो। दूसरों के सामने नंगी होना आसान नहीं। और कुछ बातें ऐसी होती हैं जो इतनी आम होती हैं, उन्हें यहां लिखने का मन ही नहीं होता। वैसे कभी-कभी उन्हें भी यहां लिख देती हूँ, लिखती रहती हूँ, जब कोई ख़ास बात नहीं होती। और कभी-कभी उनमें से भी कोई ख़ास बात निकल आती है तो लगता है जैसे अचानक कोई चीज़ कहीं पड़ी मिल गयी हो। जैसे छुटपन में मिल जाया करती थी और मैं उछल पड़ती थी।

कभी कभी मन करता है कि जो ख़ास बातें यहां लिखती हूँ किसी दूसरे से भी करूँ। ऐसा कोई दूसरा है नहीं मेरे पास। होता तो अच्छा होता। होती तो भी अच्छा होता। दूसरों के सामने नंगा होना या नाचना आसान नहीं, लेकिन किसी एक दूसरे या दूसरी की बात और है। यह सोचते-सोचते उदासी उतर आती है। जब डायरी नहीं लिखती थी तब भी उदासी अचानक उतर आया करती थी। अक्सर। लेकिन तब पता नहीं चलता था कि ऐसा क्यों हो रहा है। पूरा पता तो अब भी नहीं चलता, लेकिन महसूस यही होता है, चल गया है या चल जाएगा। बीजी अगर यह सब पढ़ें तो ज़रूर हैरान हों। सोचें इस लड़की के तो पर निकल आए। शायद ख़ुश भी हों यह सोच कर कि डायरी लिखने का सुझाव उन्हीं का था। शायद अख़बार वाले साब के साथ भी बात करें। कहें, किसी दिन आपको भी दिखाऊंगी उसकी डायरी, आप भी हैरान हो जाएंगे, आपने कभी सोचा भी नहीं होगा कि एक सातवीं जमात तक पढ़ी नौकरानी भी इस तरह की बातें सोच और लिख सकती है, इस तरह की साफ़ सुथरी भाषा में। यह सुन कर अख़बार वाला साब क्या कहेगा ? शायद कुछ भी नहीं, या मन ही मन में कुछ। वह बोलता बहुत कम है।

आज की रुलाई की बात किसी से नहीं हो सकेगी। मुझे लगता है कुछ दिन पहले बीजी के बाथरूम वाली रुलाई और आज की रुलाई एक जैसी ही थी। अन्दर से। जैसे दो बहनें हों। जैसे पारो और मैं। पारो के मन में भी कई ऐसी बातें आती रहती होंगी जो वह किसी से नहीं करती। उनका वह क्या करती होगी ? वह भी बोलती कम ही है। सब कहती हैं, दोनों बहनें चुप्पा ! मां भी ज़्यादा नहीं बोलती। जब से बापू गया है, तब से तो और कम। बापू था तो उसकी शिकायतें करती

रहती थी या फिर उस से शिकायतें करती रहती थी ! और फिर उनमें झगड़ा हो जाता था। मां बोलना बन्द कर माथा पीटना शुरू कर देती थी और बापू उसे पीटना ! आख़िरी दिनों में बापू बिलकुल बेजान सा पड़ा रहता था और मां मुंह बन्द किये उसकी देखभाल करती रहती थी। आख़िरी दिनों में घर में दिन रात उल्लू बोलता रहता था। बापू के अन्त के इन्तज़ार में चुपचाप सारा काम अपने आप होता रहता था। तब कभी-कभी मां अकेली बैठी बड़बड़ाती नज़र आ जाती थी। मैं छिप कर सुना करती थी। कुछ समझ आता था, बहुत कुछ नहीं। अब लगता है मां की वह बड़बड़ाहट ही उसकी डायरी होगी। बापू के जाने के बाद मां ने जैसे डायरी लिखना बन्द कर दिया हो। अब वह अकेली बैठ बड़बड़ाती भी नहीं।

जो लोग डायरी नहीं लिखते वह अपनी भड़ास बड़बड़ा कर निकाल लेते होंगे। पारो पता नहीं अपनी भड़ास का क्या करती है।

भड़ास का ठीक ठीक मतलब पता नहीं क्या होता है।

एक दिन पारो ने कहा था, तू अच्छी है, शानो, तुझे पढ़ना लिखना तो आता है, मुझे तो वह भी नहीं आता।

उसे भी कुछ तो आता ही है लेकिन वह दूसरी तीसरी जमात से आगे नहीं बढ़ी। फिर भी अपना नाम तो लिख ही लेती है। चाहे तो अब भी पढ़ना-लिखना तो सीख ही सकती है, अगर उसे भी बीजी जैसी मालकिन मिल जाए तो।

बीजी मेरे लिए अंग्रेज़ी की एक छोटी-सी किताब ख़रीद लायी है। कायदा मैं अब फ़रफ़र पढ़ लेती हूँ। हिन्दी का अख़बार भी। पहले खड़े-खड़े ही सरसरी तौर पर देख लिया करती थी। एक दिन साब ने कहा था, देख शानो, कल से तू बैठ कर आराम से अख़बार पढ़ा करेगी, समझी ? तब से बैठ कर आराम से पढ़ती हूँ। वैसे मैं यह नहीं समझ पायी कि मैं अख़बार पढ़ूं न पढ़ूं, बैठ कर पढ़ूं या खड़ी हो कर, साब को क्या फ़रक़ पड़ता है, और बैठ कर आराम से पढ़ूंगी तो उन्हें क्या मिल जाएगा ! साब सनकी आदमी हैं। इसीलिए उनकी बीवी उन्हें छोड़ गयी होगी। क्या पता वह साब से भी ज़्यादा सनकी हो। वह होती तो वह साब पर भी शक करती, मुझ पर भी। दोनों के बीच लड़ाई झगड़ा होता रहता। बीवियां किसी पर भरोसा नहीं करतीं। पता नहीं क्यों ? अगर बीजी भी अकेली न होतीं तो इतनी अच्छी न होतीं जितनी अब हैं। उनका आदमी पता नहीं कैसा था। किसी दिन बीजी से अख़बार वाले साब की बीवी के बारे में पूछूँगी, अख़बार वाले साब से बीजी के आदमी के बारे। दोनों समझेंगे मैं जासूसी कर रही हूँ। नहीं पूछूँगी। मुझे इन बातों से क्या लेना देना। मैं ललिता नहीं। उसे तो किसी से कुछ पूछना भी नहीं पड़ता होगा। वह पैदाइशी जासूस है। मैं पैदाइशी डायरी लिखने वाली।

सनकी का ठीक-ठीक मतलब मुझे नहीं आता। अख़बार में बहुत से लफ़्ज़ ऐसे होते हैं जिनका ठीक-ठीक मतलब मैं नहीं जानती। कभी-कभी साब से पूछ लेती

हूँ। अक्सर अन्दाज़ों से ही काम चलाती हूँ। बहुत से अन्दाज़े ग़लत भी होते होंगे। ठीक है, मुझे कौन-सा किसी इम्तहान में बैठना है। आज मैंने साब से दो लफ़ज़ों का मतलब पूछा—परमाणु और शीतयुद्ध। साब ने अपनी किताब रख कर मेरी तरफ़ ऐसे देखा जैसे कहने वाले हों, तेरी यह हिम्मत ! मतलब मुझे लगा जैसे उन्हें मुझ पर गुस्सा आ गया हो, जैसे मुझसे कोई भूल हो गयी हो। फिर जब वह मुसकराने लगे तो मैं समझ गयी उन्हें गुस्सा नहीं आया था, सिरफ़ हैरानी हुई थी। फिर वह देर तक मुझे उन लफ़ज़ों के मतलब समझाने के लिए तरह-तरह की बातें बताते रहे थे, उलटी सीधी मिसालें देते रहे थे, पूछते रहे थे, समझी कि नहीं समझी, और मैं सुनते-सुनते इतनी चकरा गयी थी कि मैंने मन ही मन यह ठान लिया था कि अब फिर साब से किसी लफ़ज़ का मतलब नहीं पूछूंगी।

मेरा यह फ़ैसला ग़लत है, मैं जानती हूँ। साब की बातें मेरी समझ में तो नहीं आयीं थीं लेकिन उनमें से कुछ मुझे काफ़ी अच्छी ज़रूर लगी थीं। अब उन्हें याद करने और लिखने में मुश्किल हो रही है। मन करता है बार-बार उन दो लफ़ज़ों को बोलती रहूं। मन ही मन में। परमाणु। शीतयुद्ध। परमाणु। शीतयुद्ध। लेकिन ये दो नहीं तीन हैं। तो क्या अब मैं गिनती भी भूलती जा रही हूँ ? वैसे साब ने मुझे इन लफ़ज़ों के मतलब ही नहीं बताए थे, उन से जुड़ी कई लंबी-लंबी और उलझी हुई कहानियाँ भी सुनायी थीं। वह कहानियां असली कहानियां नहीं थीं, इसीलिए मेरी समझ में नहीं आयी थीं। साब को पता चल गया होगा कि वह मेरी समझ में नहीं आ रही थी। जब कोई बात मेरी समझ में नहीं आती तो मुझे लगता है जैसे मेरा चेहरा कोरा हो गया हो। साब मेरा कोरा चेहरा देख कर ही बार-बार पूछते रहे थे, समझी कि नहीं समझी। लेकिन यह तो उनकी आदत है। उनका तकिया कलाम। इन लफ़ज़ों का ठीक मतलब भी मुझे नहीं आता। अगर किसी दिन साब से पूछ लिया तो वह इन से जुड़ी कहानियाँ सुनाने बैठ जाएंगे। बापू के मुंह से ये दो लफ़ज़ अक्सर निकला करते थे। जब मां का मुंह बन्द करना होता तो बापू मां से कह देता था, यह तो तेरा तकिया कलाम हो गया है। तो क्या हर लफ़ज़ से कहानियां जुड़ी हुई होती हैं ? मैंने बीजी से कभी किसी लफ़ज़ का मतलब नहीं पूछा। किसी दिन पूछूँगी। परमाणु और शीत युद्ध का मतलब क्या होता है बीजी ? बीजी हैरान ! और ख़ुश ! इस लड़की के तो पर निकल आए ! और फिर मुझे इन लफ़ज़ों के मतलब समझाना शुरू कर देंगी। वही कहानियां सुनाना शुरू कर देंगी जो मैं अख़बार वाले साब से सुन चुकी हूँ! मेरा चेहरा कोरा हो जाएगा। बीजी पूछेंगी, समझी कि नहीं समझी ? मुझे हँसी आ जाएगी। मैं उसे दबा कर बैठी रहूँगी।

कल रात नींद गिनती और उन तीन लफ़्ज़ों का जाप करते-करते ही आयी। एक दो तीन। परमाणु शीत युद्ध। एक दो तीन। परमाणु शीत युद्ध। अब हंसी आ रही है। अच्छा है। रुलायी से हंसी अच्छी। लेकिन अगर उस दिन खुल कर रुलायी न आ गयी होती तो किसी बात पर हंसी न आती। हंसी के लिए रुलायी ज़रूरी।

मैं दानी परधानी गुड़िया की नानी क्यों होती जा रही हूँ। इन लफ़्ज़ों का असली मतलब शायद अख़बार वाले साब को भी न आता हो। पूछूंगी नहीं। बुरा मान जाएंगे। नहीं, बुरा वह किसी चीज़ का नहीं मानते।

जब से मिसिज वर्मा बीजी बनी हैं, अख़बार वाला साब अख़बार 'वाले' साब बन गये हैं। अब मैं 'उस' को 'उन' कहने और लिखने लगी हूँ। यह समझ बूझ भी शायद इस डायरी की वजह से ही आयी हो।

यह डायरी भूत की तरह सवार होती जा रही है मेरे सिर पर। जी करता है अपने पर्स में एक छोटी-सी कापी रख लूँ ताकि दिन में भी जब टाइम मिले और मूड हो तो उसमें लिख लिया करूँ। कई बातें शाम होते-होते भूल जाती हैं, उसी तरह जैसे कई सपने सुबह होते होते।

सपने याद क्यों नहीं रहते ? अगर उन्हें याद नहीं रहना होता तो वह आते क्यों हैं। हो सकता है मेरी याद में ही कोई ख़राबी हो। मेरे दिमाग़ की तरह। मां कहने लगी है, जब से तूने यह कापियां भरनी शुरू की हैं, तू कोई बात ही नहीं करती। पारो कहती नहीं, सोचती वह भी यही होगी।

मन करता रहता है किसी दिन पारो के साथ बैठ कर ढेर सारी बातें करूं। पारो बहुत ज़्यादा चुप गडुप रहती है। मैं तो फिर भी कभी-कभी नीम के पेड़ के नीचे बैठ दूसरों से बतिया लेती हूँ, पारो तो वहां भी बहुत कम जाती है। वह चिंता बहुत करती है। कैसे न करे ? मैंने देखा है ब्याहे हुए लोग बहुत चिन्ता करते हैं, अकेले या अकेले रह गये लोग कम। जैसे कि अख़बार वाले साब और बीजी। अगर वे दोनों साथ रहने लगें तो वे भी चिन्ता करने लगें। मुझे पारो से बात करनी चाहिए। वह मेरी बहन है। उसे अपनी दोस्त बना लेना चाहिए। लेकिन बहन के साथ दोस्ती मुश्किल। भाई के साथ और मुश्किल। कुन्दन जैसे भाई के साथ तो और भी। उसका पता नहीं क्या हाल है। कई दिनों से घर नहीं आया। जब पैसों की ज़रूरत होती है तभी आता है, वैसे नहीं। मन ही मन उसकी चिंता करती रहती हूँ। मैं दानी परधानी गुड़िया की नानी।

काम से छुट्टी मारे बहुत दिन हो गए हैं। आजकल मन ही नहीं करता। कितनी भी बारिश क्यों न हो, भीगती भागती पहुंच ही जाती हूँ सबके घर। जब बहुत भीग जाऊं तो साब तौलिया देना नहीं भूलते। बीजी भी। बीजी तो कई बार कह चुकी हैं मैं एक जोड़ा उनके घर रख छोड़ूं ताकि गीले कपड़ों में न रहना पड़े दिन भर। कहती हैं, मेरे कपड़े तुझे फ़िट नहीं होंगे नहीं तो मैं तुझे दे देतीं। मैं कह देती हूँ,

कोई बात नहीं, आजकल के कपड़े बहुत जल्दी सूख जाते हैं।

बीजी आजकल के कपड़े नहीं पहनतीं। कहती हैं उन्हें तो काटन या सिल्क के कपड़े ही सूट करते हैं, दूसरों में तो उन्हें खुजली होने लगती है। वह तो कभी-कभी मुझे भी हो जाती है लेकिन अच्छे मुझे यही लगते हैं। हाँ, कभी-कभी इनमें से अजीब-सी गंध ज़रूर आती है जो मुझे अच्छी नहीं लगती। इसीलिए मैं रोज़ के रोज़ पानी में से निकाल लेती हूँ। और गर्मियों में पाओडर भी बहुत छिड़क लेती हूँ। ख़ास तौर पर बग़लों में। डर लगा रहता है बंगालन या बीजी किसी दिन कह न दें, इतना पाओडर लगा कर मत आया कर। ललिता कहती है, मालकिनों को फ़ैशनदार नौकरानियां एक आंख नहीं भातीं। मैं फैशनदार नहीं, सिरफ साफ़ सुथरी हूँ। पाओडर मैं फ़ैशन के लिए नहीं लगाती, इसलिए लगाती हूँ ताकि दूसरों को बू न आए। ललिता तो सुरख़ी भी लगाती है। मैं सोचती हूँ, उसका मन करता है तो क्यों न लगाए। दोनों मदरासनों को बालों में फूल टांकने का शौक़ है। कहती हैं हमारे देश का रिवाज है। कहीं से तोड़ लाती होंगी। करेला वाली ने सफ़ेद कपड़े का फूल बना रखा है। उर्मिला माथे में बड़ा-सा बिन्दा लगाती है, और मांग में ढेर सा सिन्दूर भी। पारो कुछ भी नहीं लगाती। कहती है, क्यों लगाऊं, किसके लिए लगाऊं। बिन्दी सिन्दूर वह लगाएं जो अपने सुहाग से सुखी हों, मेरा सुहाग सूखा सुहाग।

पारो कुछ लगाए न लगाए अच्छी लगती है, कपड़े साफ़-सुथरे पहनती है, काम साफ़ सुथरा करती है। सब कहती हैं, तुम दोनों बहनें बांकी। ललिता जीजा की ख़बरें ला ला कर हमें देती रहती है। जीजा खुद भी कभी-कभी हमारे घर आ धमकता है। धमकियां देता रहता है और कुछ देर बक झक कर चला जाता है। उसके जाने के बाद पारो उसे दो तीन गालियां दे कर अपना कलेजा ठंडा कर लेती है लेकिन रात देर तक करवटें बदलती रहती है।

इसीलिए मन करता रहता है किसी दिन पारो के साथ उस नीम के पेड़ तले अकेले बैठ कर उसका दुखड़ा सुनूं, उसे तसल्ली दूं।

पारो कहती है उसके काम से मोटी इतनी ख़ुश है कि उसे कहती रहती है, तू मेरा खाना क्यों नहीं बनाती।

पारो और मैं मां से कई बार कह चुकी हैं कि वह अपने सन्दूक में एक पैसा भी न रखे नहीं तो कुन्दन फिर किसी दिन सफाया कर जाएगा। मां हमारी सुन तो लेती हैं लेकिन हमें लगता यही है कि वह हर शाम कुन्दन का इन्तज़ार करती रहती है और वह जब आएगा, मां से कुछ न कुछ लेकर ही जाएगा। उस चोरी के बाद एक दिन आया था। पारो काम से नहीं लौटी थी और मैं उन दिनों बीजी के घर सोती थी। पारो कहती है उसे पता नहीं मां ने कितने पैसे दिये लेकिन उसे शक है उसने बचा-बचाया सब उसे दे दिया।

इस बारे में मां के साथ बहस का कोई फ़ायदा नहीं होता। उलटा कड़वाहट

पैदा होती है। इसलिए पारो और मैंने फ़ैसला कर लिया है कि अब हम चुप रहा करेंगी। पारो और मैं अपने सारे पैसे बैंक में ही रखती हैं। मां को हर महीने मैं सात सौ देती हूँ, पारो पांच सौ। हम मां से कुछ कहें न कहें, आपस में अक्सर बात करती हैं कि कुन्दन हम तीनों की मेहनत की कमाई पर ऐश कर रहा है। हमें गुस्सा बहुत आता है लेकिन समझ नहीं आता हम करें क्यो।

बैंक में पैसे जमा करवाने जाना मुझे अच्छा लगता है। पारो को भी। कुछ दिन बाद मैं वह पीली सलिप अंग्रेज़ी में भरने लगूंगी। कुछ दिन बाद मुझे चेकबुक भी मिल जाएगी। जंगले के पीछे बैठा बाबू छेड़ता है, कुछ दिन बाद तुम लखपत्नी हो जाओगी ! उसकी हंसी में भी हिरस होती है और देखता ऐसे है जैसे भूखा भेड़िया हो।

पारो कहती है, मरद सब भड़ुए और भेड़िये।

भड़ुए का ठीक-ठीक मतलब मुझे नहीं आता।

बैंक छोटा-सा है। कभी-कभी बहुत भीड़ होती है। मरद लोग भीड़ का फ़ायदा उठाने से बाज़ नहीं आते। बूढ़े सब से ज़्यादा बदमाश। कभी-कभी मन होता है सुना दूं ख़री-खरी, कर दूं नंगा। पारो मना करती रहती है। कहती है, कोई फ़ायदा नहीं होगा, कोई हमारे हक में नहीं बोलेगा, सब कहेंगे ये छोकरियां बदमाश हैं, शरीफ़ लोगों की इज़्ज़त उतारने पर तुली हुई हैं। पारो कहती है, हम तो नौकरानियां हैं, हमारे साथ बेशमी करना तो ये लोग अपना हक़ समझते हैं, लेकिन अगर हम नौकरानियां न होतीं तो भी ये लोग बेशमी से बाज़ नहीं आते।

लेकिन सब मरद एक जैसे भी नहीं होते। बंगाली बेचारा भला आदमी है। अख़बार वाले साब तो खैर हैं ही। किसी के मन की बात कौन जानता है। लेकिन मन की बात भी हमेशा के लिए मन में ही छिपी नहीं रहती, कभी-कभी तन में से झांकना शुरू कर देती है।

मैं कहां से कहां पहुंच जाती हूँ।

आज जब मैंने अख़बार वाले साब के फ़्लैट का दरवाज़ा धकेला तो उन्हें नीचे बैठक में बैठे अख़बार पढ़ते देख मुझे बड़ी हैरानी हुई। मैंने उन्हें नमस्ते किया और पूछा, साब आप ठीक तो हैं ?

मेरा मतलब था कि वह हमेशा की तरह ऊपर अपना काम क्यों नहीं कर

रहे थे। साब ने मेरे सवाल का जवाब देने के बजाए पूछा, देख शानो, तू आज इतनी देर से क्यों आयी है ? मुझे और हैरानी हुई, क्योंकि साब के घर पहुंचने में मुझे अक्सर देर सवेर होती ही रहती है और वह कभी कुछ कहते पूछते नहीं। अक्सर तो उन्हें मेरे पहुंचने का पता ही नहीं चलता। दरवाज़ा वह सुबह सवेरे खोल देते हैं, और मुझे उन्होंने हिदायत दे रखी है कि मैं घन्टी न बजाऊं। शुरू-शुरू में मैं भूल जाती थी और घन्टी बजा दिया करती थी। शुरू शरू में मुझे अजीब लगता था कि साब को दूसरे लोगों की तरह चोरी का डर क्यों नहीं, कि वह दूसरे लोगों की तरह दरवाज़ा हमेशा बन्द क्यों नहीं रखते। अब मैं समझ गयी हूँ कि साब दूसरे लोगों जैसे नहीं। मां कहती है साब की इन्हीं आदतों से तंग आ कर तो उनकी बीवी ने उन्हें छोड़ दिया। मुझे मां की यह बात ठीक नहीं लगती। में तो अपने मरद की ऐसी आदतों से कभी तंग न आऊं, उनके कारण उसे कभी न छोडूं। लेकिन मेरा क्या भरोसा। मैं दूसरी औरतों जैसी नहीं। मैं तो यह भी कहती हूँ मैं शादी नहीं करूंगी, बच्चे नहीं जनूंगी।

मैंने साब की तरफ़ देखा तो वह मेरा तरफ़ देख रहे थे। मुझे इस पर भी हैरानी हुई। आम तौर पर वह सीधे मेरी तरफ़ नहीं देखते। कभी-कभी तो मुझे पता ही नहीं चलता कि वह मुझसे बात कर रहे हैं या अपने आप से।

मैं हैरान हो ही रही थी कि वह फिर बोले, बताती क्यों नहीं तू इतनी देर से क्यों आयी ?

अब मुझे उनकी आंखों में पता नहीं क्या नज़र आ गया कि मैं समझ गयी उनका ग़ुस्सा नक़ली था और वह मज़ाक़ मज़ाक़ में ही मुझे झिड़क रहे थे, यह देखने के लिए मैं क्या करती हूँ। मैंने फ़ौरन हाथ जोड़ दिये और कहा, साब, आज मुझे माफ़ कर दीजिए, फिर कभी देर से आऊं तो मेरी छुट्टी ! इस पर साब मुस्करा दिये। मैंने कहा, मैंने तो अपनी देर की माफ़ी मांग ली, आपने नहीं बताया कि आप आज इस वक्त नीचे क्यों बैठे हैं, ऊपर अपना काम क्यों नहीं कर रहे, आज ज़रूर भोंचाल आएगा। साब की मुसकराहट हंसी में बदलती दिखायी दी। कुछ देर बाद बोले, आज कोई आ रहा है। मेरे मुँह से निकल गया, कौन ? साब बोले, मेहमान। मेरे मुंह से फ़िर निकल गया, कौन ? साब बोले, तुम्हारी बीजी, मिसिज़ वर्मा !

मैं हैरान तो हुई लेकिन मैंने उन्हें पता नहीं चलने दिया। साब फिर बोले, वह आज लंच यहीं खाएंगी। मैं अपनी हैरानी को दबाए रही। साब ने कहा, इसीलिए मैं आज काम नहीं कर रहा। मेरी हैरानी हंसी में बदल गयी तो वह अख़बार के पीछे छिप गये। मैंने कहा, आपने अगर यहीं बैठना है तो मैं पहले ऊपर सफ़ाई कर लेती हूँ। वह बोले, सफ़ाई तो बाद में होती रहेगी, पहले यह बताओ बनाओगी क्या। मैंने कहा, आप इतना घबरा क्यों रहे हैं ? वह बोले, तू सब संभाल लेगी क्या ? उन्होंने ऐसे पूछा जैसे कोई बहुत बड़ी मुसीबत आ रही हो और वह कह रहे हों,

मेरे बस की तो वह है नहीं, अब सब कुछ तुझे ही करना है। मैंने कहा, आप चिंता न करें, मैं सब संभाल लूंगी, बस इतना बता दीजिए, क्या-क्या बनाना है। वह बोले, यह सब तुम पर। मैंने कहा, आपने कल क्यों नहीं बताया, मैं सब्ज़ी वग़ैरह कल ही ख़रीद लेती और आज ज़रा जल्दी आ जाती। साब ऐसे चुप रहे जैसे उनसे बड़ी भूल हो गयी हो। मैंने कहा, कोई बात नहीं, मैं सब संभाल लूंगी, आप ऊपर जाइए। वह बोले, सब्ज़ी वग़ैरह के लिए पैसे वहां से ले लेना।

'वहां' का मतलब वह प्लेट जो खाने की मेज पर पड़ी रहती है और जिसके नीचे हमेशा कुछ नोट दबे रहते हैं। साब ने कभी मुझ से ख़रच का हिसाब नहीं मांगा। मेरे पहुंचने से पहले ही वह उस प्लेट के नीचे और नोट दबा देते होंगे। कुछ रेज़गारी भी प्लेट में पड़ी रहती है। बीजी को भी मुझ पर भरोसा तो बहुत है लेकिन वह इतनी लापरवाह नहीं।

वह ऊपर जाने ही वाले थे कि मैंने पूछ लिया, बीजी आज पहली बार आ रही हैं या पहले भी आ चुकी हैं ?

मैं पूछ यह रही थी कि वह उन्हें कितना जानते हैं, मतलब वह एक दूसरे को कितना जानते हैं।

साब बोले, देख शानो, यह वक़्त काम का है, गप्प मारने का नहीं।

जब वह ऊपर चले गए तो मैंने अपने आप से गप्प मारनी शुरू कर दी.. .तो वे दोनों एक दूसरे को जानते हैं, अच्छी तरह जानते हैं, मुझे क्यों नहीं बताया, मुझे वैसे ही पता चल जाना चाहिए था, मैं बुद्धू हूँ, मां को मालूम होगा, मां ने मुझे क्यों नहीं बताया, शायद इशारे से बताया भी हो, मैं मां के इशारे नहीं समझती, मैं भोली हूँ, लेकिन बुद्धू नहीं, बीजी से पूछूंगी, क्या पूछूंगी, मुझे क्या, जानते हैं तो जानते हैं, इसमें हैरानी की क्या बात, आख़िर एक ही सेक्टर में रहते हैं, एक ही नौकरानी से काम करवाते हैं, एक जैसा काम करते हैं मतलब लिखने का काम, लगभग एक ही उमर के हैं, मैं इतनी हैरान क्यों हो रही हूँ, मुझे ख़ुश होना चाहिए, ख़ुश किस बात पर, मुझे कौन से आम मिल जाएंगे, मुझे हैरानी शायद इसी बात पर कि बीजी साब के घर आ रही हैं लंच लेने, इसीलिए तो मैंने पूछा वह पहले भी कभी आयी थीं, साब ने बताया नहीं, शर्मा गये, इतने बड़े लोग भी शर्माते हैं, इसमें शर्माने की क्या बात, आज कोई ख़ास बात होगी, साब का जन्म दिन, या शायद बीजी का, या कोई और ख़ास बात, मुझे क्या, मुझे तो अच्छा ही लग रहा है, साब आज ख़ुश नज़र आए थे, थोड़ी देर के लिए रौनक, साब के घर, नहीं तो यहां दिन भर उल्लू बोलते हैं, बीजी भी तो अकेली रहती हैं, उनके घर उल्लू क्यों नहीं बोलते, क्योंकि वह औरत, औरत घर में अकेली हो तो भी घर भरा भरा रहता है, मुझे क्या पता, मैं तो अभी औरत भी नहीं हुई, मां कहती है आन्टी आ जाने के बाद लड़की औरत बनना शुरू हो जाती है, शादी के बाद पूरी औरत, मैं शादी

के बग़ैर पूरी औरत, जो भी हो अकेला आदमी जितना अकेला नज़र आता है अकेली औरत उतनी नहीं, अकेले आदमी का घर जितना ख़ाली नज़र आता है अकेली औरत का उतना नहीं, मुझे क्या पता, मैंने कितने अकेले आदमी और अकेली औरतें देखी हैं, बापू भी अकेले आदमी थे, खाट में पड़े कितने अकेले नज़र आते थे, और उदास, जैसे दुनिया में उनका कोई न हो, लेकिन मां कहती है वह ज़ालम थे, निखट्टू थे, जीजा की तरह, कुन्दन की तरह, यह मैं किधर चली गयी...।

जब तक बीजी नहीं आयीं मैं काम करती रही और अपने आप से गप्प मारती रही। साब न नीचे उतरे न उन्होंने ऊपर से कोई आवाज़ दी। काम करते-करते मैं अचानक गुनगुनाने लगती तो मुझे खुद अजीब लगता और मैं गुनगुनाना बन्द कर देती। मैं कभी किसी के घर गुनगुनाती नहीं, मुझे लगता है अपने घर में ही गुनगुनाना ठीक होता है। या फिर सड़क पर चलते चलते। या फिर किसी पारक में। क्या बकवास सोच रही हूँ। सड़कों और पारकों में गुनगुनाने वाली औरतों को बदमाश माना जाता है। रण्डियां। सड़कों और पारकों में मरद ही गुनगुना सकते हैं।

मतलब यह कि मैं आज इतनी ख़ुश थी कि मुझे गुनगुनाना आता रहा, उसी तरह जैसे कभी-कभी जब मैं उदास होती हूँ तो रोना आता रहता है। साब ने भी सुना तो होगा। साब का कुछ पता नहीं। क्या सुनते हैं, क्या देखते हैं, कितना सुनते हैं, कितना देखते हैं। मेरा ख़याल था ऊपर चले जाने के बाद एक बार तो नीचे आएँगे ही यह देखने कि मैं क्या बना पका रही हूँ। मुझे लगा जैसे वह ऊपर जा कर भूल ही गए हों कि बीजी लंच पर आ रही हैं।

मैंने खाना मन से बनाया। वैसे तो रोज ही मन से बनाती हूँ लेकिन एक जने का खाना कितने ही मन से क्यों न बनाओ कोई ख़ास मज़ा नहीं आता। और साब के सामने तो जो रख दो खा लेते हैं। चुपचाप। न तारीफ़ करते है न बुराई। खाते भी ऐसे हैं जैसे फ़र्ज़ पूरा कर रहे हों। पूछूं, सब ठीक तो है साब, तो पूछते हैं, क्या मतलब ? शुरू शुरू में पूछा करती थी, आज क्या बनाऊं, तो एक ही जवाब मिलता था, कुछ भी बना लो। फिर मैंने पूछना ही छोड़ दिया। अब कुछ भी बना लेती हूँ और वह हूँ-हाँ किये बग़ैर खा लेते हैं। वैसे मैं कुछ न कुछ ख़ास चीज़ भी बना ही देती हूँ—कभी मीठी, कभी खट्टी—लेकिन साब को कोई फ़रक़ नहीं पड़ता। साब की बीवी को उनकी इस आदत पर ज़रूर गुस्सा आता होगा। वह सोचती होगी, यह कैसा आदमी है, इसके सामने कुछ भी रख दो, चुपचाप खा लेता है। अपने आप से कहती होगी, वह मरद कैसा जो मुंह ही न खोले। मुझे अगर साब जैसा मरद मिल जाए तो मैं सुखी रहूंगी या दुखी ? मुझे तो लगता है सब औरतें अपने मरदों से दुखी। कुछ ज़्यादा, कुछ कम। इसीलिए मैं शादी नहीं करूंगी, बच्चे नहीं जनूँगी। लेकिन सारी उम्र अकेली ही रह सकूँगी ? हो सकता है उमर ज़्यादा लंबी न हो। हो सकता है मैं भी किसी दिन किसी बात से तंग आ कर अपनी जान ले

लूँ। झरना की तरह। झरना की याद कई दिनों आद आ गयी। अचानक।

आज मैंने चार चीज़ें बनायी थीं। भिन्डी, परमल, भुरता और दाल। रायता और सलाद चटनी अलग। थोड़े से चावल भी। बीजी थोड़े से चावल लंच पर ज़रूर लेती हैं। पापड़ भी भून दिए थे। दो-तीन अचार भी मेज़ पर रख दिए थे।

जब बीजी आयी तो मैं मेज़ लगा रही थी। दरवाज़ा धकेल कर अन्दर आ गयी थीं, ऐसे जैसे रोज़ आती हों, मेरी ही तरह। आते ही वह मेरे साथ मिल कर मेज़ लगाने लगी थीं। उन्होंने किसी चीज़ को ऐसे नहीं देखा था जैसे पहली बार देख रही हों। ऐसे धीमी आवाज़ में बोल रही थीं जैसे उन्हें मालूम हो कि साब शोर से बहुत परेशान होते हैं। मैंने कहा, साब को बुलाऊं, तो बोलीं, जल्दी क्या है, उन्हें काम करने दो। मेज़ लग चुकी तो वह बैठक में जा बैठने के बजाए रसोई में आ गयीं और ढक्कन उठा-उठा कर देखने लगीं मैंने क्या-क्या बनाया था। अपने घर में भी थोड़ी देर के लिए रसोई में ज़रूर आती हैं। उन्हें अच्छा खाना अच्छा लगता है। उन्हें अच्छे और कम अच्छे खाने का फ़रक़ फ़ौरन पता चल जाता है। अच्छे और बहुत अच्छे खाने का भी। वह खाते-खाते खाने की तारीफ़ भी करती रहती हैं और कभी-कभी कुछ सुझाव भी दे देती हैं। अगली बार के लिए। मीनमेख़ तो नहीं निकालतीं लेकिन अगर कभी कोई कमी रह जाए तो बता देती हैं, ऐसे कि मुझे बुरा नहीं लगता।

बीजी साब की रसोई में ऐसे खड़ी थीं जैसे उनकी अपनी रसोई हो।

सब्जियाँ वग़ैरह देख कर बोलीं, इतनी चीज़ें, साब ने कहा या कि तुमने खुद ही बना डालीं। मेरा मुंह लाल हो गया। मैंने कहा, साब ने सब मुझ पर छोड़ दिया था। वह बोलीं, और तुमने सोचा आज जम कर ख़ातिर करो बीजी की।

साब अभी तक नीचे नहीं उतरे थे। बीजी की आवाज़ सुन तो ली होगी। शायद वह भी सज धज रहे हों। बीजी सजधज कर आयी थीं। वैसे भी हर वक़्त सजी धजी ही रहती हैं लेकिन आज तो कुछ ख़ास ही बात थी उनके कपड़ों में। कार से ही आयी होंगी, हालांकि उनका फ़्लैट ज़्यादा दूर नहीं। काली शलवार और बिस्कुटी क़मीज़ और सफ़ेद दुपट्टे में महारानी जैसी लग रही थीं। अगर साब वही मुचड़ा हुआ कुरता पाजामा पहन कर आ गए तो वह बीजी के सामने बेचारे से लगेंगे।

लेकिन जब वह आख़िर नीचे आए तो ठीक ठाक ही लग रहे थे। उन्होंने कपड़े बदल लिये थे। शायद नहा भी लिया था। क़मीज़ पतलून में अच्छे लग रहे थे। मैं देखना चाहती थी वह बीजी को क्या कह कर बुलाएंगे और बीजी उन्हें क्या कह कर। जब वह सीढ़ियां उतर रहे थे तो बीजी बैठक में खड़ी किताबों पर नज़र डाल रही थीं, मैं मेज़ पर नेपकिन रख रही थी। वह भी बीजी के पास जा खड़े हुए। बीजी की नज़रें किताबों पर ही रहीं। साब ने मुझ से कहा, तूने मुझे बताया क्यों नहीं यह आ गयी हैं। बीजी ने कहा, मैंने ही इसे मना कर दिया था, सोचा आपकी

समाधि क्यों भंग की जाए। साब बोले, मेरी समाधि की भी खूब कही ! बीजी ने कहा, लड़की ने खाना तो बहुत बढ़िया बनाया है। साब बोले, तो पहले एक-एक गिलास बीअर हो जाए। बीजी बोलीं, ज़रूर।

मुझे लगा जैसे दो पुराने दोस्त हाथ मिला रहे हों।

आज पारो और मैंने नीम के पेड़ तले बैठ कर बहुत-सी छोटी बड़ी बातें कीं। और कोई नहीं था। हमारी टोली पता नहीं कहां थी। बादल छाए हुए थे, गरजते भी बहुत रहे, लेकिन बरसे नहीं। पेड़ तेज़ हवा में ऐसे झूम रहा था जैसे मस्त हाथी हो। मैंने हाथी को तो देखा है लेकिन मस्त हाथी को नहीं। मैं नहीं जानती वह कैसे झूमता है। मैंने यह मुहावरा किसी किताब में पढ़ा होगा। इधर पढ़ना बन्द-सा हो गया है। वक्त भी नहीं मिलता, मन भी नहीं करता। पढ़ने से लिखना ज़्यादा अच्छा लगता है। सोचती हूँ मैं यहां जो लिखती रहती हूँ वह भी तो किताब में जा सकता है। जब इस बारे में ज़्यादा सोचती हूँ तो डर जाती हूँ। पता नहीं क्यों। शायद इसलिए कि अगर यह सब किताब में छप जाए तो जिन लोगों के बारे में यहां लिखती हूँ वह मुझे पढ़ेंगे तो उन्हें बुरा लगेगा। लेकिन क्यों बुरा लगेगा। जैसे अगर हमें शक हो जाए कि कोई किसी और के पास कहीं बैठा हमारे बारे में बात कर रहा है तो हमें अच्छा नहीं लगता, उसी तरह अगर किसी किताब में हमारे बारे में कोई कुछ लिख दे तो हमें अच्छा नहीं लगेगा। वैसे ज़रूरी नहीं। अगर कोई हमारी पीठ पीछे किसी से हमारी अच्छाई करे तो हमें अच्छा लगेगा, बुराई करे तो बुरा लगेगा। यही बात किताब पर लागू की जा सकती है। नहीं, किताब की बात और है, मुझे लगता है कि यहां मैंने जो कुछ अख़बार वाले साब या बीजी के बारे में लिखा है उसमें उनकी बुराई नहीं। लेकिन अगर मैं उन्हें यह सब पढ़ के सुनाऊं तो उन्हें अच्छा नहीं लगेगा।

पारो ने आज फिर पूछा था, तू इतनी इतनी देर तक क्या लिखती रहती है और क्यों ? उसे बताने में बड़ी मुश्किल हुई थी। आख़िर मैंने उसे कहा था, हमने यहाँ बैठ कर जो बातें की हैं या जो करेंगे, उन्हें मैं रात को लिख दूंगी। पारो बोली, सबकी सब। मैंने कहा, सबकी सब नहीं, उनमें से जो ख़ास-ख़ास मुझे याद रह जाएंगी। पारो बोली, लेकिन क्यों ? उसका फ़ायदा तुझे क्या होगा ? मैंन कहा, फ़ायदा हो न हो, मुझे अच्छा लगता है। पारो ने ज़ोर देकर पूछा, लेकिन क्यों अच्छा लगता

है ? मुझे कहना पड़ा मैं नहीं जानती। जितना जानती हूँ उतना भी मैं पारो को बता नहीं सकी थी। मैंने पारो को यह भी बताया था कि मेरे मन में जो ख़याल आते रहते हैं उन्हें भी कभी-कभी मैं यहां लिख देती हूँ। इससे पहले कि वह पूछती, क्यों, मैंने उसे कह दिया, यह मत पूछना क्यों ? तब पारो ने कहा, तेरा मुझे पता नहीं लेकिन मेरे मन में तो अक्सर बहुत बुरे-बुरे ख़याल भी आते हैं। मैंने कहा, वह तो मेरे मन में भी आते हैं, सब के मन में आते होंगे। पारो ने पूछा, तू उन्हें भी लिखती रहती है ? मैंने कहा, कभी-कभी लेकिन सबको नहीं।

और फिर पारो अपने मन में आने वाले बुरे ख़यालों के बारे में बताती रही। उसने बताया कि उसे कभी-कभी जीजा पर इतना गुस्सा आता है कि उसका जी करता है कि उस पर मिट्टी का तेल डाल कर उसे आग लगा दे। कभी-कभी वह प्रार्थना करती है कि कुन्दन जेल में चला जाए तो शायद उसे होश आ जाए। पारो को और भी कई बुरे ख़याल आते हैं। अपने बारे में उसने बताया, कभी-कभी उसका जी करता है किसी राह जाते अजनबी मरद के साथ कहीं भाग जाए। किसी-किसी रात उसके शरीर में आग सी लग जाती है और वह प्रार्थना करती है कि कोई मरद, कोई भी मरद, आकर उस आग को ठन्डा कर दे, किसी तरह। और कभी कभी उसका जी चाहता है कि वह अपना गला घोंट ले। वह अपने बुरे ख़यालों के बारे में बताती रही और पूछती रही, अगर तुझे ऐसे ऐसे बुरे ख़याल आए तो क्या तू उन्हें भी अपनी कापी में लिखती जाएगी। उसकी बातें सुनते-सुनते मैं अपनी कापी को तो भूल ही गयी थी। मुझे उसकी बातों से डर लग रहा था। बुरे ख़याल मुझे भी आते हैं, लेकिन पारो के ख़यालों जैसे नहीं, मेरा बदन भी कभी-कभी जलने लगता है, लेकिन उसके बदन की तरह शायद नहीं।

पारो ने यह भी बताया कि वह कम-से-कम तीन बच्चे पैदा करना चाहती है। जल्दी से जल्दी। उसे किसी ने बता दिया है कि जितनी देर करो उतनी मुश्किल होती है। फिर उसने साफ़-साफ़ कहा कि जीजे से तो कुछ होता हवाता नहीं, कि उसे तो बस पी कर पीटना आता है और कुछ नहीं, और जीजा की मां पारो को बदनाम कर रही है कि वह बांझ है। पारों को सबसे बड़ा दुख इस बात का है कि उसे बच्चा नहीं होगा और लोग उसे बांझ कहा करेंगे। इसीलिए पारो का जी चाहता है कि किसी राह जाते मरद के साथ भाग जाए। मैंने उसे समझाया, तू पागल है पारो, राह जाता आदमी कोई ज़रूरी नहीं कि जीजे जैसा न निकले, और फिर राह जाते आदमी के साथ भागेगी कैसे, तू भागना भी चाहे तो वह क्यों भागेगा तेरे साथ, भागने के लिए किसी मरद से प्यार करना ज़रूरी होता है और यह भी कि वह मरद भी तुमसे प्यार करे। भागने भगाने की बातें करते-करते मुझे झरना याद आ गयी। किसी के साथ भाग जाने की बात मुझे उतनी बुरी नहीं लगती, जितनी कि किसी के साथ शादी कर लेने की।

बच्चों की बात करते-करते पारो ने रोना शुरू कर दिया तो मैं उससे नाराज़ हुई, तू रोती क्यों है, तुझे कौन कहता है तू जीजा के साथ रह, अगर तू कहे तो मैं अख़बार वाले साब से पूछूं तलाक़ कैसे लिया जाता है ?

मैंने कह तो दिया लेकिन उसी वक़्त मुझे ख़याल आया मैं उनसे सीधा नहीं पूछ सकूंगी, बीजी से भले ही कह दूं कि वह उनसे पूछ कर बता दें। मुझे लगता है तलाक़ लेने या देने में कई झमेले होंगे, कई लफड़े होंगे। मुसलमानों की बात दूसरी, मतलब मुसलमान मरदों की बात दूसरी, मुसलमान औरतों का तो और बुरा हाल होता होगा। मुझे मुसलमानों के बारे में कुछ पता नहीं। सुनी सुनायी बातों के सिवा। बिशनगढ़ में कुछ मुसलमान हैं तो लेकिन पता नहीं वह किस कोने में रहते हैं। फ्लैटों में तो एक मुसलमान घर भी नहीं। शायद कुछ हों। मां कहती है शक्ल से पता चल जाता है कौन मुसलमान है कौन हिन्दू। मैं नहीं मानती।

जब पारो रो रही थी तो मुझे बड़ा अजीब लग रहा था। इतना अच्छा मौसम था, इतनी ठंडी हवा थी, नीम का पेड़ मस्त हाथी की तरह झूम रहा था और वह रो रही थी। उसका मूड बदलने के लिए मैंने कहा, इस नीम के पेड़ को तो कभी कोई बुरा ख़्याल नहीं आता होगा, देखो तो कैसे झूम रहा है। पारो ने मुझे ऐसे देखा जैसे कोई किसी पागल को देखे। मुझे अपनी बात और उसके देखने के तरीक़े पर हँसी आ गयी तो वह भी हंसने लगी। फिर बोली, तू सचमुच पगली है।

पारो को तो मैंने हँसा दिया लेकिन खुद अचानक उदास हो गयी थी। सारा दिन उदास रही। अभी तक हूँ। पारो से मैंने अपनी उदासी छिपा ली थी। वह उठकर अपने काम पर चली गयी थी, मैं बंगालिन के घर। यहाँ उदास गानों का कैसिट बज रहा था। बंगालिन को आज फिर झरना याद आ गयी होगी। वह बिस्तर में पड़ी बीमार लग रही थी। अगर मैं ख़ुद उदास न होती तो ज़रूर उसके पास जा बैठती, उसकी उदासी को दूर करने के लिए झरना की बातें करते-करते इधर-उधर की बातें करने लगती। लेकिन मैं सीधी ऊपर चली गयी। झरना के कमरे में। वह पंखा अभी तक नहीं बदला गया। झरना के कपड़े देवी भी पहन रही है, बंगालिन भी। पंखा शायद साफ़ कर दिया गया है। बंगाली ने ही किया होगा। नीचे वाला स्टूल ऊपर ले आया होगा। या उसी स्टूल पर खड़ा हो गया होगा जिस पर खड़े हो कर झरना ने फांसी...सफ़ाई करने के बजाए मैं बुझ कर वहां बैठ गयी थी। नीचे से गाने की आवाज़ आ रही थी। जैसे उदासी गा रही हो। अगर मुझे रोना आ जाता तो मेरी उदासी कम हो जाती। मुझे लग रहा था जैसे उदासी एक गांठ हो और वह बंगाली गाना उसे कस रहा हो। बाहर बादलों का अन्धेरा था। मैं उस अन्धेरे को अपनी आँखों से टटोल रही थी। अचानक बारिश शुरू हो गयी तो मैं उछल कर खिड़की के पास जा खड़ी हुई। मुझे लगा जैसे मोती बरस रहे हों। सामने वाले फ़्लैट की बाल्कोनी में वह लड़का नंगा खड़ा था। मैंने खिड़की का परदा तान दिया।

आज अपने बारे में ही कुछ लिखना चाहती हूँ। सिरफ़ अपने बारे में। लेकिन कुछ सूझ नहीं रहा। जैसे ही अपने बारे में कुछ सूझता है कोई और उस ख़याल के साथ लिपटा हुआ नज़र आ जाता है। मैं आज किसी और के बारे में कुछ भी नहीं लिखना चाहती। अचानक यह ज़िद क्यों ? मैं नहीं जानती। शायद मैं दूसरे लोगों के बारे में सोचते-सोचते और लिखते लिखते अपने आपको भूल गयी हूँ, अपने बारे में लिखने का गुर भूल गयी हूँ। शायद मैं भूल गयी हूँ मैं हूँ कौन ? इसी सवाल का जवाब क्यों न दूं ? मैं एक नौकरानी हूँ। लगभग उन्नीस साल की हूँ। मेरी सेहत अच्छी है। मेरी सूरत बुरी नहीं। मेरा दिमाग़ तेज है। मैं आठवीं तक पढ़ी हुई हूँ। अंग्रेज़ी सीख रही हूँ, लेकिन बेदिली से। सोचना शुरू कर दिया है कि अंग्रेजी सीख लेने से भी क्या होगा, कुछ नहीं होगा। फिर भी कुछ ही महीनों में इतनी तो सीख ही जाऊँगी कि गिटमिट समझ सकूँ। मेहनती हूँ। ईमानदार हूँ। झूठ बोलने से परहेज़ करती हूँ। चोरी करने से भी। बुरे ख़यालों से भी। कहती हूँ शादी नहीं करूंगी, बच्चे नहीं जनूंगी लेकिन बदन जब जलने लगता है तो जी चाहता है कोई मुझे चूमे, दबोचे, मेरे साथ सब कुछ करे। कभी-कभी सपनों में मज़ा ले लेती हूँ। वैसे अभी तक एक बार भी नहीं लिया। सोचती रहती हूँ कि अगर शादी नहीं करूंगी तो क्या सारी उमर सपनों में ही मज़ा लिया करूंगी। सपनों के मज़े का कोई भरोसा नहीं। और फिर सारी उमर कौन मज़े लेता है। मज़ा सिरफ़ जवानी में। बुढ़ापा तो बच्चों की चिन्ता में ही कटता है। अगर बच्चे नहीं जनूंगी तो बुढ़ापा कैसे कटेगा। मैंने तो अभी से बूढ़ों की तरह सोचना शुरू कर दिया। पारो का एक बच्चा गोद ले लूंगी। उसका तो अभी एक भी नहीं हुआ। उसकी जान पहले उस जीजे से तो छूटे। अपने बारे में सोचने से कोई फ़ायदा नहीं होता। जी करता है इन कापियों को जला दूँ। क्या फ़ायदा उनका। यूँही अकेले बैठे बात में से बात निकालते रहो। कल जा कर बीजी से कह देना चाहिए, यह क्या बुरी आदत्त डाल दी आपने मुझको ? उन्हें दोष देना गलत है।

कल अपने बारे में जो थोड़ा-सा लिखा आज उस से शर्म आ रही है। थोड़ी-सी। ज़्यादा तब आती अगर अपने बारे में वह सब कुछ लिख दिया होता जो दिमाग़ में आता रहता है, जो कल भी आया होगा। मुझे लगता है अपने बारे में खुल कर लिखना उतना आसान नहीं जितना दूसरों के बारे में। अपने बारे में लिखने का मतलब

अपने कपड़े उतारना। कपड़े ही नहीं अपनी खाल भी। अपनी खाल नहीं अपने ख्यालों की खाल। अकेले में अपने कपड़े उतारने की ख़्वाहिश आजकल कभी-कभी बहुत होती है। वह गाना गुनगुनाते हुए जिसका एक ही बोल मुझे याद है–जलता है बदन। जी चाहता है जब मैं कपड़े उतार रही होऊं तो कोई छिप कर मुझे देखे, मेरे जलते हुए बदन को। जी चाहता है यह बात किसी से कहूँ। पारो से यह बात कह सकती हूँ, उर्मिला से नहीं। वह सबको बताती फिरेगी। कल मुझे आज के लिखे से शर्म आएगी। मेरा मुँह इस वक़्त भी लाल हो रहा है। कल रात एक सपने में कुन्दन का वह दोस्त नज़र आया था जिसका हाथ मैंने झटक दिया था। सपने में मैं उसका हाथ पकड़ कर उसे अपनी तरफ़ खींच रही थी और वह हाथ अचानक किसी और चीज़ में बदल गया था और मेरी नींद खुल गयी थी और मैंने देखा था मेरे हाथ में मेरी अपनी चोटी थी। मैंने उठ कर पानी पिया था। मां की आवाज़ आयी थी, एक घूंट मुझे भी दे दो, आज नींद नहीं आ रही, पता नहीं क्यों।

कई दिनों बाद कापी उठायी है। लगता है बंगालिन ने वह उदास गाने बजाने बन्द कर दिये हैं, घर का काम करना और बोलना शुरू कर दिया है। देवी झरना जैसी दिखायी देने लगी है, झरना के कपड़ों को जब पहनती होगी झरना को याद करती होगी। शौकत को भी। शौकत के कपड़े उसका कोई भाई पहन रहा होगा। भाई नहीं होगा तो उसका कोई दोस्त या रिश्तेदार। मैं अगर आज मर जाऊँ तो मेरे कपड़े पारो पहना करेगी। उन्हें कुछ खुलवा कर। पारो अगर मर जाए तो मैं उसके नहीं पहन सकूंगी। वह शायद मां को ही फ़िट आएंगे।

सोने से पहले मौत के बारे में क्यों सोचती हूँ ? सोचती ही नहीं, कभी-कभी प्रार्थना करती हूँ कि सोचते-सोचते सो जाऊं और फिर सोए-सोए मर जाऊं। यह प्रार्थना करते हुए कांपती रहती हूँ, यह सोच कर कि प्रार्थना कहीं पूरी न हो जाए। मैं मरना नहीं चाहती। फिर मौत के बारे में सोचती क्यों हूँ, मौत के लिए प्रार्थना क्यों करती हूँ ? पता नहीं मैं क्या चाहती हूँ।

मैंने बीजी से आज पूछ ही लिया तलाक़ कैसे लिया जाता है। उन्हें पता नहीं। बोलीं, अख़बार वाले साब से क्यों नहीं पूछती, उन्हें मालूम होगा, न हुआ तो भी वह पता लगा लेंगे। मैंने कहा, उनसे आप ही पूछ दीजिए। बीजी मुसकराने लगीं तो मैंने कहा, आप फिर कब जाएंगीं उनके घर। बीजी बोलीं, अब वह यहां आएंगे। मैंने पूछा कब तो बीजी शर्माते हुए बोलीं, जब उनका मन होगा।

मुझे नहीं पता था बूढ़े भी शर्माते हैं। हो सकता है बीजी अपने आपको बूढ़ी न समझती हों।

मेरा ख़्याल था बीजी अपने आप मुझे कुछ बता देंगी लेकिन वह सिरफ़ मुस्कराती और शर्माती रहीं, बोलीं कुछ नहीं। किसी दिन मैं खुद पूछूँगी। लेकिन क्या ? यही कि उनका इरादा क्या है, शादी करने का, या यूंही दोस्ती करने का। हिम्मत नहीं होगी। यहाँ लिखते हुए भी हाथ कांप रहे हैं।

बीजी ने तो यह भी नहीं पूछा कि मैं तलाक़ के बारे में क्यों पूछ रही थी। पारो तलाक़ लेगी नहीं। मां नहीं मानेगी। हम लोगों में बाक़ायदा तलाक़ होता ही कहां है। मरद लोग जब उनका मन किसी और पर आ जाए तो पहली औरत को 'छोड़' देते हैं, मतलब उन्हें उसके मायके की तरफ़ हांक देते हैं, औरतें जब अपने मरदों से तंग आ जाती हैं तो मायके भाग जाती हैं जहाँ उनके मां-बाप उन्हें अपने घर लौट जाने की सलाह देते रहते हैं। क़ानूनी कार्रवाई करने की मुसीबत कौन उठाता है ! उर्मिला और पारो इसी तरह मायके में बैठी-बैठी बूढ़ी हो जाएंगीं। यही सोच कर ज़्यादा औरतें तो मरती पिटती भी अपने मरद के पैरों में ही पड़ी रहती हैं। मां की तरह, आमतौर पर वह जिन पर बच्चों का बोझ भी हो। बच्चों का बोझ और मोह औरत को अपाहज बना देता है। इसलिए मैं बच्चे पैदा नहीं करूंगी, शादी के जंजाल में नहीं पड़ूंगी। बीजी की तरह बुढ़ापे में किसी बूढ़े का सहारा ले लूंगी। लेकिन तब तक बदन की जलन का क्या करूंगी ? बीजी से मुक़ाबला ग़लत। उन्होंने तो शादी भी की, बच्चा भी जना और अब अपना संगी साथी भी चुन लिया। ललिता को पता नहीं कैसे पता चल गया है। उसने मुझे छेड़ना शुरू कर दिया है। जैसे बीजी मेरी मां हो या अख़बार वाला साब मेरा बाप। पूछो मुझे छेड़ने का क्या मतलब। ललिता की देखा देखी दूसरी सब भी मुझे टोहने टटोलने और छेड़ने लगी हैं। वह बंगलादेशन बानो भी। दोनों मदरासिनें भी। वह उर्मिला भी। पारो को तो मैं ख़ुद ही बताती रहती हूँ। मां को भी सब मालूम है। वह हैरान होती रहती है—कोई बात है। बीजी तो मुझसे भी दस साल बड़ी होंगी। और वह .... अख़बार वाला साब ! मैं न कहती थी तुमसे, शानो, कि मरदों का कोई भरोसा नहीं, किसी मरद का कोई एतबार नहीं, सब अन्दर से एक जैसे, एक ही चीज़ के भूखे, तू बच गयी...।

ललिता को शक रहा होगा कि मैं अख़बार वाले साब पर डोरे डाल रही थी। सब नौकरानियाँ एक दूसरी की नियत पर शक करती हैं। नौजवान नौकरानियां ख़ास

तौर पर। मैं नौजवान नौकरानी। मेरा क्या होगा। अगर शादी नहीं करूंगी तो करूंगी क्या, रहूंगी कहां ? अकेली को तो मरद मूए कच्चा खा जाएंगे। देखूंगी कैसे खाते हैं। बीजी और अख़बार वाले साब अगर शादी कर लें या साथ-साथ रहना शुरू कर दें तो शायद मुझे फुल टाइम अपने पास रख लें। पढ़ा-लिखा कर मुझे किसी अख़बार में नौकरी दिलवा दें। फिर तो शायद शादी भी करनी पड़ जाए। किसी अख़बार वाले के साथ। और फिर मैं अख़बार वाली मेम कहलाऊं। मां के सारे घर छुड़वा दूं। पारो को बाक़ायदा तलाक़ दिलवा दूं। कहूं बच्चे पैदा करने का ख़याल छोड़ दो। पढ़ो-लिखो और किसी अख़बार में नौकर हो जाओ। लेकिन अख़बार का भूत मुझ पर क्यों सवार ! और नौकरियां भी तो हैं, मैं मास्टरनी क्यों नहीं बन सकती ?

मैं सपने देख रही हूँ।

दो तीन रात पहले एक सपने में मोटी के घर वाले ने मुझे पकड़ लिया था। मोटी भी वहीं कहीं खड़ी सब देख रही थी। मुझे छुड़ाने के बजाय वह अपने साब से कहे जा रही थी, शाबाश ! शाबाश ! फिर मैंने उसके साब को एक ऐसी लात मार दी थी कि वह बिलबिला उठा था और मोटी ने आगे बढ़ कर मेरी पीठ ठोंक दी थी और कहा था, शाबाश ! और फिर मुझे लगा था कि मैं मैं नहीं थी, पारो थी। मुझे अजीब-सी झुंझलाहट भी हुई थी, राहत भी, और मेरी नींद टूट गयी थी। पारो मुझसे लिपटी हुई सो रही थी। मैंने उठ कर पानी पिया था। मेरा बदन ठंडे पसीने में भीगा हुआ था।

बीजी का नाम सुनते ही अख़बार वाले साब का मुंह लाल हो जाता है। मैं जान बूझ कर बीजी का नाम लेती रहती हूँ, उनकी बातें करती रहती हूँ। मुझे साब का शर्माना अच्छा लगता है। वह समझते तो होंगे मैं उन्हें छेड़ने के लिए ही बात-बात में बीजी को ले आती हूँ लेकिन वह बहाना यही करते हैं जैसे कुछ न समझते हों। मुझे लगता है उन्हें अच्छा लगता है कि मैं उन्हें छेड़ती रहती हूँ। मुझे डर लगा रहता है कि किसी दिन मेरे मुंह से कोई ऐसी वैसी बात निकल जाएगी और वह नाराज़ हो जाएंगे। आज अचानक मेरे मुंह से एक ऐसी वैसी बात निकल गयी थी। साब नीचे बैठे किताब पढ़ रहे थे। अब उन्होंने नीचे बैठना भी शुरू कर दिया है, पहले सारा दिन ऊपर ही टँगे रहते थे। मुझे कुछ कहना होता तो ऊपर से ही आवाज़ दे दिया करते थे, देख शानो...। मुझे उनसे कुछ पूछना होता तो मैं ऊपर जा कर

ही पूछा करती थी। अब जब मैं उनका खाना बना रही होती हूँ तो वह नीचे बैठे पढ़ते रहते हैं या इधर उधर टहलते रहते हैं, जैसे इंतज़ार कर रहे हों या चाह रहे हों कि वह कोई बात करें। और जब मैं अचानक बीजी के बारे में कुछ कह देती हूँ तो वह चौंक से पड़ते हैं और उनका चेहरा लाल हो जाता है।

आज अचानक मेरे मुंह से निकल गया, आप बीजी के घर खाना खाने कब जाएंगे ?

मैं रसोई में खड़ी सब्ज़ी काट रही थी, वह डाइनिंग टेबल पर बैठ पढ़ रहे थे। मैंने देखा कि उनका चेहरा लाल हो गया था। मेरा ख़याल था वह झिड़क कर कहेंगे, देख शानो, तू चुपचाप अपना काम किया कर, फ़जूल बातें मत बनाया कर। लेकिन उन्होंने तो सिर तक नहीं उठाया। मैंने उनका चेहरा लाल होते देख लिया था। उन्हें मालूम था मैंने देख लिया था। मुझे मज़ा भी आ रहा था, डर भी लग रहा था। जब वह कुछ नहीं बोले तो मैंने कह दिया, मैंने बीजी से भी पूछा था कि साब यहां कब आएंगे ? यह सुन कर साब का सिर मानो अपने आप उठ गया। अब उनकी आंखें मुझ पर टिकी हुई थीं और उनमें यह सवाल अटका हुआ था, तो बीजी ने क्या जवाब दिया ? मैंने कह दिया, बीजी बोलीं, जब उनका मन होगा, आ जाएंगे। यह सुनते ही साब का सिर फिर झुक गया। मुझे कुछ और नहीं कहना चाहिए था, लेकिन मेरे मुंह से निकल गया, बताइए ना आप कब जाएंगे, मैं उनको बता दूंगी। साब उठ खड़े हुए तो मैं कांप गयी। कुछ कहने के बजाय जब वह ऊपर चले गये तो मुझे यक़ीन हो गया कि वह नाराज़ हो गये थे। मेरा खून सूख गया। मैं डरती-डरती खाना बनाती रही और सोचती रही कि साब की नाराज़गी को कैसे दूर करूँ। मैंने फ़ैसला सा कर लिया कि सारी बात जा कर बीजी से कह दूँगी और उनसे पूछूंगी, मुझे क्या करना चाहिए। जाने से पहले जब मैंने ऊपर जा कर कहा, मैं जा रही हूँ, तो साब बोले, देख शानो, अपनी बीजी से कहना, हम परसों दोपहर का खाना उनके घर खाएंगे। बात वह मुझसे कर रहे थे, आंखें उनकी इधर-उधर उड़ रही थीं जैसे कोई चिड़िया या तितली उनके कमरे में इधर-उधर उड़ रही हो और वह अपनी आंखों से उसे पकड़ने की कोशिश कर रहे हों। मैं धम धम करती नीचे उतर गयी। साब ने सोचा होगा, यह लड़की है या कोई आफ़त !

कई दिन हो गये अपने मन को नहीं टटोला। यह फ़िक़रा लिख तो दिया लेकिन इसका मतलब क्या है ? मन को टटोला कैसे जाता है ? अपने मन को। मन रहता

कहाँ है ? शायद उन ख़यालों में जो अपने आप आते रहते हैं। वह कहां से आते हैं ? कहां जाते हैं ? शायद दिमाग़ के अन्दर कोई बटन हों जिसके दबाने से ख़यालों का आना शुरू हो जाता है। इस बटन को दबाता कौन है ? अपने आप ही दब जाता होगा। या सिर हिलाने से या सिर के हिल जाने से। इसीलिए कुछ कहा नहीं जा सकता कि कौन-सा ख़याल कब आएगा, कब जाएगा। हर ख़याल के साथ कई और ख़याल जुड़े रहते हैं। जब कापी लेकर बैठी थी तो कुछ पता नहीं था क्या लिखूंगी। इसीलिए मन को टटोलने बैठ गयी। लेकिन ख़याल क्या दिमाग़ में ही आते हैं या दिल में भी ? आंखें बन्द कर के सोचूं तो शायद कुछ पता चले। सोचने का मतलब क्या होता है ? सोचा कैसे जाता है ? इस वक़्त जो कर रही हूँ क्या उसे ही सोचना कहते हैं ? मैं कर कुछ नहीं रही। बस सवाल पूछे जा रही हूँ। किस से ? अपने मन से। तो क्या मन वह चीज़ है जिससे सवाल पूछे जाते हैं ? मन चीज़ नहीं। तो और क्या है ? मुझे सवाल ही क्यों सूझ रहे हैं ? जवाब क्यों नहीं ? जब कोई जवाब सूझ भीं जाता है तो उसमें से फिर सवाल फूटने लगते हैं।

मेरा दिमाग़ ख़राब हो रहा है। सारा क़सूर इस कापी का। इसमें लिखने की इस आदत का। जब नहीं लिखती थी तब भी ख़याल तो आते ही होंगे। सवाल भी उठते ही होंगे। लेकिन तब शायद ही कभी यह सवाल उठा हो कि मन रहता कहां है। मां कभी कभी मन्दिर से लौट कर मन की चंचलता की शिकायत करने लगती है। कहती है मन को काबू में रखना चाहिए, बल्कि मार डालना चाहिए। जब मां अचानक इस तरह की बातें करने लगती है तो मुझे लगता है जैसे वह मुझे नहीं, अपने आपको ही समझ रही हो। शायद हम सब वही नसीहतें दूसरों को देते हैं जो अपने आपको देते हैं, जिन पर हम खुद अमल नहीं कर सकते। मन्दिर में बैठी-बैठी मां अपने मन को काबू में नहीं रख सकती होगी, पुजारी की बकवास सुनते सुनते सोचने लगती होगी, इस पाखन्डी की बकवास सुनने मैं क्यों चली आती हूँ यहां। अपने मन को टटोलती होगी। कभी-कभी टी-वी पर मैं दाढ़ी वाले महात्मा को सुनने बैठ जाती हूँ। सुबह सवेरे। काम पर जाने से पहले। वह भी अक्सर मन को मारने का उपदेश देता रहता है। लेकिन मुझे लगता है जैसे वह तन को मारने का उपदेश भी दे रहा हो। शायद तन को मारने से ही मन को मारा जा सकता हो। शायद तन को मारने के लिए मन को मारना ज़रूरी होता हो। फिर तो तन और मन का रिश्ता बहुत गहरा होगा। शायद अटूट हो। शायद तन का ही दूसरा नाम मन हो। शायद मन को टटोलने के बहाने मैं अपने तन को ही टटोल रही हूँ।

तन को टटोले भीं बहुत दिन हो गये हैं। तन में जो तरंगे उठती हैं उनका दोष भी मन ही को दिया जाता है। इसका मतलब तो यही हुआ कि मन ही तन का मालिक है। मतलब मन साब, तन नौकर। औरत का मन क्या आदमी के मन जैसा ही होता है ? अगर तन में फ़र्क़ है तो मन में भी कुछ फ़र्क़ तो होगा ही।

फ़र्क़ है इसीलिए तो दोनों में झगड़े होते रहते हैं। इन झगड़ों को देख देख ही तो मैंने यह ठाना हुआ है कि मैं शादी नहीं करूँगी, बच्चे नहीं जनूंगी। तो क्या किसी आदमी के साथ कभी कुछ करूंगी ही नहीं, किसी आदमी को अपने साथ कुछ करने ही नहीं दूंगी ? मन तो यही कहता है। लेकिन तन ने कुछ और कहना शुरू कर दिया है। वह तो हमेशा से ही कुछ और कह रहा है। तन की सुनूँ तो पागल हो जाऊं। तो क्या मैं मन की ही सुनती हूँ ? क्या मुझे मन ने ही बचाया हुआ है ? उन सारी बुरी बातों से जो मेरा तन मुझसे करवाना चाहता है ? मतलब खुद करना चाहता है। तन खुद कुछ नहीं कर सकता। हर तन के अन्दर कोई और रहता है जो तन से सारे अच्छे बुरे काम करवाता है। वह कौन है ? क्या उसे ही मन कहते हैं ? लेकिन वह दाढ़ी वाला महात्मा तो उसे आत्मा कहता है। कभी-कभी वह उसे परमात्मा भी कह देता है। मन शायद इसी आत्मा या परमात्मा का ही कोई नौकर-चाकर हो। लेकिन वह दाढ़ी वाला महात्मा और मां के मन्दिर का वह पुजारी मन को क़ाबू में रखने के उपदेश क्यों देते हैं ? अगर मन आत्मा या परमात्मा का ही कोई नौकर चाकर है तो वे उसे काबू में रखते ही होंगे।

मैं पता नहीं कहां कहां उड़ रही हूँ। मन को नौकर शायद इसीलिए बना दिया कि खुद नौकरानी हूँ। नौकरानी हूँ इसीलिए हर वक्त मालकों और मालकिनों के बारे में सोचती रहती हूँ। उनके दोष निकालती रहती हूँ। नौकरानी का मन क्या मालकिन के मन जैसा ही होता है। मेरा तन कई मालकिनों से ज़्यादा अच्छा है। उस मोटी के तन से तो अच्छा ही है। इसीलिए वह मुझे तंग किया करती थी। अपने मन को टटोलते टटोलते मैं मालकिनों की तरफ़ क्यों भटक गयी ? क्योंकि मेरा मन बहुत चंचल है। मेरा तन कम चंचल नहीं। लेकिन मैंने अभी तक तो उसे क़ाबू में ही रखा हुआ है। जब वह बेक़ाबू होना चाहता है तो मैं अपना मन्तर पढ़ना शुरू कर देती हूँ : शादी नहीं करूंगी, बच्चे नहीं जनूंगी। किसी दिन तन पूछ लेगा : क्यों नहीं, क्यों नहीं ? पूछता तो वह अब भी होगा, मैं ही उसे अनसुना कर देती हूँ। लेकिन तन जो पूछता है या पूछना चाहता है, मन के बग़ैर नहीं पूछ सकता। क्यों नहीं ? और मन जो करना चाहता है वह तन के बग़ैर नहीं कर सकता। क्यों नहीं ? तन बड़ा कि मन ? असली सवाल शायद यही हो। बड़े छोटे की बात शायद नहीं। मैं बड़े छोटे की बात शायद इसीलिए सोचती हूँ क्योंकि मैं नौकरानी हूँ, मेरी मां नौकरानी है, उसकी मां भी नौकरानी थी।

अब मेरा मन मुझे भड़का रहा है। मुझे मतलब मेरे तन को ? मैं कौन हूँ ? इस सवाल का जवाब मेरे पास नहीं। उस दाढ़ी वाले महात्मा के पास शायद हो। शायद अख़बार वाले साब के पास हों। शायद बीजी के पास हो। शायद मेरे मन के पास हो। मन को किसी दिन फिर टटोलूंगी । इस वक्त और नहीं, पारो सो गयी है। मां आंखें मूंदे मेरे बारे में सोच रही है। सोच रही है, इस नासपीटी का

होगा क्या ? यह अपनी कापी में लिखती क्या रहती है ?

मन अनुमान लगाने की एक मशीन !

अब बत्ती बुझा देनी चाहिए।

शायद आज रात किसी सपने में कोई मेरे तन को टटोले। बहुत दिन हो गये हैं।

मुझे डर लगा रहता है कि कोई किसी दिन मेरी इस डायरी को पढ़ लेगा। इस डर के अन्दर कहीं शायद यह ख़्वाहिश भी बैठी हुई हो कि कोई इसे पढ़ ले। मां पढ़ तो नहीं सकती, पढ़ना ज़रूर चाहती होगी। पारो चाहे तो कुछ-कुछ पढ़ सकती है, मुश्किल से, रुक रुक कर, लेकिन पढ़ेगी नहीं, उसमें इतना धीरज नहीं। मुझे डर लगा रहता है कि मां किसी दिन सारी कापियां उठा कर बीजी के पास जा बैठेगी और उनसे कहेगी कि वह इन्हें पढ़ कर देखे तो यह लड़की क्या लिखती रहती है। बीजी कहेंगी, इतनी कापियां लिख मारीं उस लड़की ने ! मां कहेगी, पता नहीं क्या हो गया है इस लड़की को ! बीजी कहेंगी, लिखने दो, लिखना बुरी आदत नहीं, तुम चिन्ता क्यों करती हो ? मां कहेगी, पढ़ कर कुछ सुनाइए तो ? बीजी कहेंगी, मैं यह चोरी नहीं करूंगी। मां कापियां उठा कर लौट आएगी और मुझ से कहेगी, पढ़ कर कुछ सुना तो ! मैं मुसकरा दूंगी लेकिन सुनाऊंगी नहीं।

शायद झरना भी डायरी लिखती थी। शायद देवी अब उसकी कापियां पढ़ रही होगी। किसी दिन देवी से पूछूंगी। वह हैरान हो जाएगी। शायद वह भी लिखती हो। शायद ही कोई और नौकरानी लिखती हो।

झरना ने पता नहीं क्या-क्या लिखा होगा। शौकत के बारे में। अपने घर वालों के बारे में, शौकत के घर वालों के बारे में। अपने पेट के बारे में। पेट की सफ़ाई करवाने से पहले। फिर उसके बाद अपनी ख़ुदकुशी के ख़याल के बारे में। देवी से पूछूंगी। कहूंगी, मुझे दिखाओ। लेकिन झरना ने तो बंगाली में लिखा होगा या अंग्रेज़ी में। अगर अंग्रेज़ी पढ़ना छोड़ न दिया होता तो...। छोड़ा नहीं, छूट ही गया। अपने आप। ठीक ही है। मुझे क्या लेना है अंग्रेज़ी पढ़ के।

वैसे मुझे यह वहम भी है कि कोई चोरी-चोरी मेरी कापियों को पढ़ता रहता है। इसीलिए लिखते समय मैं अपने आपको रोकती टोकती रहती हूँ। सब कुछ नहीं लिखती। सब कुछ तो ख़ैर कोई भी नहीं लिखता होगा। सब कुछ लिखने लगूँ तो रोज़ एक कापी भर जाए। सब कुछ कोई लिख ही नहीं सकता। कोई लड़की तो

कभी भी नहीं। लड़कियों को तो वैसे भी मन की बात मन में ही रखने की शिक्षा दी जाती है। यह मैं ऐसे ही लिख गयी। मुझे तो किसी ने ऐसी शिक्षा नहीं दी। फिर यह ख़याल मेरे मन में आ कहां से गया। कुछ ख़याल हवा में उड़ते रहते होंगे। मौक़ा पाते ही मन में घुस आते हैं।

इस वक़्त अचानक बापू याद आने लगा। आख़िरी दिनों में उसे देख मुझे लगता था कि वह मुझ से कुछ कहना चाहता था, कोई ख़ास बात करना चाहता था, शायद कोई शिक्षा देना चाहता था। लेकिन उसकी हिम्मत नहीं होती थी। शायद वह डरता रहता था कि मैं उसे बीच में ही टोक दूंगी। मुझे पता था वह ज़्यादा दिन रहेगा नहीं। अच्छा ही हुआ सोया सोया चला गया, अगर और जीता रहता तो और तड़पता। जब उसको दौरा पड़ता था तो इतना तड़पता था कि मैं देख नहीं सकती थी। लेकिन देखती रहती थी।

अगर मैंने शादी नहीं की तो सारी उमर इन कापियों को ही भरती रहूंगी। ढेर लग जाएंगे भरी हुई कपियों के। उन्हें रखूंगी कहां। मर जाऊंगी तो उन ढेरों का क्या होगा। वही जो दूसरे सामान का होगा। अगर इसी तरह लिखती रही तो दूसरे सामान के लिए जगह ही नहीं बचेगी। लोग कहेंगे, पागल थी। लोग मतलब वह लोग जो मेरे मरने के बाद मेरी कापियों को पढ़ेंगे। कोई नहीं पढ़ेगा। मेरा होगा ही कोई नहीं। अगर बच्चे नहीं जनूंगी, शादी नहीं करूंगी तो मेरा होगा कौन !

मन करता है किसी दिन बीजी से बात करूं। साफ़-साफ़। कहूं, यह क्या लत लगा दी आपने मुझे ! जिस दिन न लिखूं लगता है वह दिन बीता ही न हो। बीजी कहेंगी, हमने तो यूंही कह दिया तुम से, यह सोच कर कि वक्त कट जाया करेगा तुम्हारा, हमें क्या पता था कि तुम लिख लिख कर ढेर लगा दोगी !

नहीं, बीजी ऐसी रूखी बात कभी नहीं कहेंगी। नहीं, मैं कभी उनसे ऐसी बात नहीं करूंगी। कर ही नहीं सकूंगी। करनी भी नहीं चाहिए।

और फिर अपने मरने की बात मेरे मन में क्यों आ गयी ? बापू की याद के पीछे पीछे चली आयी होगी।

मां भी कभी-कभी बापू को याद करती होगी। उसने कभी कुछ कहा नहीं मुझ से। पारो कभी-कभी अचानक कोई बात कह देती है। कल जब मैं बीजी के घर जा रही थी तो एक बुढ़िया ने मुझे रोक लिया। मैंने सोचा किसी का अता-पता पूछेगी। लेनिक वह बोली—देख बीबा, जवान लड़कियों को चलते-चलते गुनगुनाना नहीं चाहिए, लड़के कुत्तों की तरह पीछे लग जाते हैं, ज़माना बहुत ख़राब है, तेरे जैसी सुन्दर लड़की को तो हरवक़्त ख़बरदार रहना चाहिए नहीं तो...। मन तो हुआ आगे निकल जाऊं लेकिन मन को मार कर उसकी बात सुनती रही। मुझे तो पता ही नहीं था कि मैं गुनगुना रही थी।

मैं बहुत लापरवाह हूँ। ऐसे चलती हूँ जैसे मुझे कोई ख़तरा न हो। हालाँकि

जानती हूँ कि सब मरद मुझे ऐसे देखते हैं जैसे अपनी आंखों से मेरे कपड़े उतार रहे हों। और तो और छोटे-छोटे लड़के भी लार टपकाते रहते हैं। जमादार और मज़दूर सीटियां बजाते रहते हैं। दुकानदार पैसे लेते या देते वक्त हाथ दबा देते हैं। वह तो ख़ैर सब नौकरानियों को बुरी निगाह से देखते हैं। बूढ़ी नौकरानियों को भी। उनसे तो वह और खुल कर बेहयाई करते है। सब्ज़ी और फल वाले भी कम बदमाश नहीं। ललिता कहती है सब हरामी मौक़े की ताक में रहते हैं।

अगर ललिता को पता चल जाए कि मैं इन कापियों में उसके बारे में बार-बार लिखती रहती हूँ तो वह कहेगी, शानो, किसी दिन मैं तेरी सारी शान निकाल दूंगी, तू समझती क्या है अपने आपको !

इधर मैं अपने आप से बातें करने लगो हूँ। डायरी में।

लेकिन वह तो शुरू से ही कर रही हूँ। डायरी असल में अपने आप से ही बातें करने का एक तरीक़ा। या बहाना। डायरी वही लोग लिखते होंगे जो अपने आप से बातें करना चाहते हैं। चाहने की बात भी नहीं। कुछ लोग ऐसे होते हैं जो चाहें न चाहें उन्हें अपने आप से कुछ बातें करनी पड़ती हैं। क्योंकि वह दूसरों से वह बातें नहीं कर सकते। खुल कर। खुल कर तो मैं अपने आप से भी नहीं कर सकती। इस डायरी में भी नहीं। यह डर लगा रहता है कि कोई इसे पढ़ रहा है। चोरी-चोरी। वह कोई भी मेरे अन्दर ही बैठा होगा या होगी। अन्दर जैसे एक कमरा बना हुआ हो। कमरा नहीं तहख़ाना। जब स्कूल जाया करती थी तो एक लड़की मुझे जासूसी नावल दिया करती थी। उनमें अक्सर तहख़ाने होते थे जिनमें चोर छिपे रहते थे। कभी-कभी जासूस भी।

ललिता आजकल यह पता चलाने में जुटी हुई होगी कि बीजी और अख़बार वाले साब के बीच क्या चल रहा है। इसीलिए कई दिनों से मैं नीम के पेड़ की तरफ़ नहीं गयी। किसी दिन पकड़ कर पूछना शुरू कर देगी, मैं कहूंगी, मुझे कुछ पता नहीं। वह कहेगी, मैं नहीं मानती। फिर वह मुस्कराना शुरू कर देगी, मैं अपनी मुस्कराहट को दबाना। फिर वह कहेगी, शानो, मैं सब जानती हूँ। मैं कहूंगी, फिर मुझ से क्यों पूछ रही है। वह कहेगी, क्योंकि तू मेरी सहेली है, बोल है कि नहीं ? मुस्कराहट को दबाए रखना मेरे लिए मुश्किल हो जाएगा। लेकिन मैं उसे कुछ बताऊंगी नहीं। बताने के लिए मेरे पास कुछ है भी तो नहीं।

तन ने तंग करना शुरू कर दिया है। खुल कर। जब आन्टी आ कर चली जाती है तो बुरा हाल होना शुरू हो जाता है। जैसे कि आजकल। अंगड़ाइयां आती रहती हैं। रात नींद बहुत देर से आती है। डायरी लिखने बैठती हूं तो कुछ सूझता नहीं क्या लिखूं। अचानक सारे बदन में खुजली-सी छिड़ जाती है। मां कहती है तुझे ख़ुश्की हो गयी है, सरसों के तेल की मालिश किया कर। मालिश करते-करते सोचती रहती हूँ कि मालिश का मज़ा तभी आता है जब कोई और करे। तो वह ऐनक वाली मैम याद आ जाती है। और उसका वह बदमाश साब। अगर उनके चक्कर में फंस गयी होती तो आज पता नहीं कहां होती। वैसे आजकल अख़बारों में मालिश करने वालों और वालियों के इश्तहार और नाम-पते वग़ैरह छपते रहते हैं। ललिता कहती है मालिश बदमाशी का दूसरा नाम। कहती है मालकिने फ़ोन कर के मालिश करनेवालों को घर बुलावा लेती हैं। और मालक मालिश करनेवालियों को। मैं नहीं मानती। लेकिन अगर मेरा तन मुझे तंग कर सकता है तो मालकिनों का भी उन्हें करता ही होगा। अगर मैं मालकिन होती तो...। ललिता बकवास करती है। गप्पें मारती हैं। ललिता से ही क्यों न किसी दिन कह दूँ, वह मेरी मालिश कर दे। मुझे मालिश की नहीं किसी और चीज़ की ज़रूरत है। सिरहाने को जांघों में दबाने से कुछ आराम मिलता है। कभी कभी सोए सोए पारो से लिपट जाने से भी। लेकिन अगर नींद खुल जाए तो डर भी लगता है, शर्म भी आती है। पारो बेचारी तो आप अपने तन से तंग आयी हुई होगी। कभी कभी उस सुरेन्दर बिजली वाले की याद आ जाती है। लेकिन नहीं, वह तो लिफ़लिफ़ा सा है। उससे तो कुन्दन का वह दोस्त अच्छा जिसे मैंने थप्पड़ मारा था। वह लिफ़लिफ़ा नहीं था। यह लफ़्ज़ मैंने ही बना लिया है। शायद लिफ़ाफ़े से। लिफ़लिफ़ा ! अच्छा लफ़्ज़ है। लफ़्ज़ मुझे पसंद है लेकिन लिफ़लिफ़े आदमी नहीं। जीजा भी लिफ़लिफ़ा है। इसीलिए पारो को पसंद नहीं। पारो का होगा क्या ! इस वक़्त तो मुझे अपने बारे में ही सोचना चाहिए। आजकल तो जी चाहता रहता है कि कोई मुझे दबोच ले। लेकिन अगर किसी ने दबोच लिया तो मैं उसे थप्पड़ मार दूंगी। मेरा नाम पड़ जाएगा थप्पड़ वाली। कोई मुझे हाथ नहीं लगाएगा। तब मैं ही किसी राह जाते को आंख मार दूंगी। सोचते हुए भी शर्म आ रही है। बीजी के बाथरूम वाले शीशे के सामने खड़ी रहती हूँ। काफ़ी काफ़ी देर। क़मीज़ ऊपर उठा कर। दरवाज़ा बन्द कर के। डर लगा रहता है किसी दिन बीजी पूछ न लें, बाथरूम का दरवाज़ा बन्द कर इतनी देर करती क्या रहती हो अन्दर। अगर किसी दिन उन्होंने पूछ लिया तो कह दूंगी, कुछ नहीं। बीजी समझ जाएंगी। शायद मुस्करा दें। मेरा मुंह लाल हो जाएगा।

अब अंगिया भी तंग हो गयी है। नयी लेनी पड़ेगी। छातियाँ सख़्त खरबूजों जैसी होती जा रही हैं। देख कर दहशत होती है। जी करता है काट खाऊं उन्हें। नहीं, कोई और काट खाए उन्हें। आजकल वह सब्ज़ी वाला बंगाली मुझे बहुत अच्छा

लगने लगा है। कभी-कभी जब और कोई न हो, तो ऐसे देखता है जैसे कच्चा ही तो खा जाएगा। समझ गया होगा वह मुझे अच्छा लगता है। समझ गया होगा मैं उसके बारे में सोच-सोच सी-सी करती रहती हूँ। रात को। लेटे लेटे। हो सकता है वह भी मुझे याद करता हो। रात को। वह सी सी नहीं करता होगा। आदमी सी सी नहीं करते। वह लिफ़लिफ़ा नहीं। उसकी आवाज़ भी लिफ़लिफ़ी नहीं। लेकिन वह मुसलमान है। उससे दूर रहना चाहिए। अगर उसके साथ दिल लगा लिया तो मेरा भी वही हाल होगा जो झरना का हुआ। उससे भी बुरा। लेकिन मैं उसके साथ कुछ करूंगी नहीं।

बीजी के बाथरूम में आज खड़ी अंगिया उठा कर शीशे में देख रही थी तो लगा जैसे मेरी छातियां मेरी न हों। फिर मैंने उन्हें दवाया, धीमे धीमे, आंखें बन्द कर के, और सोचा जैसे वह सब्ज़ीवाला बंगाली उन्हें दबा रहा हो, लेकिन बन्द आंखों के सामने बार-बार सुरेन्दर बिजली वाला आ जाता था। आख़िर मैंने आंखें खोल दीं, अंगिया और क़मीज़ ठीक कर ली, पानी का एक घूंट पिया, और दरवाज़ा खोल बाहर निकल आयी। बाहर डाइनिंग टेबल के पास बीजी ऐसे खड़ी थीं जैसे मेरा इंतज़ार कर रही हों।

आज सोए-सोए कुछ न कुछ ज़रूर होगा। लेकिन पहले नींद तो आए। यह लिखना बंद करूंगी तभी तो आएगी। देर से आएगी। आंखें बंद कर के काफ़ी देर जाप करना पड़ेगा—एक दो तीन, परमाणु शीत युद्ध।

सुबह अख़बार वाले साब के घर जाने से पहले कुछ देर पारक में सैर करती रही। नौकरानियों को सुबह सवेरे काम पर पहुंचने की जल्दी होती है। जो सुबह सवेरे छोटे बच्चों की परैमें ठेलती हुई पारक में जा बैठती हैं, आयाएं कहलाती हैं। यह 'आया' लफ़ज़ मुझे अजीब लगता है। पता नहीं यह कैसे बना। बीजी से पूछना चाहिए। या अख़बार वाले साब से। आयाएं अपने आपको नौकरानियों से एक दर्जा ऊपर समझती हैं। उनके कपड़े करारे होतू हैं। उनके नख़रे भी। वैसे इस इलाक़े में असली आयाएं बहुत कम हैं। असली का मतलब जो बच्चों की देखभाल के अलावा और कोई काम न करें। जो थोड़ी सी हैं वह परैम ठेलते हुए ऐसे इठला इठला कर चलती हैं जैसे वह बच्चा उनका अपना ही हो। कुछ दिनों के लिए जब मैं दुबेयी वाली मेम के बिल्लू को घुमाने पारक ले जाया करती थी तो मैं भी सोचा करती

थी, लोग समझते होंगे कि बिल्लू मेरा बच्चा है। ऐसा सोचने से मुझे ख़ुशी होती थी। झूठी सी।

सुबह पारक में दो तीन आयाएं ही दिखायी दी थीं। उन से मेरी जान पहचान नहीं। वैसे जैसे मैं जानती हूँ वह आयाएं, वह जानती होंगी मैं नौकरानी हूँ, आयाएं भी असल में अकड़ी हुई नौकरानियां ही तो हैं। ललिता हमारी टोली की करेलिन को छेड़ती है, तुझे तो आया होना चाहिए था। काली करेलिनें अक्सर अकड़ी हुई नज़र आती हैं। ललिता कहती है कि आयाएं अक्सर अपने साबों से टिप्पस लड़ा लेती हैं, इसलिए उन्हें ऊपर की आमदनी बहुत हो जाती है। ललिता कहती है, मेमों को सब मालूम होता है लेकिन वह कुछ कहती नहीं क्योंकि उन्हें अपनी काली करतूतों पर परदे डालने होते हैं। ललिता जब शुरू हो जाए तो ऐसी ऐसी कहानियां सुनाती है कि हम सब के कान खड़े हो जाते हैं। कहती है, इस कालोनी में क्या-क्या नहीं हो रहा !

पारक में दाख़िल होते ही मैंने फ़ैसला कर लिया था कि मैं भी मेमों की तरह तेज़-तेज़ तीन चक्कर लगाऊंगी। आज से पहले मैंने कभी पारक में बाक़ायदा सैर नहीं की थी। जब बिल्लू को घुमाने ले जाया करती थी तो कुछ लफंगे दिखायी दे जाते थे। आज भी कुछ थे। सब मुझे घूर रहे थे। ललिता कहती है, लफंगे आयाओं को फंसाने के लिए ही पारक में आते हैं। आयाओं के जरीए मालकिनों तक पहुचंने के लिए। वह कहती है चोरी चकारी की कुछ वारदातों में इन्हीं लफ़ंगों और काली आयाओं का हाथ होता है। नेपाली नौकर तो यूंही बदनाम हैं। वैसे, वह कहती है, इन लफ़ंगों में कुछ नेपाली भी होते हैं।

लफंगा लफ़्ज़ मुझे अच्छा लगता है। पता नहीं यह बना कैसे। पता नहीं लफ़्ज़ कैसे बनते हैं।

एक लफंगे ने आज मुझे पटाने की कोशिश की। अब उसकी कोशिश पर हंसी आ रही है, उस वक़्त गुस्सा भी आया था, डर भी लगा था, अच्छा भी लगा था। उसे पता होगा मैं नौकरानी हूँ। सुबह सवेरे मुझे पारक में देख उसने सोचा होगा मैं आजकल बेकार हूँ और आवारागर्दी करने आ गयी हूँ, और शायद आंख लड़ाने के लिए भी। कुछ देर वह मेरे पीछे-पीछे कुछ फ़ासले पर चलता रहा। सैर करने वालों में ज़्यादा बूढ़े आदमी ही थे या फिर अधेड़ मोटी औरतें। एक जवान लड़की हिरनी-सी दौड़ रही थी। दौड़ने की ख़्वाहिश मुझे भी हुई थी, हिम्मत नहीं। कभी किसी नौकर या नौकरानी को पारक में दौड़ते हुए नहीं देखा। जो लफंगा मेरे पीछे पीछे चल रहा था नौकर नहीं था, न ही कोई कालेजिया। उसे देख कुन्दन का ख़याल आया था। शायद उसी का कोई यार दोस्त हो। कुन्दन भी पारकों में आवारागर्दी करता होगा, लड़कियां पटाने की कोशिश करता होगा। उसका ख़याल आते ही मेरी चाल ढीली हो गयी थी। उस लफंगे ने समझा होगा मैं उसे बात करने का मौक़ा

दे रही हूँ। तेज़-तेज़ कदम उठा कर मेरे पास पहुंच उसने पुचकार कर कुछ कहा था। मैंने रुक कर रुख़ उसकी तरफ़ किया तो उसकी बांछें खिल गयीं और मुझे पता नहीं क्या हुआ कि मैंने एक भरपूर थप्पड़ उसके मुंह पर जड़ दिया और एक गाली दे कर दौड़ना शुरू कर दिया। सामने से वह जवान लड़की हिरनी सी दौड़ती हुई मेरी तरफ़ आ रही थी। उसके बाल लहरा रहे थे, छातियां छलक रही थीं। उसने मुझे चपत मारते देख लिया था। मेरे पास से गुज़रते हुए उसने धीरे से कहा था, अच्छा किया ! मुझे बहुत अच्छा लगा। उस लड़की को यह पता तो नहीं चला होगा कि मैं नौकरानी हूँ लेकिन यह ज़रूर चल गया होगा कि वह लड़का लफंगा था। एक पूरा चक्कर दौड़ लेने के बाद मैंने रुक कर इधर-उधर देखा तो मुझे न वह लफंगा नज़र आया न वह लड़की। घास पर बैठ कर मैंने अपने बाल ठीक किये, मुंह पौंछा, और जब सांस ठीक हुई तो अख़बार वाले साब के घर की तरफ़ चल दी।

जो गाली मैंने उस लफंगे को दी थी उसे याद कर के मुझे अब हंसी भी आ रही है, शर्म भी। उसे यहां नहीं लिखूंगी। मुझे मालूम ही नहीं था कि मुझे गन्दी गालियां भी आती हैं। उस लफंगे को यक़ीन हो गया होगा मैं लफंगी हूँ। उसे थप्पड़ मारने और गाली देने के बाद अगर मैंने दौड़ना न शुरू कर दिया हाता तो पता नहीं वह क्या करता, क्या कहता। अगर कुछ ही देर पहले उस लड़की को दौड़ते हुए देख मेरे दिल में दौड़ने की ख़्वाहिश न उठी होती तो शायद मैं दौड़ती नहीं। मैंने अचानक ऐसे दौड़ना शुरू कर दिया था जैसे वह लड़की दौड़ रही थी, जैसे मुझे सुबह सवेरे उस पारक में जाने और दौड़ने की आदत हो। मुझे दौड़ते देख तो शायद उस बेचारे ने यही सोचा हो कि मैं उस दौड़ने वाली लड़की की बहन या सहेली हूँ। मैंने यह सारा क़िस्सा पारो को तो बताया था, मां को नहीं। पारो मेरी हिम्मत पर हैरान होती रही थी। उसने कहा था, मैं होती तो चुप मार जाती। फिर उसने सलाह दी थी कि मैं दोबारा पारक में न जाऊं। उसे ख़तरा है कि वह लफंगा कहीं मेरे पीछे न पड़ जाए। मेरा ख़याल है वह अब कभी मुझे तंग नहीं करेगा। ललिता ने एक बार कहा था, लफंगे डरपोक होते हैं, अगर लड़की उनके सामने डट कर खड़ी हो जाए तो उनका मूत निकल जाता है। हो सकता है ललिता की यह बात मुझे उस वक़्त याद आ गयी हो। हो सकता है वह लड़का लफंगा न हो, मेरी तरह वह भी अपने तन से ही तंग आया हुआ हो। मेरे हाथ में उस चपत की याद काफ़ी दिनों तक बची रहेगी। उस लड़के के मुंह में भी। याद आता है उसका मुंह तपा हुआ था। दौड़ते दौड़ते मैं अपने हाथ की सख़्ती पर भी हैरान होती रही थी। यह क़िस्सा ललिता को भी सुनाऊंगी। सुनेगी तो कहेगी, मैं उस लफंगे को भी जानती हूँ, उस दौड़ने वाली लड़की को भी। ललिता सारी दुनिया को जानती है।

कल रात जीजे और उसकी मां ने हमारे घर आ कर बहुत शोर मचाया। भीड़ इकट्ठी हो गयी थी। वह सुरेन्दर बिजली वाला भी पहुंच गया था। उर्मिला तो ख़ैर थी ही। अगर आख़िर उस हकीम ने आ कर उनहें समझाया बुझाया न होता तो शायद हमें पुलिस बुलानी पड़ती। जीजा तो धुत्त था ही, उसकी मां भी शायद चढ़ा कर आयी थी। आते ही दोनों ने बकना शुरू कर दिया था।

—कहां है वह पारो की बच्ची !

—वह कुलच्छनी !

—दरवाज़ा खोलो !

—आज फ़ैसला हो कर रहेगा !

—कहां है वह चुड़ैल !

—बेशर्मों को शर्म भी नहीं आती।

—खोलो दरवाज़ा !

उनका हमला अचानक हुआ था। अगर कोठरी का दरवाज़ा अन्दर से बन्द न होता तो वह दोनों अन्दर घुस आए होते। पारो का रंग पीला पिच्च हो गया था। हम तीनों एक दूसरी का मुंह देख रही थीं जैसे पूछ रही हों, दरवाज़ा खोलें या नहीं। उधर वह दोनों बाहर खड़े बके भी जा रहे थे, दरवाज़े को भी भड़भड़ा रहे थे।

—तीनों बदमाश हैं !

—बेटियों की कमाई खाते शर्म नहीं आती।

—हम दरवाज़ा तोड़ देंगे !

—हमारी इज़्ज़त को मिट्टी में मिला दिया !

—मां के घर ही बैठना था तो शादी क्यों की थी।

—मेरे बेटे की ज़िन्दगी बरबाद कर दी।

—लोगों के बरतन मांझते शर्म नहीं आती।

—दरवाज़ा खोलो।

पारो मां को दरवाज़ा खोलने से मना कर रही थी। मां कह रही थी, दरवाज़ा न खोला तो भीड़ इकट्ठी हो जाएगी। मुझे ख़तरा था वह दोनों दरवाज़ा तोड़ कर अन्दर घुस आएंगे। सुरेन्दर बिजली वाला उन्हें दरवाज़ा तोड़ने से मना कर रहा था। कहं रहा था, आराम से बात करो, शोर मचाने का क्या फ़ायदा। जीजे की मां बार-बार कहे जा रही थी, तू चूप रह, तू चुप रह, तू कौन होता है हमें शिक्षा देने वाला ? उसका क्या लगता है ? अब कुछ और लोग भी बाहर जमा हो गये थे। मैंने पारो के हाथों से चाबी छीन कर ताला खोला ही था कि पारो ने कुरलाना शुरू कर दिया। मुझे उस पर बहुत गुस्सा आया। दरवाज़ा खोलने से पहले मैंने पारो को डांटा, कुरलाने से कुछ नहीं होगा, हमें मिलकर इनका मुक़ाबला करना है ! मेरी डांट का असर पड़ा या उसकी अपनी किसी सोच का, पारो का रोना-कुरलाना उसी वक्त बन्द हो गया।

उसने अपनी आंखें पोंछ ली। अब हम दोनों दरवाज़े के पास खड़ी थीं। ताला मेरे हाथ में था। मैंने मन ही मन फ़ैसला कर लिया था कि ज़रूरत पड़ी तो मैं इस भारी ताले और चाबियों के गुच्छे को हथियारों में बदल दूंगी। मैं तो पारो और मां को भी सुझाना चाहती थी कि वह डंडा झाड़ू वग़ैरह उठा लें। मुझे यक़ीन था कि जीजा हाथापाई करेगा। जब मैंने दरवाज़ा खोला तो जीजा और उसकी मां अन्दर गिरते-गिरते बचे।

—चल मेरे साथ !

—तू इन लड़कियों की मां है या दल्लाल !

—चल मेरे साथ नहीं तो टांगें तोड़ दूंगा तेरी।

जीजे की यह धमकी सुनते ही मैंने हाथ में पकड़े ताले को ऐसे लहराया जैसे वह सुदर्शन चक्कर हो और चिल्ला कर कहा, अगर मेरी बहन पर हाथ उठाया तो मैं इसी ताले से तेरा सिर फोड़ डालूंगी !

मेरी आवाज़ सुनते ही जीजा सन्नाटे में आ गया और उसकी मां अपने कानों को छू कर राम राम बोलने लगी। उर्मिला ने मेरी तरफ ऐसे देखा जैसे कह रही हो, शाबाश, शानो ! सुरिन्दर बिजली वाला मौक़ा पाते ही मेरे पास आ खड़ा हुआ। पारो ने दांत पीस कर कहा, मेरी तो लाश भी तेरे साथ नहीं जाएगी ! मां ने जीजे की मां से कहा, तमाशा करने की क्या ज़रूरत थी। जीजे की मां ने जवाब दिया, मेरे बेटे की ज़िंदगी और हमारी इज़्ज़त का सवाल है, तमाशा न करें तो और क्या करें !

अब जीजा मुझे ऐसे घूर रहा था जैसे घूर-घूर कर ही मुझे भसम कर देगा। मैंने हाथ नीचे कर लिया था लेकिन ताले को अभी भी मज़बूती से पकड़ा हुआ था। पारो मां के साथ सटी खड़ी थी और मां जीजा की मां से कह रही थी, यह कोई तरीक़ा नहीं, तुम्हारी इज़्ज़त का सवाल है तो हमारी इज़्ज़त का भी सवाल है; आधी रात के वक़्त आ कर शोर मचाने का कोई मतलब नहीं।

मैं बात को और बढ़ने नहीं देना चाहती थी। मुझे पता है कि जीजा पुलिस से डरता है। मैंने कह दिया, तुम लोग चुपचाप चले जाओ नहीं तो मैं पुलिस को बुला लाऊंगी, उनकी चौकी यहां से दूर नहीं। यह सुनते ही सुरिन्दर बिजली वाला बोला, तुझे जाने की क्या ज़रूरत है, शानो, मैं जो हूँ। जीजा की मां बोली, दोनों बहनों को यारों की कोई कमी नहीं। मैंने कड़क कर कहा, ख़बरदार, बदमाश बुढ़िया ! मैं जानती हूँ तू कितनी शरीफ़ है और तेरा यह नपुंसक बेटा कितना ! मेरा मुंह मत खुलवा !

मुझे अपने आप पर हैरानी हो रही थी यह सोच कर कि अगर बीजी और अख़बार वाले साब मेरी बकवास सुन लें तो क्या सोचें। मुझे शर्म भी आ रही थी। साथ ही रह-रह कर जी चाह रहा था कि एक चपत जीजा के मुंह पर जड़ दूं, एक

उसकी मां के मुंह पर। अगर जीजा ने कुछ और बका होता तो उसका मुंह तो मैंने तोड़ ही दिया होता। वह बहुत बदसूरत लग रहा था। उसके मुक़ाबले पारो परी लग रही थी। पारो की सास तो साक्षात डायन है ही। मुझे उसके बारे में ललिता की बातें याद आ रही थीं। मैं सोच रही थी ललिता को कल ही सारी ख़बर मिल जाएगी। जीजा मुंह खोल ही रहा था कि पारो चिल्ला उठी, मैं तेरे साथ नहीं रहूंगी, नहीं रहूंगी, नहीं रहूंगी।

मुझे पारो की हिम्मत पर हैरानी हुई। ख़ुशी भी। कुछ डर भी महसूस हुआ। यह मन भी हुआ कि मैं भी उसकी तरह चिल्ला कर सबको बता दूँ, मैं शादी नहीं करूंगी, बच्चे नहीं जनूंगी !

तभी हकीम ने आगे बढ़ कर जीजे की मां के कान में कुछ कहा। फिर वह अपने बेटे से बोली, चल बेटा, इन बेशर्मीं से बात करने का कोई फ़ायदा नहीं, मैं कल ही तेरे लिए एक नयी बहू ढूंढ लाऊंगी।

उनके जाते ही तमाशबीनों ने एक साथ बोलना शुरू कर दिया, सुरिन्दर बिजली वाले ने मुझे टटोलना। मैंने उसका हाथ मरोड़ते हुए सब से कहा, अब आप लोग अपने अपने घर जाइए, तमाशा ख़तम हो गया।

सुरिन्दर बिजली वाला अपनी सी-सी को दबाता हुआ मुझ से परे हट गया तो मैंने दरवाज़ा बन्द कर लिया। कुछ देर तक हम तीनों बन्द दरवाज़े के पास खड़ी एक दूसरी का मुंह देखती रहीं। फिर पता नहीं हम तीनों को क्या हुआ कि एक साथ हमारी हंसी फूट निकली।

अपने सपनों को मैं न समझ पाती हूँ न याद रख पाती हूँ।

अगर उन्हें याद नहीं रहना होता, समझ में नहीं आना होता, तो वह आते क्यों हैं।

कभी-कभी तो ऐसे लगता है जैसे आंख लगते ही सपनों का कारख़ाना अपना काम शुरू कर देता हो।

इस कारख़ाने में शोर क्यों नहीं होता ?

शायद होता तो हो लेकिन सुनायी न देता हो।

कभी-कभी तो ऐसे लगता है जैसे आंख लगते ही मुझे कुछ देर के लिए मौत आ जाती हो और अपनी ज़िन्दगी के कुछ कटे-फटे नज़ारे दिखने शुरू हो जाते हों।

लेकिन उनमें कई नज़ारे ऐसे भी होते हैं जिन्हें मैंने पहले कभी नहीं देखा होता।

कभी-कभी मुझे यह भी लगता है जैसे मुझे अपने उन सपनों के सपने आ रहे हों जो मुझे याद न रहे हों, मेरी समझ में न आए हों।

सब से ज़्यादा डर मुझे उन्हीं सपनों से लगता है जो (नींद के दौरान) एकदम साफ़ होते हैं, समझ में आ जाते हैं।

सब से ज़्यादा मज़ा मुझे उन सपनों में आता है जिनमें मैं अकेली होती हूँ और कोई ऐसा सपना देख रही होती हूँ जिसमें कोई चोरी छिपे मेरे पैरों की उंगलियों को अपने पैरों की उंगलियों से छू रहा होता है।

ऐसे सपने मुझे कभी-कभी ही आते हैं।

कल रात एक सपने में वह लफंगा नज़र आया था जिसे मैंने उस दिन पारक में चपत मारी थी। सपने में वह गाल सहला रहा था और मैं उसके चेहरे में कुन्दन का चेहरा देख कर हैरान भी हो रही थी, डर भी रही थी, और यह भी सोच रही थी कि अगर उसने मुझे पहचान लिया तो वह क्या करेगा।

पारो कहती है, कभी-कभी मैं सोयी-सोयी अचानक गुनगुनाना शुरू कर देती हूँ।

मां कहती है, सपनों के बारे में ज़्यादा सोचना अच्छा नहीं होता। कहती है, ज़्यादा सोचो तो सपने सिर पर चढ़ जाते हैं।

सपनों के बारे में ज़रूर कई किताबें होंगी। बड़ी-बड़ी किताबें। मोटी-मोटी। मुश्किल-मुश्किल। अख़बार वाले साब के पास भी कुछ होंगी। लेकिन वह सब अंग्रेज़ी में होंगी। मैंने अंग्रेज़ी सीखना बन्द कर दिया है। क्या फ़ायदा ! हिन्दी की कोई किताब पढ़े भी कई दिन हो गये हैं। वक्त भी नहीं मिलता, मन भी नहीं होता। क्या फ़ायदा ! किसी दिन यह लिखना भी बन्द हो जाएगा। इसका भी कोई फ़ायदा नहीं। सपनों का भी कोई फ़ायदा नहीं होता। किसी दिन सपने भी बन्द हो जाएंगे। एक बार मां ने कहा था, सन्तों को सपने नहीं आते। पता नहीं क्या बात हो रही थी। कभी-कभी मां अचानक कुछ ऐसा कह देती है कि मैं चौंक जाती हूँ। एक दिन बैठे-बैठे बोल उठी थी, अगर मुझे तुम तीनों का बन्धन न होता तो मैं भिखारिन बन गयी होती। उसकी बात सुन मैं सहम गयी थी।

भिखारियों के सपने कैसे होते होंगे ? और बच्चों के ? और कुत्तों के ? और परिन्दों के ?

मन करता है किसी दिन अख़बार वाले साब से पूछूं, चींटियों के सपने कैसे होते हैं ? मन करता है किसी दिन किसी से पूछूं कि कभी-कभी मुझे ऐसा क्यों लगता है कि यह सारा संसार एक सपना है। अगर मैंने किसी दिन किसी से यह पूछ लिया तो अफ़वाह फैल जाएगी शानो सन्तनी हो गयी है। या शायद पागल। कभी कभी मुझे लगता है कि अगर मैंने डायरी लिखना न शुरू कर दिया होता तो मैं पागल

हो गयी होती। और कभी-कभी यह कि अगर मैं डायरी लिखती रही तो पागल हो जाऊंगी ? और कभी यह कि मैं पागल हूँ इसीलिए डायरी लिख रही हूँ।

यह संसार सपना हो न हो, मेरी डायरी तो एक सपना ही है। एक ऐसा सपना जिसे और कोई नहीं देख सकता, नहीं देखेगा।

अगर किसी ने किसी दिन इस को देख लिया तो क्या होगा ?

मेरे मरने के बाद बेशक सारी दुनिया देख ले लेकिन मेरे जीते जी वही जिसे मैं देखने दूं।

जब मरने का ख़याल आता है झरना याद आ जाती है। और शौकत। और देवी से यह पूछने का मन होता है कि झरना डायरी लिखती थी या नहीं, कि उसने झरना की डायरी पढ़ी है या नहीं।

शायद ही कोई और नौकरानी डायरी लिखती हो।

कई दिनों से उस दिन को टाल रही हूँ जिस दिन अख़बार वाले साब बीजी के घर खाना खाने आए थे। अब लिखने बैठी हूँ तो कुछ ख़ास याद ही नहीं आ रहा। फिर इतने दिन उस दिन को टाला क्यों ? शायद यही देखने के लिए कि जब लिखने बैठूंगी तो क्या याद आएगा।

यह लिखना एंक खेल में बदलता जा रहा है। वैसे यह एक खेल ही तो है, एक ऐसा खेल जिसका कोई फ़ायदा नहीं। कोई क़ायदा भी नहीं। कोई नुक़सान भी...नहीं, नुक़सान कई हो सकते हैं। सब से बड़ा नुक़सान तो यही है कि अब मैं अपनी हर बात और हरकत की तलाशी सी लेती रहती हूँ। अपने ख़यालों की भी। अपने सपनों की भी। अपने बदन की भी। कभी-कभी लगता है जैसे मैं नहीं कोई और यह तलाशी ले रहा हो। तब डर लगना शुरू हो जाता है। लगता है जैसे मेरे अन्दर कोई और बैठा हुआ हो। मतलब बैठी हुई हो और मौक़ा पाते ही वह मेरी तलाशी लेना शुरू कर देती हो। मतलब मेरी बातों और हरकतों वग़ैरह की। जब डायरी नहीं लिखती थी, तब ऐसा नहीं लगता था। तब कैसा लगता था, याद नहीं। अब इसे नुक़सान मानूं या फ़ायदा ? चाहूँ तो इसी पर बहस कर सकती हूँ। बहस करने की आदत भी इस डायरी ने ही डाली है। बहस नहीं बहसें। बेकार की बहसें। अपने आप से। अपने आप से बात या बहस तो सब लोग करते होंगे। चोरी-चोरी। अकेले में। लेटे। तलाशी में अब अपनी ही नहीं, दूसरों की भी बहुत लेती हूँ। अपने

से दूसरों की ज़्यादा।

तो फिर उन दोनों की तलाशी लेने से कतरा क्यों रही हूँ ? लेने से नहीं, लिखने से, जो तलाशी ली है उसके बारे में लिखने से। शायद इसलिए कि सोचती हूँ अगर उन्हें पता चल गया कि मैं यहाँ मतलब अपनी डायरी में उनकी तलाशी ले रही हूँ तो उन्हें बुरा लगेगा। वह समझेंगे मैं उनका काम करने के साथ-साथ जासूसी करती रहती हूँ। जासूसी को सब लोग बुरा समझते हैं। मैं भी। लेकिन थोड़ी बहुत जासूसी तो सभी करते हैं। जिस जासूसी से फ़ायदा न उठाया जाए वह जासूसी बुरी नहीं होती। शायद जासूसी भी न होती हो।

गप्प और जासूसी में क्या फ़र्क़ है ?

ललिता गप्प मारती है या जासूसी करती है।

असली जासूस गप्प नहीं मारते। अपना मुंह बन्द रखते हैं, दूसरों का खुलवाते रहते हैं ताकि उन्हें भेद की बातें मिलती रहें। लेकिन अगर उन बातों को बेचा न जाए, मतलब उनसे कोई फ़ायदा न उठाया जाए, कोई मुनाफ़ा न कमाया जाए तो वह जासूसी एक खेल में बदल जाती है।

मैं अपनी जासूसी को एक खेल ही समझती हूँ। लेकिन यह खेल खेलने का मुझे क्या हक़ ? मैं नौकरानी हूँ, महारानी नहीं। किसी महारानी की नौकरानी भी नहीं। महारानियों की नौकरानियों के नख़रे महारानियों जैसे हो जाते होंगे। मेरी टोली वालियां तो कहती हैं मेरे नख़रे भी महारानियों जैसे हैं।

बीजी को हमारी कालोनी की महारानी कहा जा सकता है।

उस दिन से मुझे लग रहा है कि अख़बार वाले साब और बीजी किसी दिन साथ-साथ रहने लगेंगे। शादी शायद नहीं करेंगे लेकिन...। हो सकता है शादी भी कर लें। और नहीं तो दूसरों के डर से ही। लेकिन बीजी का बेटा और बहू उन्हें रोकेंगे नहीं ? बीजी रुकेगी नहीं। अपनी धुन की पक्की हैं वह। पहल शायद वही करेंगी। साब तो भोले बादशाह। उस दिन तो वह भी बढ़-चढ़ कर बोल रहे थे। कुछ ज़्यादा चढ़ा ली होगी। बीजी ने तो उस दिन गाना भी गाया था। गाते गाते वह जवान दिखने लगी थीं। लेकिन यह मुझे अभी तक मालूम नहीं हुआ, ठीक ठीक, कि वह दोनों एक दूसरे को जानते कब से हैं। लगता तो यही है कि बहुत पहले से। बीच में हो सकता है कोई रंजिश वंजिश हो गयी हो।

अब मैं जासूसी कर रही हूँ। लेकिन इस जासूसी से उन्हें कोई नुक़सान नहीं होगा, मुझे कोई फ़ायदा नहीं होगा, इसलिए यह जासूसी नहीं। जासूसी न सही लेकिन यह कुछ तो है, कुछ ऐसा जो शायद ठीक नहीं। जिसके बारे में अगर उन्हें पता चल जाए तो शायद उन्हें बुरा लगेगा। इसीलिए मैंने उस दिन को इतने दिन टाला। लेकिन यह भी तो हो सकता है कि वह दोनों कभी मेरे बारे में सोचते ही न हों, कभी यह सोचते ही न हों कि मैं उनके बारे में इतना सोचती हूँ, इतना लिखती

हूँ। यह नहीं हो सकता। क्यों नहीं हो सकता ? क्योंकि मैं चाहती हूँ न हो। मैं चाहती हूँ वह मेरे बारे में सोचें। क्या हर नौकरानी चाहती है कि उसके मालिक उसके बारे में सोचें ? हर नौकरानी का मुझे पता नहीं, मैं तो यही चाहती हूँ। हर नौकरानी चाहती है कि उसके मालिक उसे नौकरानी न समझें या सिर्फ़ नौकरानी न समझें। हर नौकरानी का मुझे पता नहीं, मैं तो यही चाहती हूँ। अपने आपको नौकरानी कहते या मानते हुए मुझे बुरा लगता है या नहीं ? मैं अपनी हैसियत को भूलना नहीं चाहती। जब कभी भूल जाती हूँ, दुख उठाती हूँ।

उस रात के शोर शराबे के बारे में पारो से अलग बात हुई थी, मां से अलग। उसी रात नहीं। उस रात तो उन लोगों के चले जाने के बाद हम तीनों एक एक गिलास पानी पी लेने के बाद बत्ती बुझा कर लेट गयी थीं। किसी ने कोई बात नहीं की थी। मुझे तो नींद भी बहुत जल्दी आ गयी थी। दूसरे दिन पारो ने कहा था, शानो, तू बहुत बेफ़िक्री है, मैं तो सारी रात करवटें ही बदलती रही। मां ने मेरी बहादुरी की तारीफ़ की थी। दूसरे दिन मैं खुद अपने हौसले पर हैरान होती रही थी। दोपहर के वक़्त पारो और मैं नीम के पेड़ तले जा बैठी थीं। बैठते ही पारो ने रोना शुरू कर दिया था, मैंने उसे चुप कराना। चुप कराते कराते मुझे भी रोना आता रहा था। महसूस होता रहा था जैसे पारो मेरी छोटी बहन हो। यह भी इस डायरी का ही कमाल है। मुझे लगता है जैसे मेरी उमर छलांगें मार रही हो। उस दिन पारो ने कहा था, शानो, तू तो ऐसे बात करती है जैसे कोई सुघड़ सयानी मां। सुन कर मुझे बुरा भी लगा था, अच्छा भी। यह भी शायद इस डायरी की ही वजह से होने लगा है। बहुत-सी बातें मुझे एक साथ अच्छी भी लगने लगी हैं, बुरी भी। क्योंकि हर बात को उलट-पलट कर देखने की आदत पड़ गयी है। उलटने पलटने से हर बात कुछ बदल सी जाती है, उसमें कुछ ऐसा दिखायी देने लगता है जो पहले न दिखायी दिया हो।

नीम के पेड़ तले जब पारो अपनी हालत पर रो रही थी तो मैंने उसकी हालत को उलट-पलट कर उसमें से कुछ ऐसी बातें निकालनी शुरू कर दी थीं कि पारो भी हैरान होती रही थी, मैं भी। मैंने कहा था, पारो, ख़ैर मनाओ कि बच्चे अभी नहीं हुए, नहीं तो जीजे से जान छुड़ानी और मुश्किल हो जाती, और ख़ैर मनाओ कि मैं हूँ, मां है, हम तीनों काम कर रही हैं, किसी की धौंस नहीं, नहीं तो मुश्किल

हो जाती, और ख़ैर मनाओ कि तुम वक़्त पर उन दोनों के पंजों से निकल आयी, नहीं तो उस जीजे ने तेरी हड्डी पसली तोड़ दी होती, उसकी मां ने तुझ पर तोहमतें लगा कर तुझे बदनाम कर दिया होता; मैं तो समझती हूँ कि यह भी अच्छा ही हुआ कि कल रात उन लोगों ने आकर शोर शराबा किया, कि अब सबने देख लिया है कि वह दोनों कितने वाहियात हैं।

अब अख़बार वाले साब से बात करनी ही पड़ेगी। उस दिन जब वह बीजी के घर आए थे मौक़ा ही नहीं मिला था। उस दिन वह दोनों इतने मस्त थे कि मुझे लगा था पारो के तलाक़ के बारे में उनसे पूछना ठीक नहीं होगा।

मैंने मां से पूछ लिया है। वह कहती है, साब से बात करने में कोई हरज नहीं।

ललिता को सब पता चल गया है। कल उसने रास्ते में मुझे पकड़ लिया था। आंखें नचा-नचा कर वह मुझे जीजे और उसकी मां से निबटने के गुर सिखाती रही थी। कहती रही थी, पारो को मेरी तरफ़ से साफ़-साफ़ कह देना, उसका मरद नामरद है, और नामरद मरद के साथ कोई बदसूरत और बेवकूफ़ लड़की भले ही रह ले, पारो जैसी परी को एक दिन भी नहीं रहना चाहिए। जब मैंने उससे पूछा कि उसे कैसे पता चला कि जीजा नामरद है तो वह बोली, यह मत पूछ, शानो, बस इतना जान ले कि मैं दूर से देख कर बता सकती हूँ कि कौन सा मरद नामरद है और कौन-सी औरत अपने मरद की नामरदी से दुखी है, और तेरी बहन पारो दुखी है, और उसको मेरी तरफ़ से साफ़-साफ़ कह देना कि उसे ख़ैर मनानी चाहिए कि उसे उस हरामी से इतनी जल्दी छुट्टी मिल रही है।

ललिता ने मुझे और पारो को ही नहीं, सबको सब कुछ साफ़-साफ़ बता दिया होगा।

पारो कहती है, अब सारा क़िस्सा सारी कालोनी ने सुन लिया होगा। वह कहती है अब जब वह इधर उधर जा रही होती है तो उसे महसूस होता रहता है जैसे वह कपड़ों के बग़ैर सबके सामने घूम रही हो।

कभी-कभी मुझे भी इसी तरह महसूस होता है। जब कोई मुझे हवस भरी नज़र से देख रहा हो। कभी कभी मुझे लगता है जैसे अख़बार वाले साब को छोड़ कर सब मरद मुझे उन्हीं नज़रों से देखते हैं, सबको मैं नंगी नज़र आती हूँ, सब मुझ पर झपट्टा मारना चाहते हैं। मैं जानती हूँ यह ठीक नहीं, मतलब सब मरद मुझे हवसभरी नज़रों से नहीं देखते। लेकिन फिर मुझे ऐसा लगता क्यों है ? अगर लगता है तो शायद ठीक ही हो। औरतें मरदों को हवस भरी नज़रों से क्यों नहीं देखतीं ? उन्हें इतनी लाज शर्म क्यों आती है ? औरतों का मुझे क्या पता, मैं अपनी ही बात क्यों न करूँ ! वैसे अब कभी-कभी मेरी आंख भी किसी-किसी आदमी पर टिकने लगी है। डरते झिझकते। लेकिन हर आदमी पर नहीं। जब कभी किसी को ऐसी वैसी

नज़र से देखते पकड़ी जाती हूँ तो मेरे कान जल उठते हैं। अक्सर मैं ख़ुद ही अपने आप को पकड़ लेती हूँ। ख़ुद ही चोर, ख़ुद ही कोतवाल। वैसे अगर सब औरतें भी खुल कर सब मरदों को घूरने लगें, उसी तरह जैसे लगभग सभी मरद सभी औरतों को घूरते हैं तो बहुत गड़बड़ हो जाए। इसी डर के मारे औरतों की आंखें नीची रहती हैं। सब औरतों की नहीं। मेरी पता नहीं कितने दिन और नीचे रहेंगी। कभी-कभी तो मन होता है कोई मुझे आंख मारे। वह फ़िलमी गाना मन में घूमता रहता है। कई फ़िलमी गाने मन में घूमते रहते हैं। शुकर है अकेले होने का वक़्त बहुत कम मिलता है। जब मिलता है बुरे ख़याल तंग करने लगते हैं। उनसे जान छुड़ाने के लिए अपने मन्तर का सहारा लेती हूँ—शादी नहीं करूंगी, बच्चे नहीं जनूंगी। लेकिन अब इस मन्तर का असर कम होने लगा है। जब इसका जाप कर रही होती हूँ तो एक और आवाज़ सुरसुराना शुरू कर देती है। वह कहती है—शादी न सही, बच्चे न सही, कुछ और ही सही। कुछ और का मतलब अभी साफ़-साफ़ समझ में नहीं आया। न ही आए तो अच्छा। जब आ गया तो मारी जाऊंगी।

मैंने फ़ैसला कर लिया है कि पारो की बात अख़बार वाले साब या बीजी से नहीं करूंगी। मां से भी कह दिया है। पारो को तो शायद अपने इस इरादे के बारे में बताया ही नहीं था। कल वैसे घर से तैयार हो कर गयी थी। फिर ऐन वक़्त पर रुक गयी, मतलब मैंने अपने आपको रोक लिया। सोचा, कोई फ़ायदा नहीं होगा। सोचा, साब और बीजी को इस झमेले में घसीटना ठीक नहीं। सोचा, उन्हें अच्छा नहीं लगेगा, वह लोग सोचेंगे, ये लोग क्यों हमें अपने मामलों में उलझा रहे हैं। ऐन मौक़े पर शर्म सी आने लगी थी। यह ख़याल भी कि तलाक़-वलाक़ की क़ानूनी कार्रवाई हम लोगों से हो भी नहीं सकेगी। वकीलों के चक्कर में पड़ गये तो हम लोग बरबाद हो जाएंगे। जब मैंने मां से बात की तो वह बोली, यह बात तो है। कोई और तरीका निकालना होगा। कुन्दन की मदद लेनी होगी। वह चाहे तो जीजा को डरा धमका कर किसी क़ानूनी काग़ज़ पर दस्तख़त करवा सकता है—मतलब पारो को तलाक़ दिलवा सकता है। क़ानूनी झंझट के बग़ैर।

उस बंगाली सब्ज़ी वाले से आज बीजी के लिए सब्ज़ी खरीद रही थी कि ललिता ने पकड़ लिया। बोली, मैंने तुमसे कई ज़रूरी बातें करनी हैं। उसका मुंह हमेशा इतना पक्का होता है कि मुझे हंसी आ जाती है। उसके डर के मारे मैं हंसी को दबाती रहती हूँ और सोचती रहती हूँ कि अगर निकल गयी तो ललिता नाराज़ हो जाएगी। ललिता को नाराज़ होने में ज़्यादा देर नहीं लगती। उसे मज़ाक़ अच्छे नहीं लगते। उसकी बातों और बात करने के ढंग में हमेशा कुछ ऐसा होता है जिस पर मुझे हंसी आती रहती है। अगर कभी अपनी हंसी को पूरी तरह दबा न पाऊं तो ललिता तुनक कर पूछती है, इसमें हंसने की क्या बात है ? तू मुझे समझती क्या है ? तू अपने आपको समझती क्या है ? अगर ऐसी बात है तो आज से तुम्हारे साथ बोलचाल बन्द। कुट्टी। उधर वह लाल-पीली हो रही होती है, इधर मैं अपनी हंसी को रोक नहीं पा रही होती।

आज भी यही हुआ। जब उसने बड़ा-सा मुँह बना कर कहा कि उसे मुझ से कुछ ज़रूरी बातें करनी हैं तो मुझे एक मुहावरा याद आ गया—छोटा मुँह, बड़ी बात— और साथ ही मुझे हंसी भी आ गयी, जिसे दबाने के लिए मैंने बंगाली से बैंगनों के दाम पूछने शुरू कर दिये।

ललिता की ज़रूरी बातों के बारे में लिखने से पहले बंगाली सब्ज़ी वाले के बारे में कुछ लिखना चाहती हूँ। पिछले कुछ दिनों से मेरी नज़र उस पर टिकने लगी है। उसकी आवाज़ सुनते ही मैं सब्ज़ी लेने के लिए नीचे उतर आती हूँ। बीजी भी सोचती होंगी मुझे अचानक सब्ज़ी ख़रीदने का शौक़ कैसे लग गया। पहले मैं उनके कहने पर ही सब्ज़ी ख़रीदने नीचे उतरती थी, अब उनसे कुछ पूछे बग़ैर उतर आती हूँ। बंगाली की आवाज़ में ज़ोर भी बहुत होता है, मीठापन भी। बंगलादेशी बानो कहती है बंगलादेशी सब बहुत मीठे होते हैं। सब्ज़ी वाला बंगाली भी बंगला देशी है। और मुसलमान भी। उसकी आवाज़ सुनते ही अब मुझे झरना याद आ जाती हैं। लगता है जैसे मैं उसी के क़दमों पर चल रही हूँ, वही ग़लती कर रही हूँ जो उसने की थी। फिर सोचती हूँ मैं सिरफ़ सब्ज़ी ख़रीद रही हूँ। बंगाली की सब्ज़ी साफ़ सुथरी होती है, उसके दाम ठीक होते हैं। तोलने और हिसाब करने में वह कोई गड़बड़ नहीं करता। अदब से बोलता है। लेकिन मुझे तो उसकी मूंछ और मुस्कान ने मारना शुरू कर दिया है। अचानक। मूंछ तो पहले भी रही होगी, मुस्कान भी। लेकिन मेरी जान पिछले कुछ दिनों से ही निकलने लगी है। उसकी आवाज़ सुनते ही मुझे कुछ हो जाता है। लगता है जैसे वह आवाज़ मेरे अन्दर घुस कर कुछ गड़बड़ कर रही हो। फिर जब नीचे उतर कर उसकी मूंछ और मुस्कान को देखती हूँ तो मेरी हालत और ख़राब हो जाती है। पसीना आना शुरू हो जाता है, टांगें ढीली पड़नें लगती हैं, दिल में धक-धक शुरू हो जाती है। और भी बहुत कुछ होता है। पता नहीं चलता क्या-क्या। किसी दिन आराम से बैठ कर पता चलाऊंगी। और लिखूंगी।

शर्म और डर को मार कर। अगर बंगाली को सब पता चल जाए तो पता नहीं वह क्या करे, क्या सोचे ? हम नहीं जानते दूसरे लोग हमारे बारे में क्या क्या सोचते रहते हैं। जब मैं डायरी नहीं लिखती थी तो इस तरह की बातें मेरे मन में आती ही नहीं थीं। शायद आती भी हों। अगर मन में आने वाली बातों को कहीं दर्ज न करो तो वह मन में बैठती नहीं। दर्ज की हुई सब बातें भी कहां बैठती हैं ? कुछ देर बाद उड़ जाती हैं। सब नहीं। कुछ तो ऐसी होती ही होंगी जो आख़िर तक बैठी रहती होंगी। मन के किसी न किसी कोने में। मन में इतनी बातों के लिए जगह कहां से आती होगी ? मन की बातें मन ही जाने।

कभी-कभी ऐसे-ऐसे ऊटपटांग ख़याल आते हैं कि मैं डर जाती हूँ। महसूस होता है जैसे कोई मुझे कहीं उड़ाए लिये जा रहा हो। जैसे किसी ने मुझे कटी हुई पतंग में बदल दिया हो। या धुएं में। महसूस होता है जैसे मुझसे कोई भूल हो रही हो। या चोरी। जैसे मेरे मन में ऐसी ऐसी बातें आ रही हों जिन पर मेरा कोई ज़ोर न हो, हक़ न हो जिन्हें मैंने किसी दूसरे के मन से चुरा लिया हो। सब्ज़ी वाले बंगाली की मुसकान और मूंछ के बारे में फिर लिखूंगी।

मन करता है उसकी मूंछ को किसी दिन खींच लूं, मुस्कान को चूम लूं। सब के सामने। सबकी आंखों में धूल झोंक कर। उसकी मूंछ को खींचना आसान नहीं होगा। ख़शख़ाशी मूंछ पकड़ में नहीं आएगी। उसकी मुसकान को चूमने का मतलब होगा उसके होठों को चूमना। उसके गीले-गीले होठों को। उसकी थूक को, छी-छी। कभी-कभी मैं टी-वी पर कुछ देर के लिए कोई अंग्रेज़ी फ़िल्म देखने बैठ जाती हूँ तो लगता है जैसे सभी लोग मज़े ले ले कर एक दूसरे की थूक चाट रहे हों। वह तो चूसते हैं, चाटते नहीं। बूढ़े क्या और जवान क्या। किसी किसी सीन में तो साफ़ दिखायी देता है कि जीभ से जीभ लड़ायी जा रही है।

हिन्दुस्तानी फ़िलमों में यह सब नहीं होता। कोई हिन्दुस्तानी एक्ट्रेस किसी हीरो की थूक चाटने के लिए तैयार नहीं होगी। लेकिन बदमाशी की बातें हिन्दुस्तानी फ़िल्मों में भी कम नहीं होतीं।

अगर सब्ज़ी वाला बंगाली किसी दिन अन्धेरे में मुझे पकड़ ले तो मैं क्या करूंगी। अगर कोई भी आदमी किसी दिन मुझे अंधेरे में पकड़ ले तो मैं क्या करूंगी।

बस अब और नहीं।

ललिता से नीम के पेड़ तले मिलना तै हुआ था। मुझे डर था कि हमारी टोली की दूसरी सब आ गयीं तो ललिता मुझसे ज़रूरी बातें नहीं कर सकेगी। लेकिन दूसरी कोई नहीं आयी। मुझ लगा जैसे ललिता ने उन्हें मना कर दिया हो। या कहीं और भेज दिया हो। जासूसी करने। बैठते ही ललिता ने मुंह बना बना कर बोलना शुरू कर दिया, शानो, मैं कई दिनों से तुम्हारे बारे में सोच-सोच कर परेशान हो रही हूँ, तू समझती है मैं कुछ नहीं जानती लेकिन मैं सब कुछ जानती हूँ—मैं वह वह बातें जानती हूँ कि तुझे पता चले तो तू हैरान हो जाए, कानों को हाथ लगाने लगे, कहे यह ललिता तो मेरे मन की बातें भी जानती है।

मैं उसकी बातें भी सुन रही थी और उसके मुंह को भी देखे जा रही थी। और हैरान हो रही थी कि उसे इतनी अच्छी एक्टिंग किसने सिखायी। टी-वी तो मैं भी देखती हूँ, और सब भी देखती हैं। हो सकता है ललिता ज़्यादा देखती हो। टी-वी की बात नहीं, ललिता को मसाले लगा कर बात करने का शौक है।

मैंने अन्दाज़ा तो लगा लिया था ललिता क्या कहने वाली थी लेकिन मैं चुप रही। मैंने सोचा, कर लेने दो इसको नाटक, मेरा क्या जाता है। आख़िर उसे कहना पड़ा, तू मेरे मुंह से ही कहलावाएगी, अपने मुंह से नहीं बकेगी ? मुझे उसकी बदतमीज़ी पर ग़ुस्सा तो आया लेकिन मैंने उसें दबा कर कहा, मुझे नहीं पता तू क्या बक रही है। वह तुनक कर बोली, मैं बक नहीं रही, शानो, तुझे बरबादी से बचाने की कोशिश कर रही हूँ।

—किस बरबादी से ?

—भोली मत बन। तू जानती है किस बरबादी से।

—मैं नहीं जानती।

—झरना को भूल गयी हो ?

—नहीं। लेकिन उस बेचारी को इस बात के बीच क्यों ला रही हो ?

—इसलिए कि मुझे डर है, तुम्हारा हाल भी वही होगा जो उस बेचारी का हुआ।

—होगा तो होगा, तुझे क्या चिन्ता है ?

—मुझे चिन्ता है। तू मेरी सहेली है। तू हमारी टोली की है। चिन्ता मुझे ही नहीं, हम सबको है।

मैं समझ गयी, ललिता सारी टोली से पहले ही बात कर चुकी है। मुझे ग़ुस्सा भी आया, हंसी भी।

—तो तू कहना क्या चाहती है ?

—यही कि तू ग़लत रास्ते पर चल रही है।

—किस ग़लत रास्ते पर ?

—उसी पर जो बंगलादेश की तरफ़ जाता है।

मेरा गुस्सा मर गया, हंसी खुल कर बाहर निकल आयी। ललिता का हौसला और बढ़ गया।

—अगर तुझे फंसना ही है तो किसी हिंदू से फंस, किसी हिंदू हिन्दुस्तानी से, एक मुसलमान बंगलादेशी सब्ज़ी बेचने वाले से फंसने से तुझे कोई फ़ायदा नहीं होगा।

मैं कहना चाहती थी, मैं किसी से फंसी-वंसी नहीं। मैं कहना चाहती थी, फंसा फ़ायदे के लिए नहीं जाता। मैं कहना चाहती थी, मन पर किसी का क्या ज़ोर, वह जिस पर आ जाए। मैं कहना चाहती थी, बंगलादेशी मुसलमान क्या इन्सान नहीं। मैं कहना चाहती थी, सब्ज़ी बेचने वाला वह बंगाली हम नौकरानियों से तो बेहतर ही है, पैसे तो हम से ज़्यादा कमाता ही होगा, हमारी तरह मालकिनों की झिड़कियां तो उसे नहीं सुनना पड़ती। मैं कहना चाहती थी, मुझे उसकी मूंछ और मुस्कान ने मार डाला है। मैं और भी बहुत कुछ कहना चाहती थी लेकिन मैं गूंगियों की तरह मुंह खोले उसे देखती ही रह गयी।

—मैं जानती हूँ तू क्या कहना चाहती है। लेकिन जो मैं कह रही हूँ पहले तू उसे सुन ले।

मेरा मुंह कुछ और खुल गया और मैं कुछ और गूंगी और हक्की-बक्की हो गयी।

—मैं यह कहना चाहती हूँ, शानो, कि मरद का कोई भरोसा नहीं। किसी भी मरद का। पारो के नामरद मरद ने उसे कितना तंग कर रखा है। तेरे बापू ने तेरी मां को कितना तंग किया। उर्मिला अपने मरद से कितनी तंग है। रही बात मेरी तो किसी दिन मैं भी तुझे अपनी राम कहानी सुनाऊंगी। यह मेरी ही बहादुरी है कि मैं अपने निखट्टू मरद के साथ निबाह रही हूँ। तुझे क्या पता मैं कितनी दुखी हूँ। यह बात दूसरी है कि मैं तुम लोगों को अपने दुखड़े नहीं सुनाती। हर वक़्त हंसती रहती हूँ। गप्प मारती रहती हूँ। अपने फफोले किसी को दिखाती नहीं। सब समझते हैं...

उसकी आवाज़ भारी और आंखें गीली हो गयी थीं। मैं कहना चाहती थी, ऐक्टिंग मत कर, लेकिन मैं कह नहीं सकी। क्या पता, ऐक्टिंग न कर रही हो। लेकिन अब मुझे लगता है वह ऐक्टिंग ही कर रही थी क्योंकि देखते ही देखते वह संभल गयी और फिर संभली हुई आवाज़ में मुझे समझाने लगी।

—मैं जो कह रही हूँ तेरे ही भले के लिए कह रही हूँ। मुझे न सब्ज़ी बेचने वालों से कोई बैर है, न बंगलादेशियों से, न मुसलमानों से। मैं बानो के लिए जान भी दे सकती हूँ। लेकिन शादी तो अपने देश धरम में ही करनी चाहिए। ख़ासतौर पर हम जैसों को। अमीरों की बात दूसरी। झरना और शौकत तो अमीर भी थे। उनका क्या हाल हुआ। दुनिया के दस्तूर को तोड़ना आसान नहीं।

मैं कहना चाहती थी, शादी कौन कर रहा है, मैं तो फ़िलहाल उसकी मूंछ

को खींचना चाहती हूँ, उसकी मुस्कान को चूमना चाहती हूँ। अगर मैंने उससे यह कह दिया होता तो वह क्या कहती ? शायद कहती, अगर मूंछ खींचना चाहती है तो किसी राजपूत की खींच, उस बंगाली की ख़श्ख़ाशी मूंछ को खींचने में क्या मज़ा। या शायद कहती, मुस्कान को नहीं चूमते, मुंह को चूमते हैं, और मुसलमान का मुंह हिंदू लड़की नहीं चूम सकती, मुसलमान गोमांस खाते हैं। शायद झरना के घर वालों ने झरना से ऐसा ही कुछ कहा हो। कहा हो, उस गोमांस खाने वाले के साथ तू शादी कैसे कर सकती है, उसके बच्चे को तू दूध कैसे पिला सकती है। नहीं, मां बाप ऐसी बातें फ़िलमों में ही कहते हैं। शायद फ़िलमों में भी नहीं। झरना के घर वालों ने कुछ तो कहा ही होगा। मां को पता चले तो वह क्या कहेगी। शायद माथा पीटना शुरू कर दे। या मुझे। तब मैं उसे याद दिलाऊंगी उसने ख़ुद ही तो कहा था मैं अगर अपनी मरज़ी का कोई ढूंढ लाऊंगी तो वह मान जाएगी। वह कहेगी, मुझे क्या पता था तुम किसी मुसलमान को पकड़ लाओगी, किसी बंगलादेशी मुसलमान को ।

—तू कह सकती है, शानो, तू अभी शादी की नहीं सोच रही, प्यार कर रही है। मैं कहूंगी, प्यार तो और भी ख़तरनाक। प्यार में तो औरत अन्धी हो जाती है। बल्कि मैं तो कहूंगी, अन्धी औरत ही प्यार कर सकती है। और अगर तुझे प्यार करना ही है तो किसी हिंदू से कर ताकि बात आख़िर तक तो पहुंचे। अरी, तू तो उसका नाम तक नहीं जानती, तू मस्त किस बात पर हो गयी है—उसकी साफ़ सुथरी सब्ज़ियों पर ?

मैं कहना चाहती थी, उसकी मूंछ और मुस्कान पर। अगर मैंने कह दिया होता तो वह कहती, शानो, तेरे जैसी बेवकूफ लड़की सारी कालोनी में नहीं होगी।

—ठीक है, बंगाली की मूंछ बुरी नहीं, जब वह मुस्कराता है तो उसकी मूंछ साथ मुस्कराती है, लेकिन...

मैं तो सुनते ही बहरी हो गयी, बाक़ी की बात मैं सुन ही नहीं सकी। ललिता तो मेरे मन को ऐसे पढ़ती जा रही थी जैसे उसके सामने कोई किताब खुली हुई हो। क्या मेरे मन की बातें मेरे माथे पर उभरती जा रही थीं ? मैं ललिता को वहीं रोक देना चाहती थी, कह देना चाहती थी, बस, तू मेरी मां नहीं। अगर मैंने कह दिया होता तो वह कहती, मैं तुम्हारी मां होती तो तेरी हिम्मत ही न होती, उस मुसलमान बंगलादेशी सब्जीवाले की तरफ़ आंख उठा कर देखने की। और या ऐसी ही कोई बात। वैसे मां का नाम सुनते ही शायद वह कह देती, अगर तू बाज़ न आयी तो मैं तेरी मां को सब बता दूंगी।

जब मेरा ध्यान ललिता की तरफ़ लौटा तो वह मुझे ऐसे घूर रही थी जैसे मुझ से पूछ रही हो, कहां से लौटी हो ?

—ललिता, अब मैं चलूं, मुझे देर हो रही है।

—तेरा वह बंगाली तो गया।

मैं चुप रही।

—मेरी बात समझ में आयी ?

—मैं सोचूंगी।

—अरी पगली, इसमें सोचने की क्या बात है। मैं जानती हूँ तुझे जवानी चढ़ रही है और जवानी मस्तानी होती है।

मैं चुप रही।

—और तुझे तो यह भी पता नहीं कि वह बंगाली ब्याहा हुआ है या कुँवारा।

इसके बारे में तो मैंने सोचा भी नहीं था।

—तू सोचती होगी, ब्याहा हुआ होगा तो क्या, मुसलमानों में चार शादियाँ कर सकते हैं।

मैंने यह नहीं सोचा था।

—अरी तू मुसलमान सौतों को नहीं जानती।

वह ऐसे बोल रही थी जैसे वह जानती हो।

—वह तुझे कच्चा खा जाएंगीं, कच्चा।

—ललिता, नाटक मत कर। तू तो ऐसे बोल रही है जैसे मैंने बंगाली से शादी कर ली हो।

—मैं ऐसे नहीं बोलती, तू उसे ऐसे देखती है जैसे वह तेरा घरवाला हो।

मेरी हैरानी की कोई हद न रही। अगर ललिता ठीक कह रही थी तो सबको पता चल गया होगा कि मैं बंगाली सब्ज़ी वाले पर लट्टू हुई जा रही हूँ। सबको से मतलब उन सबको जिन्होंने मुझे उसकी तरफ़ देखते देखा होगा।

—ललिता, तू बात को बढ़ाती बहुत है।

—तो क्या मैं झूठ बोल रही हूँ ? तू आजकल बंगाली सब्ज़ी वाले पर लट्टू नहीं ?

मैं चुप रही।

—नहीं, अगर मैं झूठ बोल रही हूँ तो तू कह क्यों नहीं देती, ललिता, तू झूठ बोल रही है।

अगर मैंने कह दिया होता तो उसनें मुझसे लड़ना शुरू कर दिया होता। ललिता को झूठ से नफ़रत है। वह कहती है, मैं सब कुछ बरदाश्त कर सकती हूँ लेकिन झूठ को नहीं।

मैं कहना चाहती थी, ललिता, मां से मत कहना, लेकिन मैंने सोचा, अगर मैंने कह दिया तो वह मां से ज़रूर कह देगी, किसी न किसी तरीक़े से।

मैंने तो अभी पारो से भी कुछ नहीं कहा।

ललिता की बातें सुन लेने के बाद मुझे लगता है मेरे पास कहने को कुछ

ख़ास है भी नहीं।

जाने से पहले ललिता ने मेरे कन्धों को पकड़ कर और मेरी आंखों में आंखें डाल कर कहा था, शानो, जवानी के नशे का मज़ा लेने के लिए किसी मरद पर लट्टू होना ज़रूरी नहीं, और भी कई तरीक़े हैं, और यही बात मैं किसी दिन पारो से भी कहना चाहती हूँ, समझी !

मैं समझी कुछ भी नहीं थी लेकिन मैंने सिर हिला दिया था।

ललिता के उपदेश का ही असर हुआ होगा कि मैंने बंगाली सब्ज़ी वाले की आवाज़ पर उछलना बन्द कर दिया है। अब मैं सब्ज़ी ख़रीदने तभी नीचे उतरती हूँ जब बीजी कहती हैं। बीजी रोज़ाना सब्ज़ी नहीं खरीदतीं। कई बार ख़ुद ही ख़रीद लाती हैं। उन्हें अपनी ख़रीदी हुई सब्जी अक्सर पसंद नहीं आती। बाद में कहती रहती हैं, मैं तो चुन चुन कर सड़े हुए आलू और टमाटर ले आती हूँ, मुझे नीचे उतरना ही नहीं चाहिए, तू भी अच्छी सब्ज़ी लाती है, वह बंगाली ख़ुद भी अच्छी दे जाता है, जब तू नीचे न जा सके, उसी से कह दिया कर ऊपर से, अपनी मर्ज़ी से चुन कर दे जाए।

बीजी बंगाली से किसी चीज़ का भाव वग़ैरह नहीं पूछती। मैं पूछ लेती हूँ। मां ने सिखा रखा है बग़ैर भाव पूछे कोई चीज़ नहीं लेनी चाहिए। मांओं की सीख सारी उमर पीछा नहीं छोड़ती। बीजी की मां ने उन्हें सिखाया होगा, कभी किसी चीज़ का भाव मत पूछना। नहीं, यह नहीं हो सकता। बीजी ने ख़ुद ही यह फ़ैसला किया होगा। सोचा होगा, क्या फ़रक़ पड़ता है। मां कहती है, पैसे वालों को नहीं पड़ता होगा, हम जैसों को तो पाई पाई का हिसाब रखना पड़ता है।

पाई पता नहीं कैसी होती थी।

सभी पैसे वाले भी एक जैसे नहीं होते। कई तो बहुत ही लीचड़ होते हैं। जैसे वह मोटी। पारो कहती है वह तो आजकल महंगाई के सिवाय कोई बात ही नहीं करती। कई औरतों को सब्ज़ी वालों से सौदेबाज़ी करने में मज़ा भी आता है। कई पढ़ी लिखी औरतों को भी। सौदेबाज़ी के बहाने वह गप्पबाज़ी भी करती हैं।

अब जब बंगाली सब्ज़ी वाले के बारे में सोचती हूँ तो मेरा मुँह शायद लाल नहीं होता। ललिता ने मुझे डरा दिया है। झरना का नाम ले कर। और यह शक डाल कर कि बंगाली शायद ब्याहा हुआ हो। ब्याहा हुआ तो होगा ही। हर साल

दो तीन महीनों के लिए ग़ायब हो जाता है। पूछो तो कहता है, घर गया था। अब उसका घर बंगलादेश में नहीं। घर वह मां से मिलने थोड़ा ही न जाता होगा। क्या पता मां से मिलने ही जाता हो। हो सकता है उसके बच्चे भी हों। ज़रूर होंगे। किसी दिन उससे पूछ लूँगी। ऐसे ही जब और कोई नहीं होगा। नहीं, और कोई नहीं होगा तो पूछते वक़्त मेरा मुंह लाल हो जाएगा। वह तो ख़ैर वैसे भी हो सकता है। बंगाली भी शर्मीला है। शायद इसीलिए मुझे अच्छा लगा हो। मैं उसे अपने मन में बंगाली तो कहती हूँ, सब्ज़ीवाला भी, लेकिन मुसलमान नहीं।

तो क्या ललिता के कहने से मैं सीधे रास्ते पर आ गयी हूँ।

उसके साथ शादी करने का इरादा तो नहीं था मेरा। तो क्या इरादा था ? क्या सोचा था मैंने कि क्या करूँगी ? शायद कुछ भी नहीं। सोचती नहीं थी इसीलिए धम धम करती नीचे उतर जाती थी सब्ज़ी ख़रीदने के लिए। ललिता की बातों के बाद अब सोचना शुरू कर दिया है इसलिए ऊपर बैठी रहती हूँ। जो सोचते हैं वह ऊपर ही बैठे रहते हैं। ऊपर मतलब अकेले। जैसे अब मैं बैठी हूँ। यह लिखना भी एक तरह का सोचना ही है। लिखती नहीं तो शायद मां या पारो से बातें कर रही होती। वह दोनों तो सो भी गयी होंगी। क्या पता लेटे-लेटे वह भी सोच ही रही हों। पारो सोच रही होगी, पता नहीं क्या लिखती रहती है। पारो के सभी बंगाली की बात नहीं हुई। अब क्या होगी ! अब तो जैसे मन ही मर गया हो। मरने से पहले वह चाहता क्या था। हमेशा के लिए मरा तो नहीं रहेगा। जब तक तन नहीं मरता, मन भी नहीं मरता। मैंने ग़लत लिख दिया। मरा नहीं, बुझ गया है। जैसे अख़बार वाले साब का सिग्रेट बुझ जाता है, जब वह कुछ सोच रहे होते हैं और भूल जाते हैं। उनका सिग्रेट जल रहा है। सिग्रेट जल रहा होना चाहिए या जल रही। शायद दोनों ही ठीक हों।

कल रात शायद मैं कुछ और लिखती। ऊटपटांग। यह लफ़्ज़ मुझे अच्छा लगता है। ऊटपटांग। ऊबड़खाबड़ भी। लारालप्पा भी। वैसे कल रात लिखते-लिखते मुझे नींद आने लगी थी। पढ़ते-पढ़ते तो नींद अकसर आ जाती है, लिखते लिखते नहीं। पढ़ना तो अब छूट ही गया है। जब तक बीजी का दबाव रहा मैं अंग्रेज़ी पढ़ती रही। जब तक साब का रहा, मैं हिन्दी की किताबों को पढ़ने के बारे में सोचती रही। अब सिरफ़ अख़बार पढ़ती हूँ। चोरी चकारी यारी ख़ुदकुशी की ख़बरें ख़ास तौर पर।

दूसरी सारी समझ नहीं पाती। कल नींद के बावजूद कुछ और लिखती लेकिन अचानक कुन्दन आ गया। कुन्दन के आने का कोई वक़्त नहीं। उसके अंदर आते ही मां की आंखें अपने आप खुल गयीं जैसे वह लेटी लेटी उसी का इन्तज़ार कर रही हो। जैसे उसने उसे सूंघ लिया हो। उसकी आवाज़ सुन पारो भी जाग उठी। कुन्दन को होश में देख मुझे हैरानी हुई। उसे अकेला देख कर भी। अक्सर उसका कोई आवारा दोस्त उसके साथ होता है। उसकी पूंछ की तरह। मां ने उठ कर स्टोव जलाना शुरू किया तो कुन्दन ने उसे मना कर दिया। मां ने ज़िद की तो भी वह नहीं माना। वह रोटी-वोटी खा कर आया था। बोला, रात यहीं रहूंगा। मां सुन कर ख़ुश हो गयी। पारो ने मेरी तरफ़ देखा, मैंने पारो की तरफ़। हम दोनों के दिल में शायद एक साथ एक ही ख़याल आया था कि कुन्दन मां की सन्दूक़ची में से आज रात फिर सारा माल उड़ा ले जाएगा। कुन्दन ने जैसे हमारे दिल की बात भांप ली हो। हंसता हुआ बोला, तुम दोनों घबराओ नहीं, आज मैं मां से पैसे लेने नहीं, तुम सबको कुछ पैसे देने आया हूँ, मतलब कर्ज़ा उतारने, मतलब पिछला हिसाब साफ़ करने। उस वक़्त मां का चेहरा देखने लायक़ था। वह किसी फ़िलमी हीरो की मां नज़र आ रही थी और हमारी तरफ़ ऐसे देख रही जैसे कह रही हो, मैं न कहती थी ? कुन्दन का हंसना मुझे अच्छा लगा था। उसका अचानक आ जाना भी। उसका होश में होना भी। उसका यह कहना भी कि वह रात यहीं रहेगा। उसके मना करने के बावजूद मां ने आख़िर स्टोव जला कर दूध गरम कर लिया था। मेरा ख़याल था कुन्दन दूध नहीं पियेगा। कहेगा, इस मौसम में गरम दूध ! लेकिन जब मां ने गिलास उसे दिया तो उसने जेब से एक मैला सा रूमाल निकाल गिलास पकड़ लिया और दूध को फ़ूकें मारना शुरू कर दिया। मां की आंखें उस वक़्त देखने लायक़ थीं। मोतियों की तरह चमक रही थीं। दूध पी लेने के बाद कुन्दन ने जेब से कुछ नोट निकाल कर मा को दिये, कुछ मुझे और पारो को। मां ने कहा, मुझे ज़रूरत नहीं, तुम अपने पास ही रखो, तुम्हारे काम आएंगे। कुन्दन ने नोट मां के हाथ में रखते हुए कहा, क्या बात करती हो मां, अब ले भी लो। पारो और मैंने चुपचाप उसके दिये हुए नोट ले लिये थे। सारे नोट दस दस के थे। उस वक्त पता नहीं चला कितने थे। बाद में मां ने बताया कि उसे तेरह मिले थे। पारो को सात और मुझे नौ। कुल दो सौ नब्बे रुपये थे। आज सवेरे जब कुन्दन परांठे खाने के बाद चला गया तो मां कुछ देर गुमसुम और उदास बैठी रही थी। मैंने सोचा था वह काम पर नहीं जाएगी। अगर वह न जाती तो शायद मैं भी न जाती। पारो कभी छुट्टी नहीं मारती। अचानक मां उठ खड़ी हुई थी और बोली थी, घर बैठी रहूंगी तो और उदास हो जाऊंगी।

कल रात बत्ती बुझाने से पहले पारो के बारे में लंबी बात हुई थी। मुझे लगा था जैसे कुन्दन वही बात करने के लिए आया हो। पारो बीच-बीच में रो पड़ती रही थी। उसने कुन्दन से साफ़-साफ़ कह दिया था कि वह जीजे से बहुत दुखी थी, इतनी

दुखी थी कि वह मर जाएगी लेकिन जीजे के साथ नहीं रहेगी। मैंने भी खुल कर जीजे की बुराई की थी। मां ने तो इशारे से कुन्दन को यह भी बता दिया था कि जीजा नपुंसक है। कुन्दन हैरान होता रहा था और बार-बार कहता रहा था, तुम लोगों ने मुझे पहले क्यों नहीं बताया। कुन्दन है तो मुझसे भी एक दो साल छोटा लेकिन इधर उसका क़द बहुत निकल आया है। वैसे भी कल वह सियानी बातें कर रहा था। तलाक़ की बात आयी तो कहने लगा, मैं अपने एक दोस्त के भाई से बात करूंगा, वह वकील है। काग़ज़ उससे बनवा लूंगा। सौ दो सौ से ज़्यादा फ़ीस वह नहीं लेगा। और उन काग़ज़ों पर दस्तख़त जीजा ही नहीं उसकी माँ भी कर देगी। मैं मन ही मन ख़ुश होती रही थी कि जो मैंने सोचा था हो जाएगा। कुन्दन की दादागीरी अब काम आएगी।

दादागीरी ! मुझे नहीं पता था, मुझे यह लफ़्ज़ आता है।

आज सारा दिन मन करता रहा कि ललिता को बताऊं, उसकी बातों का असर मुझ पर हो गया है। और साथ यह भी पूछूं कि जवानी के नशे का मज़ा मरद के बग़ैर कैसे किया जाता है। और साथ ही उसे यह भी बता दूँ कि कुन्दन कहता है वह कुछ ही दिनों में पारो को जीजा के पंजों से पूरी तरह आज़ाद करवा लेगा। और साथ ही उसे यह ख़बर भी सुना दूं कि बीजी और अख़बार वाले साब अब एक दूसरे के घर बाक़ायदा आने जाने लगे हैं और जहां तक मेरा ख़याल है, वे अब बाहर घूमने वग़ैरह भी साथ साथ जाते हैं। यह बात तो ख़ैर ललिता को मालूम ही होगी। सुन कर कहेगी, तू मुझे बुद्धू समझती है ? मुझे तो पहले ही पता था कि इन दोनों की दोस्ती पुरानी है, और असल में यह दोस्ती ही नहीं, प्यार भी है। मैं पूछूंगी, बूढ़े भी प्यार करते हैं ? वह कहेगी, सब बूढ़े नहीं करते लेकिन पढ़े-लिखे बूढ़े करते हैं। मैं पूछूंगी, तुझे कैसे पता ? वह कहेगी, मैं इस कालोनी के कितने ही बूढ़े लोगों को जानती हूँ जो प्यार के मामले में जवानों से भी बढ़ कर हैं।

मैंने ऐसे किस्से तो काफ़ी सुने हैं जिनमें बूढ़े मरद जवान औरतों पर लट्टू होते दिखायी देते हैं लेकिन बूढ़ी औरतों को जवान मरदों के पीछे भागते मैंने नहीं देखा, न ही ऐसी बूढ़ी औरतों के क़िस्से सुने हैं। अगर मैं यही बात ललिता से कहूँगी तो वह कहेगी, ऐसे क़िस्सों की भी कोई कमी नहीं, पढ़े लिखे अमीर लोगों में। और फिर वह दो-तीन चार ऐसे क़िस्से सुना देगी। मैं सोचूंगी, वह मनघड़न्त किस्से सुना

रही है। वह मेरी सोच सुन या बूझ लेगी और कहेगी, तू यह मत समझ कि मेरे क़िस्से मनघड़न्त हैं, तू कई बार आज़मा कर देख चुकी है मैं झूठ नहीं बोलती। बोल, देख चुकी है कि नहीं ?

क्या मां इस उमर में किसी मरद से प्यार कर सकती है, उससे शादी कर सकती है ? क्या मां से इस उमर में कोई मरद प्यार कर सकता है, शादी कर सकता है ? दोनों सवाल बेहूदा हैं। प्यार और शादी तो एक तरफ़, मां के मन में तो अब किसी मरद के बारे में ऐसा वैसा ख़याल भी नहीं आता होगा। और न ही किसी मरद के मन में मां के बारे में। किसी के मन का मुझे क्या पता। मुझे तो अपने मन का भी पूरा पता नहीं। कभी-कभी मेरे मन में ऐसे ऐसे ख़याल अचानक चले आते हैं कि मैं कांप उठती हूँ। हो सकता है उन ख़यालों को ही मैं कई बार सपनों में देखती हूँ, सपनों के रूप में देखती हूँ। उन सपनों के रूप में जिनसे मुझे डर भी लगता है, डरावना सा मज़ा भी आता है।

ललिता उस दिन शायद इसी डरावने मज़े की ही बात कर रही हो। अगर मैं उससे पूछूंगी तो वह कहेगी, मैं तो उस मज़े को डरावना नहीं समझती, मुझे तो वह सुहावना लगता है। लगता तो मुझे भी सुहावना ही है लेकिन में उसे डरावना ही समझती हूँ। शायद इसलिए कि वह रात को ही आता है। अन्धेरे में। नींद में। जब नींद टूट जाती है तो कभी-कभी लगता है जैसे मज़ा भी बीच में ही टूट गया हो। जब नींद नहीं टूटती तो तारे नज़र आ जाते हैं। और लगता है सारा आसमान घूम रहा हो। अगर यह बात ललिता को बताऊंगी तो वह कहेगी, ए लो, और तुझे क्या चाहिए, तारे भी नज़र आ जाते हैं, आसमान भी घूमता हुआ लगता है। अगर यह बात पारो को बताऊंगी तो वह बिटर-बिटर देखती रह जाएगी, कहेगी कुछ नहीं। पारो न मज़ाक़ समझती है न करती है। हो सकता है तलाक़ के बाद मज़ाक़ समझना भी शुरू कर दे, करना भी। अगर पारो का एक बच्चा भी हो गया होता और वह लड़का होता तो वह सारी उमर जीजा की मार सहती रहती। सोचती रहती, मेरा बेटा बड़ा हो कर मुझे सुख देगा। ज़रूरी नहीं। कुछ औरतें औलाद को भी पति के हवाले कर भाग जाती हैं। हवा बदल गयी है, न बदली होती तो मैं कैसे अपना मंतर जपती फिरती, शादी नहीं करूंगी, बच्चे नहीं जनूंगी। पारो यह मंतर नहीं जपती। उसे तो तीन बच्चे चाहिए, वह तो तलाक़ मिलते ही किसी न किसी से शादी कर लेगी। उसे तो यही चिंता खाए जा रही है कि चार पांच साल और ऐसे चले गये तो वह बेऔलाद ही मर जाएगी। वह तो ऐसे बात करती है जैसे बूढ़ी हुई जा रही हो। मुझ से तीन चार साल ही तो बड़ी है। मुझे तो डर है जल्दबाज़ी में फिर जीजे जैसे ही किसी निखट्टू और नामरद के साथ न जा फंसे। मरद को नामरद कह दो तो वह पागल हो जाता है। औरत को बांझ कह दो तो वह रोने लगती है। सुरेन्दर बिजली वाला अब मेरा पीछा छोड़ पारो के पीछे पड़ जाएगा। उसकी निगाह तो शायद

मां पर भी हो। यह मैं क्या सोच रही हूँ ? सोच नहीं लिख रही हूँ। सुरेन्दर की उमर क्या होगी ? कितनी भी क्यों न हो, वह पारो के लिए ठीक नहीं होगा। वह हम तीनों में से किसी के लिए भी ठीक नहीं होगा। कमाऊ तो है लेकिन ढीला बहुत है। मुझे तो सभी मरद ढीले नज़र आते हैं। जो ढीले नहीं होते वह बेहया नज़र आते हैं। जो बेहया नहीं होते वह बूढ़े नज़र आते हैं। मुझे तो खैर कोई जंचता ही नहीं। जिस दिन से ललिता का उपदेश सुना है उस दिन से तो बंगाली सब्ज़ीवाले में भी मुझे कई दोष दिखायी देने लगे हैं। पहले उसकी आवाज़ पर भी उछल पड़ती थी।, अब उसे देख कर भी धक-धक नहीं होती। वह ज़रूर ब्याहा हुआ ही होगा, इसीलिए तो हर वक्त अपनी सब्ज़ियों को ही निहारता और संवारता रहता है। कमा काफ़ी लेता होगा। उस कमाई का क्या फ़ायदा जिसका फ़ायदा उठाने के लिए आदमी को फ़ुरसत ही न मिले। मुझे क्या पता बंगाली रात को क्या-क्या करता होगा। बीवी होगी तो भी गांव में होगी। नशा करता होगा। और पता नहीं क्या क्या। नशा करने वाले मरद अक्सर नामरद हो जाते हैं। देर सवेर। हो जाते होंगे, मुझे क्या पता। मैं यूंही हांक रही हूँ। मुझे तो अभी तक न कोई मरद मिला न नामरद। जब कोई हाथ बढ़ाता है, मैं उसका हाथ झटक देती हूँ। या उसे झापड़ मार देती हूँ। मुझे तो कोई पढ़ा-लिखा ही चाहिए। मैं हूँ तो सातवीं पास ही लेकिन समझती हूँ मैं पढ़ी लिखी हूँ। जब से यह कापियां भरने लगी हूँ, और अकड़ गयी हूँ। अकड़ी हुई लड़कियों को कोई पसंद नहीं करता। बीजी मुझे पसंद करती हैं। अख़बार वाले साब भी। उन्हें क्या पता मैं झांपड़ मारती फिरती हूँ। उनके सामने मैं अकड़ती भी तो नहीं। वह तो यही सोचते होंगे, मेहनती है, ईमानदार है, काम अच्छा करती है, साफ़ सुथरी है, नाग़े कम करती है। उनकी नज़र में मैं एक अच्छी नौकरानी हूँ। वह सोचते होंगे...वह जो भी सोचते हों, मुझे क्या।

मां को तो उसकी मालकिनें माई ही कहती होंगीं। मन ही मन। या उसके मुंह पर भी। उसका नाम वह नहीं जानती होंगी। जानती भी होंगी तो उसे नाम से नहीं बुलाती होंगी। ए माई या शायद शानो की मां। मैं जब मां की उमर की हो जाऊंगी तो लोग मुझे भी माई कह कर बुलाना शरू कर देंगे। तब मैं क्या करूंगी ? डायरी में लिखूंगी, मैं माई नहीं। बुढ़ापे में भी डायरी लिखा करूंगी। अगर इसी तरह लिखती रही तो डायरियों के ढेर लग जाएंगे, तब इन्हें छिपाना मुश्किल हो जाएगा। एक बड़ा ट्रंक ख़रीद लूंगी। और एक बड़ा ताला। चोर समझेंगे, ट्रंक में मेरी सारी उम्र की कमाई बन्द है। सारी उमर की कमाई दो सौ पैंतीस कापियां ! यह हिसाब कैसे लग गया ? हिसाब नहीं तुक्का। अभी से बुढ़ापे के बारे में सोच रही हूँ। बुढ़ापे में जवानी के बारे में सोचा करूंगी और पछताया करूंगी। सब बूढ़े यही करते होंगे। जवानी के दिनों को याद करते होंगे और पछताते होंगे। सब नहीं। सब बूढ़ी नौकरानियां। कुछ बूढ़ी नौकरानियां तो ऐसी होती ही होंगी जो बूढ़ी दिखायी नहीं

देती होंगी। मुझे तो आस पास ऐसी एक भी नज़र नहीं आता। हां, मालकिनों में कई। बीजी, नहीं, बीजी बूढ़ी दिखायी देती हैं। लेकिन बुढ़ापे के बावजूद अच्छी लगती हैं, अच्छी दिखायी देती हैं। ख़ुश रहने वाली बूढ़िया खूबसूरत दिखायी देती हैं। ख़ुश वही रह सकती हैं जिन्हें पैसे की चिन्ता न हो। और जिन्हें खाने और पहनने को अच्छा मिले। और जिनके बच्चे सुखी हों। और अलग रहते हों। बच्चों के साथ चिपके रहने वाले बूढ़े अक्सर दुखी ही रहते हैं। जैसे जीजे की मां। यह मिसाल ठीक नहीं। वह तो जीजे के साथ ख़ुश ही है। वह ख़ुश हो न हो, खूबसूरत नहीं। वह मेरे मन में क्यों आ घुसी ?

आंखें भी थक गयी हैं, हाथ भी। कापी भी ख़त्म। कल नयी निकालूंगी।

ललिता को और सब कुछ का तो पता है, यह पता नहीं होगा कि मैं यह कापियां भर रही हूँ। पारो के मुंह से बात निकल सकती है। उसे कह देना चाहिए वह किसी को न बताए। मां को भी। बीजी को भी। बीजी ने अख़बार वाले साब को तो बता ही दिया होगा। उन्हें भी मना कर देना चाहिए।

नींद अभी नहीं आयी। बत्ती बुझा कर लेटी रहूंगी। और करवटें बदलती रहूंगी। और मन ही मन गुनगुनाती रहूंगी। जलता है बदन। मां कहती है, सोने से पहले राम का नाम लेना चाहिए। लेती हूँ।

आज नयी कापी शुरू की है। बीजी के घर बैठी लिख रही हूँ। पेंसिल से। अपने घर मैंने कलम दवात रखी हुई है। पेंसिल से लिखना मुश्किल लग रहा है। यहाँ बैठकर लिखना भी। बीजी खाना खा चुकी हैं। मैं भी। वह आराम कर रही हैं। खाना खाने के बाद कुछ देर के लिए सोती हैं। दरवाज़ा बन्द कर के। जब तक वह जागती नहीं, मैं बरतन नहीं मांझती। सफ़ाई की तरह बीजी को शोर का वहम भी है। पहली बार बीजी के घर बैठ कर डायरी लिख रही हूँ। बीजी को पता नहीं। इसलिए लगता है जैसे कोई चोरी कर रही हूँ। या कोई झूठ बोल रही हूँ। लगता तो यह भी है जैसे दबी ज़बान से अपने आप से बातें कर रहीं हूँ। या दबे पांव इधर उधर चल रही हूँ। बीजी को बता देना चाहिए। नहीं, बताने की ज़रूरत नहीं। छिपाना नहीं चाहिए। छिपा नहीं रही। तो फिर गला क्यों सूखा हुआ है, हाथ क्यों कांप रहे हैं ? क्योंकि पहली बार है। अगर इस वक्त बीजी आ जाएं तो मैं घबराऊंगी नहीं, कापी बन्द कर दूंगी, उसे छिपाऊंगी नहीं। बीजी कुछ कहेंगी नहीं। शायद मुस्करा

कर पूछ लें, आज यहां कैसे ले आयी ? या कह दें, सारी, मुझे नहीं पता था तू डायरी लिख रही है। या कह देंगी, आज क्या लिखा ? नहीं, यह वह नहीं पूछेंगी। अगर पूछ लें तो मैं क्या करूंगी ? शायद कापी उन्हें दे कर कहूं, देख लीजिए ! वह कहेंगी, नहीं। मैं कहूंगी, देख लीजिए ना। फिर वह कापी ले कर इसे पढ़ना शुरू कर देंगीं और मैं उनके चेहरे को। फिर पता नहीं वह क्या कहेंगीं। शायद कुछ भी न कहें। अगर कुछ भी नहीं कहेंगीं तो मैं उदास हो जाऊंगी। तब वह कहेंगी, पेंसिल से क्यों लिखती हो। मैं कहूंगी, घर में कलम दवात है। तब वह कहेंगी, यहां भी एक क़लम दवात रख लो। मैं चुप रहूँगी। वह कहेंगी, तुमने अंग्रेज़ी पढ़ना क्यों बन्द कर दिया ? मैं कहूंगी, अंग्रेज़ी से मुझे क्या फ़ायदा होगा ? वह चुप रहेंगीं। फिर कहेंगीं, फ़ायदा तो तुझे डायरी लिखने से भी नहीं हो रहा। मैं चुप रहूंगी। फिर कहूंगी, इसीलिए सोचती रहती हूँ, बंद कर दूं। किसी दिन कर भी दूंगी।

क्या ऊटपटांग सोच रही हूँ। और लिख रही हूँ। आगे से यहाँ बैठ कर कभी नहीं लिखूँगी। और पेंसिल से तो कभी भी नहीं। अब कापी और आंखें बन्द कर के आराम करूंगी। बीजी की तरह। दीवान पर लेट कर। जब बीजी जागेंगी तो बरतन साफ कर के साब के घर।

अख़बार वाले साब आज बहुत ख़ुश नज़र आए। आम तौर पर मुझे पता नहीं चलता कि वह ख़ुश हैं या नहीं। अक्सर ऐसे डूबे-डूबे से रहते हैं जैसे किसी दूसरे जहान के रहने वाले हों। लेकिन आज चमक रहे थे। बातें करने के मूड में थे। मैंने काम करना शुरू किया ही था कि नीचे उतर आए और बोले, देख शानो, काम तो होता ही रहता है, आज थोड़ी देर बैठ कर आराम से बातें करो। जब मैंने झाड़ू नहीं छोड़ा तो उन्होंने झाड़ू मेरे हाथ से छीनते हुए कहा, तूने सुना नहीं मैंने क्या कहा ? अगर साब की जगह कोई और होता तो मैं घबरा गयी होती, समझती, आज आख़िर इसकी नियत ख़राब हो ही गयी। झाड़ू एक तरफ़ रख कर साब बोले, अब हाथ धो ले और बैठ जा उधर मेरे सामने। हाथ वाथ धाने का वहम उन्हें बीजी ने ही डाल दिया होगा। जब मैं हाथ धोने के लिए रसोई की तरफ़ चली तो वह बोले, बाथरूम में क्यों नहीं धोती, साफ़ साबुन से ? जब हाथ धोने के बाद मैं उन्हें अपनी चुन्नी से पोंछने लगी तो वह बोले, तौलिए से क्यों नहीं पोंछती ? जब मैं स्टूल पर बैठने लगी तो वह बोले, वहां नहीं, उधर दीवान पर, मैं अभी आता हूँ। मैं उधर

दीवान पर जाकर बैठी ही थी कि वह अंगूर की पलेट उठाए मेरे पास आ खड़े हुए। मैं उठने लगी तो उन्होंने मेरा कन्धा दबाते हुए कहा, बैठी रहो। और फिर अंगूर की पलेट उन्होंने बीच की मेज़ पर रख दी और आप सोफ़े में बैठ गये। मैं कुछ देर सिर झुकाए बैठी रही। मुझे शर्म भी आ रही थी, रोना भी। दोनों को दबा कर मैंने कहा, आज आपको हो क्या गया है ? मेरी आवाज़ कांप रही थी। वह बोले, देख शानो, मुझे कुछ नहीं हुआ, बस मैं बातें करने के मूड में हूँ। मैं बातें करने के मूड में नहीं थी। बीजी के घर भी मैं आज चुप ही रही थी। बीजी ने समझ लिया होगा मैं बातें करने के मूड में नहीं थी, इसलिए वह भी चुप रही थीं। साब और बीजी में एक बड़ा फ़रक़ यह है कि साब दूसरे के मूड को नोट ही नहीं करते जबकि बीजी दूसरे के मूड के मुताबिक अपना मूड बदल लेती हैं। दूसरे से मेरा मतलब मेरे से है।

—अंगूर खाओ।

—मन नहीं है।

—खाओगी तो मन हो जाएगा, बहुत अच्छे हैं, कल शाम तुम्हारी बीजी दे गयी थीं।

शर्म और रुलाई के साथ मुझे मुस्कराहट भी आ गयी—लगा जैसे वह मुझे अंगूर खिलाने के लिए बीजी की सिफ़ारिश करवा रहे हों। मन हुआ कह दूं, बीजी मेरी ही नहीं, आपकी भी हैं। मैंने दो दाने उठा तो लिए, मुंह में नहीं डाले।

—आप नहीं खाएंगे ?

साब ने एक छोटा गुच्छा लिया तो मैंने दोनों दाने मुंह में डाल कर दो चार दाने और उठा लिए। अंगूर खाने से मेरी रुलाई कुछ कम हो गयी थी, शर्म और मुसकराहट का मैं कुछ कह नहीं सकती।

—तुम्हारे घर में तो सब ठीक ठाक है न ?

—मतलब ?

—मतलब यही कि तुम्हारी मां कैसी है, बहन कैसी है, भाई कैसा है ?

—सब ठीक़ हैं।

—और तुम ?

—मुझे तो आप रोज़ देखते ही हैं।

—देखता हूँ इसका यह मतलब नहीं कि जानता हूँ तुम कैसी हो ?

—मैं भी ठीक हूँ।

आज से पहले साब ने कभी मुझ से इस तरह के सीधे सवाल नहीं पूछे थे। हाँ, जब बापू मरा था तो उन्होंने कुछ कहा था जो मुझे अब याद नहीं। उनके चौथे पर भी वह आए थे। मुझे समझ नहीं आ रहा था कि उनसे कैसे कहूँ कि उनकी बातें मुझे अजीब लग रही थीं।

—आप ठीक तो हैं ?

—मतलब ?

—मतलब यही कि आपने पहले कभी ऐसी बातें नहीं की जैसी आज कर रहे हैं।

मुझे लगा मैं उनकी नक़ल भी उतार रही थी, उनसे नाराज़ भी हो रही थी।

—देख शानो, अगर तुझे बुरा लग रहा है तो मैं ऊपर चला जाऊंगा।

मुझे लगा वह मुझसे नाराज़ होने का बहाना कर रहे थे।

—मुझे बुरा नहीं, अजीब लग रहा है।

—मतलब ?

—मतलब मैं नहीं समझा सकती।

—तुम्हें अजीब इसीलिए लग रहा होगा क्योंकि मैं अक्सर चुप ही रहता हूँ। तुम्हें अजीब लगता है तो लगे, बुरा नहीं लगना चाहिए।

मैं चुप रही। अब मुझे लगा जैसे साब मेरे बराबर के हों, उमर में नहीं, वैसे दर्जे में, जैसे वह साब न हो, मैं नौकरानी न हूँ। अब मेरी चुप्पी में एक नया सा डर भी आ मिला था।

—बीजी ने आज तुझ से कोई बात नहीं की ?

—बीजी ने ? कैसी बात ?

मेरी आवाज़ में तेज़ी थी, जो मुझे भी सुनायी दी, उनको भी दी होगी।

—कोई भी बात ?

—नहीं। आज वह भी बात करने के मूड में नहीं थीं, मैं भी।

वह कुछ कहते-कहते रुक गये तो मुझे कहना पड़ा—कोई ख़ास बात थी क्या ? आप क्यों नहीं कह देते ?

—मैं कह तो देता लेकिन तुम मूड में जो नहीं हो।

—आप कहिये तो, मेरा मूड बन जाएगा।

बीजी का नाम ले कर साब ने मुझे यह इशारा तो दे ही दिया था कि जो बात वह मुझ से करना चाहते थे वही बीजी को भी करनी थी, शायद आधी बीजी को करनी थी, आधी साब को। इसलिए अब मैं साब की आधी बात सुन लेना चाहती थी। लेकिन मैंने देखा साब उठ खड़े हुए थे।

—देख शानो, बीजी ने अपने हिस्से की बात आज तुझ से नहीं की, इसलिए मैं भी अपने हिस्से की बात फिर करूँगा।

—मैं नहीं जानती थी कि बात भी बांट कर की जाती है।

मेरी अटपटाहट दूर हो गयी थी। अचानक मेरी आवाज़ में शरारत आ गयी थी। साब उस शरारत को अनसुना कर ऊपर चले गये। मैंने अंगूर फ्रिज में रख दिये और झाड़ू उठा लिया। दिन भर मैं उस बात के बारे में सोचती रही जो बीजी

और साब मुझ से करना चाहते थे। सोचती रही और अन्दाज़े लगाती रही। इस वक़्त भी यही कर रही हूँ।

जब से कुन्दन ने पारो के तलाक़ का ज़िम्मा अपने ऊपर लिया है तब से पारो ख़ुश है, इधर उधर आती जाती गुनगुनाती रहती है। इस वक़्त भी गुनगुना रही है। जैसे मुझसे कह रही हो, तू अपने दिन का हाल लिख रही है, मैं गुनगुना रही हूँ। एक बार जब उसने पूछा था, इस वक़्त क्या लिख रही है तो मैंने कह दिया था, अपने दिन के बारे में। मेरे दिल में बीजी की बात अभी तक बैठी हुई है। उन्होंने पहली कापी मुझे देते हुए कहा था, शानो, इस कापी में रात को तू अपने दिन का हाल लिख दिया कर। धीरे-धीरे दिन के हाल के साथ मैंने अपने दिल का हाल भी जोड़ना शुरू कर दिया था। अब तो कुछ पता ही नहीं चलता कि दिन कहाँ ख़त्म होता है और दिल कहाँ शुरू। अब तो मैं अपने दिन और दिल के हाल के साथ-साथ दूसरों के दिन और दिल का हाल भी लिखती रहती हूँ। बीजी पढ़ें तो हैरान रह जाएं। कहें, अरी तूने तो किताब लिख डाली। वैसे देखा जाए तो जो कुछ मैं लिख रही हूँ किसी किताब से कम नहीं। मुझे क्या पता किताबों का। मैंने तो उन्हें दूर से ही देखा है। अख़बार वाले साब और बीजी के घर में। पढ़ने का मन करता रहता है लेकिन पढ़ती नहीं। अब साब ने भी कहना बंद कर दिया है। सोचते होंगे, क्या करेगी पढ़ कर। मैं भी यही सोचती हूँ। अगर लिखने के साथ पढ़ने की बीमारी भी लग गयी तो काम कौन करेगा। काम नहीं करूंगी तो खाने पहनने के लिए पैसा कहां से आएगा। मां बूढ़ी हो रही है। हो नहीं रही, हो गयी है। अगर किसी दिन बीमार पड़ जाए तो उसके इलाज के लिए पैसे कहां से आएंगे। इसीलिए बैंक में जमा करती रहती हूँ। अब तो मुझे चेकबुक भी मिल गयी है। उसे देख देख ख़ुश होती रहती हूँ। चेक काटा अभी एक भी नहीं। काटना आता भी नहीं। किसी दिन बीजी से या अख़बार वाले साब से पूछूंगी कैसे काटा जाता है। जब पारो जीजे से आज़ाद हो जाएगी तो पहला चेक काटूंगी। पारो के नाम। कहूंगी, यह लो तलाक का तोहफ़ा।

पारो गुनगुना रही है, भीगा भीगा है समां... मुझे गुनगुनाना नहीं आता फिर भी गुनगुनाती रहती हूँ। गाना तो बिल्कुल नहीं आता, इसलिए गाती कभी नहीं। कभी-कभी नाचने का मन होता है। माधुरी की तरह। कभी-कभी अकेली होती हूँ

तो नाच भी लेती हूँ। लेकिन आता नहीं। देवी आजकल गाना सीख रही है। रोज़ शाम को किसी के घर जाती है। छुट्टी के दिन प्रेक्टिस करती है। उन्हीं उदास बंगाली गानों की जो मेरी जान निकाल लेते हैं। मैं सोचती रहती हूँ कहीं देवी भी झरना की तरह किसी चक्कर में न जा फंसे। गाना सीखती सीखती। बंगालिन भी ज़रूर यही सोचती रहती होगी। वह तो उसकी मां है, सोचेगी ही, मैं कौन होती हूँ उसकी। जी करता रहता है उससे पूछूँ, वह गाना किस से सीखती हैं, किसी मास्टर से या मास्टरनी से। मैंने सुना है गाना सिखाने वाले गाने सीखने वालियों पर जादू कर देते हैं। किस से सुना है ? ललिता से ही सुना होगा और किस से सुनूंगी। किसी दिन वह पकड़ कर पूछेगी, तुझे पता है बंगालिन की दूसरी लड़की किस बैजू बांवरे के चक्कर में फंसी हुई है ? मैं कहूंगी, नहीं। वह कहेगी, तू झूठ बोल रही है, तुझे सब पता होगा। मैं कहूँगी, मुझे कुछ पता नहीं। वह कहेगी, तू नहीं जानती वह गाना सीखने जाती है ? मैं कहूंगी, जानती हूँ। वह कहेगी, अगर उसे बचाना चाहती है तो बंगालिन को समझा दे अभी से। और फिर ललिता मुझे उस बैजू बांवरे के बारे में बताना शुरू कर देगी, कहेगी, उसने इस कालोनी की कई लड़कियों को बरबाद किया है। और फिर किसी दिन वह बैजू बांवरा मेरे किसी सपने में आ जाएगा, मुझे बरबाद करने।

आजकल फिर मुझे बुरे बुरे ख़याल आते रहते हैं। उन ख़यालों से मज़ा भी आता है। डरावना मज़ा। इसीलिए मैं उन्हें बुरा समझती हूँ। समझती नहीं, कहती हूँ।

पारो गुनगुनाए जा रही है। उसे भी शायद वैसे ही ख़याल आ रहे हों।

बैजू बांवरा। नाम लेने से ही कुछ होने लगता है। किसी दिन ललिता से कहूंगी, बैजू बावरे का क़िस्सा सुनाओ।

लिखना कुछ और चाहती थी, लिख कुछ और ही गयी। अब जल्दी जल्दी असली बात को भी दर्ज कर देना चाहिए नहीं तो उसकी कई बारीकियां भूल जाऊंगी।

आज सवेरे जैसे ही मैं बीजी के घर पहुंची तो अख़बार वाले साब को बैठक में बैठे देख हैरान रह गयी। बीजी भी वहीं उनके पास पड़े सोफ़े पर बैठी हुई थीं। दोनों ऐसे बैठे हुए थे जैसे मेरा इंतज़ार कर रहे हों। और मुझे ऐसे लगा था जैसे मेरी पेशी होने वाली हो। घबराहट में मैंने नमस्ते भी नहीं कहा। मुझे ख़तरा था बीजी कह देंगी, तू हैरान क्यों हो रही है। पहले झटके के बाद मैंने अन्दाज़ा लगा लिया था कि वह दोनों कुछ ही देर पहले सुबह की सैर से लौटे होंगे। इस अन्दाज़े से मेरी हैरानी और ज़्यादा हो गयी। लेकिन साथ ही मुझे यह भी पता चल गया कि आज ये दोनों मुझ से वही बात करेंगे जो कल करना चाहते थे लेकिन कर नहीं सके थे। मैं हाथ धो कर बाथरूम से बाहर आयी तो बीजी ने आवाज़ दी, हमारे लिए चाय मत बनाना, हम पी चुके हैं। मैं रसोई में खड़ी सोच ही रही थी, अब

मुझे क्या करना चाहिए, कि साब की आवाज़ आयी, देख शानो, ज़रा इधर तो आ। मैं जा कर दीवान के पास खड़ी हो गयी।

—बैठो।

मैं सिर झुकाए खड़ी रही, दोनों के सामने दीवान पर बैठना मुझे ठीक नहीं लगा।

—बैठो।

अबकी बार बीजी बोली थी।

मैं बैठ गयी। किनारे पर। जैसे कोई डरी हुई बच्ची मां बाप की झिड़की सुनने के लिए बैठती है।

—खुल कर बैठो।

मैं वैसे ही बैठी रही। सोचती रही, साब इतना खुल कर बोल कैसे रहे हैं।

—जो बात साब तुमसे कल नहीं कह सके, आज कहना चाहते हैं।

मैं सिर झुकाए बैठी रही। मुझे उन दोनों के ड्रामे पर मुस्कराहट आ रही थी। दोनों बारी-बारी ऐसे बोल रहे थे जैसे पहले से ही तै कर चुके हों किसने क्या कहना है।

—कहना तो चाहता हूँ, कह नहीं पाऊंगा। आप ही कह दीजिए।

मेरी मुस्कराहट खुल कर हंसी में बदल गयी।

—शानो को हंसी आ रही है।

मैंने हंसी को समेट लिया।

—देख शानो, बात यह है कि हम चाहते हैं तू अब यहीं रहा कर।

'हम' से उनका मतलब बीजी से भी था या नहीं, मैं पूछना चाहती थी। 'यहीं' से उनका क्या मतलब था, मैं पूछना चाहती थी। 'रहा कर' का मतलब भी साफ़ नहीं था।

—साब कह रहे हैं कि तू बंगालियों का घर छोड दे और यहीं काम किया कर, यहीं रहा कर। फुल टाइम।

मैंने सिर उठा कर बीजी को देखा। वह आगे को झुकी हुई मेरी तरफ़ देख रही थीं। साब सामने वाली दीवार पर टंगी तस्वीर को घूर रहे थे। ऐसे जैसे उसे पहली बार देख रहे हों।

—और साब का घर ? मतलब उनका काम ?

अब उन दोनों ने एक दूसरे की तरफ़ देखा। मुझे लगा जैसे एक दूसरे से पूछ रहे हों, इस सवाल का जवाब कौन देगा।

—साब भी अब यहीं रहा करेंगे।

'भी' को बीजी ने दबा कर कहा था। मुझे लगा जैसे इशारा दे रही हों, साब और तू मेरी नज़र में एक ही दर्जे के हो।

—तो साब के घर का क्या होगा ?

मैंने पूछ तो लिया लेकिन लगा मुझ से ग़लती हो गयी हो। मैं यह सुनने को तैयार हो रही थी, तुझे इससे क्या मतलब ?

—साब दिन में वहीं काम किया करेंगे और तू जा कर सफ़ाई कर दिया करेगी। खाना वग़ैरह यहीं बना करेगा।

—कभी-कभी शायद वहां भी बना करेगा। जब वहां बनेगा तो यहां नहीं बनेगा।

—वह तो जैसे होगा, देख लिया जाएगा, पहले तू यह तो बता कि तुझे मन्जूर है।

मैं साफ़-साफ़ समझी नहीं, बीजी मुझ से किस बात की मन्जूरी मांग रही थीं। मुझे लगा कि उन दोनों को भी साफ़-साफ़ पता नहीं था, वह मुझ से क्या कह रहे थे, क्या मांग रहे थे। मुझे लगा कि वह मुझे इशारा कर रहे थे कि मैं उनकी बातों में मीनमेख़ निकाले वग़ैर 'हां' कह दूं। मुझे बीजी की बहू याद आ रही थी, जिसने मुझे दुबेयी चलने के लिए कहा था। मुझे लगा कि वह दोनों भी जैसे मुझे दुबेयी चलने के लिए कह रहे हों। मुझे घबराहट हो रही थी।

—देख शानो, घबराने की कोई ज़रूरत नहीं।

—बेचारी घबरा नहीं रही, सोच रही है।

—सोचने की भी कोई ज़रूरत नहीं।

मैं कहना चाहती थी, मैं सोच नहीं रही, समझने की कोशिश कर रही हूँ। मैं वहां से उठ जाना चाहती थी। समझने की कोशिश रसोई में अकेले बैठ कर करना चाहती थी।

—जल्दी कोई नहीं, तू सोच ले, मां से भी बात कर ले, तू कहेगी तो मैं भी उससे बात कर लूंगी, तेरी बहन तो अब तेरी मां के पास ही रहती है, वह अकेली तो होगी नहीं, और फिर जब तेरा मन होगा तू अपने घर भी जा सकेगी।

—वैसे अगर यह रात को अपने घर सोना चाहे तो...

—हाँ, ऐसा भी हो सकता है।

—आने जाने का झंझट रहेगा।

—सुबह सवेरे आने का, रात को देर से जाने का।

—सर्दियों में ख़ास तौर पर।

—बारिशों में भी।

—रात को इसे छोड़ने जाना पड़ेगा।

—वह तकलीफ़ तो आपको ही करनी पड़ेगी।

—इसका घर ज़्यादा दूर नहीं।

—कभी-कभी मैं कार में छोड़ आया करूंगी।

—मुझे तो कार चलाना आता नहीं।

—आपको सीख लेना चाहिए।

—इस उम्र में ! मुझसे नहीं होगा।

—होगा कैसे नहीं ?

—देखा जाएगा।

—देखा नहीं जाएगा, कार चलाना तो आपको सीखना ही पड़ेगा।

—क्यों ज़िद कर रही हैं आप ? मुझे अपनी जान प्यारी है। आपको अपनी कार प्यारी होनी चाहिए।

—मैं इन बातों से डरने वाली नहीं।

—वह तो मुझे मालूम ही है।

—तो फिर ?

—तो फिर कुछ नहीं।

मुझे लगा कि वह दोनों भूल गये थे कि मैं भी वहाँ बैठी हुई थी। मैं उठ खड़ी हुई।

—कहां जा रही हो ?

—रसोई में।

रसोई में पहुंचते ही मुझे रोना आ गया। जल्दी जल्दी पानी पी कर मैंने रुलाई को वापस धकेल दिया।

अब मैं थक गयी हूँ। पारो ने गुनगुनाना बंद कर दिया है। शायद वह भी सो गयी है। मां का कुछ पता नहीं। मां को मैंने अभी नहीं बताया। पारो को बताया था। उसने कहा था, पैसों की बात पहले कर लेना। पारो को पैसों की इतनी चिन्ता क्यों ? पैसे तो वह अच्छे ही देंगे। मुझे पता नहीं किस-किस बात की चिन्ता है। 'हां' कहने में झिझक हो रही है। जैसे कहीं कुछ अटका हुआ हो। बाक़ी फिर सोचूंगी। अब अंधेरे में राम राम जपूंगी, जब तक नींद नहीं आती। नींद के बाद सपने आ जाएंगे।

इस वक़्त और कुछ लिखने से पहले यह पता चलाने का मन हो रहा है कि कल बीजी की रसोई में मुझे रोना क्यों आया था। जब कभी मुझे इस तरह का रोना अचानक आ जाता है तो मन करता है और सारे काम छोड़ रोने का कारण ढूंढ़ने बैठ जाऊं। कभी कभी कोई कारण मिल भी जाता है। पूरा नहीं। अक्सर एक

कारण नहीं होता। किसी भी बात का एक कारण शायद ही कभी होता हो। मुझे ऐसी गूढ़ बातों के बारे में नहीं सोचना चाहिए। मुझे अपनी औक़ात में रहना चाहिए। औक़ात ? पता नहीं किस भाषा का लफ़्ज़ है। हिन्दी का नहीं होगा। अगर हिन्दी का नहीं तो मैंने कैसे सुना ? हिन्दी का हो न हो, हिन्दी में बोला ज़रूर जाता होगा। डिक्शनरी देखनी चाहिए। कभी-कभी। साब के घर कई हैं। बीजी के घर भी होंगी। बड़ी-बड़ी। मेरी तो कलाई भी टूट जाए। कलाई ! उस कलाई का क्या फ़ायदा जिसे कभी कोई पकड़े ही नहीं। यह ख़याल पता नहीं कैसे आ गया। कहाँ से। इस वक़्त मां और पारो यहां नहीं। इसीलिए। वह मत्था टेकने मन्दर गयी हुई हैं। मां जाना चाहती थी, पारो उसके साथ चली गयी। मां अकेली जाना चाहती थी। हम दोनों ने ज़िद की। मां को अचानक मत्था टेकने की हाजत पता नहीं क्यों हो जाती है ? वह जानती है पुजारी बदनियत है। कहती है, मैं पुजारी से क्यों डरूं, मन्दर मेरे भगवान का है, पुजारी का नहीं। पुजारी टांगें पसारे बैठा सब भग्तनियों को बुरी आंख से देखता है। मां कहती है, देखता रहे, मेरा क्या लेता है। कभी-कभी मुझे शक होता है, मां को पुजारी की बुरी आंख अच्छी न लगती हो। फिर मुझे शर्म आ जाती है। और गुस्सा। अपने आप पर। अपनी मां के बारे में भी कोई इस तरह से सोचता है ? मैं तो सोच भी नहीं सकती कि मां को भी किसी की बुरी आंख अच्छी लगती होगी। लेकिन अगर सोच नहीं सकती तो शक क्यों ? शक नहीं, वैसे ही ख़याल आ जाता है। मां को इतनी रात गये मत्था टेकने वहां नहीं जाना चाहिए। घर में ही टेक लेना चाहिए। इस पत्थर के सामने। जिसे सिन्दूर और तेल के लेप से मां ने हनुमान बना लिया है। मेरा ख़याल है जब हम तीनों के बारे में मां की चिन्ताएं ज्यादा हो जाती हैं तो अपने को शान्ति देने के लिए वह मन्दर की तरफ़ भागती है। सोचती होगी, घर के हनुमान से कुछ हो नहीं रहा। वैसे मुझे कभी-कभी किसी-किसी आदमी की बुरी आंख अच्छी लग जाती है। किसी राह जाते आदमी की भी। किसी बदमाश आदमी की भी। किसी छोटे लड़के की भी। मतलब अपने से छोटे लड़के की। मुझसे छोटे लड़के मुझे अक्सर बुरी आंख से देखते हैं। कभी-कभी तो लगता है जैसे अख़बार वाले साब और कुन्दन और शायद बंगाली के सिवा सब मुझे बुरी आंख से देखते हैं। मार्किट के सब दुकानदार तो सब औरतों को और सब छोटी बड़ी लड़कियों और नौकरानियों को बुरी आंख से ही देखते हैं। कुछ ऐसे भी होंगे जिन्हें कुछ औरतें बुरी आंख से देखते होंगी। मुझे तो ऐसा एक भी नज़र नहीं आया। मुझे बहुत कम मरद जंचते हैं। मां अक्सर कहती है, इस नासपीटी का पता नहीं होगा क्या !

लिखना कुछ चाहती थी, लिख कुछ और रही हूँ। अकेली हूँ, इसलिए उड़ रही हूँ। पारो और मां कमरे में हो तो हाथ रुक-रुक कर चलता है। ख़ासतौर पर अगर वह जाग रही हो तो। या मुझे शक हो कि वह सोने का बहाना कर रही है।

अगर मैं बीजी के घर में रहने लगी तो ये कापियां भी क्या साथ ले जाऊंगी ? बीजी कहेंगी, इन सबको वहीं छोड़ आती। मैं कहूंगी, वहां कैसे छोड़ आती, वहां कोई ताला खोल कर इन्हें पढ़ ले तो ? और फिर मैं खुद भी तो कभी-कभी पुरानी कापियों को पढ़ने बैठ जाती हूँ। बीजी कहेंगी, तो ठीक है। मैं मौक़ा देख कर बीजी से पूछ लूंगी, आप भी डायरी लिखती हैं ? वह मुस्करा देंगी तो मैं समझ जाऊंगी 'हां' कह रही हैं। कहीं यह सवाल मैं उनसे पूछ तो नहीं चुकी ? पूछा होगा तो ज़रूर कहीं लिख दिया होगा। किसी दिन देखूंगी। लेकिन क्या ज़रूरत है। पूछी हुई बात दोबारा भी तो पूछी जा सकती है। मां अक्सर भूल जाती है क्या पूछ चुकी है। उस उमर में मैं पहुंचूंगी तो मैं भी भूल जाया करूंगी। उस उमर में पहुंचने के ख़याल से डर लगता है। मैं तो ऐसे सोच रही हूँ जैसे मां नब्बे साल की हो गयी हो।

बीजी के घर जा रही तो सोऊंगी कहां ? जब बीजी बीमार थीं तब तो बैठक में ही सोया करती थी। शायद दीवान पर सोना पड़े। बीजी ज़िद करेंगी। साब भी। अगर उन्होंने ज़िद की तो मुझे मानना पड़ेगा। अपना सामान वग़ैरह नीचे स्कूटर गराज में रख लूंगी। सामान ! मैं तो ऐसे सोच रही हूँ जैसे मेरा सामान ट्रक पर लद कर आएगा। कापियों के अलावा दो चार कपड़े ही तो होंगे। देखा जाएगा, वैसे गराज में चोरी का ख़तरा होगा। हो सकता है बीजी कहें, तू भी गराज में ही सो जाया कर। लेकिन गराज में मैं नहीं सोऊंगी। कहूंगी, डर लगेगा, गरमी लगेगी, सरदी लगेगी। नहीं, बीजी गराज में सोने के लिए नहीं कहेंगीं। कहेंगीं तो मैं साफ़ मना कर दूंगी।

अगर मैं बीजी के घर रहने लगी तो बाथरूम के लिए बाहर खुले में सब के सामने बैठने की बेशमी से बच जाऊंगी। कितना ही सवेरे उठ लूं, कोई न कोई उस से पहले उठा हुआ होता है। जब तक बैठना पड़ता है, आंखें बन्द कर के बैठी रहती हूँ। जान सूखी रहती है कि कोई हरामी आ कर दबोच लेगा। कई वारदातें हो भी चुकी हैं।

बस मैंने फ़ैसला कर लिया है कि 'हां' कह दूंगी। हो सकता है उनका मन बदल गया हो, नहीं तो दोबारा कहते। पूछते, शानो, क्या फ़ैसला किया है ?

उस दिन उन्होंने सोचा होगा, बेचारी घर छोड़ने के ख़याल से उदास हो गयी है। इसीलिए वह मुझे वक़्त दे रहे हैं। मुझे और वक़्त नहीं चाहिए। मुझे ख़ुद ही बात छेड़नी चाहिए। नहीं, इन्तज़ार करना चाहिए। नहीं, साब से बात करनी चाहिए। उन्होंने अभी शिफ़्ट नहीं किया। वह भी शायद दो चार कपड़े ही ले जाएं।

लेकिन यह सब हुआ कैसे ?

दोनों छिपे रुस्तम निकले।

रुस्तम कौन थां ?

अगर बीजी के घर रहने लगी तो सब कुछ पता चल जाएगा। शायद फिर अंग्रेजी पढ़ना शुरू कर दूंगी।

मैं बीजी के खाने की मेज़ पर बैठी लिख रही हूँ। बीजी के घर में रहते हुए वह मेरा तीसरा दिन है। महसूस होता है, मैं नहीं, मेरे भेस में कोई और शानो यहां रह रही हो। जैसे असली शानो अभी भी बिशनगढ़ वाली कोठरी में ही रहती हो। क्या वह मां और पारो को नज़र आती होगी ? नज़र न सही, महसूस होती होगी ? क्या वह इस वक़्त वहां बैठी लिख रही होगी ? कुछ और ? या यही ?

बीजी और साब कहीं गये हुए हैं। दस.ग्यारह बजे से पहले नहीं लौटेंगे। उनका खाना बाहर है। मैं खा चुकी हूँ। बचा-खुचा नहीं, बाक़ायदा। जब वह आएंगे तो मैं उन्हें बताऊंगी, दुबेयी से फ़ोन आया था। उन्हें मतलब बीजी को। साब के फ़ोन अभी यहां आने शुरू नहीं हुए। साब ने यहां सोना तो शुरू कर दिया है लेकिन अभी यह घर उनका नहीं हुआ। मुझे लगता है, साब नहीं, उनके भेस में कोई और यहां रह रहा है। जैसे असली अख़बार वाले साब अभी भी अपने उसी घर में रहते हों। असली शानो बिशन गढ़ वाली कोठरी में बैठी असली अख़बार वाले साब के बारे में सोचती होगी। असली अख़बार वाले साब अपने उसी घर में बैठे असली शानो को याद करते होंगे। और बीजी ? बीजी एक ही हैं। क्या उन्हें भी महसूस होता होगा कि असली शानो और असली अख़बार वाले साब यहां नहीं रहते ? कुछ दिन बाद शायद असली शानो भी यहीं आ जाए। और असली अख़बार वाले साब भी।

जब से आयी हूँ मैं बिशनगढ़ वाली कोठरी में नहीं गयी। साब नाश्ते के बाद अपने घर चले जाते हैं। दोपहर का खाना यहीं खाते हैं। थोड़ी देर ऊपर आराम करते हैं, फिर अपने घर चले जाते हैं। वहीं से शायद दफ़्तर भी जाते हों। हो सकता है, दफ़्तर जाना बन्द कर दिया हो। हो सकता है, रिटायर हो गये हों। हो सकता है, बाक़ायदा नौकरी उन्होंने कभी न की हो। उनके बारे में न मुझे ठीक-ठीक पता है न मां को। मुझ से पहले मां ने पता नहीं कितने साल उनके घर काम किया था। जो हो, साब खाते सोते यहां हैं, आराम भी यहां करते हैं, लेकिन काम अभी अपने घर में ही करते हैं।

साब ने सैर के लिए अजीब से जूते ख़रीद लिये हैं। बीजी के पास शायद पहले से ही थे। साब को ये जूते पहन चलने में तकलीफ़ होती है। कहते हैं, किसी दिन मुझे मोच आ जाएगी। बीजी कहती हैं, दो चार दिन बाद आपको पता भी नहीं चलेगा आपने ये जूते पहने हुए हैं। यहां आने से पहले साब सैर नहीं करते थे। अब लोग इन दोनों को साथ सैर करते देख हैरान होते होंगे, आपस में बातें करते होंगे, अन्दाज़े लगाते होंगे। बूढ़े लोग। जवान लोग बूढ़ों के बारे में कम ही सोचते होंगे। वह तो उन्हें देखते भी नहीं होंगे। बूढ़े लोग जवानों को देखते हैं। कई बार तो आंखें फाड़-फाड़ कर। बीजी और साब सैर शायद इसीलिए करते हैं ताकि सबको पता चल जाए कि वह साथ रहने लगे हैं।

ललिता को पता चल गया होगा मैं बीजी के घर रहने लगी हूँ। टोली की

दूसरी सबको भी। मैं अभी तक किसी से नहीं मिली। किसी दिन तो उन सबका सामना करना ही पड़ेगा। ललिता का ख़ास तौर पर। डर लगा रहता है किसी दिन वह यहीं आ जाएगी। आते ही खरी-खरी सुनाना शुरू कर देगी।- बीजी और साब के सामने। बीजी तो उसे जानती होंगी, साब पूछेंगे यह कौन है। मैं कहूंगी, यह ललिता है, नौकरानियों की लीडरानी। और भारी जासूसनी। ललिता कहेगी, तू नीम के पेड़ तले कब बैठेगी हम सबके साथ ? मैं कहूँगी, कुछ दिन बाद आऊंगी, अभी यहां जम तो लूं। ललिता कहेगी, यहां तू कभी नहीं जम सकेगी, मेरी बात पल्ले बांध ले। उसके चले जाने के बाद साब कहेंगे, देख शानो, यह लड़की तो बहुत तेज़ तर्रार है, तू इसे कैसे जानती है ? मैं कहूंगी, यह हमारी टोली की सरदारनी है। साब कहेंगे, तो तुम्हारी टोली है ! बीजी बीच में बोल उठेंगी, बेचारी को काम करने दीजिए।

पता नहीं ये दोनों एक दूसरे को क्या कह कर बुलाते हैं। अभी तक तो मैंने कुछ सुना नहीं। पहले तो बीजी जब साब की बात मेरे साथ करती थी तो उन्हें अख़बार वाले साब ही कहती थी। और अख़बार वाले साब बीजी को कभी मिसिज़ वर्मा, कभी बीजी। अब कुछ तो बदला ही होगा। मेरा मतलब है उन दोनों के बीच। बदला न होता तो सारी अदल-बदल क्यों होती।

वैसे एक बात मेरी समझ में अभी तक नहीं आयी। साफ़ साफ़। इन दोनों ने मुझे क्यों रख लिया। फुल टाइम। क्या इनके लिए यही ज़्यादा अच्छा न होता कि मैं जैसे पहले काम करती थी, वैसे ही करती रहती, और सोती अपने घर। बंगालिन का घर भले ही छोड़ देती लेकिन सोती अपने घर। खाना दोनों वक्त का बेशक बीजी के घर ही बनाती लेकिन सोती अपने घर। मेरे यहां सोने से इनको क्या फ़ायदा हुआ ? यहाँ सोए बग़ैर भी तो मैं फुलटाइम हो ही सकती थी। लेकिन कुछ तो फ़ायदा हुआ ही होगा इन्हें। और मुझे ? पहले से ज़्यादा बनाऊंगी, ज़्यादा बचाऊंगी, ज़्यादा खाऊंगी। खाने का लालच मुझे नहीं। खाऊंगी तो उतना ही जितना पहले खाती थी। हां, यहां रहने के फ़ायदे मैं गिन सकती हूँ। फ़ायदे की बात नहीं, बात क़ायदे की है। यह बीच में ललिता बोल पड़ी। जब उस से बात होगी तो वह यही कहेगी—शानो, बात सिरफ़ फ़ायदे की नहीं, कायदे की भी सोचनी चाहिए। मैं पूछूंगी, क्या मतलब ? वह कहेगी, भोली मत बन, उनके घर सोने से तू उनकी नौकरानी ही नहीं, बान्दी बन जाएगी। मैं पूछूंगी, नौकरानी और बान्दी में क्या फ़रक़ होता है ? वह फिर कहेगी, भोली मत बन, नौकरानी मालकों की गुलाम नहीं होती, बान्दी गुलाम होती है, नौकरानी काम ख़त्म कर के अपने घर जा सकती है, बान्दी का काम ख़तम ही नहीं होता। मैं कहूंगी काम तो अब पहले से भी कम हो जाएगा, बरतनों के लिए बीजी कोई और ढूंढ रही हैं। ललिता कहेगी, ढूँढ़ने की क्या जरूरत है, मुझे कहें मैं कल भेज दूंगी।

मैं बीजी से पूछ कर ललिता से कहूंगी। शायद वह बानो को ही भेज दे।

या ठिगनी मदरासन को। ललिता की भेजी हुई लड़की जासूसी करेगी। और अगर हमारी टोली की कोई आ गयी तो वह मुझसे जला करेगी। सोचेगी, यह तो यहां मालकिन बनी बैठी है। उसके कपड़ों से बदबू आया करेगी, मेरे कपड़ों से ख़ुशबू। वह रसोई में हाथ धोया करेगी, मैं बाथरूम में। उसे चप्पल बाहर उतार कर रसोई में आना पड़ेगा तो वह सोचेगी, इससे क्यों नहीं उतरवाते चप्पल, है तो वह भी नौकरानी ही, मेरी तरह।

हमारी टोली की कोई न ही आए तो ठीक रहेगा।

वैसे मैं अब उस टोली की रह ही कहां गयी हूँ।

मुझे यहां रहना और सोना अच्छा तो लग रहा है लेकिन सोचती मैं भी यही रहती हूँ कि यह ठीक नहीं।

मां ने 'न' कर देने के लिए कहा होता तो 'न' कर देती।

बीजी और साब को मेरा सब से बड़ा फ़ायदा यही है कि वह दोनों जब चाहें घूमने जा सकते हैं। वह तो पहले भी जा ही सकते थे। जाते ही थे। अलग-अलग जाते थे लेकिन जाते तो थे। घर बन्द कर के। अब भी साब का घर तो बन्द ही रहता है। नहीं, बीजी ने मुझे घर की रखवाली के लिए नहीं रखा, गरम-गरम रोटी के लिए ही रखा होगा।

ललिता के बारे में सोचते-सोचते मैं भी ललिता की तरह ही सोचने लगी हूँ। बीजी और साब ने मेरे फ़ायदे के बारे में भी ज़रूर सोचा होगा। बीजी ने कहा होगा, यह लड़की बहुत अच्छी है। साब ने जोड़ा होगा, मेहनती और ईमानदार। बीजी ने कहा होगा, साफ़ सुथरी कितनी है। साब ने कहा होगा, सुन्दर भी है, समझदार भी। बीजी ने बताया होगा, आपको बताया नहीं, डायरी लिखती है, मैंने उसे कहा था। साब ने कहा होगा, फिर तो हमारे बारे में भी लिखती होगी। बीजी ने कहा होगा, ज़रूर लिखती होगी, मैंने उससे कहा था, जो मन में आए लिख दिया कर, बग़ैर रोक-टोक के, कहती है, कई कापियां भर चुकी है। साब ने कहा होगा, शायद किसी दिन आपको सुनाए या दिखाए। बीजी ने कहा होगा, मुझे सुनाए या दिखाएगी तो मैं कहूंगी आपको भी दिखाए। साब कहेंगे, मुझे नहीं दिखाएगी, कहेगी, अख़बार वाले साब से मुझे शर्म आती है। बीजी ने कहा होगा, मैं उसे मनवा लूंगी। साब ने कहा होगा, हमें इसके लिए कुछ करना चाहिए। बीजी ने कहा होगा, मैं तो इसे अंग्रेजी पढ़ाना चाहती हूँ, और फिर कोई ट्रेनिंग दिलवाना चाहती हूँ। साब ने कहा होगा, इसकी हिन्दी बुरी नहीं होगी। बीजी ने कहा होगा, मुझे भी यही लगता है, इसीलिए मैं चाहती हूँ इसे थोड़ी-सी अंग्रेजी भी आ जाए। साब ने कहा होगा, डायरी तो इसे हिन्दी में ही लिखते रहना चाहिए। बीजी ने कहा होगा, शायद बीच बीच में अंग्रेज़ी के लफ़ज़ भी टांक देती हो, जब मुझसे अंग्रेज़ी सीख रही थी तो बोलते बोलते अंग्रेज़ी भी बोल जाती थी। साब ने कहा होगा, इसकी डायरी होगी दिलचस्प। बीजी ने कहा

होगा, डायरियां सब दिलचस्प ही होती हैं, अगर लिखने वाला खुल कर लिखे तो। साब ने पूछा होगा, आप भी लिखती हैं ? बीजी ने कहा होगा, यह मैं आपको क्यों बताऊं। साब ने कहा होगा, मैं नहीं लिखता, मैं सुस्त हूँ। बीजी ने कहा होगा, आपकी सुस्ती सैर से दूर हो जाएगी, फिर आप भी लिखना शुरू कर देंगे। साब ने कहा होगा, एक घर में रहने वाले दोनों अगर डायरी लिखें तो एक दूसरे के बारे में ज़रूर लिखेंगे। बीजी ने कहा होगा अगर यह लड़की हमारे साथ रहने लगे तो हम दो से तीन हो जाएंगे। साब ने कहा होगा, पता नहीं मानेगी या नहीं। बीजी ने कहा होगा, आप बात करेंगे या मैं ? साब ने कहा होगा, पहले आप करें, फिर मैं करूंगा।

ज़रूरी नहीं कि उनकी बात इसी तरह से हुई हो। न भी हुई हो मुझे तो सोचना अच्छा लगा। महसूस हुआ जैसे मैं नहीं कोई और कहानी लिख रही हो। कोई चाहे तो मेरी डायरी में से ढेरों कहानियाँ निकाल ले। डायरी से ही नहीं, मेरे मन से भी। अब मेरा मन मेरी डायरी में। मेरी डायरी मेरे मन में।

बीजी के घर में इस मेज़ पर बैठ बीजी और साब के बारे में लिखना अजीब लग रहा है। बीच-बीच में डर लगने लगता है। लगता है जैसे कोई ग़लत काम हो रहा हो। जैसे मैं किसी बन्द दरवाज़े से कान लगाए कुछ सुनने की कोशिश कर रही होऊं। बीजी नीचे कमरे में सोती हैं, साब ऊपर। बीजी पहले भी नीचे ही सोती थीं। कहती हैं, उनसे बार-बार सीढ़ियां नहीं चढ़ी उतरी जाती। साब को तो ऊपर अलग-थलग रहना ही अच्छा लगता है। वैसे अब वह ज्यादा अलग-थलग नहीं रहते। इन तीन दिनों में मैंने देखा है, वह दिन में ऊपर कम ही बैठते हैं।

अब उन्हें आ जाना चाहिए। ग्यारह बज गये। पहरेदार डंडे मार रहे हैं। डर लगता होगा तो डन्डे मारने शुरू कर देते होंगे। चोर डाकू मैंडक या कबूतर तो नहीं जो डन्डों से डर कर भाग जाएंगे। एक कुत्ता कुछ-कुछ देर बाद अचानक कुरलाना शुरू कर देता है। दर्दीली आवाज़ में। जी करता है जा कर उसे पुचकारना दुलारना शुरू कर दूं। फिर तीन चार कुत्ते उसकी नक़ल में कुरलाना शुरू कर देते हैं। जी करता है जा कर उन्हें डांटना शुरू कर दूं।

अब मुझे सो जाना चाहिए। उनके आने से पहले सोना ठीक नहीं। उनके सोने के बाद ही सोना ठीक लगता है। दीवान पर सोना ठीक नहीं लगता। और कोई जगह है नहीं। नौकरानी का कमरा अलग होना चाहिए। छोटा-सा, स्कूटर गराज जितना। या उससे थोड़ा सा बड़ा। लंबी और मोटी नौकरानियों के लिए, नहीं तो मुश्किल होगी। मैं न लंबी न मोटी। मेरे लिए तो गराज भी काफ़ी। लेकिन गराज में रात को, दरवाज़ा अन्दर से बंद कर के अकेले सोने से डर भी लगेगा, दम भी घुटेगा।

इतनी देर गये इन्हें नहीं लौटना चाहिए। कार ख़राब हो जाए तो क्या करेंगे। कोई लुटेरा रोक ले तो क्या करेंगे। पता नहीं गये कहां हैं। इनकी उमर के लोगों

को...। मैं तो ऐसे सोच रही हूँ जैसे वह मेरे मां बाप हों।

यह तो मैंने अभी सोचा ही नहीं कि यहां रहना मुझे अच्छा लग रहा है या बुरा। अभी दिन ही कितने हुए हैं। और वैसे भी ऐसी बातों के बारे में सोचना नहीं चाहिए। बग़ैर सोचे ही पता चल जाएगा कि कैसा लग रहा है। अपने आप। फिर मैं लोगों को बताती फिरूंगी। सब लोगों को नहीं। उनको जो मुझ से पूछेंगे। जैसे मां और पारो और टोली वालियां। शायद बीजी और साब भी पूछें। कुछ दिन बाद। उन्हें तो यही बताना पड़ेगा कि अच्छा लग रहा है। ज़रूरी नहीं। जैसा लगेगा वैसा ही बताऊंगी। पता कैसे चलेगा कि कैसा लग रहा है। मोटे तौर पर चल ही जाएगा। मोटे तौर पर चल ही जाता है। वैसे ज़रूरी नहीं कि अच्छा या बुरा ही लगे। बीच का भी तो लग सकता है। बहुत-सी बातें तो बीच की ही लगती हैं। कुछ कुछ अच्छी, कुछ कुछ बुरी। मैं पानी बिलो रही हूँ। बेकार बैठी। अब कापी बन्द कर देती चाहिए। लाइट भी। आंखें भी। और अन्धेरे में बैठे-बैठे उनका इन्तज़ार करना चाहिए। छोटी लाइट जलती रहने दूंगी। बीजी ने तो कहा था, लाइट बुझा कर सो जाना, हमारे पास चाबियां हैं। उनके आने से पहले चादर तान कर सो जाना मुझे ठीक नहीं लगता। अलग कमरा होता तो और बात थी। आख़िर हूँ तो नौकरानी ही। इस ख़याल से घुटन क्यों होती है ?

साब के घर की सफ़ाई कर के नीचे उतरी ही थी कि ललिता ने पकड़ लिया। वह शायद घात लगाए खड़ी थी। पकड़ कर नीम के पेड़ की तरफ़ घसीटने लगी। मैंने बहुतेरा कहा, इस वक़्त नहीं, इस वक़्त मैं जल्दी में हूँ लेकिन वह मानी नहीं। बैठते ही उसने मुझे डांटना शुरू कर दिया।

—शानो, तेरी सारी शान मिट्टी में मिल जाएगी।

—ललिता, तू मेरी सहेली है या दुश्मन ?

—यह सवाल तू अपने आप से पूछ।

—तू नाराज़ क्यों हो रही है ?

—तू बता नहीं सकती थी हमें ?

—क्या ?

—यही कि तुझे बीजी ने गोद ले लिया है ?

—गोद ? मुझे ? बीजी ने ?

—ज़्यादा बन मत !

—यह झूठी अफ़वाह किसने उड़ायी ?

—मुझे तुम्हारी उस उर्मिला ने ही बताया।

—उसने कहा और तूने मान लिया ?

—तो क्या वह झूठ है।

—उसने मज़ाक़ किया होगा।

—तो सच सच बता बात क्या है ?

—बात यही है कि मैंने बंगालियों का घर छोड़ दिया है। और अब मैं बीजी के घर काम करती हूँ। फुल टाइम। वहीं रहती हूँ।

—और अख़बार वाला साब ?

—वह ? वह आधा अपने घर में रहते हैं, आधा बीजी के घर।

—खाता पीता कहां है, सोता कहां है ?

—बीजी के घर।

—तब तो मतलब हुआ पूरा वहीं रहता है।

—दिन तो अपने घर ही गुज़ारते हैं। लगभग।

—दिन को छोड़ो, असली बात रात की ही होती है जहां आदमी रात गुज़ारे वही उसका घर। जिसके साथ रात गुज़ारे, वही उसकी औरत।

मैं देख रही थी ललिता मुझे भूल साब और बीजी के बारे में सोचने लगी थी।

—शानो, यह तो बता यह सब हुआ कैसे ?

—क्या मतलब ?

—बन मत।

—तू पूछना क्या चाहती है ?

—यही कि बीजी और साब को एक दूसरे से मिलाने में तेरा कितना हाथ है ?

मैं लाल हो गयी।

—मुझे देर हो रही है।

—जब तक बताएगी नहीं, जाने नहीं दूंगी।

उसने मेरी सलवार के पाइंचे को पकड़ रखा था।

—मेरा कोई हाथ नहीं।

—मैं नहीं मानती।

—न मान लेकिन मै सच कह रही हूँ।

—तू उनके सन्देसे इधर से उधर, उधर से इधर लाती होगी।

—तेरा दिमाग़ ख़राब है, ललिता।

—मेरा नहीं, तेरी बीजी का। और तेरे साब का भी। इस उमर में इश्क़पेचा लड़ा रहे हैं। साथ तुझे ख़राब कर रहे हैं।

इश्क़पेचा ? मतलब तो मैं समझ गयी लेकिन लफ़ज़ सुना मैंने पहली बार ही था। मुझे ललिता पर गुस्सा आने लगा था लेकिन मैं यह नहीं समझ पा रही थी कि उसका मुंह कैसे बन्द करूं, उससे अपना पाइंचा कैसे छुड़ाऊं। ख़तरा था कि झटका देने से सलवार उतर या फट न जाए।

—कोई किस उमर में क्या करता है, तुझे उससे क्या मतलब ? रही बात मेरी, मुझे कोई ख़राब नहीं कर रहा।

—अब अगर तेरी या मेरी मां किसी बूढ़े के साथ रंगरलियां मनाना शुरू कर दे तो तुझे या मुझे हैरानी नहीं होगी, बुरा नहीं लगेगा ?

—बीजी न तेरी मां है न मेरी। न ही वह अख़बार वाले साब के साथ रंगरलियां मना रही है। मेरा ख़याल है वह दोनों एक दूसरे को पहले से ही जानते हैं। इधर उन्होंने सोचा होगा अकेले अकेले रहने और खाने के बजाए क्यों न एक ही घर में रहना शुरू कर दें।

—वह तो ठीक है। मैं बेवकूफ नहीं। न ही पुरानपन्थी हूँ। मैंने बहुत कुछ देखा है। फिर भी बूढ़ों के इश्क़पेचे पर हैरानी तो होती ही है। अगर तू बीच बीच में थोड़ा-थोड़ा बताती रहती तो न होती।

मेरे पाइंचे पर उसकी पकड़ कुछ ढीली पड़ गयी थी। मैं फिर बैठ गयी।

—तुझे तो जाने की जल्दी पड़ी हुई थी।

मैं चुप रही।

—मेरी नाराज़गी तुझ पर है, और किसी पर नहीं। मुझे क्या फ़रक़ पड़ता है किसी के कहीं रहने या न रहने से। किसी के जवान या बूढ़ा होने से। किसी के इश्क़पेचे से। मुझे तो यही अफ़सोस है कि तुझे मेरी परवाह नहीं। मेरी और हमारी टोली की दूसरी सबकी। अगर तुझे परवाह होती तो तू इतने दिन यहां से एकदम ग़ायब न रहती। पहले भी एक बार तू इसी तरह ग़ायब हो गयी थी। तब भी तेरी बीजी ने ही मुझे अपने घर बिठा लिया था। बान्ध कर। बन्धुआ मजदूरनों की तरह। तब भी तेरा सिर आसमान पर जा बैठा था। इसीलिए मैं फुल टाइम काम के ख़िलाफ़ हूँ। सारी आज़ादी ही ख़तम हो जाती है। और अपनों से मेलजोल भी। और दिमाग़ अलग ख़राब हो जाता है। इसीलिए तो मैंने तुझे ताना दिया कि बीजी ने तुझे गोद ले लिया है। कोई किसी नौकरानी या उसके बच्चे को गोद नहीं लेता। मैं जानती हूँ। तू समझती होगी कि तेरी बीजी या साब तुझे नौकरानी के बजाए रानी बना कर रखेंगे। तू समझती है तू उनके बाथरूम में नहा रही है और उनकी बैठक में सो रही है, इसलिए तू उन जैसी हो गयी है या वह तुझे अपने जैसी समझने लगे हैं। यह तेरी भूल है। भोलापन है। कल परमात्मा न करे तू बीमार पड़ जाए, तुझे

दस्त मरोड़ लग जाएं या उल्टियां शुरू हो जाएं तो वह उसी वक्त तुझे उठवा कर तेरे घर फिंकवा देंगे, एक मिनिट की देर नहीं लगाएंगे। तू समझती है वह तुझे अपनी बैठक और बाथरूम में गन्दगी फैलाने देंगे, तेरी गन्दगी साफ़ करेंगे, तेरा इलाज करवाएंगे ? इसीलिए तो मुझे इतना गुस्सा आ गया था। तू अपना बुरा भला नहीं समझती। तू समझती है तू उनके घर रहने लगी है इसलिए तू भी मेम बन गयी है। तू देखने में बेशक बीस मेमों से भी ज़्यादा सुन्दर और तेज़ है लेकिन है तू नौकरानी ही, रहेगी तू नौकरानी, काम तो नौकरानियों का ही करेगी, पैसे तुझे उतने ही मिलेंगे जितने नौकरानियों को मिलते हैं। या थोड़े से ज़्यादा। क्योंकि तू सुन्दर है, साफ़ सुथरी है, हेराफेरी नहीं करती, जी लगा कर काम करती है, इसलिए, इसलिए नहीं कि तू उनकी सगी है। कोई मालकिन किसी नौकरानी को अपनी सगी नहीं बनाएगी। कोई कोई मालक भले ही अपने मतलब के लिए, अपने मज़े के लिए किसी किसी नौकरानी पर डोरे डालने के लिए उसे चोरी छिपे दुलारने और देने दिलाने लगे। अगर तूने मुझ से बात की होती तो मैंने यही बातें तुझ से पहले कह दी होतीं। मैं तो हैरान हूँ तेरी मां ने तुझे क्यों नहीं रोका। और तेरी बहन ने। वह दोनों भी इस लालच में आ गयी होंगी कि हमारी शानो अच्छा खाएगी, अच्छा नहाएगी, अच्छी तनख्वाह लेगी, लेकिन यह नहीं सोचा होगा कि बीमार पड़ जाएगी तो...

मैं उठ खड़ी हुई।

—तू कहां चली ?

—मुझे देर हो रही है।

—मेरी बात तो पूरी हो लेने दे।

—नहीं, अब मुझे जाने दो।

मुझे डर था वह फिर मेरा पाइंचा न पकड़ ले। मैं बीजी के घर की तरफ़ चल दी। कुछ दूर जा कर मैंने मुड़ कर कहा—बाक़ी बात फिर। ललिता ने ऐसे हाथ हिला दिया जैसे अपने स्कूल जाते बच्चे को बाई-बाई कर रही हो।

ललिता की बात का मुझ पर बहुत असर होता है। लगता है जैसे वह वही बात कह रही हो जिसे मैं दबा रही होती हूं, सुनने से कतरा रही होती हूँ।

अगर बीजी यह पढ़ लें तो शायद मुझसे नाराज़ हो जाएं। कह दें, अगर ऐसी बात है तो तू आज ही चली जा। ऐसे रूखे तरीक़े से वह कभी कुछ नहीं कहतीं।

ललिता ने बीमारी का जो नक़्शा खींचा उससे मैं अभी तक डर रही हूँ।

जब आंटी आएगी तो गन्दे कपड़ों का क्या करूंगी ? रात को बाहर कहीं फेंक आया करूंगी। बाथरूम वाली टोकरी में फेंक सकती हूँ लेकिन बीजी को ठीक नहीं लगेगा। साव नीचे हों तो मैं बाथरूम भी नहीं जाती। रोक के बैठी रहती हूँ। सोचती हूँ, बीजी को बुरा लगेगा। बीजी के सामने एक बार के बाद जल्दी ही दूसरी बार जाने में झिझक होती है। सोचती रहती हूँ बीजी सोचेंगी, इसे बाथरूम बहुत

आता है, या सोचेंगी, इसके बाथरूम वग़ैरह का इन्तज़ाम कुछ और करना चाहिए था, कुछ और करना पड़गा।

मैं ख़ुद यही सोचती हूँ।

अगर मुझे इनके बाथरूम में बाथरूम करना और नहाना वग़ैरह इतना अजीब लगता है तो इन्हें क्यों नहीं लगता होगा।

अगर मैं खुल कर जब मेरा जी करे या जब मुझे हाजत हो बाथरूम में जाने लगूं तो बीजी क्या तंग नहीं आ जाएंगी और तंग आ कर मुझे कुछ ऐसा वैसा कह नहीं देंगी ? सिरफ़ बीजी ही क्यों, साब भी कह सकते हैं। देख शानो...

और अगर सचमुच मुझे दस्त वस्त लग जाएं तो यह लोग एक घंटे में ही मुझसे तंग आ जाएंगे। बीजी को इन सब बातों के बारे में सोचना चाहिए था। मां को भी। मुझे भी।

इस वक़्त वह दोनों घर में नहीं।

मैं डायरी तभी लिखती हूँ जब वह घर में नहीं होते या अपने-अपने कमरे में होते हैं।

जब वह घर में नहीं होते तो थोड़ी थोड़ी देर बाद बाथरूम जाती रहती हूँ ताकि जब वह घर में हों, जाना न पड़े।

ख़ाने-पीने में झिझक नहीं होती। होती तो है, ज़्यादा नहीं होती। खुल कर खाने पीने का तो ख़ैर ख़याल ही नहीं आता। अब अगर मैं फल मिठाई अपने आप उठा कर खाना शुरू कर दूं तो इन लोगों को बुरा तो लगेगा ही।

ललिता की बातों का इतना असर हुआ है कि मैंने इनके लिए 'इन लोगों' का इस्तेमाल करना शुरू कर दिया है।

साब इस वक़्त ऊपर अपने कमरे में हैं, बीजी नीचे अपने कमरे में। और मैं अपने दीवान पर। लेकिन यह दीवान मेरा नहीं। सुबह सवेरे उठकर चादर सरहाना वग़ैरह उठा कर बाहर बालकोनी के एक कोने में पड़ी पुरानी टोकरी में ऐसे रख देती हूँ जैसे उन्हें दिन भर के लिए छिपा दिया हो। फिर दीवान पर एक बढ़िया राजस्थानी दीवानपोश बिछा कर उसे अपने बिस्तर से फिर बैठक के दीवान में बदल देती हूँ। दिन भर उस पर बैठती तक नहीं ताकि दीवानपोश में सिलवटें न पड़ें। इधर उधर जाते उसे देखती और सोचती रहती हूँ कि मैं रात को इस पर लेटूंगी,

सोऊंगी। शायद दीवान भी सोचता हो, यह लड़की मुझ पर सोएगी। शायद दीवान और सोफ़ासेट आपस में मेरे बारे में बातें करते हों। अपनी भाषा में। कहते हों, इस लड़की की क़िस्मत में पता नहीं क्या लिखा है। बीजी और साब भी आपस में बातें करते होंगे। मेरे बारे में। मेरी तारीफ़ें करते होंगे। हो सकता है शिकायतें भी करते हों। सोचते हों, इसके लिए क्यों न बाल्कोनी को ठीक करवा दें। दीवान पर यह कितनी देर सोएगी। दीवान ख़राब हो जाएगा। बैठक में इसका सोना अच्छा ह्रीं लगता। मेहमान आए हुए हों तो बेचारी सो नहीं सकती। वैसे इसका यहां सोना ज़रूरी नहीं। ग़लती हो गयी। अब इसे कैसे कहें, शानो, तू रात को अपने घर चली जाया कर, वहां आराम से सोया कर, वहीं नहा धो कर आ जाया कर सुबह सवेरे।

इन लोगों को मेरा बार-बार बाथरूम जाना और नहाना वग़ैरह अखरना शुरू हो गया होगा। कभी-कभी की बात और है। और बीजी को तो वैसे भी सफ़ाई का वहम है। मैं कोशिश तो बहुत करती हूँ लेकिन फिर भी क्या पता कोई बाल वाल बाल्टी या चौकी या साबुन से चिपका रह जाता हो। मैं कोशिश तो बहुत करती हूँ कि बाथरूम में कम से कम वक्त गुज़ारूं, कम से कम बार बाथरूम जाऊं लेकिन क्या पता इन लोगों को लगता हो यह लड़की तो बाथरूम में ही घुसी रहती है, हर वक़्त।

ललिता ने मुझे बाथरूम का वहम डाल दिया है। अब मुझे यही डर लगा रहता है कि मुझे दस्तमरोड़ लग गये तो क्या होगा। मैं चाहती हूँ उससे पहले ही मैं अपने घर नहाना और सोना शुरू कर दूं। मैं चाहती हूँ कि बीजी के कहने से पहले ही मैं खुद उनसे कह दूं कि मुझे यहां नीदं नहीं आती। या मैं यहां रात को उदास हो जाती हूँ। या मुझे यहां डर लगता है। या मेरी मां कहती है मैं अपने घर में ही सोया करूं। नहाने की बात करने की ज़रूरत ही नहीं पड़ेगी। अगर अपने घर सोना शुरू कर दूंगी तो नहाऊंगी वहां ही। तब फिर सुबह सवेरे उठ कर बाहर जाना पड़ेगा। पानी का डब्बा लेकर। और मैंने सोचा था उस बेशर्मी से छुट्टी मिल जाएगी। उसको तो मैं यहां आने के बाद भूल ही गयी हूँ। ललिता ने यूंही मुझे डरा दिया है। और नहीं तो बाथरूम की सहूलत के लिए ही मुझे यहीं सोना चाहिए। कोशिश यह करनी चाहिए कि इन लोगों के उठने से पहले ही फ़ारग़ हो जाया करूं, नहा धो लिया करूं। दिन में कम से कम बाथरूम जाया करूं। हो सकता है इन लोगों को इस बात की कोई चिन्ता ही न हो। बीजी और साब दूसरों जैसे नहीं, होते तो मैं यहां होती ही नहीं। मैं यूं ही डर रही हूँ।

ये लोग सो गये होंगे। या पढ़ रहे होंगे। या सोच रहे होंगे, लड़की सो गयी होगी। मन कुछ गुनगुनानें को कर रहा है। भीगा भीगा है समां। पारो का मनपसंद गुनगुनाना। मुझे गुनगुनाना भी नहीं आता, गाना तो एक तरफ़ रहा। जो अच्छा गाती है, अक्सर सुन्दर नहीं होती। जो सुन्दर होती है, अक्सर बेसुरी होती है। मैं बेसुरी

तो हूं, सुन्दर नहीं। यह लिखने के बाद पता नहीं मुझे क्या हुआ कि मैं दौड़ी-दौड़ी बाथरूम में गयी, दरवाज़ा अन्दर से बन्द किया, बत्ती जलायी, और शीशे के सामने खड़ी हो अपनी सूरत को ऐसे घूरने लगी जैसे पहले कभी उसे देखा ही न हो। और अब सोच रही हूँ मैं सुन्दर हूँ, इसीलिए बेसुरी हूँ। बेसुरी हूँ तो क्या गुनगुना नहीं सकती। किसी को मेरा गुनगुनाना सुनायी नहीं देगा इस वक़्त। बीजी ने ए-सी चला रखा है, साब ने कूलेक्स। इस वक़्त मैं गुनगुनाऊं या गाऊं या रोऊं, किसी को कुछ सुनायी नहीं देगा। बीजी को तो शायद यह भी न पता चला हो कि मैं बाथरूम में गयी थी। ऊपर से कूलेक्स की ठन्डक नीचे आ रही है। ये लोग एक ही कमरे में क्यों नहीं सोते ? ललिता ने एक बार कहा था, याद नहीं किस सिलसिले में, मियां बीवी बुढ़ापे में भाई-बहन बन जाते हैं। लेकिन अगर इन्हें भाई बहन ही बनना था तो एक मकान में रहने की क्या ज़रूरत थी। ललिता ज़रूर मुझसे पूछेगी, यह लोग एक ही कमरे में सोते हैं कि अलग-अलग। मां पूछ चुकी है। पारो भी। मेरा जवाब सुन मां ने कहा था, फिर ठीक है। मैं समझी नहीं थी, क्या ठीक है, लेकिन मैंने पूछा नहीं था। पारो हैरान हुई थी। मेरा ख़याल था वह कुछ कहेगी लेकिन उसने गुनगुनाना शुरू कर दिया था। भीगा भीगा है समां नहीं, कोई और गाना। मुझे पारो याद आ रही है। मां भी। कुन्दन भी। अपनी कोठरी भी। सुरेन्दर बिजली वाला नहीं। कुन्दन उस दिन के बाद फिर आया ही नहीं। पारो का ख़याल है वह आएगा नहीं और जीजा अपनी मां के साथ फिर किसी दिन आ धमकेगा। पारो आज मुझे मिलने आयी थी। कह रही थी, मां सोने से पहले तुझे याद करती है, तेरी बातें ले बैठती है, कहती है, पता नहीं शानो वहां ख़ुश है या नहीं। मुझे लगा था जैसे मां समझती हो मैं अपने ससुराल चली गयी हूं।

अब मुझे लग रहा है जैसे मेरा घर यहां से बहुत दूर हो। जैसे मैं उन्हें वहां छोड़ कर यहां आ बैठी हूँ। जैसे मैंने उन से कोई धोखा कर दिया हो।

गले में चुभन हो रही है। नींद देर से आएगी। नींद रोज़ देर से आती है। मेरा ख़याल था यहां वहां के सपने आया करेंगे। सपने तो आते हैं, पता नहीं कहां कहां के।

मैं नीचे वाले बाथरूम हूँ। दरवाज़ा अन्दर से बन्द है। नल की आवाज़ के कारण मुझे बाहर की आवाज़ सुनायी नहीं दे रहीं। मैं नहाने धोने में मस्त गुनगुना

रही हूँ। बुरा भला जैसा मुझे आता है। मैं भूल गयी हूँ कि मेरी आवाज़ बाहर सुनायी दे रही होगी। बीजी और साब को ही नहीं, शायद नीचे वालों को भी। शायद पीछे वालों को भी। मैं भूल गयी हूँ कि पानी की बहुत क़िल्लत है। मैं मग्गा भर-भर कर अपने ऊपर डाल रही हूँ। सोच रही हूँ लोटा होता तो और मज़ा आता। मैं भूल गयी हूँ कि मैं इस घर की बहू या बेटी नहीं, नौकरानी हूँ। और यह सब भूल जाने के कारण मैं ख़ुश हूँ। बहुत ही ख़ुश। इस ख़ुशी के मारे मैं फूली नहीं समा रही। बैठ कर नहाने के बजाय खड़ी हो कर नहा रही हूँ। पानी फ़रश को चपतें मार रहा है। मैंने पर्दा भी नहीं तान रखा। बाथरूम का फ़रश गीला गलिच हो गया है। मैं दूसरी बार साबुन लगा रही हूँ। मेरी टिकिया अलग रखी हुई तो है लेकिन ग़लती से मैंने बीजी और साब वाली टिकिया उठा ली है। इसकी झाग की बात ही और है। अपनी छातियों और टांगों के बीच बार-बार साबुन लगाने से मुझे बहुत मज़ा आ रहा है। मेरी गुनगुनाहट में वह मज़ा भी बोल रहा होगा। यह सोच मैं सहम जाती हूँ। तभी बाथरूम के दरवाज़े पर थप थप होती है। लगता है कुछ देर से हो रही हो। मेरी गुनगुनाहट गुम हो जाती है। मेरे मुंह से निकल जाता है, कौन ? बीजी की आवाज आती है, कौन का क्या मतलब, जल्दी करो, दरवाज़ा खोलो। बीजी की आवाज़ में झिड़की की झुंझलाहट है। जैसी उनकी थप-थप में भी थी। मैं देखती हूँ दरवाज़ा खुला है। अगर बीजी धकेलेंगी तो खुल जाएगा। मैं बैठ जाती हूँ। मग्गे भर-भर कर जल्दी-जल्दी नहाना शुरू कर देती हूँ। आख़िरी मग्गा डाल ही रही होती हूँ कि दरवाज़ा खुल जाता है। फिर बन्द हो जाता है। बाहर से बीजी की आवाज़ आती है, यह कोई तरीक़ा नहीं। वह शायद साब से बात कर रही हैं। मैं अपना तौलिया अन्दर नहीं लायी। अगर बीजी नाराज़ न सुनायी देती तो मैंने उनके तौलिए से अपना पिन्डा पौंछ लिया होता। अब हिम्मत नहीं हो रही। गीले बदन पर ही जल्दी-जल्दी कपड़े पहन कर बाहर निकलती हूँ तो बीजी खाने की मेज़ पर बैठी दिखायी देती हैं। उसी कुरसी पर जिस पर बैठ मैं डायरी लिखती हूँ। मैं डरी हुई जल्दी से उनके पास से गुज़र कर, बैठक में से होती हुई, बाल्कोनी की तरफ़ जा ही रही होती हूँ कि बीजी कहती हैं, शानो, कल से तू नीचे गैरिज में नहाया करेगी, तेरे यहां नहाने से सारा काम रुक जाता है। मैं बाल्कोनी में पहुंचते ही चुपचाप रोना शुरू कर देती हूँ। नहाने का सारा मज़ा किरकिरा हो जाता है। जी करता है वहीं बाल्कोनी में पड़े गमलों के पास लोटपोट हो अपनी गीले कपड़ों और बदन को गन्दा कर लूं।

यह सब अभी हुआ नहीं लेकिन हो सकता है, किसी भी दिन। हो कर रहेगा, किसी न किसी दिन। अक्सर जो मैं सोचती हूँ देर सवेर हो जाता है। जो मैं चाहती हूँ वह भी। मुझे कुछ सोचना नहीं चाहिए। मुझे कुछ चाहना नहीं चाहिए। कहना आसान है। मैं सन्तनी नहीं। एक नौजवान नौकरानी हूँ। हज़ारों सोचें सोचती हूँ। हज़ारों चीज़ें चाहती हूँ। हज़ारों नहीं सैकड़ों। चीज़ें नहीं, चाहतें। इसीलिए तो मां

को हरदम चिन्ता लगी रहती है, इस नासपीटी का होगा क्या !

ऊपर वाले मनघड़न्त क़िस्से को आगे बढ़ाया जा सकता है। बढ़ा कर देखूं तो।

जब मैं बाल्कोनी से लौटती हूँ तो बीजी बाथरूम की सफाई कर रही होती हैं।

—आप छोड़ दीजिए, मैं करती हूँ।

बीजी चुप रहती हैं।

मैं बाथरूम के अन्दर जा कर उनके हाथ से झाड़ू लेना चाहती हैं तो वह मेरा हाथ झटक देती हैं। मैं बाहर आ जाती हूँ। बीजी साबुन की टिकिया को घूर रही हैं। उस से मेरे बाल चिपके हुए हैं। मग्गा उल्टा गिरा पड़ा है। शेम्पू की शीशी लुढ़की पड़ी है। मेरा एक बकसूआ साबुनदानी में फंसा हुआ है। मेरी धुली हुई अंगिया नल से लटक रही है, मेरी चुन्नी तौलिये वाले डन्डे से।

—बाहर निकलने से पहले अपनी चीज़ें तो उठा ली होतीं।

—जल्दी जल्दी में भूल गयी।

—जल्दी जल्दी में ? पता है आज तूने कितनी देर लगायी ? और कितना पानी ? और कितना शोर मचाया ? नीचे वाले भी सुन-सुन हैरान हुए होंगे। आज तो तूने हद ही कर दी।

बीजी बाथरूम की सफ़ाई कर चुकने के बाद फिर उसी कुरसी पर जा बैठी हैं जिस पर बैठ मैं डायरी लिखती हूँ, जब वह दोनों कहीं बाहर गये हुए होते हैं। जब वह घर में हों तो मैं डायरी तभी लिखती हूँ जब वह अपने अपने कमरे में चले जाते हैं। जब बीजी ए-सी चला लेती हैं और साब कूलेक्स। अगर बीजी को पता चल जाए कि मैं खाने की मेज़ पर बैठ कर डायरी लिखती हूँ तो शायद उन्हें बुरा लगे। शायद वह कह दें, कल से डायरी भी गैरिज में ही लिखा कर, नहाने के बाद, सुबह सवेरे, रात को बिजली बहुत ख़र्च होती है।

मैं यही सब सोच ही रही होती हूँ कि साब की आवाज़ आती है, देख शानो, आज हमें चाय नहीं मिलेगी ?

मैं किचन की तरफ़ लपकती हूँ तो मेरी ठोकर से एक कुरसी गिर जाती है।

—आज पता नहीं इसे हो क्या गया है ! कोई काम ठीक तरह से नहीं हो रहा, इस से।

—आप ऊपर आ जाइए, नीचे परेशान हो रही हैं।

—मैं तो बाथरूम की सफ़ाई करते-करते थक गयी हूँ, आप ही नीचे आ जाइए।

मैं चाय की केतली उठा ही रही होती हूँ कि उसका ढक्कन फिसल कर नीचे गिर जाता है।

—क्या टूटा ?

—कुछ नहीं, बीजी।

—कुछ तो टूटा ही होगा, इतनी आवाज...।

मैं देखती हूँ बीजी मेरे सिर पर खड़ी हैं। केतली का ढक्कन टूट गया है। मैं उसके टुकड़े चुन रही हूँ। साब बीजी के पास आ खड़े हुए हैं। मेरी आंखें आंसुओं से भरी हुई हैं। साब और बीजी बैठक में चले जाते हैं। मेरा ख़याल था, बीजी कहेंगी, कोई बात नहीं शानो, यह केतली बहुत बेकार थी। बैठक से बीजी की आवाज़ आती है, देखना ढक्कन की किरचें चाय में न जा गिरी हों, यह चाय हमें मत देना। मेरा ख़याल था, बीजी कहेंगी, यह चाय गिरा देना। मुझे लगता है उन्होंने कह दिया है, यह चाय तू पी लेना। और साब ने उन्हें मना नहीं किया, यह नहीं कहा, अगर उसमें किरचें गिरी हैं तो यह चाय वह क्यों पिये।

इस फ़रज़ी किस्से ने मेरा सिर चकरा दिया है। मुझे इस तरह के क़िस्से नहीं गढ़ने चाहिएं। मुझे यह डायरी बन्द कर देनी चाहिए। कुछ दिनों के लिए। कम से कम। लेकिन इसे भी बन्द कर दूंगी तो जी हल्का कैसे होगा। जब से यहां रहना शुरू किया है जी बोझिल रहने लगा है। बोझिल तो पहले भी रहता था, इस तरह से नहीं। यह बोझ पता नहीं कैसा है। पराया पराया सा। और कांटेदार। अगर यही हाल रहा तो मुझे कुछ करना पड़ेगा। करना नहीं, सोचना। सोचना नहीं, सोचने से ही तो यह चक्कर शुरू हुए हैं। मन करता है मन की बात साफ़-साफ़ बीजी और साब से कह दूं। लेकिन अभी नहीं। अभी दिन ही कितने हुए हैं।

बीजी और साब आज फिर कह गये थे, मैं उनका इन्तज़ार न करूं। जब मेरा मन हो खाना खा लूं। उनके लिए बना कर रख दूं। अगर उन्हें लौटने में बहुत देर हो जाए तो बेशक सो भी जाऊं। अगर उन्होंने कुछ खाना हुआ तो ख़ुद गरम कर के खा लेंगे। मैं उनका कहा सुन तो लेती हूँ, मानती नहीं। उनके लौटने से पहले खाना खा कर लेट जाना मुझे ठीक नहीं लगता। जब मैं फुल टाइम काम नहीं करती थी, तब भी बीजी कभी-कभी कह देती थी, मुझे अभी देर है, तुझे भूख लगी होगी, तू खा ले। मैं सुन लिया करती थी। उनका कहना अच्छा भी लगता था लेकिन ठीक नहीं लगता था। आज उन्हें लौटने में ज़्यादा देर अभी नहीं हुई। खाना मैंने बना लिया है। अगर वह अभी आ जाएं तो उन्हें मज़ा आ जाएगा। मैंने दो सब्ज़ियां अपनी मरज़ी से बना दी हैं। उन दो के अलावा जो बीजी कह गयी थीं। इस तरह दाल और सूखे पनीर के अलावा परमल और मशरूम पनीर तैयार हैं। मेरे मुंह में

पानी आ रहा है। मेरा ख़याल है वह देर से लौटेंगे। उन्हें पहले किसी मीटिंग में जाना है, फिर वहां से कलब। बीजी कह रही थीं किसी दिन वह मुझे भी साथ कलब ले जाएंगी। किसी को बताएंगी नहीं मैं कौन हूँ। उनका यह कहना मुझे ठीक नहीं लगा था। मैं अभी तक समझ नहीं पायी क्यों। पूरी तरह। जब कोई बात मुझे ठीक नहीं लगती तो मैं पूरी तरह कम ही समझ पाती हूँ कि वह मुझे क्यों ठीक नहीं लगती। तब मन होता है कोई हो जिसके साथ उस बात के बारे में बात करूं। कभी कभी पारो के साथ करती भी हूँ लेकिन इससे फ़ायदा नहीं होता।

इस वक़्त मैं जो किस्सा गढ़ने जा रही हूँ उसमें मुझे भूख भी लगी हुई है, मेरे मुंह में पानी भी आ रहा है। यह ज़रूरी नहीं कि जब भूख लग रही हो, मुंह में पानी भी आए। और जब मुंह में पानी आए, भूख भी लग रही हो। वैसे पानी मेरे मुंह में कम ही आता है। बेवक़्त भूख भी मुझे अक्सर नहीं लगती। मुझे खाना खा ही लेना चाहिए। जब स्टील की थाली कटोरी उठा रही होती हूँ तो ख़याल आता है क्यों न आज वैसी ही प्लेट वग़ैरह लूं जिसमें उनके लिए परोसती हूँ। उनकी प्लेटें वग़ैरह मैं लगा चुकी हूँ। वह आमने सामने बैठ कर नहीं खाते, साथ-साथ बैठ कर भी नहीं। बीजी मेज़ की उस साइड पर बैठती हैं जहां एक ही कुरसी रखी होती है, और साब उनके बाएं हाथ पर। मैं अपनी प्लेट साब के सामने वाली जगह पर लगा लेती हूँ। चीनी की दो जापानी कटोरियां मैंने रख ली हैं और कांटा छुरी भी। और शीशे का गिलास भी। और कपड़े का नेपकिन भी। वैसा ही जैसा बीजी और साब की सीटों पर रखा है। उबला हुआ ठन्डा पानी भी मैंने गिलास में डाल लिया है। सलाद के तीन चार टुकड़े भी मैंने अपनी प्लेट में रख लिये हैं। थोड़ी-थोड़ी चारों सब्ज़ियां डालने के बाद एक फुलका उठा ही रही होती हूँ कि दरवाज़ा खुलता है। मुझे बाहर सीढ़ियों पर उनके पैरों की आवाज़ को सुन लेना चाहिए था। और चाबी घुमने की आवाज़ को भी। लेकिन मैंने कुछ नहीं सुना। उन्हें देखते ही मैं हड़बड़ा कर उठ खड़ी होती हूँ। दोनों कहते हैं, बैठी रहो। मैं बैठती नहीं। हिलती भी नहीं। सोचती हूँ अपनी प्लेट अभी उठा लूं या बाद में उठाऊं। वह दोनों खुले दरवाज़े के पास खड़े मुस्करा रहे हैं। मुझे उनका मुस्कराना अच्छा नहीं लगता। मुझे लगता है जैसे वह कह रहे हों, आज तू पकड़ ली गयी। या ऐसी ही कोई बात जो किसी ऐसे मौक़े पर कही जाती है जब कोई कोई ग़लत काम करते पकड़ ली गयी हो। मेरा मन कहता है, यह काम ग़लत नहीं था। फिर साथ ही कह देता है, ठीक नहीं था। अपने मन का दोमुहांपन मुझे अच्छा नहीं लगता। अब बीजी ने दरवाज़ा बन्द कर दिया है। साब हाथ वग़ैरह धोने ऊपर चले गये हैं, बीजी नीचे वाले अपने कमरे में। मैं अपनी प्लेट वग़ैरह और पानी का गिलास उठा कर रसोई में रख देती हूँ। वहां से मुझे अपना नेपकिन दिखायी देता है। जब उसे उठाने के लिए रसोई से बाहर आती हूँ तो बीजी अपने कमरे से बाहर आ रही होती हैं।

—तुमने खा लिया ?

—जी नहीं। अभी डाला ही था।

—तो खा लो।

—पहले आप खा लीजिए।

—हम भी खा लेंगे, तुम खा लो।

मैं कहना चाहती हूँ, आप ही ने तो कहा था आपका इन्तज़ार मत करूं, अब आप नाराज़ क्यों हो रही हैं ? तभी साब ऊपर से उतर आते हैं। मैं पानी की बोतल और दही निकाल कर मेज़ पर रख ही रही होती हूँ कि बीजी कहती हैं—तुमने दही नहीं लिया ?

—मुझे दही अच्छा नहीं लगता।

इस बात पर बीजी का हैरान होना मुझे अच्छा नहीं लगता। उन्हें पता होना चाहिए मैं दही नहीं खाती।

—देख शानो, तुझे भूख लगी होगी, खा लो।

—और कुछ लेना हो तो ले जाओ।

—जी और कुछ नहीं चाहिए।

—एक ही फुलका खाओगी ?

—जी।

—रोज़ एक ही खाती हो ?

—जी नहीं।

—तो आज एक क्यों ?

—आज भूख नहीं।

—अगर भूख नहीं थी तो इतनी जल्दी क्या थी ?

मुझे लगता है जैसे बीजी ने मेरा झूठ पकड़ लिया हो। साथ ही यह भी लगता है मैंने बीजी का झूठ पकड़ लिया है। साब बैठ गये हैं, बीजी अभी खड़ी हैं। कहना चाहती हूँ, आप ही ने तो कहा था, इन्तज़ार न करूं।

—आप ही ने तो कहा था इन्तज़ार न करूं।

मुझे लगता है जैसे यह बात मेरे मुह से अपने आप निकल गयी हो। मैं पछताना शुरू कर देती हूँ।

—हां, कहा तो था।

मुझे लगता है साब को भी कुछ कहना चाहिए। कोई ऐसी बात जिससे बीजी और मैं कुछ ढीली हो जाएं। इस वक्त हम दोनों कसी हुई हैं।

—अच्छा, अब खा लो। रोटी और ले जाओ। सब्ज़ी चाहिए तो वह भी।

मैं दो रोटियां उठा कर रसोई में चली जाती हूँ। दरवाज़े को आधा भिड़ा लेती हूँ। मेरी आंखों में सुलगन हो रही है।

इस क़िस्से को आगे बढ़ाने का मन नहीं हो रहा। लग रहा है कि इस तरह के क़िस्से मुझे नहीं गढ़ने चाहिए। यह खेल ख़तरनाक है। इससे मुझे नुक़सान होगा। इससे मेरा मन मैला होता चला जाएगा। मेरे मन में तरह-तरह के उलटे ख़याल उठने शुरू हो जाएंगे। गांठें बंधनी शुरू हो जाएंगी। लेकिन साथ ही यह भी लग रहा है कि इन क़िस्सों की मदद से या इनके बहाने या इनके कारण जो मैं सोच रही हूँ वह ग़लत नहीं। और यह भी कि मुझे किस्से गढ़ने में वैसा ही मज़ा आ रहा है जैसा रोटी बेलने में या सब्ज़ी काटने और बनाने में आता है। और रोटी फुलाने में में। जैसा शायद औरतों को बच्चे जनने में आता हो। यह बात पता नहीं मैं कैसे सोच और लिख गयी। मैं तो बच्चे जनना ही नहीं चाहती। तो क्या क़िस्से जनूंगी ?

अब सवाल पैदा होता है कि इस क़िस्से में मैं रोटी खाती हूँ या नहीं। नहीं खाती तो क्यों नहीं ? और फिर होना क्या है ? एक सवाल और भी हैं। बीजी मुझ से यह पूछती हैं कि नहीं कि मैंने दो सब्ज़ियां अपनी मरज़ी से क्यों बना दीं। एक सवाल और भी है। साब कुछ कहते हैं या नहीं। सवाल और भी सोचे जा सकते हैं। मसलन यह कि रोटी खाते-खाते मुझे रोना आता है या नहीं, उन दोनों को मेरे रोने का पता चलता है या नहीं, उस रात मुझे सपने कैसे आते हैं, मेरे सपनों में कोई मुझ से यह तो नहीं कहता, देख शानो, तुझे मन गढ़न्ते बातों पर रोना नहीं चाहिए।

सब से बड़ा सवाल यही कि मैंने यह क़िस्सा गढ़ा क्यों ?

एक मनगढ़न्त क़िस्सा और। इसमें भी होगा कुछ नहीं सिवाय इसके कि मैं बीजी के घर में अपनी हैसियत के बारे में कुछ और उलझ जाऊंगी। शायद कुछ साफ़ भी हो जाऊँ। शायद उलझने और साफ़ होने में कोई फ़रक़ ही न हो। शायद उलझे बग़ैर साफ़ होना मुश्किल होता हो। और साफ़ हुए बग़ैर उलझना।

इस क़िस्से का ख़याल मुझे कल आया। जब बीजी और साब कहीं जाने का प्रोग्राम बना रहे थे। नाश्ते के बाद। खाने की मेज़ पर बैठे बैठे। और मैं रसोई में अपने स्टूल पर बैठी नाश्ता ले रही थी। रसोई का दरवाजा आधा खुला था। मैं दरवाज़े की ओट में बैठी थी। उनकी बातें मुझे सुनायी दे रही थीं। मैं उन्हें सुनने की कोशिश किये बग़ैर उन्हें सुन रही थी। मैं उन्हें न सुनने की कोशिश करती तो भी उन्हें सुन सकती थी। अगर मैं नाश्ता लेने के बजाए बरतन साफ़ कर रही होती तो उनकी

बातें पानी और बरतनों के शोर से कटफट जातीं। तब भी वह मुझे सुनायी तो देतीं लेकिन उनका सार शायद ही मेरी समझ में आता।

इस क़िस्से का ख़याल मुझे तब आया जब बीजी ने मुझे आवाज़ दे कर कहा—शानो, अगर नाश्ता कर लिया है तो पहले ऊपर की सफ़ाई कर देना। यह सुनते ही मैं नाश्ता बीच में ही छोड़, झाड़ू और झाड़न ले कर ऊपर चली गयी। ऊपर से उनकी बातें मैं कोशिश करने पर भी नहीं सुन सकती थी। मुझे लगा था, बीजी ने मुझे ऊपर इसीलिए भेजा था ताकि मुझे उनकी बातें सुनायी न दें। मुझे कुछ बुरा लगा था। और फिर इस क़िस्से का ख़याल बिजली की तरह मन में कांप उठा था।

और अब जब इसे लिखने बैठी हूँ तो वह ख़याल तितली की तरह इधर उधर उड़ रहा है। और अब वह क़िस्सा।

बीजी की कोई सहेली उनसे मिलने आयी है। साब ऊपर अपने कमरे में हैं। बीजी की सहेली को मैंने पहले कभी नहीं देखा। इसलिए मेरी आंखें बार-बार उस पर टिक जाती हैं। ज़्यादा देर नहीं टिकतीं लेकिन मुझे लगता है बीजी को लग रहा है मैं उनकी सहेली को घूर रही हूँ और उनकी बातें सुनने की कोशिश कर रही हूँ। अब मैं कोशिश करती हूँ मैं उनकी तरफ़ न देखूं, उनकी बातें न सुनूं। मैं रसोई में चली जाती हूँ। वहां से वह दोनों मुझे दिखायी नहीं देतीं। उनकी आवाज़ें सुनायी देती हैं, बातें पूरी तरह समझ में नहीं आतीं। कोई ख़ास बातें नहीं। ख़ास बातें बहुत कम होती हैं। सब लोग अक्सर इधर-उधर की ही बातें करते हैं। वक्त काटने के लिए। चुप न रहने के लिए। लोग चुप रहने से घबराते हैं। मैं भी। रसोई में कोई काम नहीं। स्टूल पर बैठी-बैठी मैं खिड़की को घूर रही हूँ। वहाँ एक कबूतर गुमसुम बैठा मुझे घूर रहा है। मुझे हंसी आ जाती है। कबूतर उड़ जाता है। रसोई में बैठे रहना मेरे लिए मुश्किल हो जाता है। मैं एक कपड़ा ले कर खाने की मेज़ को पोंछना शुरू कर देती हूँ। मेज़ का शीशा मुश्किल से साफ़ होता है। कोई न कोई धब्बा या धारी रह जाती है। बीजी इधर उधर से गरदन को ज़रा सा टेढ़ा कर देखती हैं और कहती हैं, वह देखो धब्बा, वह देखो लकीर। मैं कपड़ा मेज़ पर मार रही हूँ, देख बीजी की सहेली को रही हूँ। जहां में हूँ वहां से बीजी मुझे दिखायी नहीं देतीं, बीजी की सहेली का आधा चेहरा दिखायी देता है। वह आधा चेहरा मुझे अजीब लग रहा है। वैसे सारा चेहरा भी कम अजीब नहीं। अजीब इसलिए कि वह मुझे लकड़ी का बना हुआ नज़र आता है। कहीं कोई लोचलचक नहीं। सब कुछ एक दम सख़्त और नोकदार। नाक और ठोड़ी ख़ास तौर पर। गालों की हड्डियां जैसे खाल में खुभी हुई हों। होंठ लकड़ी के भी नहीं, सीमेंट के लगते हैं। मुंह से जो आवाज़ निकलती है वह भी लकड़ी की तरह सूखी और सख़्त सुनायी देती है। लेकिन मुझे क्या ? मैं क्यों इस औरत को ऐसे देखे जा रही हूँ जैसे यह कोई अजूबा हो। अचानक

मुझे लगता है बीजी को मेरा यहा होना बुरा लग रहा होगा। सो मैं पोंछने वाला कपड़ा रसोई में रख बैठक में चली जाती हूँ, बीजी से यह कहने के लिए कि मैं ऊपर सफ़ाई करने जा रही हूँ। बीजी कुछ बोल रही होती हैं, इसलिए मैं कुछ कहती नहीं। बीजी समझती हैं मैं यूहीं खड़ी हूँ। वह शायद यह भी समझती हैं कि मैं चाहती हूँ वह मुझे दीवान पर बैठ जाने के लिए कहें। उनकी सहेली शायद यह समझती है कि मैं बीजी की दूर की कोई ग़रीब भतीजी भान्जी हूँ। हो सकता है बीजी उसे बता चुकी हैं मैं कोन हूँ। मैं शायद यह भी चाहती हूँ बीजी मुझे अपनी सहेली से बाक़ायदा मिलवाएं।

—आपको कुछ और ला दूं, खाने या पीने के लिए ?

मेरी आवाज सुनते ही बीजी भी अपनी सहेली की तरह सख़्त हो जाती है। उन्हें मेरा बीच में बोलना बुरा लगा है। उन्हें शायद मेरा यहाँ खड़े होना भी बुरा लगा हो। मैं वहां से हिलने की सोच ही रही होती हूँ कि बीजी की सहेली मुझ से पूछती है—तो तुम डायरी लिखती हो ? मेरा मुंह लाल हो जाता है। बीजी को मेरी यह प्राइवेट बात उसे नहीं बतानी चाहिए थी। क्या पता किस-किस को बता चुकी हों। मैं उन से कह दूंगी अब किसी और को मत बताएं। उन्हें मेरा यह कहना बुरा लग सकता है। लगता है तो लगे। मुझे बीजी के बारे में इस तरह से नहीं सोचना चाहिए। अगर इस तरह सोचती रहूंगी तो किसी दिन इसी तरह बोलना भी शुरू कर दूंगी। बीजी जैसी मालकिन और साब जैसा मालक मुझे नहीं मिलेंगे। कहीं भी। यही तो मेरी सारी मुसीबतों मतलब सोचों की जड़ है—मैं सारी उमर नौकरानी नहीं बनी रहना चाहती। तो मैं क्या बनना चाहती हूँ ? रानी तो मुझे कोई बनाएगा नहीं। क़िस्से को भूल मैं अपने मन की तलाशी लेने लगी।

हां, तो मेरा मुंह लाल देख बीजी कहती हैं—तू थोड़ी देर ऊपर चली जा। अख़बार पढ़ ले। या सफ़ाई कर ले।

—ऊपर साब काम कर रहे हैं।

—तो क्या हुआ ?

—ऊपर जाने से पहले एक गिलास पानी मुझे दे जाना।

—मुझे भी।

ऊपर साब अपने कमरे में आंखें बन्द किये लेटे हैं। वह सो नहीं रहे, सोच रहे हैं। सोचना भी एक तरह का सोना ही तो है। और सोना एक तरह का सोचना। जब हम सो रहे होते हैं तो हमारी सोचें सपनों में बदल जाती हैं। या हम कह सकते हैं हम सपनों की सूरत में सोचते हैं। मैं यह बात साब को बताना चाहती हूँ। अभी इसी वक़्त। मैं शायद भूल गयी हूँ मैं ऊपर सफ़ाई करने आयी हूँ। और यह भी कि नीचे बीजी और उनकी सख़्त सहेली बैठी हुई हैं। और यह भी कि बीजी ने मुझे ऊपर इसलिए भेजा है ताकि मैं उनकी बातें न सुनूं। अगर मैंने साब को सोने

या सोचने न दिया तो वह किसी बहाने से मुझे नीचे भेज देंगे। और फिर बीजी किसी बहाने से मुझे बाहर भेज देंगी। बाहर मुझे ललिता मिल जाएगी। कहेगी, तू फिर गुम हो गयी, चल अपने अड्डे पर, मुझे तुझ से एक ज़रूरी बात करनी है। कुछ भी क्यों न हो मैं साब को अपने मन की बात अभी इसी वक़्त बताना चाहती हूँ। झाडू झाड़न बीच में ही छोड़ कर साब के कमरे में जा कर कहती हूँ, साब, एक बिलकुल नयी बात मेरे मन में अभी-अभी आयी है, मैं आपको बताना चाहती हूँ, नहीं तो भूल जाऊंगी। साब लेटे-लेटे ही कहते हैं, देख शानो, इस वक़त तो मैं सो रहा हूँ, फिर कभी बताना। मैं ज़िद पकड़ लेती हूँ, पैर पटख़ कर कहती हूँ, फिर कभी नहीं, अभी इसी वक़्त, नहीं तो मैं आप से कभी नहीं बोलूंगी, कुट्टी कर दूंगी साब उठ बैठते हैं। कहते हैं, अच्छा तो बता। मैं बताने के लिए मुंह खोल ही रही होती हूँ कि नीचे से बीजी की आवाज़ आती है, शानो बेटा, ऊपर की सफ़ाई हो गयी हो तो नीचे आ जाओ। मैं झाडू झाड़न उठा कर नीचे चली जाती हूँ। मेरे मन में आयी वह नयी बात मेरे मन में ही मर जाती है.

लेकिन मुझे इस तरह के क़िस्से नहीं गढ़ने चाहिए। इनसे मुझे कोई फ़ायदा नहीं होगा। जब से यहां आयी हूं डायरी में दिल का हाल लिखने के बजाए बेतुकी बातें लिखने लगी हूँ। जैसे कोई अपने ही पैरों पर कुल्हाड़ी मार रही हो। या उसी टहनी को काट रही हो जिस पर वह बैठी हो। मुझे ख़ैर मनानी चाहिए कि मुझे इतने पैसे मिल रहे हैं। इतना अच्छा खाना मिल रहा है। सोने के लिए इतना अच्छा दीवान मिला हुआ है। बाथरूम और नहाने के लिए इतना बढ़िया बाथरूम मिला हुआ है। कोई रोक नहीं, कोई टोक नहीं। बीजी और साब कभी कोई शिकायत नहीं करते, कभी किसी बात पर नाराज़ नहीं होते। बीजी तो मेरे मुंह पर भी मेरी तारीफ़ें करती हैं, मेरी पीठ पीछे भी साब की तारीफ़ें उनकी आंखों और मुस्कराहटों से झलकती रहती है। सारी नौकरानियो का मन करता होगा उन्हें भी ऐसा एक घर मिल जाए। ललिता भी अन्दर से तो यही चाहती होगी, ऊपर से ही अकड़ दिखाती है। मतलब यह कि मुझे अपने मन में ऐसी वैसी बातें आने ही नहीं देना चाहिए। अगर आती भी हैं तो मुझे उन पर ध्यान नहीं देना चाहिए, उनको ले कर बेसिर पैर के क़िस्से नहीं गढ़ने चाहिए। एक बात और–यह कभी नहीं भूलना चाहिए कि हूँ तो आख़िर मैं नौकरानी ही। मतलब अपनी हैसियत को हमेशा याद रखना चाहिए। नहीं तो चोट खाऊंगी। बार-बार। बात-बात पर। जैसे अपने मनगढ़न्त क़िस्सों में खाती हूँ। शायद वह क़िस्से गढ़ती ही चोट खाने के लिए हूँ। वैसे उस चोट में भी मज़ा तो आता ही है। उन क़िस्सों में भी। ऐसे ही क़िस्सों से कहानियां बनती हैं। हो सकता है क़िस्से गढ़ते-गढ़ते कहानियां लिखने लगूं। जैसे डायरी लिखते-लिखते क़िस्से गढ़ने लगी हूँ। इस रास्ते पर भी मुझे बीजी ही ने तो डाला है। इस उलटे रास्त पर। अगर उन्हें पता चले मैं इस डायरी में क्या क्या लिखती हूँ तो वह बहुत हैरान होंगी। वह

तो यही सोचती होंगी मैं लिखती हूँ, आज यह हुआ, यह खाया, यह किया। यह भी लिखती हूँ लेकिन यही नहीं। कभी कभी जब अपना पुराना लिखा हुआ पढ़ती हूँ तो हैरानी होती है। कुछ कुछ ख़ुशी भी। मुंह लाल हो जाता है। जैसे इस वक़्त हो रहा है। अब लाइट बुझा कर सो जाना चाहिए। कल से एक किताब सिरहाने रखा करूंगी। पढ़ते-पढ़ते नींद आ जाया करेगी। लिखते-लिखते थकान तो हो जाती है, नींद नहीं आती। फिर देर तक राम-राम जपना पड़ता है। किसी दिन बीजी से पूछूंगी, आप भी रात को राम-राम जपती हैं ? बीजी मन ही मन कहेंगी, इस लड़की के मन में कैसे-कैसे सवाल उठते रहते हैं। फिर बाद में साब से भी कहेंगी। साब कहेंगे, इस लड़की को किसी बड़े घर में पैदा होना चाहिए था। बीजी जवाब देंगी, बड़े घर में पैदा होती तो इसका दिमाग़ इतना तेज़ न होता। साब कहेंगे, ज़रूरी नहीं, आज भी तो बड़े घर में पैदा हुई थी, आपका दिमाग़ क्यों इतना तेज़ है ? बीजी का मुँह लाल हो जाएगा। वह कहेंगी, कहां तेज़ है, मेरे दिमाग़ में तो भूसा भरा हुआ है। साब कहेंगे, बहुत तेज़ भूसा होगा।

जब से साब और बीजी साथ रहने लगे हैं, साब हर वक़्त मज़ाक़ करते रहते हैं। बीजी से। मुझ से नहीं। मुझसे तो पहले कभी-कभी किया करते थे। जब मूड में होते थे। ख़ास मूड में। देख शानो...

मैं तो सोने जा रही थी।

डर लगा रहता है किसी दिन बीजी यह न कह दें, शानो तू रात को तीन बत्तियां जला कर बैठी रहती है, देर तक, बिजली का बिल बहुत बढ़ जाएगा। मैं कह दूंगी, बिजली का बिल बत्ती पंखे से नहीं, ए-सी से बढ़ता है। नहीं, ऐसी बद्‌तमीज़ी मैं नहीं करूंगी। करूंगी तो बीजी नाराज़ हो जाएंगी। शायद न भी हों। सोचेंगे, बद्‌तमीज़ नहीं भोली है, बेचारी के मुंह से ग़लत बात निकल गयी, इसमें नाराज़ होने की क्या बात है।

बीजी अभी तक एक बार भी मुझ पर नाराज़ नहीं हुई। खुल कर। साब भी नहीं। कभी-कभी मुझे लगता है बीजी कुछ कहते-कहते रुक जाती हैं। उस वक़्त शायद वह नाराज़ होते-होते रुक जाती हों। मेरा ख़याल है खुल कर वह कभी नाराज़ नहीं होंगी। यह ख़याल ग़लत है। अगर कल मुझ से कोई ग़लती या बुरी हरकत या नुक़सान हो जाए तो बीजी और साब दोनों मुझ पर नाराज़ होंगे। खुल कर। जैसे अगर मेरा दिमाग़ अचानक ख़राब हो जाए और मैं अचानक उनके सामने बकना शुरू कर दूं। वह कोई काम करने के लिए कहें और मैं हाथ झटक कर कहूं, मुझ से नहीं होता यह काम। या जैसे अगर मैं जानबूझ कर बाथरूम में गंदगी मचा दूं और जब वह पूछें, यह क्या किया, तो मैं कह दूं, मैंने तो नहीं किया, आपने किया होगा। या जैसे अगर मैं साब की जेब से पैसे निकालते पकड़ी जाऊं और वह पूछें, देख शानो, यह तू क्या कर रही है, और मैं चिल्लाने लगूं, आप मुझे चोट्टी समझते

हैं, मैं तो आपकी पतलून को साफ़ कर रही थी। या जैसे अगर मैं अभी उठ कर ऊंची आवाज़ में गाना शुरू कर दूं। यह सारी मिसालें ग़लत हैं। ऐसी हरकतें तो कोई पगली ही कर सकती है। मैं भी यही सोच रही हूँ कि अगर मैं अचानक पगली हो जाऊं तो यह लोग क्या करेंगे। नाराज़ नहीं होंगे ? तब यह लोग मुझे मेरे घर छोड़ आएंगे। मेरा इलाज नहीं करवाएंगे। मेरी सेवा नहीं करेंगे। तो क्या मैं यह चाहती हूँ कि तब यह लोग मेरी सेवा करें ? मैं इतनी बेवकूफ़ नहीं। इतनी भोली भी नहीं। मैं तो बस यही देखना चाहती हूँ कि...। सिर दुखने लगा है। अब राम-राम जपने से भी शायद ही नींद आए।

आज शाम मैं पारक में बैठी रही। एक कोने में। काफ़ी देर तक। बीजी से पूछा तो नहीं था, उन्हें बता ज़रूर दिया था, मैं थोड़ी देर के लिए पारक जा रही हूँ, घूमने के लिए, यहां जी बहुत घबरा रहा है। बताते बताते मुझे लगा था जैसे मेरे मुंह से ललिता बोल रही हो। उसी जैसी नख़रीली आवाज में। बीजी ने रोका नहीं था। समझ गयी होंगी यह रुकेगी नहीं। वैसे भी वह शायद न रोकतीं। वह रोकतीं तो साब शायद उन्हें रोक देते। वह भी उस वक्त नीचे बैठे चाय पी रहे रहे थे। हो सकता है उन दोनों ने सोचा हो, अच्छा है, आराम से दो बातें तो कर सकेंगे। कभी-कभी सोचती हूँ वह दोनों सोचते होंगे, इस लड़की को यही सोने के लिए कह कर मुसीबत डाल ली, मुफ्त में। ऐसा न भी सोचते हों, यह तो सोचते ही होंगे कि यह लड़की हमारी सारी बातें सुनती रहती है, पता नहीं क्या क्या सोचती होंगीं। अब मुझे डर लगा रहता है कि बीजी किसी दिन मेरी डायरी पढ़ लेंगी। मेरी सन्दूक़ची का ताला खोल कर। संदूक़ची बाहर बड़ी बाल्कोनी में रखी रहती है। रात को कापी मेरे सिरहाने के नीचे ही पड़ी रहतीं है। सोने से पहले उसे सन्दूक़ची में रखने में सुस्ती कर देती हूँ। और फिर सोयी सोयी उसे छूती रहती हूँ। बीजी पर शक करना ग़लत है। शक की बात नहीं। सोचती हूँ अगर मैं उनकी जगह होती और वह मेरी जगह और मुझे पता होता कि मेरी नौकरानी मतलब वह डायरी लिख रही है तो मैं उनकी डायरी पढ़ने की कोशिश करती या नहीं। इस तरह सोचना ठीक नहीं। अपने आपको किसी दूसरे की जगह पर रख कर और किसी दूसरे को अपनी जगह पर रख कर देखना और सोचना ठीक नहीं। लेकिन मैं तो अक्सर इस डायरी में यही करती हूँ। ठीक नहीं करती। इसीलिए तो मेरे दिमाग़ में इतनी गड़बड़ रहती है।

मैं लिखने बैठी थी पारक के बारे में, लिख रही हूँ फिर बीजी और घर के बारे में।

मैं जहां बैठी थी वहां से मुझे सब कुछ दिखायी दे रहा था। क्योंकि मैं उस कोने वाली चट्टान पर चढ़ी बैठी थी। कल से पहले मैं कभी उस चट्टान पर नहीं चढ़ी थी। चढ़ने में मुश्किल हुई थी। एक चप्पल गिर गयी थी, दूसरी को मैंने ख़ुद गिरा दिया था। पांव भी छिल गये थे, घुटने भी। उस चट्टान पर अक्सर बच्चे ही चढ़ते हैं। उनकी माएं और आयाएं मना करती रहती है। अंग्रेज़ी में। जब मैं चढ़ रही थी तो मुझे भी कई लोगों ने देखा तो होगा। उनमें से कुछ ने मुझे मना भी करना चाहा होगा। फिर यह सोच कर चुप कर गये होंगे, कोई सिरफिरी नौकरानी होगी, हमें क्या ! उनमें कुछ बदमाश लड़के भी होंगे। और कुछ बूढ़े भी। उन्हें मुझे देखने में मज़ा आया होगा। शायद मेरी सलवार ऊपर खिंच गयी हो और उन्हें मेरी नंगी पिंडलियां दिखायी दे गयी हों, शायद उन्हें मेरे पैर और बाल देखने में मज़ा आ गया हो। मज़ा मुझे भी आ रहा था। लग रहा था जैसे मैं नहीं कोई बकरी या भेड़ किसी पहाड़ी पर चढ़ रही हो।

ऊपर चोटी पर पहुंचते ही मुझे अपनी गिरी हुई चप्पलों की चिंता शुरू हो गयी थी। वह नीचे उलटी गिरी पड़ी थीं। कोई नौकरानी उन्हें उठा ले जाएगी। इस चिंता को दबोचने के लिए मैं मुंह फेर कर ऐसे बैठ गयी थी कि मेरी चप्पलें मुझे दिखायी न दें। सलवार को ऊपर चढ़ा कर मैंने छिले हुए घुटनों पर फूंकें मारी थीं। दर्द को बुझाने के लिए। फूंकों की ठन्डक से दर्द मीठा होता हुआ महसूस हुआ था। अब अगर कोई इस बात को पढ़े तो सोचे इस अनपढ़ नौकरानी के मन में इतनी महीन बात कैसे आ गयी। मैं चाहती हूँ कोई इसे पढ़े और इस तरह सोचे। मैं चाहती हूँ, कोई मेरी डायरी को पढ़े और मुझ से पूछे, तुम ऐसी बातें कैसे सोचती हो, कैसे लिख लेती हो। अगर कोई सचमुच मुझ से पूछे तो मैं क्या जवाब दूंगी। इस ख़याल से ही मेरे कान जलने लगे हैं।

जितनी देर मैं उस चट्टान की चोटी पर बैठी रही, मैंने अपनी सलवार को घुटनों से नीचे नहीं किया। बीच बीच में छिले हुए घुटनों को फूंके भी मारती रही और दर्द की मिठास को महसूस करती रही और सोचती रही, कोई लड़का नीचे कहीं खड़ा मेरी पिंडलियों को घूर रहा होगा और पिन्डलियों को अंगुलियों के पोरों से ऐसे बुहारती रही जैसे अंगुलियां किसी और की हों, पिंडलियां मेरी, या जैसे अंगुलियां मेरी हों, पिन्डलियां किसी और की। इस खेल से भी मुझे मज़ा मिलता रहा। लेकिन सब से ज़्यादा मज़ा मुझे तब मिला जब मैं उस चट्टान की चोटी पर जैसे तैसे लेट गयी। आंखें मून्द कर। और फिर मैंने डूबते सूरज की लाल आंख को अपनी आंखों पर महसूस किया और सोचा कि मैं उस चट्टान समेत आसमान में उड़ी जा रही हूँ। और नीचे खड़े सब लोग एक दूसरे से कह रहे हैं, वह देखो, वह नौकरानी शानो

आसमान में उड़ रही है, चट्टान समेत, उस पर लेटी लेटी, जैसे चट्टान न हो जादू का ग़लीचा हो। और देखने वालों में बीजी और साब भी हैं। और वह सोच रहे हैं, हम न जानते थे इस लड़की में यह हुनर भी था।

लेकिन फिर लेटे लेटे ख़याल आया कि मुझे अकेली देख कोई लड़का मेरे साथ न आ लेटे। और मैं हड़बड़ा कर उठी और घुटनों के गिर्द बाहें लपेट और घुटनों के बीच अपनी नुकीली ठोड़ी फंसा कर डूबते सूरज की बन्द होती हुई आंख पर अपनी आंखें टिका कर उस लड़के के बारे में सोचने लगी जो कभी आ कर मेरे साथ नहीं लेटेगा।

उस बेनाम और बेसूरत लड़के के बारे में जो बेसिरपैर का सोचा वह अब किसी सपने की तरह बिखर गया है।

जब मैं उस चट्टान से नीचे उतर रही थी तो नीचे खड़ा एक नौकर दिखता लड़का गरदन टेढ़ी किये मुझे घूर रहा था। उसे शायद मेरी रबड़ की चप्पलों से पता चल गया होगा कि मैं नौकरानी हूँ, नहीं तो घूरने की हिम्मत न करता। मैंने सलवार नीचे कर ली थी। घुटनों के दर्द की मिठास बुझ चुकी थी। मेरी चप्पलें उसी तरह उलटी पड़ी हुई थीं। जब मैं अपने पैरों से उन्हें सीधा कर रही थी तो वह नौकर-नुमा लड़का बीड़ी सुलगा रहा था। मुझे सुरेन्दर बिजली वाला याद आ गया था। और जीजा भी। जीजे को कुन्दन ने धमका कर पारो का पीछा छोड़ देने के लिए राज़ी कर लिया है। पारो आज सवेरे मुझे मिलने आयी थी। कह रही थी कुन्दन आया था और पांच सौ ले कर चला गया था। जाते समय कह गया था पारो, अब तू आज़ाद हो गयी है। पारो कह रही थी, कुन्दन बदल गया है। मुझे यक़ीन नहीं आता। बदल गया होता तो पांच सौ क्यों ले जाता। पारो कह रही थी, वह पैसे तो वह उस वकील के लिए ले गया था जिस से उसने जीजे को धमकी दिलवाई थी। मुझे फिर भी यक़ीन नहीं आया था लेकिन पारो ख़ुश थी, इसलिए मैंने अपने मन का चोर अपने मन में ही रखा था।

मैं फिर कहां जा भटकी।

उस बीड़ी पीते लड़के की सूरत अब याद नहीं आ रही। हो सकता है किसी सपने में दिखायी दे।

नींद में मज़ा आए बहुत दिन हो गये हैं। आज शायद आए। न आया तो कुछ करना पड़ेगा। ललिता से पूछूंगी क्या करना चाहिए। अगर कल शाम फिर पारक में जाने के लिए बीजी से कहूंगी तो वह शायद न मानें। लेकिन क्यों नहीं ? उनसे कहना ही नहीं चाहिए। या कह देना चाहिए, मुझे घर जाना है, किसी से मिलना। लेकिन बेफ़ायदा झूठ क्यों बोलूँ ? देखा जाएगा। अभी तो सोना चाहिए। नींद देर से आएगी।

वह बीड़ी वाला लड़का आज फिर नज़र आया। पारक में नहीं, मार्किट में। मदर डेरी के पास। जब मैं मदर डेरी वाले को दूध के लिए पैसे दे रही थी और वह मुझ से पूछ रहा था, बेटा कितने टोकन दूं। उसकी आंखों से हिरस चू रही थी। वह हर नौजवान नौकरानी को बेटा कह कर बुलाता है और बुरी नज़र से देखता है। मुझे भी। मेरे साफ़ सुथरे कपड़ों के बावजूद। मेरा मन करता है किसी दिन बीजी से कह दूं वह इसे बता दें मैं नौकरानी नहीं, मतलब आम नौकरानियों की तरह नौकरानी नहीं, और वह मुझे बेटा कह कर मत बुलाए। फिर सोचती हूँ इतनी भी क्या मुसीबत है, बुरी नज़र से देखता है तो देखता रहे, मेरा क्या जाता है। और फिर बुरी नज़र से तो लगभग सभी मरद सभी औरतों और ख़ास तौर पर सभी नौकरानियों को देखते ही हैं, और फिर अगर यह डेरी वाला मुझे बेटा कह कर नहीं बुलाएगा तो भी बुरी नज़र से तो देखेगा ही, तब भी उसकी आंखों से हिरस का चूना तो बन्द हो नहीं जाएगा। और फिर मैं यह भी तो नहीं जानती कि मैं असल में चाहती क्या हूँ। क्या मैं सचमुच चाहती हूँ कि कोई मुझे बुरी नज़र से न देखे ? क्या मैं खुद कभी-कभी किसी-किसी मरद को बुरी नज़र से नहीं देख लेती ? और फिर बुरी नज़र का मतलब क्या होता है ? जितना सोचो, दिमाग़ उतना और उलझ जाता है।

हां, तो जब मैं दूध के लिए पैसे दे रही थी तो पता नहीं मुझे कैसे पता चल गया था कि वह बीड़ी वाला लड़का कुछ दूर खड़ा बीड़ी सुलगा रहा है और मुझे घूर रहा है। जब डेरी वाले ने मेरी हथेली पर टोकन रखने के बहाने उसे छू लिया तो मैं चौंक पड़ी थी। डेरी वाले ने हैरान हो पूछा था, क्या हुआ बेटा ? मन हुआ कह दूँ, तेरा सिर, लेकिन मैं चुप रही। जब मैंने बरतन दूध वाली मशीन के नीचे रख टोकन डालने शुरू किये तो बीड़ी वाला लड़का डेरी वाले के पास आ खड़ा हुआ। उन दोनों ने एक दूसरे को कोई इशारा सा किया जिस पर वह दोनों एक साथ हंस पड़े और मैंने फ़ैसला कर लिया वह बीड़ी वाला भी डेरी वाले जैसा ही है। उसकी हंसी मुझे बहुत फूहड़ लगी थी। जीजे की हंसी की तरह। और ऐनक वाली मेम के घर वाले की हंसी की तरह। जिस मरद की हंसी मुझे फूहड़ लगे वह मरद मुझे कभी अच्छा नहीं लग सकता। उसमें मुझे कई दोष दिखायी देने लगते हैं। ऐसे दोष जो उसकी हंसी से पहले दिखायी ही नहीं दिये थे। बीड़ी वाले लड़के की शक्ल अब मुझे मेंढक जैसी दिखायी देने लगी थी। दूध का बरतन उठाते हुए मैंने उसे इस तरह देखा जैसे वह मेंढक ही हो। और कल मैंने चाहा था कि वह मेरे किसी सपने में आए। अब अगर वह आया तो मेंढक की सूरत में ही आएगा।

आज शाम फिर पारक में जा बैठने का मन हुआ था लेकिन मैं गयी नहीं। सोचा वह बीड़ी वाला मेंढक वहां खड़ा होगा। बीजी से कुछ कहने के ख़याल से भी झिझक महसूस हुई। उनसे झूठ बोलने के ख़याल से भी। उस चट्टान पर चढ़ बैठने के ख़याल से भी। यह ख़याल भी आया कि उस चट्टान पर आज कोई और

बैठा होगा। और यह भी कि शायद आज मुझे कोई मना कर दे : इस चट्टान पर नौकरानियों का बैठना मना है।

शाम को इन्तज़ार करती रही कि बीजी खुद कहें, शानो, जा थोड़ी देर के लिए पारक में घूम आ, तेरा जी घबरा रहा होगा। अगर वह कहती तो शायद मैं उन्हें उस बीड़ी वाले के बारे में बता देती। और कह देती, पारक में लोग नौकरानियों को बुरी नज़र से देखते हैं। तब शायद बीजी मुझे पास बिठा कर समझाना शुरू कर देतीं। मरदों के बारे में। बुरी नज़र के बारे में। हिरस के बारे में। और शायद उस मज़े के बारे में भी जो कभी-कभी नींद में आ जाता है। किसी सपने के बहाने। किसी सपने में से हो कर आता हुआ। लेकिन यह मैं क्या बकवास सोच और लिख रही हूँ। मुझे अपनी सोच पर रोक लगानी चाहिए। बेलगाम सोच बुरी होती है। मतलब उसका नतीजा। बीजी कभी मेरे साथ ऐसी बातें नहीं करेंगी। मां नहीं करती, वह क्यों करेंगीं। ऐसी बातें तो सहेलियां ही कर सकती हैं, सहेलियों से ही हो सकती हैं। बहनों से भी नहीं। बहन को सहेली भी तो बनाया जा सकता है। मुझे बनाना चाहिए। पारो को। ललिता सहेली तो है लेकिन उसके पेट में कोई बात टिक नहीं सकती। और ऐसी बातें तो उसके पेट में एक पल के लिए भी न टिकें। ऐसी बातें मैं अपने आप से ही कर सकती हूँ। मतलब अपनी इस डायरी से। अपने आप से ऐसी या कैसी भी बातें करने वालों को लोग पागल कहते हैं। कहते रहें। जब से डायरी लिखना शुरू किया है लोगों की परवाह कम हो गयी है। अपने में ही मस्त रहती हूँ। लगता है अन्दर ही अन्दर दिन भर रात का इन्तज़ार करती रहती हूँ ताकि दिन भर के बारे में आराम से लिख सकूं। जो मन में आए। जो जो मन में आए। दिन भर के बारे में ही नहीं, दिल के बारे में भी। लगता है लिखते लिखते लिखने से खेलने लगती हूँ। जैसे किसी गेंद से। जैसे लिखना कोई गेंद हो। पहले पूछा करती थी, अपने आप से, इस लिखने का फ़ायदा क्या ? अब भी पूछती तो हूँ लेकिन कभी कभी। अक्सर नहीं। हर काम का ज़रूरी नहीं कोई फ़ायदा ही हो। कोई ठोस फ़ायदा। वैसे कभी-कभी अचानक ऐसा मूड बन जाता है कि सब कुछ बेकार नज़र आने लगता है। तब बहुत घबराहट होती है। हौल जैसी। तब थोड़ा-सा चैन अगर आता है तो इसी ख़याल से कि रात को अकेली बैठ इस हौल के बारे में लिखूंगी। यह हौल क्यों उठता है ? हो सकता है जवानी के कारण। जवानी ठाठें मार रही है। मारती रहे, मैं शादी नहीं करूंगी, बच्चे नहीं जनूंगी, तो करूंगी क्या, इस ठाठें मारती जवानी का ? सारी उमर अपने कुंवारे कोठे में ही बैठी रहूंगी ? अकेली ? जब कोई हाथ बढ़ाएगा तो उसका हाथ झटक दूंगी ? जब कोई आंख लड़ाएगा तो उसकी आंख नोच लूंगी ? उसको थप्पड़ मार दूंगी ?

उस बीड़ी वाले लड़के को हंसना नहीं चाहिए था। अगर वह हंसता नहीं तो मैं इस वक्त उसे याद कर रही होती। उसे याद करके अंगड़ा रही होती। लेकिन

वही तो कर रही हूँ। यह अंगड़ाई अपने आप ही आ गयी। अचानक। ऐसी अंगड़ाइयाँ अपने आप ही आ जाती हैं। अचानक। किसी न किसी बहाने। यह उस बीड़ी वाले लड़के के बहाने आयी है। हो सकता है उस बेचारे को हंसी आ गयी हो। अपने आप। अचानक। हो सकता है उसने डेरी वाले को कोई इशारा न किया हो। हो सकता है वह बेचारा ऐसे ही हंस पड़ा हो। घबराहट में। और वह डेरी वाला उसकी हंसी में शामिल हो गया हो। ऐसे ही। मुझे बुरा लगा था क्योंकि मैंने सोचा था वह मेरे बारे में कोई ऐसा वैसा इशारा करके हंसे थे। लेकिन मैं उस बीड़ी वाले लड़के के बारे में क्यों सोच रही हूँ ? इतना ? बार बार ? ललिता को पता चले तो वह मुझे पकड़ कर नीम के पेड़ तले बैठ जाए और कहे, मुश्किल से तुझे उस बंगाली सब्जी वाले से बचाया था, अब तू इस बीड़ी वाले बेकार से जा फंसी है, तेरा दिमाग़ क्यों ख़राब हो गया है, शानो ! मैं फंसूंगी किसी से नहीं। मेरी यह ठाठें मारती जवानी बेकार ही चली जाएगी। जी करता है उसे मरोड़ मराड़ कर फेंक दूं कहीं। किसी कूड़े के ढेर पर। वैसे ललिता ने ठीक ही तो कहा था। अगर मुझे फंसना ही है तो किसी सब्ज़ी वाले से ही क्यों ? क्यों न किसी पढ़े-लिखे बड़ी तनख़्वाह वाले बाबू से फंसूं ताकि सारी उमर दूसरों के बरतन तो न मलने पड़ें। मां की तरह। जब मां मेरी उमर की रही होगी तो उसकी जवानी भी ठाठें मारती होगी। यह मुहावरा तो मेरे पीछे पड़ गया है। जैसे मुहावरा न हो कोई बदमाश लड़का हो। सच कहूँ तो कभी-कभी मन करता है कोई बदमाश लेकिन बांका लड़का मेरे पीछे पड़ जाए। मैं उससे कहूं, तुम तो मेरे पीछे पड़ गये हो ? वह कहे, तुम चीज़ ही ऐसी हो। मैं जवाब दूं, मैं चीज़ नहीं। वह कहे, तो क्या हो, चिड़िया ? मैं कहूं, मैं चिड़िया भी नहीं हूँ। वह पूछे, तो तुम हो क्या ? मैं जवाब दूं, तुम्हें नज़र नहीं आता मैं क्या हूँ ? वह कहे, मुझे कुछ नज़र नहीं आता, मैं तुम्हारे प्यार में अन्धा हो गया हूँ। मैं कहूँ, मैं किसी अन्धे के चक्कर में क्यों फंसूं ? वह कहे, मेरा कोई चक्कर नहीं, मैं असली अन्धा भी नहीं, सिरफ़ मुहावरे का अन्धा हूँ। मैं जवाब दूं, मैं तो किसी असली अन्धे से ही फंसूंगी। वह कहे, तुम्हारा कोई दीन ईमान भी है, कभी कुछ कहती हो, कभी कुछ। मैं जवाब दूं, तुम बातें बहुत करते हो, कुछ और भी तो करो। और फिर वह मुझ पर झपट पड़े। किसी बाज़ की तरह। किसी भूखे भेड़िये की तरह। किसी मरद की तरह। किसी जानवर की तरह।

सोचते-सोचते मैंने हांफना क्यों शुरू कर दिया ? अगर यह डर न होता कि बीजी क्या सोचेंगीं तो मैंने अभी बाथरूम में जा कर नहाना शुरू कर दिया होता। ठन्डे पानी से। और साथ वह गाना गुननगुनाना—जलता है बदन। बदन इस वक्त सचमुच जल रहा है।

जिस दिन से यहां रहना शुरू किया है उस दिन से एक बार भी वहां नहीं गयी। वहां मतलब अपने घर। वक़्त ही नहीं मिला। यह झूठ है। न जाने के ज़रूर कुछ और कारण हैं। किसी दिन उन्हें टटोलूंगी। उन्हें नहीं, अपने मन को। जहां वह छिपे बैठे होंगे शायद। तब वह कहेंगे, पकड़े गये।

आज शाम को अचानक एक टीस सी उठी और मैंने बीजी से कहा, मैं थोड़ी देर के लिए घर जाना चाहती हूँ। बीजी बोली, क्यों नहीं, ज़रूर जाओ, जितनी देर के लिए मरज़ी हो जाओ।

बीजी इसीलिए मुझे अच्छी लगती हैं। साब भी। कुछ भी करना चाहूँ, वह मना नहीं करते। अभी तक तो नहीं किया, आगे का पता नहीं। वैसे मैं भी कोई ग़लत बात नहीं कहती, कोई ग़लत चीज़ नहीं मांगती बीजी से। और साब से। बीजी और साब अब एकमेक हो गये हैं। जब बीजी से कोई बात करती हूँ तो लगता है जैसे साब से भी कर ली हो। साब से सीधे अब कोई बात कम ही होती है। असल में बात अब बीजी से भी पहले से कम ही होती है। लगता है जैसे मेरा काम बढ़ गया हो। नहीं, काम तो इतना नहीं बढ़ा, कोई और ही वजह होगी। पहले जब दोनों का काम अलग अलग करती थी तो दोनों से बातें अब से ज़्यादा होती थीं। लगता यही था, होतीं शायद न हों। वैसे अब दोनों बाहर भी बहुत जाने लगे हैं। घर में होते हैं तो आपस में बातें करते रहते हैं। मैं बीच में नहीं बोलती। कभी कभी जी करता है कुछ कह देने का, लेकिन चुप मार कर अपना काम करती रहती हूँ। सोचती हूँ वह यह न सोचें कि मैं उनकी प्राइवेट बातें सुन रही हूँ। वैसे प्राइवेट बातें वह मेरे सामने नहीं करते। बाहर जा कर करते होंगे। या ऊपर जा कर।

साब का बहुत-सा सामान अब इधर आ गया है। किताबें भी। अब यह घर अटा अटा सा लगने लगा है, साब का ख़ाली-ख़ाली सा। अब मैं सफ़ाई वफ़ाई के लिए हफ़्ते में एक बार ही उधर जाती हूँ। जब जाती हूँ मन लगा कर सफ़ाई करती हूँ। और सोचती रहती हूँ, पता नहीं साब इस घर का करेंगे क्या ? शायद जब बीजी का बेटा और बहू दुबेयी से लौटेंगे तो बीजी साब के घर आ जाएं।

कभी-कभी साब भी मेरे साथ अपने घर चले जाते हैं। सफ़ाई करवाने के लिए नहीं, वैसे ही, या अपने काग़ज़ पत्तर ठीक करने के लिए। जब साब उधर हों तो सफ़ाई करते करते मैं कुछ न कुछ बोलती पूछती रहती हूँ और वह हां हूं करते रहते हैं। वैसे अब वह बोलने लगे हैं। जब मूड में तो कह देते हैं, देख, शानो, तू काम कम करती है, बातें ज़्यादा।

साब की कुछ बोतलें अभी भी उधर पड़ी हुई हैं। उनका कम्प्यूटर इधर आ गया है। टाइप-राइटर अभी भी वहां पड़ा है। हिन्दी का है। एक बार उसे खोल कर मैंने अपना नाम टाइप किया था। ग़लत सलत। बहुत मज़ा आया था। और

फिर ऐसे ही टिक-टिक करती रही थी। फिर सोचा मशीन खराब हो गयी तो साब नाराज़ होंगे और मैंने उसे बन्द कर दिया। अगर टाइप ही सीख लूं तो....। लेकिन कोई फ़ायदा नहीं होगा। जो मज़ा इन कापियों में कलम दवात से लिखने में आता है, टाइप से आ ही नहीं सकता। वैसे टाइप सीखने के बाद दफ़तर में नौकरी मिल सकती है। नहीं मिलेगी। साब कहते हैं अब टाइप की जगह कम्प्यूटर ने ले ली है। लेकिन कहीं तो अब भी टाइप की टिक-टिक होती ही होगी। हिन्दी में। हिन्दी बेचारी को अब कौन पूछता है। कम्प्यूटर तो हिन्दी का भी होगा। साब से पूछूंगी। वह कहेंगे, हैं तो लेकिन तू क्यों पूछ रही है ? मैं कहूंगी, वैसे ही। वह कहेंगे, इस काम से तंग आ गयी है ? मैं कहूंगी, और नहीं तो क्या मैं सारी उमर नौकरानी ही बनी रहूँगी। कहते कहते मुझे रोना आ जाएगा। साब कहेंगे, देख शानो, रोने की इसमें क्या बात, तू कम्प्यूटर चलाना सीखना चाहती है तो बता। मैं कहूंगी, मुझे तो साइकल चलाना भी नहीं आता।

मन बहुत करता है एक साइकल ख़रीद लूँ। पुरानी। नहीं, पुरानी नहीं ख़रीदूंगी। लेकिन साइकल को अब कौन पूछता है। साइकल की हालत बेचारी हिंदी जैसी। मैं तो स्कूटर ख़रीदूंगी। पता नहीं कितने में आता होगा। लेकिन स्कूटर पर बैठ कर जाऊंगी कहां ? लोग कहेंगे, यह देखो शानो नौकरानी शान मार रही है स्कूटर पर ! कहते रहें। सुरेन्दर बिजली वाले के पास एक पुराना-सा स्कूटर है। टूटा-फूटा-सा। लेकिन चलता तो होगा ही। किसी दिन उस से कहूंगी, मुझे स्कूटर चलाना सिखा दो। वह कहेगा, सिखाऊंगा बाद में, पहले तुझे पीछे बिठा कर सैर कराऊंगा सारी दिल्ली की। मैंने तो अभी आधी भी नहीं देखी। आधी से आधी भी नहीं। आधी से आधी से आधी भी नहीं। मैंने तो कुछ भी नहीं देखा। सिवाय इस कालोनी के। और बिशन गढ़ के। और हनुमान मन्दर के।

आज जब घर पहुंची तो पारो वहीं थी। कुछ देर बाद मां भी आ गयी थी। दोनों मुझे देख बहुत ख़ुश हुईं लेकिन देख ऐसे रही थीं जैसे किसी और को। मुझे भी कुछ अजीब-सा लग रहा था। कोठरी छोटी लग रही थी। फिर मैंने अपने आपको मन ही मन समझाया, देख शानो, यह तेरा घर है, आख़िर तुझे यहीं आ कर रहना होगा। और फिर सब ठीक हो गया। मेरी आंखों में थोड़े से आंसू तो आ गये लेकिन वैसे सब ठीक हो गया। मैं अपनी चारपाई पर पसर गयी। मां ने पूछा, वहां तेरा मन लग गया ? मैंने कहा, मेरा मन तो यहीं लगता है। फिर मैंने पारो से पूछा कुन्दन आया था ? मां बीच में ही बोल उठी, उस बेचारे को वक्त ही कहां मिलता है। मैंने पूछा, क्या काम करता है। मां बोली, टैक्सी चलाता है, कह रहा था किसी दिन हम सब को लाल क़िले की सैर कराने ले जाएगा। मैं सुनती तो रही लेकिन बोली कुछ नहीं। मां को शक हो गया मैं शक कर रही हूँ। बोली, तू उसकी बातों पर यक़ीन क्यों नहीं करती ? मुझे हंसी आ गयी। पारो को भी। फिर मैंने पूछा, तो

उसने जीजे से काग़ज़ों पर दस्तख़त करवा लिये ? पारो के बोलने से पहले ही मां बोल उठी, कुन्दन ने सब कुछ कर करवा लिया है। पारो चुप रही। मैंने सोचा, मुझे भी चुप ही रहना चाहिए। तभी सुरेन्दर बिजली वाला आ गया। उसे पता चल गया होगा, मैं आयी हुई हूँ। आते ही बोला, शानो, अब तो तू ख़ुश है ना, तेरी पारो आज़ाद हो गयी ! मुझे उसका यह कहना अच्छा लगा। आज वह ख़ुद भी मुझे कुछ कम लिफलिफ़ा लगा। नहा धो कर आया लगता था। ऐसे आया था जैसे अक्सर आ जाता हो। मैंने कहा, हां, मैं बहुत ख़ुश हूँ। मां बोली, सुरेन्दर का हमें बहुत सहारा है, बहुत ख़याल रखता है, यह न हो तो हमें बहुत मुश्किल हो। मैंने देखा पारो अन्दर ही अन्दर सटपटा रही थी। वह उठ कर बाहर चली गयी तो सुरेन्दर बोला, शानो, तू तो अब बड़ी शान से रह रही होगी वहाँ। अब उसकी लार टपक रही थी। मैं चुप रही तो वह फिर बोला, अब वहीं रहोगी हमेशा ? मैंने कहा, हमेशा कोई कहीं नहीं रहता। यह कहते हुए मुझे ऐसे लगा जैसे मेरे मुंह में से मां बोल रही हो। फिर सुरेन्दर बोला, पारो को पता नहीं अब क्या चिन्ता है, अब तो उसे ख़ुश हो जाना चाहिए, कुन्दन ने सब कुछ करवा दिया फ़टाफ़ट। मुझे उसका यह सब कहना अच्छा नहीं लगा। मैंने कह दिया, तुम पारो की चिन्ता क्यों करते हो ? मां को मेरा लहजा ठीक नहीं लगा। सख़्ती से बोली, शानो, ऐसे मत बोला कर सुरेन्दर के साथ। उसका हमें कितना सहारा है, तू नहीं जानती। मैं भी उठ कर बाहर जाने ही वाली थी कि सुरेन्दर बोला, चाची, शानो ठीक ही कहती है, मुझे कुछ भी कहने का कोई हक़ नहीं, मैं तो ऐसे ही बकबक करता रहता हूँ, मैं बहुत बेवकूफ़ हूँ।

मुझे लगा वह रुआंसा हो गया था। मुझे उस पर तरस आ गया, अपने आप पर गुस्सा। मैंने कहा, बेवकूफ़ तुम नहीं, मैं हूँ।

मेरा यह कहना था कि सुरेन्दर कूद कर मेरे पास आ खड़ा हुआ। मां बोली, तू बैठ क्यों नहीं जाता। वह उसी चारपाई पर बैठ गया जहाँ मैं पसरी हुई थी। उसका कूल्हा मेरे पैर से छू रहा था। मैंने पैर परे सरका लिया तो कुन्दन भी सरक कर ऐसे बैठ गया कि उसकी पीठ मेरी टांगों के साथ सट गयी। मैं उसी वक्त उठ कर खड़ी हो गयी और बोली, अब मैं चलती हूँ, मां। सुरेन्दर बोला, स्कूटर पर छोड़ आऊं ? मन हुआ कह दूं, हां, लेकिन फिर सोचा, अगर एक बार इसके स्कूटर पर बैठ गयी तो इस से पीछा छुड़ाना मुश्किल हो जाएगा। सो मैंने कह दिया, मैं पैदल ही जाऊंगी, स्कूटर पर बैठने से मैं डरती हूँ। मैंने झूठ बोला था। आजकल मेरा मन करता रहता है कि कोई मुझे स्कूटर पर बिठा कर सारी दिल्ली की सैर करवाए। मां मुझे ऐसे देख रही थी जैसे कह रही हो, मैं जानती हूँ तूने झूठ बोला है। लेकिन सुरेन्दर कहे जा रहा था, तू एक बार बैठ के तो देख, तेरा डर एक दम दूर हो जाएगा, मैं ज़्यादा तेज़ नहीं चलाऊंगा, तुझे पता भी नहीं चलेगा कि तू स्कूटर पर बैठी हुई है, तू एक बार बैठ के तो देख।

बेचारा ! मुझे उसपर और तरस आ गया था। मैंने कहा, आज नहीं, फिर किसी दिन, आराम से। सुरेन्दर ख़ुश हो गया। बोला, सच ? मैंने कह दिया, और नहीं तो क्या !

मैं चाहती थी सुरेन्दर चला जाए ताकि मैं पारो से अकेले में बात कर सकूं, उस से पूछूं वह उदास क्यों थी। लेकिन मैं जानती थी वह जाएगा नहीं। मुझे ख़तरा था वह कहेगा, चलो मैं पैदल ही तुझे कालोनी के उस गेट तक छोड़ जाता हूँ, अन्धेरा हो गया है। मैं यह सब सोच ही रही थी कि वह बोला, चाची, मैं चलता हूँ, शानो बहुत दिनों बाद आयी है, तुम लोगों ने कई बातें करनी होंगी।

उसके जाने के बाद मां बोली, तुम दोनों बहनें उस बेचारे के साथ सीधे मुंह बात तक नहीं करतीं और वह तुम दोनों पर जान देता है, हमारे दस काम करता है, इतनी अकड़ भी नहीं होनी चाहिए।

हम दोनों चुप रहीं और एक दूसरे की तरफ़ ऐसे देखती रहीं जैसे पूछ रही हो, मां को यह लिफ़लिफ़ा आदमी इतना अच्छा क्यों लगता है।

पारो गेट तक मेरे साथ आयी थी। उसने बताया था कि सुरेन्दर किसी न किसी बहाने सुबह शाम आ जाता है, उसने पारो पर भी रीझना शुरू कर दिया है। पारो को तो शक है वह मां पर भी डोरे डाल रहा है। यह सुन कर मुझे हँसी आ गयी थीं। बेचारा ! मां शायद चाहती है पारो सुरेन्दर को शह दे। पारो की उदासी का कारण यह है कि अब वह जीजे से तो आज़ाद हो ही गयी, लगभग, लेकिन अब उसे और आदमी मिलेगा कैसे। वह बार-बार कहती रही, शानो, तू नहीं जानती मैं आजकल कैसी कैसी बुरी बातें सोचती रहती हूँ।

मैं कल्पना कर सकती हूँ। जब से यह लफ़्ज मैंने सीखा है, मुझे लगने लगा है जैसे कल्पना से सब कुछ किया जा सकता हो।

मुझे समझ नहीं आ रही थी कि मैं पारो से क्या कहूँ जिस से उसकी चिन्ता कम हो।

पारो को शायद चिन्ता करने से ही चैन मिलता हो।

सुबह सवेरे अख़बार में एक बुरी ख़बर पढ़ ली और दिन भर परेशान रही। बहुत ही बुरी ख़बर थी। अभी भी कांप रही हूँ। बल्कि अब तो और ज़्यादा डर है कि रात भर नींद नहीं आएगी। आ गयी तो बुरे-बुरे सपने आते रहेंगे। आज मुझे

घर चले जाना चाहिए था। वहां पारो और मां से खुल कर बात हो जाती तो जी कुछ हल्का हो जाता। यहां तो यही खटका लगा हुआ है कि बीजी आवाज़ न दे दें, अब सो भी जाओ, शानो।

अख़बार में हर रोज कई बुरी ख़बरें होती हैं। हर क़िस्म की। क़िस्म क़िस्म की। लेकिन आज मुझ पर जैसा असर हुआ पहले कभी नहीं हुआ। शायद इसलिए कि यह वारदात इसी कालोनी के एक और सेक्टर में हुई है। वह यहां से दूर नहीं। मुझे ऐसे महसूस हो रहा है जैसे मुझे सब साफ़ दिखायी दे रहा हो। बूढ़ा फ़ौजी अफ़सर लहुलुहान बैठक में गिरा पड़ा दिखायी देता है। उसकी बीवी बिस्तरे में। उसकी आंतें पेट से बाहर निकली हुई हैं। आदमी की आंखें खुली हैं। उसका मुंह भी और औरत के बाल खून से लथपथ हैं। बैठक में एक हथोड़ा और एक धुरा पड़ा हुआ है। औरत के मुंह में दांत नहीं। अफ़सर की ऐनक टूट गयी है।

अख़बार में यह सब नहीं था। फिर मुझे यह सब क्यों दिखायी दे रहा है ? आंखें बन्द कर लूं तब भी दिखायी देता है। तब और साफ़।

अख़बार में एक तसवीर भी थी।

अख़बार में लिखा था उनकी नौकरानी कल छुट्टी पर थी। उसे पुलिस ने पकड़ लिया है। हज़ारों रुपये चोरी हो गये हैं, सारे ज़ेवर भी, कई ज़रूरी काग़ज़ भी । अफ़सर की बीवी के कान फटे हुए हैं, कलाइयां कटी फटी हुई।

अख़बार में लिखा था, ज़ालिमों ने बेचारी के तन पर एक गहना भी नहीं रहने दिया।

वारदात कल शाम किसी वक्त हुई। पड़ोसियों ने कुछ नहीं सुना।

मारने और लूटने वाले दो या तीन थे।

फ़ौजी अफ़सर के दोनों बेटे कहीं बाहर रहते हैं। एक अमरीका में, दूसरा किसी और मुल्क में।

अगर उस अफ़सर का एक दोस्त सात बजे उसे मिलने न चला आता तो आज सुबह तक लाशें यूंही पड़ी रहतीं। अब उन्हें आल इन्डिया मेडिकल में रखवा दिया गया है।

पुलिस को उसी दोस्त ने इत्तला दी। वह भी एक बूढ़ा फ़ौजी अफ़सर है।

अख़बार में अल्लम ग़ल्लम और भी बहुत कुछ था। लेकिन मेरी आंखों के सामने तो वह कटी-फटी लाशें ही बार बार आ रही हैं। और वह नौकरानी। अख़बार में लिखा था उसका नाम रानी है और उमर यही बीस इक्कीस साल। वह किसी झुग्गी में रहती है। बानो शायद उसे जानती हो। ललिता तो ज़रूर जानती होगी।

मैं दिन भर उस रानी के बारे में सोचती रही। पुलिस ने उसे क्यों पकड़ लिया ?

अब पुलिस वाले पता नहीं उस से क्या-क्या कर रहे होंगे।

जब कोई ऐसी वारदात होती है तो सबसे पहले नौकरानी या नौकर को ही

क्यों पकड़ लिया जाता है ?

नौकरानियों के नाम नौकरानियों जैसे होने चाहिए। यह ख़याल इस वक़्त मुझे नहीं आना चाहिए था।

अगर फ़ौजी अफ़सर बच गया होता, या उसकी बीवी, तो उनका शक भी अपनी नौकरानी पर ही होता।

लेकिन यह मैं कैसे कह सकती हूँ ? पता नहीं कैसे। इस वक़्त लग यही रहा है कि ललिता ठीक ही कहती है कि सब मालक-मालकिनें नौकर-नौकरानियों पर शक करते हैं। वैसे कुछ वारदातें ऐसी हुई भी हैं जिनमें नौकरानियों का हाथ था।

मुझे अब इस सोच को यहीं बन्द कर देना चाहिए नहीं तो मैं कुछ ऐसा सोच जाऊंगी जिससे मुझे डर लगने लगेगा। हो सकता है मैं कुछ ऐसा सोच चुकी हूँ। मन ही मन। इसीलिए इतनी घबरायी हुई हूँ।

उस फ़ौजी अफ़सर के दोस्त ने भी पुलिस वालों को यही कहा होगा कि उसे रानी पर शक है।

मुझे न जाने क्यों रानी पर रत्ती-सा भी शक नहीं। लगता है अगर उस पर शक करूंगी तो अपने आप पर भी शक करना पड़ेगा। मानना पड़ेगा कि मैं भी किसी के साथ मिल कर कोई ऐसा पाप कर-करवा सकती हूँ।

आजकल लोग पागल हुए हुए हैं। पागल नहीं लालची। अख़बारों में तो अमीरों के लड़कों की भी ऐसी-ऐसी ख़बरें छपती रहती हैं कि यक़ीन नहीं आता।

बीस इक्कीस साल की बेचारी। रानी। रानो। सब उसे रानो कह कर ही बुलाते होंगे। सब न सही घरवाले। और उसकी टोली वालियां। हो सकता है वह फ़ौजी अफ़सर और उसकी बीवी भी।

उनके फ़्लैट पर अब पुलिस का पहरा होगा।

उनके बेटो को फ़ोन किसने किया होगा ?

जब कोई मरता है तो बहुत से छोटे-छोटे काम अपने आप हो जाते हैं।

मुझे बापू की मौत याद आ रही है।

जो मर जाता है उसे कोई फ़र्क़ नहीं पड़ता कि उसके बाद कौन सा काम होता है, कौन सा नहीं होता।

उनके बेटे आएंगे, उनका दाह संस्कार करके चले जाएंगे। जाने से पहले फ़्लैट की सफ़ाई करवा देंगे। खून से सने कपडों को जला देंगे।

कोई असली मुजरिम पकड़ा नहीं जाएगा। अख़बारों में चोरों और क़ातलों के पकड़े जाने की ख़बरें कम ही आती हैं, आती भी होंगी तो उनहें पढ़ता कोई नहीं।

पुलिस वाले ख़ुद बदनाम हैं। ख़ानापुरी के लिए ही वह बेचारी नौकरानियों को पकड़ कर ले जाते हैं और पता नहीं उनके साथ क्या-क्या करते हैं।

हो सकता है वह रानो की मां से पैसे ले लू कर उसे छोड़ दें।

हो सकता है रानो भी मेरी तरह डायरी लिखती हो। हो सकता है फ़ौजी अफ़सर की बीवी ने उसे कहा हो डायरी लिखा करो।

पुलिस वालों ने उसकी कापियां भी ज़बत कर ली होंगीं। अब उन्हें पढ़ रहे होंगे। मज़े ले ले कर। पता नहीं उसने उन कापियों में क्या-क्या लिखा होगा।

लेकिन यह भी तो हो सकता है कि पुलिस वालों में कोई ऐसा भी हो जिसे रानो पर तरस आ जाए और वह उसे छुड़वा दे। पुलिस वालों में भी कुछ तो अच्छे भी होते होंगे।

ललिता भी शायद कहीं बैठी इसी तरह की बातें सोच रही होगी। लेकिन लिख कर सोची हुई बातों की बात और।

अपने घर होती तो इस वक़्त टी-वी देख रही होती। बीजी शायद देख रही हों। देखते-देखते सो गयी होंगी।

बीजी के बारे में अभी नहीं लिखूंगी। पहले अन्दर-ही-अन्दर कुछ साफ़ हो ले तब।

अपने घर होती तो मैंने पारो और मां को सब बता दिया होता जो आज इस घर में हुआ। नींद तो वैसे भी नहीं आ रही। बस एक ही डर है–कहीं बीजी आवाज़ न लगा दें, शानो, अब बिजली बन्द भी कर दे। बिल की चिन्ता तुझे नहीं, मुझे तो है।

अभी तक तो एक बार भी बीजी ने ऐसी कोई छोटी बात मुझ से नहीं की लेकिन आज दिन भर उनका मूड ख़राब रहा। मेरा भी। अगर बीजी ने आवाज़ लगायी तो मुझे बुरा लगेगा।

बीजी के मूड की ख़राबी की असली वजह वही बुरी ख़बर थी। हुआ यह कि उस बुरी ख़बर के बाद किसी भी काम में मेरा जी नहीं लग रहा था। समझ में नहीं आ रहा था क्या करूं। साब अभी नीचे नहीं उतरे थे, बीजी अपने कमरे से बाहर नहीं निकली थीं। वैसे तो यह ठीक ही था क्योंकि मैं किसी से कोई बात करने के मूड में नहीं थी। मेरा मूड वह ख़बर पड़ते ही ख़राब हो गया था। रोज़ की तरह मैंने जागते ही अपनी चादर सिरहाना वग़ैरह बाहर बाल्कोनी में रख दिये थे, खिड़कियां सब खोल दी थीं, पंखा तेज़ कर दिया था ताकि मेरे बदन और पसीने वग़ैरह की गन्ध बाहर उड़ जाए। फिर दीवान पर दीवानपोश बिछा कर उसकी सिलवटें ठीक करने के बाद मैंने बाहर का दरवाज़ा खोल अख़बार उठा लिये थे।

पता नहीं आज अख़बार उठाने से पहले मैंने बाथरूम क्यों नहीं किया था, मुंह वग़ैरह क्यों नहीं धोया था। रोज़ अख़बार उठाने से पहले ही मैं यह दोनों काम कर लेती हूँ। अख़बार को भी मैं सुबह सवेरे पढ़ती नहीं, बस सुर्ख़ियां और तसवीरें देख लेती हूँ, और फिर चाय का पानी रख देती हूँ। आज अख़बार देखते ही मेरा

ख़ून ख़ुश्क हो गया और मैं वह बुरी ख़बर पूरी पढ़ गयी। खड़े खड़े। हिन्दी के अख़बार में ख़बर पहले पेज पर थी। तसवीर भी। पढ़ने के बाद मैं अख़बार ले कर रसोई में जा बैठी। अपने स्टूल पर। और भूल ही गयी कि मुझे बाथरूम जाना है, मुंह वग़ैरह धोना है, चाय का पानी रखना है। पता नहीं कितनी देर मैं वहां बैठी-बैठी उन कटी फटी बूढ़ी लाशों को ऐसे घूरती रही जैसे वह मेरे सामने पड़ी हुई हों, पुलिस वालों से घिरी हुई उस नौकरानी रानो को ऐसे देखती रही जैसे रसोई थाने में बदल गयी हो। अब याद आता है घबराहट में मैंने अख़बारों को मरोड़-मराड़ कर खाने की मेज पर फेंक दिया थ, जहां से उड़ कर वह इधर-उधर बिखर गये थे। अब यह भी याद आता है कि मैं बिलकुल भूल गयी थी कि मैं कौन थी, क्या सोच रही थी।

और फिर मैं बीजी की आवाज़ सुन चौंक पड़ी थी।

--तूने अभी तक चाय का पानी क्यों नहीं चढ़ाया ?

रोज की तरह उन्हें नमस्ते करने या कुछ और कहने के बजाए मैंने चाय का पानी चढ़ा दिया।

—हाथ धोए थे ?

जवाब देने के बजाए मैं हाथ धोने के लिए बाथरूम में चली गयी। वहाँ पहुंचते ही याद आया कि मैंने अभी तक बाथरूम नहीं किया था। दरवाज़ा बन्द कर मैं बाथरूम करने बैठ गयी। काफ़ी देर बैठना पड़ा। वहां बैठे बैठे भी मैं उन बूढ़ी लाशों और उस बेचारी रानों के बारे में ही सोचती रही। जब बाहर निकली तो बीजी बिखरी पड़ी अख़बारे समेट रही थीं, साब रसोई में खड़े थे।

—बाथरूम करने से पहले ही चाय का पानी रख दिया ? हाथ धोए बग़ैर ? उस पानी को फेंक दो।

मैंने खौलता हुआ पानी फेंक दिंया और नया पानी चढ़ा दिया।

—देख शानो, आज तू ठीक तो है ?

साब की आवाज़ की नर्मी सुन मुझे बीजी की आवाज़ की सख़्ती सुनायी देने लगी।

—फ़्लश भी नहीं किया ?

बीजी बाथरूम से बाहर आयी तो उनका चेहरा आग की तरह चमक रहा था। जब मैं फ़्लश कर रही थी तो बीजी साब से कह रही थीं, आज इसे हो क्या गया है ! जब मैं बाथरूम से बाहर निकली तो बीजी कड़क कर बोली, हाथ धोए ? मैंने हाथ नहीं धोए थे। मैं फिर बाथरूम में चली गयी। ग़लती से मैंने दरवाज़ा बन्द कर दिया तो बीती बोलीं, अब फिर बाथ्रूम जाओगी ? और किसी को भी तो जाना है ? मैंने दरवाज़ा खोल दिया। बाहर निकली तो बीजी बोलीं, हाथ साबुन से धोए या ऐसे ही ? मैंने धोए तो साबुन से थे लेकिन मेरे मुंह से निकल गया, ऐसे ही।

बीजी उस वक्त बाथरूम में जा रही थीं। कड़क कर बोलीं, रसोई में जा कर साबुन से धोओ, फिर कोई और काम करना। फिर उन्होंने बाथरूम का दरवाज़ा खटाक से बन्द कर लिया।

मैं चाय बनाते बनाते इन्तजार करती रही कि साब कुछ ऐसा कह देंगे जिसे सुन मैं बीजी की सख़्ती को भूल जाऊंगी। लेकिन साब ऊपर चले गये थे। अगर वह नीचे होते तो शायद मैं ही कुछ कह देती और मेरा गुबार निकल जाता। मैंने चायदानी वग़ैरह खाने की मेज़ पर रख दी। अपने स्टूल पर बैठते ही मैं फिर उस फ़ौजी अफ़सर के घर होती हुई थाने में जा पहुंची जहां पुलिस वाले बेचारी रानो के साथ पता नहीं क्या कर रहे थे।

—अख़बारों को ठीक तरह से तह करो।

बीजी बाथरूम से निकल आयी थीं। साब नीचे उतर रहे थे। मैंने अख़बारें तह करनी शुरू कर दीं। हवा की वजह से उन्हें तहाने में मुझे मुश्किल हो रही थी।

— इधर लाओ, मैं कर देता हूँ।

—इसे ही करने दीजिए। इसी ने इन्हें मुचड़ा है, यही ठीक करेगी।

जब मैंने अख़बारें मेज़ पर रखीं तो बीजी बोलीं—कल से सुबह सवेरे अख़बारों को हाथ मत लगाना। मुझे जूठी अख़बारें नहीं चाहिएं, समझी !

मेरा ख़याल था, अब तो साब कुछ बोलेंगे, बात और मूड को बदलने के लिएं, लेकिनं वह चुप रहे और मुझे इतना बुरा लगा कि मेरा गला कड़वा हो गया। मेरा ख़याल था, बीजी कहेंगे, तूने चाय नहीं पीनी ? अगर वह पूछतीं तो मैं कह देती, नहीं। इस पर वह और बिगड़ जातीं। तब शायद साब कहते, देख शानो, आज तू ठीक तो है ? मैं जवाब देती, उस ख़बर ने मेरा मूड ख़राब कर दिया है। तब शायद बीजी कह देतीं, मेरा भी। लेकिन ऐसा कुछ नहीं हुआ। मैं काफ़ी देर इन्तज़ार करती रही कि बीजी या साब आवाज़ देंगे, शानो, चाय के लिए गिलास लाओ। आवाज़ नहीं आयी। आ जाती तो भी मैं कह देती, आज मन नहीं।

मैं इस बीच फिर अपने स्टूल पर जा बैठी थी। मन हो रहा था रसोई का दरवाज़ा अन्दर से बन्द कर लूं और कुरलाना शुरू कर दूं। अगर मैंने ऐसा कर दिया होता तो बीजी और साब समझते मैं पागल हो गयी हूँ। लोग इकट्ठे हो जाते। शायद ललिता भी आ जाती। सब चिल्लाते, दरवाज़ा खोलो !

एक ख़्वाहिश यह भी हो रही थी कि बाहर जा कर बीजी से कह दूँ, आज आपको हो क्या गया है, बात बात पर मुझे झिड़क क्यों रही हैं, आपको इतना भी ख़याल नहीं कि मैं उस बुरी ख़बर से कितनी परेशान हूँ ? अगर मैंने यह सब कह दिया होता तो बीजी बेक़ाबू हो जातीं, कहतीं, तेरी यह हिम्मत ! फिर मैं मदद के लिए साब की तरफ़ देखती। और वह सिर झुका लेते। और मुझे रोना आ जाता। और मैं फिर अपने स्टूल पर जा बैठती।

अगर बीजी की जगह कोई और मालकिन होती तो शायद मैं उसी वक़्त उस स्टूल से उठ कर अपने घर चली जाती।

अगर बीजी की जगह कोई और मालकिन होती तो मुझे उसकी बातों से इतना दुख नहीं होता। और तब रसोई में मेरे बैठने के लिए स्टूल भी न होता।

मुझे दुख इस बात का भी था कि साब सिर झुकाए बैठे थे।

जब वह दोनों चाय पी कर उठ गये तो मैं चाय के बरतन उठाने के लिए ऐसे उठी जैसे कोई बूढ़ी नौकरानी। कोई अधमरी माई। घुटनों पर हाथ रख कर। धीरे-धीरे हे राम, हे राम करती हुई। साब ऊपर चले गये थे। बीजी अख़बारें ले कर बैठक में जा बैठी थीं।

मैं झाडू ले कर ऊपर जा रही थी कि बीजी बोलीं, आज पहले नीचें की सफाई कर लो। मैं दो सीढ़ियां चढ़ चुकी थी। मन हुआ कह दूं, क्यों ? लेकिंन नीचे उतर आयी। बीजी ने सोफ़े से उठते हुए कहा, जल्दी मत मचाना, आराम से करना, मैं ऊपर जा रही हूँ, जब तक मैं नीचे न आऊं, नीचे ही रहना।

उनकी बात मुझे अजीब लगी, आवाज़ अकड़ी हुई। आज वह हुकम चला रही थीं। दूसरी मालकिनों की तरह। ऊपर वह साब से कोई बात करने के लिए जा रही थीं। कोई ऐसी बात जो वह चाहती थीं मैं न सुनूं। मुझे बुरा नहीं लगना चाहिए था लेकिन लगा।

नीचे की सफाई करते-करते मैं अपनी चुन्नी से अपनी आंखें पोंछती रही और सोचती रही वह रानो भी थाने में बैठी रो रही होगी। उसका ख़याल आते ही मेरा खून फिर सूख गया। वह कटी-फटी लाशें मुझे फिर दिखायी देने लगीं। और फिर अचानक एक बहुत ही बुरे ख़याल से मेरा सिर चकरा गया और मैं झाड़ू देना भूल वहीं फ़रश पर ढेर हो गयी।

मुझे ख़याल यह आया था कि उस दिन जब मैं बीजी से छुट्टी ले कर अपने घर चली गयी थी, अगर कोई चोर वग़ैरह आ कर बीजी और साब को मार मूर जाते तो मैं इस वक्त किसी थाने में पड़ी होती और पुलिस वाले पता नहीं मुझ से क्या क्या कर रहे होते। फिर मुझे लगा जैसे उस वक्त मैं किसी हवालात में बन्द थी और दो पुलिस वाले मेरे कपड़े उतार रहे थे। बड़ी मुश्किल से में उठी, रसोई में गयी, एक गिलास पानी पिया, और फिर सफ़ाई करने लगी। बार-बार मुझे लगता रहा जैसे मैं नहीं, वह रानी सफ़ाई कर रही हो। ऐसी हालत में सफ़ाई ख़ाक होती। मैंने सोचा, चाय पीने से शायद ख़याल बदले।

रसोई में खड़ी चाय पी रही थी कि बीजी और साब नीचे आते सुनायी दिये। जल्दी-जल्दी दो घून्ट ले कर मैं बैठक की तरफ़ भागी।

—भाग क्यों रही हो ?

मैं न रुकी न कुछ बोली।

—आज तेरी तबीअत ठीक नहीं क्या ?

मैं सफ़ाई करती रही, चुपचाप।

—आज पता नहीं इसे हो क्या गया है ! अबकी बार बीजी की आवाज़ में मुझे हमदर्दी सुनायी दी और मेरी आंखें फिर भीग गयीं।

—चाय पी तूने ?

—जी, अभी पी है।

—अभी ? पहले क्यों नहीं पी ?

—पहले मन नहीं था।

—दोबारा बनायी ?

—जी नहीं, वही पहले वाली गरम कर ली थी।

—दोबारा बना ली होती।

मैं चुप रही।

—लेकिन आज तू इतनी उदास क्यों है ?

—जी, वह ख़बर...

—हां, वह ख़बर तो बहुत ख़राब है।

मैं फिर सफ़ाई करने लगी। मुझे लगा जैसे बीजी कुछ ओर कहने से पहले सोच रही थीं कि कहें या न कहें। मैं बैठक में पोचा मार रही थी और वह ऐसे खड़ी थीं जैसे दूसरी मालकिनें नौकरानियों के सिर पर खड़ी हो काम करवाती हैं।

—बीजी, आप अपने कमरे में क्यों नहीं चली जातीं ?

—और साब ? साब कहां जाएं ?

—ऊपर।

मेरा ख़याल था वह दोनों मेरी बात पर मुसकरा देंगे और हम सबका मूड कुछ बदल जाएगा लेकिन बीजी का मुंह कसा रहा, साब का बन्द। मैंने फिर पोचा मारना शुरू कर दिया। तो बीजी अपने कमरे में चली गयीं, साब ऊपर। बैठक के बाद मैंने रसोई साफ़ कर दी। फिर बीजी से कहा कि वह बैठक में चली जाएं ताकि मैं उनका कमरा साफ़ कर दूं। वह बैठक में चली गयीं तो मुझे अचानक ख़याल आया कि अगर बीजी सफ़ाई के लिए किसी और को रख लें तो कितना अच्छा हो। फिर ख़याल आया कि जब से मैंने यहां रहना शुरू किया है, मेरा काम पता नहीं बढ़ क्यों गया है, ख़तम ही नहीं होता। इसी ख़याल को उलटते-पुलटते मैंने बीजी का कमरा साफ़ कर दिया और फिर ऊपर चली गयी। ऊपर साब ऐसे बैठे हुए थे जैसे नीचे जाना चाह रहे हों।

—अब आप नीचे चले जाइए। बीजी से कहिए वह नहा लें।

मुझे पता नहीं हो क्या गया था कि मैं यूंही बोले चली जा रही थी।

मैं उन लाशों और उस रानो को भूलने की कोशिश कर रही थी।

शायद मैं भूल गयी थी कि कुछ ही देर पहले बीजी ने मुझे दो तीन बार झिड़क दिया था। हो सकता है मैं भूली कुछ भी नहीं थी, देखना चाहती थी कि बीजी और साब आज इतने बदले-बदले से क्यों दिखायी दे रहे हैं।

सच तो यह है कि मुझे पता नहीं था मेरे अन्दर क्या-क्या चल रहा था।

कुछ भी हो, सफ़ाई करते-करते अचानक मैं चुस्त हो गयी थी।

साब सीढ़ियां उतरते हुए मुड़ कर मेरी तरफ़ देख रहे थे और मुसकरा रहे थे, जैसे कह रहे हों, शाबाश शानो !

लेकिन असली बात मैंने अभी तक नहीं लिखी। लगता है उसे न लिखने के लिए ही मैं इधर उधर की बातें लिखती जा रही हूँ और वह असली बात उनके नीचे दबाती चली जा रही हूं। वह असली तो है लेकिन साफ़ नहीं। वह लिखते लिखते ही साफ़ होगी। जब तक उसे लिखूंगी नहीं, चैन नहीं आएगा।

वह असली बात यह है कि जब मैं ऊपर की सफ़ाई के बाद सीढ़ियों पर पोचा मारते-मारते नीचे उतर रही थी तो बीजी धीमी आवाज़ में [illegible] से कुछ कह रही थीं। दोनों बैठक में बैठे हुए थे। मैं पोचा मारते-मारते रुक गयी थी और मेरे कान खड़े हो गये थे।

–मुझे तो उस नौकरानी पर शक है, आपको ?

–मुझे तो लगता है वह बेचारी बेक़सूर है।

–इधर कई ऐसी वारदातें हो चुकी हैं जिनमें नौकरानियों का हाथ था।

–था या नहीं, उन्हें पकड़ ज़रूर लिया गया था।

–शानो से पूछना चाहिए।

–क्या ?

–कि यह उसे जानती है या नहीं ?

–क्यों ?

–क्या मतलब ?

–क्यों पूछना चाहिए ?

–वैसे ही।

–वह बेचारी आज बहुत घबरायी हुई है।

–इसीलिए तो।

मैं फिर सीढ़ियां उतरने लगी, पोचा मारते मारते। उन दोनों ने मेरी आहट को सुन लिया होगा। मेरे कान जल रहे थे। मेरा मुंह पीला हो गया होगा। मैं पोचा और बाल्टी उठाए बैठक में से होती हुई बाल्कोनी की तरफ़ जा ही रही थी कि बीजी ने कहा–शानो, तेरा क्या ख़याल है ?

–किस बारे में ?

–अच्छा, पहले पोचा बाल्टी रख आ, फिर बात करेंगे।

जितनी देर मैं बाल्कोनी में हाथ धोती रही वह चुप रहे। जब मैं हाथ पोंछ कर बैठक में लौटी तो बीजी ने मुझे बैठ जाने के लिए कहा। मैं दीवान के किनारे पर बैठ गयी—उचकी हुई सी।

—अब बता तेरा क्या ख़याल है ?

—किस बारे में ?

—उस नौकरानी के बारे में ?

—मतलब ?

—मतलब कि तुझे उस पर शक है या नहीं ?

मैंने सिर उठाया तो मेरी नज़रें बीजी की नज़रों से टकराईं। साब सिर झुकाए बैठे थे।

—बीजी, मैं तो उसे जानती तक नहीं।

—मैंने कब कहा है कि तू उसे जानती है, मैं तो यह पूछ रही हूँ कि तुझे उस पर शक है या नहीं ?

—नहीं।

—नहीं ?

—नहीं।

बीजी चुप रहीं। साब ने सिर उठा कर मुझे ऐसे देखा जैसे कह रहे हों, शाबास, शानो !

—पुलिस वाले उस बेचारी के साथ पता नहीं क्या क्या कर रहे होंगे।

—पूछताछ कर रहे होंगे और क्या !

मैं कुछ कहने ही वाली थी कि साब बोल उठे।

—पुलिस वालों की पूछताछ सिर्फ़ पूछताछ नहीं होती।

—ललिता कहती है वह लोग नौकरानियों से पता नहीं क्या क्या करते हैं।

—कुछ सख़्ती तो ख़ैर उन्हें करनी ही पड़ती होगी।

मुझे अपने कानों पर यक़ीन नहीं आ रहा था। मुझे डर था कि मेरे मुंह से कोई ऐसी वैसी बात निकल जाएगी और बीजी नाराज़ हो जाएंगी, इसलिए मैं चुप रही।

—मुझे तो उस नौकरानी पर शक है।

—लेकिन, बीजी, क्यों ? सिर्फ़ इसलिए ना कि वह नौकरानी है ? अब अगर कल यहां आपके घर में कुछ ऐसा वैसा हो जाए तो आप मुझ पर शक करेंगी ?

—तेरी बात और है !

—कैसे और है ? हूं तो मैं भी नौकरानी ही !

मेरी आवाज़ कांप रही थी। मैं खुद भी।

—देख शानो, तू रसोई में जा कर अपना काम कर।

मैं चली तो गयी लेकिन काम मुझ से नहीं हुआ। रसोई की खिड़की के पास खड़ी मैं कबूतरों की गुटरगूं सुनती रही और रोती रही। चुपचाप।

पांच दिनों से घर बैठी हुई हूँ। चुप मार कर। बुरी ख़बर वाले दिन के दूसरे दिन ही चली आयी थी। सुबह सवेरे। चाय बना कर मेज पर रख आयी थी। और साथ ही एक छोटी सी चिट्ठी। चिट्ठी नहीं चिट—मैं कुछ दिनों के लिए घर जा रही हूँ, आशा है आप लोग बुरा नहीं मानेंगे, काम के बारे में बात करने के लिए मैं पारो को भेज दूंगी, शानो।

कापियों की सन्दूक़ची अपने साथ उठा लायी थी।

यह फ़ैसला अपने आप ही हो गया होगा। शायद नींद में ही। वैसे नींद उस रात बहुत कम आयी थी। चिट लिखने का ख़याल पता नहीं कैसे आ गया था। उन दोनों के जागने से पहले ही मैं चली आयी थी। मां नाराज़ हुई थी। उसने कहा था, बता कर आना चाहिए था। मैंने कहा था, मैं चिट छोड़ आयी हूँ। उसने कहा था, यह कोई तरीक़ा नहीं, और फिर अगर गुस्से में वह लोग तुम पर चोरी वग़ैरह का इलज़ाम लगा दें तो ! मैंने कहा था, मां, ऐसी घटिया बात वह लोग सोच भी नहीं सकते। मां ने कहा था, अगर यह सच है तो तुम उनका काम क्यों छोड़ आयी हो ? मैंने कहा था, मां, मैंने काम अभी नहीं छोड़ा, मैं सोचने के लिए आयी हूँ। मां ने कहा था, सोचने की ज़रूरत तुम्हें आखिर पड़ी क्यों ? उन लोगों के मन में कोई घटिया बात आयी, इसीलिए तो !

मां अगर कोई बात पकड़ ले तो आसानी से छोड़ती नहीं। पारो को भी चिट वाली बात ठीक तो नहीं लगी थी लेकिन वह बार-बार कहती रही थी, शानो, तू है हिम्मत वाली।

आख़िर फ़ैसला यह हुआ था कि पारो उसी वक़्त बीजी के घर जा कर कहे कि मेरे सिर में सख़्त दर्द है और पेट में भी कुछ ख़राबी है, इसीलिए मुझे उनसे बात किये बग़ैर ही आ जाना पड़ा।

मैं इस झूठ के ख़िलाफ़ थी लेकिन मां और पारो मेरे ख़िलाफ़ थीं। उनके मुताबिक, मेरी तबीअत ख़राब थी, इसीलिए मैं घर चली आयी थी। मां के मुताबिक मेरी तबीअत ही नहीं, मेरा दिमाग़ भी ख़राब था।

ख़ैर, अब पिछले पांच दिनों से पारो बीजी और साब का खाना बना रही है।

दोनों वक्त का दोपहर को बना देती है। सफ़ाई के लिए उन लोगों ने एक बूढ़ी मदरासिन रख ली है। उसकी हिन्दी पारो नहीं समझ पाती। पारो कहती है बीजी रोज़ मेरा हाल चाल पूछ लेती हैं। साब पूछते नहीं लेकिन सुन लेते हैं। पारो उन दोनों की तारीफ़ें करती है तो मां कहती है, तुम दोनों बहनें बहुत भोली हो। पारो कहती है, ललिता ने उसका नाक में दम किया हुआ है, रोज़ कहीं न कहीं उसे पकड़ लेती है और पूछती है, कहां है वह शानो, उससे मेरी कुट्टी कह देना।

मुझे डर लगा रहता है ललिता किसी दिन यहां चली आएगी मुझ से कुट्टी करने।

सुरेन्दर बिजली वाला दिन में कई चक्कर लगा जाता है। मैं सोचती हूँ, ठीक है, मेरा क्या लेता है, देखता ही तो है, देखता रहे।

पांच दिनों से यहां कुछ नहीं लिखा। अन्दर ही अन्दर कुछ ऐसा चल रहा है जिसे लिखने का मन ही नहीं हुआ। नहीं, मन तो होता रहा लेकिन लिख नहीं सकी। लगता रहा कि लिख दूंगी तो अन्दर ही अन्दर जो चल रहा है वह बन्द हो जाएगा। सोचती रही, उसे कुछ दिन चलने दूं। सो चलने दिया। बीच बीच में पुरानी कापियां पढ़ती रही। मज़े ले ले कर। किसी किसी बात को पढ़ते हुए तो यक़ीन ही नहीं आता कि यह मैंने ही लिखा था। किसी-किसी बात पर हंसी भी आ जाती है। कभी कभी रोना भी। कहीं कहीं कुछ बढ़ाने की ख़्वाहिश भी होती है। कहीं कहीं कुछ घटाने की भी। कहीं कहीं तो ऐसी ऐसी ग़लतियां भी हैं कि शर्म आती है। कुछ को ठीक तो किया लेकिन साथ यह भी सोचती रही कि ठीक करते करते और ग़लतियां न कर दूं। कभी कभी तो लगा जैसे अपनी डायरी न हो, किसी और की किताब हो। किसी दूसरी शानो की। जब जब ऐसा लगा तब तब पता नहीं क्यों मैं ख़ुश भी हुई और कॉपी भी।

पिछले पांच दिनों में बार बार जी करता रहा कि दौड़ कर बीजी के घर चली जाऊं और काम करना शुरू कर दूं। फिर हर बार अन्दर ही अन्दर चल रही कोई सोच मुझे रोक लेती रही।

मुझे लगता है अभी कुछ दिन और अन्दर ही अन्दर वह सब चलता रहेगा। जब वह बन्द हो जाएगा तभी कुछ कर सकूंगी।

मां पूछती रहती है, दिन भर घर में अकेली पड़ी तुम करती क्या रहती हो ?

इन पांच दिनों में मैंने कोठरी को चमका दिया है। मां ने कहा तो कुछ नहीं लेकिन मैं जानती हूँ वह बहुत ख़ुश है। पारो भी। वह तो कई बार कह चुकी है, शानो, तूने तो घर का नक़्शा ही बदल दिया है।

डायरी पढ़ते हुए लगता है इसमें मेरे मन की बातें उतनी नहीं जितनी दूसरों के मनों की। इस फ़िक़रे में 'मन' की जगह शायद 'दिल' होना चाहिए। दिल और मन का फ़रक़ मुझे मालूम नहीं। बहुत से फ़रक़ मुझे मालूम नहीं।

पिछले पांच दिनों में बार-बार मन होता रहा कि सारी कापियां उठा कर बीजी और साब को दे आऊं। कहूं, इन्हें पढ़ कर बताइए मैं इनका क्या करूं।

अगर किसी दिन पागलपन में मैंने ऐसा कर दिया तो बीजी शायद कह दें, पहले यह बता तू इतने दिन गायब क्यों रही ? मैं जवाब दूंगी, इन कापियों को पढ़ेंगीं तो सब कुछ साफ़ हो जाएगा। साब पूछेंगे, सच शानो ? मैं कह दूंगी, बाई गॉड ! बीजी कहेंगी, अब तू अंग्रेज़ी भी बोलने लगी ? मैं कह दूंगी, वाइ नाट ? साब को हंसी आ जाएगी। शायद बीजी को भी। फिर बीजी कहेंगी, तूने इतनी सारी कापियां काली कर दीं ? मेरा मुंह लाल हो जाएगा। साब कहेंगे, देख शानो, इतनी सारी कापियां पढ़ने के लिए तो कितने सारे दिन चाहिए होंगे। मैं कह दूंगी, तो मत पढ़िए, मैं इन्हें फाड़ डालूंगी। बीजी कहेंगी, यह लड़की तो पगली हो गयी है ! साब कहेंगे, हो नहीं गयी, है। मैं समझ जाऊंगी साब मुझे छेड़ रहे हैं। मैं मुंह बना कर कापियां समेटना शुरू कर दूंगी। बीजी कहेंगी, बात बात पर मुंह बना लेना ठीक नहीं। मैं कापियां समेटती रहूंगी। साब कहेंगे, देख शानो, हमें तो यक़ीन नहीं आता कि यह सारी कापियां तूने लिखी हैं। मैं तुनक कर बोलूंगी, अगर मैंने नहीं लिखीं तो मेरे फ़रिश्ते लिख गये हैं ? बीजी कहेंगी, इस लड़की को देख और सुन कर कौन कहेगा कि यह...कि यह...। मैं बीजी का फ़िकरा पूरा कर दूंगी, कि यह नौकरानी है। बीजी और साब सुन्न हो जाएंगे और मैं कापियां उठा कर घर लौट आऊंगी।

नहीं, ज़रूरी नहीं बात इस तरह से हो।

हो सकता है कपियों का ढेर देखते ही बीजी बोल उठें, अब समझ में आया तू घर बैठी इतने दिन करती क्या रही। हो न हो, तू इन काण्यिों को ही ठीक ठाक करती रही होगी। मैं चुप रहूंगी। साब कहेंगे, देख शानो, बीजी ने तुमसे कुछ कहा है, जवाब दो। मैं फिर भी चुप रहूंगी। बीजी कहेंगी, अगर यह इसी तरह लिखती रही तो इसके घर में कापियों के लिए जगह ही नहीं रहेगी। मैं चुप नहीं रह सकूंगी, कहूंगी, आप ही ने मुझे यह लत डाली, अब आप ही को इनका कुछ करना होगा। बीजी पूछेंगी, क्या करना होगा ? मैं कहूँगी, मुझे क्या पता ? आप ही देख कर बताइए। साब कहेंगे, अच्छा, हम देख कर बताएंगे, पहले तू यह बता कि काम कब से शुरू करोगी ? मैं पहले चुप रहूंगी, फिर कहूंगी, उसके बारे में मैंने अभी सोचा नहीं। बीजी पूछेंगी, कब सोचोगी ? मैं कहूंगी, कुछ दिन बाद। साब कहेंगे, देख शानो, इसमें सोचने की क्या बात है, काम तो तुझे करना ही है। मैं चुप रहूंगी। बीजी कहेंगी, मुझे तो लगता है यह लड़की अब काम करना ही नहीं चाहती। साब पूछेंगे, क्यों ? बीजी जवाब देंगी, इसका दिमाग़ ख़राब हो गया है। मुझे उनकी यह बात बुरी लगेगी और मैं कापियां उठा कर घर लौट आऊंगी।

नहीं, यह तो बात फिर ख़राब हो गयी। एक कोशिश और करनी चाहिए।

कापियों का ढेर देखते ही बीजी और साब एक एक कापी उठा लेंगे। मैं सांस

रोके खड़ी रहूंगी और उन दोनों को देखती रहूंगी। बारी बारी। कभी लगेगा बीजी कुछ पढ़ कर परेशान हो रही हैं, कभी लगेगा साब कुछ पढ़ कर मुसकरा रहे हैं। मेरी टांगें कांप रही होंगी, मेरा दिल डूब रहा होगा। उधर बीजी ने एक और कापी उठा ली होगी। साब ने भी। फिर बीजी बोल उठेंगी, मैं नहीं मानती यह सब तूने लिखा है ! मैं कह दूंगी, बाई गॉड, मैंने ही लिखा है। साब कहेंगे, अगर सचमुच यह सब तूने ही लिखा है तो शाबाश ! बीजी कहेंगी, अगर सचमुच यह सब इसने लिखा है तो ख़ाली शाबाश से काम नहीं चलेगा। साब कहेंगे, क्यों न आज इसे क्लब ले चलें साथ ! बीजी कहेंगी, क्यों न इसकी इन कापियों की एक किताब छपवा दें। साब कहेंगे, अगर इसकी किताब छप गयी तो यह काम-वाम छोड़ देगी। बीजी कहेंगी, वह तो इसने वैसे भी छोड़ ही दिया है। मेरे मुंह से निकल जाएगा, बीजी, सारा क़सूर आपका है, आप ही ने मुझे यह लत डाली थी। साब कहेंगे, देख शानो, कुछ क़सूर तो मेरा भी होगा। फिर मेरा गला भर आएगा और मैं सब कापियां वहीं छोड़ वहाँ से घर भाग आऊंगी।

मैं सपने देख रही हूँ। मां को पता चले तो वह कहेगी, सपनों से पेट नहीं भरता। मैं कहूंगी, मां, पेट तो गली के कुत्ते भी भर लेते हैं। मां कहेगी, हम भी तो गली के कुत्ते ही हैं। मुझे गुस्सा भी आ जाएगा, रोना भी।

मैं फिर सपने देखने लगी। मेरे अन्दर जो चल रहा वह जब तक रुकता नहीं मैं सपने ही देखती रहूंगी, और कुछ नहीं कर सकूंगी। हो सकता है तेरे अन्दर भी सपने ही चल रहे हों।

मैं यहां बैठी बीजी और साब के बारे में सोच रही हूँ, वह दोनों वहां बैठे मेरे बारे में बातें कर रहे होंगे। हो सकता है बात साब ने ही शुरू की हो। कहा हो, मुझे तो लगता है वह लड़की बीमार नहीं, बीमारी का बहाना बना कर घर बैठ गयी है। बीजी ने जवाब दिया होगा, मुझे लगता नहीं, मुझे तो यक़ीन है। साब ने पूछा होगा, लेकिन क्यों ? बीजी ने कहा होगा, उस दिन उसे मेरी कोई बात बुरी लग गयी होगी। साब ने कहा होगा, क्यों न मैं उसके घर जा कर पता लगाऊं क्या बात है। बीजी ने पूछा होगा, आपको उसके घर का पता है ? साब ने बताया होगा, हां, क्योंकि जब उसके बापू की डेथ हुई थी तो मैं पूछता-पाछता उसके घर चला गया था, बिशनगढ़ में। बीजी ने पूछा होगा, कैसा है घर उसका ? साब ने कहा होगा, मैं अन्दर तो नहीं गया था, बस एक कोठरी सी है, छोटी सी। बीजी ने कहा होगा, उसके घर जाने की कोई ज़रूरत नहीं, उसका दिमाग़ और ख़राब हो जाएगा। साब चुप रहे होंगे। फ़िर बीजी ने कहा होगा, मेरा मतलब है उसे टाइम देना चाहिए, सोचने का, दबाव नहीं डालना चाहिए। साब फिर भी चुप ही रहे होंगे। बीजी बोली होंगी, अगर उसने आना हुआ तो अपने आप आ जाएगी। फिर साब ने कहा होगा, मेरा ख़याल है वह अब नहीं आएगी। बीजी चुप रही होंगी। साब ने फिर कहा होगा,

अगर उसे कोई बात बुरी लगी है तो वह तभी आएगी जब हम उसको आने के लिए कहेंगे। बीजी बोली होंगी, सारा क़सूर हमारा है, अगर हमने उसे नौकरानी की तरह रखा होता तो उसे हमारी कोई बात बुरी न लगती। साब ने कुछ नहीं कहा होगा। फिर बीजी ने जोड़ा होगा, असल में उसे यहां रहने के लिए कहना ही नहीं चाहिए था। साब ने पूछा होगा, क्यों ? बीजी ने जवाब दिया होगा, अगर अलग जगह होती तो बात और होती, स्कूटर गराज दे दिया होता तो...। साब बीच में ही बोल पड़े होंगे, वहां सोने पर वह कभी राज़ी न होती। बीजी ने कहा होगा, राज़ी न होती तो अपने घर रहती, यहां हमारे साथ रहते रहते तो वह भूल ही गयी थी कि वह नौकरानी है। साब ने कह दिया होगा, भूली तो ख़ैर क्या होगी बेचारी ! बीजी ने कहा होगा, कितनी कितनी देर तो वह बाथरूम में ही घुसी रहती थी, उसे अलग साबुन दे रखा था लेकिन मुझे लगता है वह हमारा साबुन ही इस्तेमाल करती थी। साब ने मुसकरा कर कहा होगा, उससे क्या फ़रक़ पड़ता है। बीजी ने कहा होगा, पहले मैं भी यही सोचती थी लेकिन अब लगता है, ग़लती हुई। साब चुप रहे होंगे। बीजी ने कहा होगा, अब अगर आ भी गयी तो उसे यहां रहने के लिए नहीं कहेंगे, सारी गड़बड़ इसी वजह से हुई है। साब सिर झुकाए बैठे रहे होंगे। बीजी ने पूछा होगा, आपका क्या ख़याल है ? साब ने कहा होगा, मेरा ख़याल है वह अब यहां नहीं रहेगी। बीजी ने पूछा होगा, रहेगी नहीं लेकिन काम तो करेगी, कि काम भी नहीं करेगी ? साब ने कहा होगा, मेरा ख़याल है काम भी नहीं करेगी। बीजी चुप रही होंगी। कुछ देर बाद बोली होंगी, तो आप चाहते हैं कि उसके घर जा कर उससे बात की जाए ? साब ने कहा होगा, मेरा ख़याल है वह तब भी नहीं मानेगी। बीजी कहेंगी, लेकिन अभी अभी तो आप कह रहे थे कि...। साब बीच में ही बोल उठेंगे, अभी अभी मैं ग़लत कह रहा था, अब जो कह रहा हूँ ठीक कह रहा हूँ। बीजी कहेंगी, आप भी अजीब हैं। साब मुसकराते रहेंगे। फिर बीजी कहेंगी, क़सूर मेरा है, मैंने ही उस दिन उसे नाराज़ कर दिया था, मैं ही उसे मनाने जाऊंगी, आप मुझे उसके घर का रास्ता दिखा दीजिए। साब मुसकराते रहेंगे। बीजी फिर कहेंगी, लेकिन अब उसे यहां रहने के लिए नहीं कहूंगी, नहीं कहना चाहिए, सारी गड़बड़ उसके यहां रहने से ही हुई है, उसका दिमाग़ यहां रहने से ही...।

इस खेल से उकता गयी हूँ। लेकिन यह खेल नहीं। इसी के बहाने मैं अपने अन्दर चल रही हलचल का हालचाल पूछ रही हूँ। इस वक़्त और नहीं पूछूंगी।

अगर इसी वक्त कोई साधु-महात्मा या पीर-फ़क़ीर या परी-वरी मेरे सामने प्रगट हो जाए और कहे, बेटी, हम तुम पर बहुत मेहरबान हो गये हैं, तू अपने मन की मुराद हमें बता दे, इसी वक्त उसे पूरा कर दिया जाएगा, तो मैं क्या मागूंगी, क्या कहूंगी ?

हो सकता है मैं कुछ भी न मांग सकूं, कुछ भी न कह सकूं, और मेरा मुंह लाल हो जाए।

तब हो सकता है वह साधु-महात्मा या पीर-फ़क़ीर या परी-वरी अपनी तरफ़ से कोई मुराद मेरे मन में डाल उसे पूरी कर दें।

वह मुराद क्या होगी ?

मैं चाहती हूँ उसमें एक सफ़ेद घोड़ा हो। सफ़ेद बादलों जैसा।

मैं नहीं जानती मैं ऐसा क्यों चाहती हूँ।

अब लिखना बन्द कर उस मुराद की कल्पना करते-करते सो जाऊंगी।

हो सकता है वह साधु-महात्मा या पीर-फ़कीर या परी-वरी आज रात मेरे किसी सपने में आए। और वह सफ़ेद बादलों जैसा सफ़ेद घोड़ा भी।

अब लिखना बन्द कर उस सफ़ेद घोड़े की कल्पना करते करते सो जाऊंगी।

कल्पना !

यह लफ़्ज़ मैंने नया-नया सीखा है। इसका पूरा मतलब मुझे नहीं आता। मैं इसके पूरे मतलब की कल्पना करते-करते सो जाऊंगी।

काम छोड़ घर बैठे आज सातवां दिन है।

सुबह सवेरे जब आंख खुली तो लगा जैसे पिछली रात दो फ़ैसले अपने आप हो गये हों। नींद के दौरान। किसी सपने में। लगा जैसे वह फ़ैसले किसी और ने कर दिये हों। शायद सपनों के भगवान ने।

सपनों का क्या कोई अलग भगवान होता है ? अलग शायद न हो। दूसरे भगवान का ही कोई धुन्धला रूप होगा। ज़रूरी नहीं कि धुन्धला ही हो। सपनो में सब कुछ हमेशा धुन्धला तो नहीं होता।

मुझे अब किसी झमेले में नहीं पड़ना चाहिए। नहीं तो उन दो फ़ैसलों को यहां दर्ज करने में कोई ग़लती हो जाएगी। उन्हें यहां ठीक-ठीक दर्ज करना ज़रूरी है। नहीं तो उन पर अमल नहीं कर सकूंगी। ठीक ठीक। उन पर ठीक ठीक अमल

करना ज़रूरी है।

अब हालत यह हो गयी है कि जिस बात को यहां ठीक ठीक दर्ज न करूं वह पकड़ में ही नहीं आती।

कभी कभी किसी किसी बात को यहां दर्ज करने में बहुत कठिनाई होती है। उसे दर्ज करते करते और बातों में उलझ जाती हूँ।

इस वक़्त किसी और बात से उलझना नहीं चाहती।

घर में अकेली हूँ और झूल रही हूँ। किसी काले बादल की तरह। इस वक़्त याद नहीं आ रहा कि रात किसी सपने में सफ़ेद बादलों जैसा वह सफ़ेद घोड़ा दिखायी दिया था या नहीं।

और अब वह फ़ैसले।

पहला फ़ैसला यह हुआ है कि यह सारी कापियां उठा कर बीजी और साब को दे आऊंगी—आज ही—और उनसे कहूंगी कि वह उन्हें पढ़ कर बताएं कि मैं इनका क्या करूं।

दूसरा फ़ैसला यही हुआ है कि अब बीजी और साब का घर छोड़ दूंगी—मतलब, वहां काम नहीं करूंगी।

ललिता तीन चार घर मुझे दिलवा देगी।

कल से नयी कापी शुरू कर दूंगी। चाहूं तो इसे तीसरा फ़ैसला कह सकती हूँ।

●●●